KB091183

노희찬의
진심

일러두기

이 유고산문집의 1~4부는 제17대 국회의원으로 의정활동을 시작한 이후, 2004년 7월
14일부터 2018년 7월 23일까지 고(故) 노회찬 의원이 민주노동당, 진보신당, 진보정의
당, 정의당 홈페이지 당원게시판에 올린 '난중일기', 노회찬의 공감로그, 페이스북 글
등을 엮은 것입니다. 밤늦은 시간까지 국회에서, 거리에서, 노동의 현장에서 우리 시대
의 아픔과 고통을 함께 나누며 언제나 가장 약한 이들의 목소리를 대변해온 그의 깊은
육성과 성찰의 기록을 담았습니다. 5부는 2004년부터 2018년 세상을 떠나기 전까지,
방송토론, 인터뷰, 트위터 글 등 큰 공감을 자아내며 회자된 촌철살인 노회찬 어록을 모
았습니다. 본문의 각주는 편집자가 붙인 설명이며, 글이 쓰인 당시의 정서와 표현을 살
리기 위해 외래어 인명 등 일부 어휘는 노회찬 의원의 표기를 따랐습니다.

노회찬 유고산문

2004년부터 2018년까지의 기록

노회찬의 진심

사회평론

언제나 한 모습으로 떠오르는 사람

노회찬 의원? 노회찬 대표?

노회찬이라는 이름 뒤에는 무슨 말을 붙여도 왠지 맞지 않는 듯한 느낌이 듭니다. 생시에 지녔던 어떤 직함도 그 사람을 온전하게 표현하지 못해서 그런 게 아닌가 싶네요. 16년 전 처음 보았을 때부터 마지막 만났던 날까지 모든 기억을 더듬어보았는데, 이상하게도 한 가지 모습밖에 떠오르지 않네요. 언제나 같은 표정, 같은 걸음걸이, 같은 목소리, 같은 손동작입니다. 마치 그동안 나이를 전혀 드시지 않았던 것처럼요. 그가 남긴 말과 글을 보니 그 또한 그렇습니다.

저는 잘되지 않는 일을 오래 견디지 못합니다. 될 만한 일을 찾아서, 또는 그때그때 생각과 감정이 이끄는 대로 여기저기 왔다갔다 살았습니다. 그래서 그런 것이겠지요? 저는 노회찬이라는 사람을 도무지 이해하지 못했습니다. 정치인생 15년 동안만 해도 헤아리기 어려울 만큼의 우여곡절을 겪었는데, 그 세월을 어쩌면 그처럼 한결같은 태도를 견지하며 사셨는지 말입니다.

일기와 같은 그의 글들을 찬찬히 살펴보니 이제 조금은 알 것도 같네요.

"48개월 중 2개월이 지났다. 내일은 오늘과 달라야 한다."(2004. 7.15) "민법, 형법, 민사소송법, 형사소송법 책을 주문했다. 나이가 들수록 해야 할 공부가 늘어난다."(2004.9.6) "현충원 무명용사탑을 참배했다. 이름 없이 살아가는 많은 사람들의 건강한 다리가 되겠다는 스스로의 다짐이다."(2014.7.8)

노회찬은 이름 없이 살아가는 사람들의 눈으로 세상을 보고 시대를 느꼈으며 그들의 언어로 정치를 해석하고 그들의 소망을 정치에 투영하려 분투했습니다. 인간사회에서 제일 이루기 어려운 그 일을, 오늘보다 내일 더 잘하기 위해 쉬지 않고 공부했고요.

노회찬의 글과 말을 담은 이 책에서 무엇을 얻을 수 있을까요? 유익한 교양이나 새로운 지식을 발견할 수도 있겠지만, 저는 다른 것을 보았습니다. 한 사람의 생애에 대한 정서적 이해, 이미 세상을 떠난 이의 생각에 대한 공명, 제 인생의 색깔과 의미에 대한 성찰, 이런 것들을 해볼 수 있는 기회를 얻은 것이지요. 독자 여러분에게도 이 책이 그런 의미를 제공하기를 바랍니다.

2019년 1월에
유시민

차례 ___

추도의 글 / 언제나 한 모습으로 떠오르는 사람 - 유시민 4

1부___ 2004년 기록하는 것이 나의 임무라 생각했다

2004년 7월 14일 담요 한 장을 국회의장석 앞바닥에 깔고 잠을 청하다 12 / 7월 15일 대법원의 시계는 여전히 20세기 16 / 7월 16일 우라베 토시나오 일본 공사가 방문했다 19 / 7월 17일 헌법 밖의 국민이 어찌 이들뿐이랴 22 / 7월 18일 신록의 계절에 초록이 점점 동색이 되고 있다 25 / 7월 19일 〈화씨 9/11〉을 관람했다 30 / 7월 20일 당대표와 지도부의 철야농성계획이 전달되었다 32 / 8월 31일 2004년 들어서서 가장 좋은 하루를 보냈다 34 / 9월 1일 가을을 앞세우고 겨울이 남하하고 있다 37 / 9월 2일 아침이 너무 자주 찾아온다 40 / 9월 3일 결혼도 마다하고 오십 평생 내내 당신이 그토록 소망했던…… 44 / 9월 4일 이영훈 교수의 발언 파문이 확대일로이다 48 / 9월 5일 독버섯은 옮겨 심어도 독버섯일 뿐이다 51 / 9월 6일 민법, 형법, 민사소송법, 형사소송법 책을 주문했다 54 / 9월 7일 법사위가 3D업종이라는 말이 허사가 아니다 56 / 9월 8일 송영길 의원 모친상 조문을 가다 58 / 9월 9일 '사랑하는 사람도 알고 보면 간첩이다' 61 / 9월 10일 송창식과 윤형주가 이렇게 노래를 잘 부르는 줄은 오늘 처음 알았다 64 / 9월 11일 용기 있게 진실과 양심의 편에 서야만 '원로'일 것이다 68 / 9월 12일 의원회관에 불 켜진 방이 꽤 많다 70 / 9월 13일 국가보안법 공방이 가열되면서 한국 지식인 사회의 진면목이 드러나고 있다 73 / 9월 14일 한국에서 노동운동은 아직 독립운동이다 76 / 9월 15일 예결위에서 박재완 한나라당 의원의 질의가 빛난다 80 / 9월 30일 할 일도 많고 갈 길은 멀다 82 / 10월 1일 노아정 식구들이 의원실을 찾아오다 86 / 10월 2일 철야하는 인턴들로 엘리베이터가 만원이다 89 / 10월 4일 법사위의 국정감사는 홈커밍데이즈 92 / 10월 5일 소주 한잔 같이해야 할 사람 95 / 10월 6일 14년 만에 다시 앞에 섰다 97 / 10월 7일 야간근로를 반대하기 때문에 질의하지 않겠다 100 / 10월 17일 포괄협정(UA)은 보호해야 할 가치가 있는 기밀이 아니다 104 / 10월 23일 흙손을 잡는데 가슴이 뭉클하다 110 / 11월 6일 국회가 추안거(秋安居)에 들어간 지 열흘이 되었다 114 / 11월 30일 또 그가 단식에 들어갔다 117 / 12월 12일 단절되지 않은 역사의 보복을 체험한다 121

2부__ 2005년-2007년 역사에는 시효가 없다

2005년 2월 15일 생선가게에 다시 고양이들이 나타났다 124 / 3월 9일 바르샤바엔 종일 눈 내리고 128 / 3월 10일 새벽에 쓰는 편지 130 / 3월 11일 인류의 역사는 회계장부가 아닙니다 135 / 5월 6일 "머리가 왜 벗겨지셨어요?" 139 / 5월 8일 그와 헤어진 지 두 달이 되었다 143 / 5월 10일 서울구치소를 방문하다 145 / 7월 24일 역사에는 시효가 없다 148 / 10월 3일 불쌍한 것은 조승수가 아니다 151 / 11월 00일 대통령이 못하면 국회가 해야 한다 154 / **2006년** 1월 20일 반기문 승, 윤광웅 승, 노무현 패? 158 / 1월 31일 울산바위는 울산에 있어야 한다 161 / 2월 7일 '단돈 8,000억 원'으로 면죄부를 살 순 없다 166 / 4월 23일 '조용한 외교'는 조용히 끝내야 한다 170 / 5월 30일 분노의 표심이 결집하고 있다 176 / 6월 26일 서민들이 무엇을 잘못했단 말인가 181 / 9월 3일 혼자 있는 방에서도 얼굴을 들기 힘들다 185 / 10월 30일 기꺼운 마음으로 이 길을 간다 190 / 11월 8일 불쌍한 것은 국민들이다 193 / **2007년** 1월 5일 어머님의 신문스크랩 20년 196 / 2월 20일 노무현 대통령에게 보내는 편지 200 / 4월 9일 D-365, 당원들에게 보내는 편지 208 / 4월 15일 또 한 사람의 전태일을 보내며 213 / 7월 31일 인질석방, 미국이 책임져야 한다 216 / 8월 20일 전화 홍보보다 부담스런 일은 없다 219 / 10월 25일 국방장관에게 책을 선물했다 222 / 11월 1일 이회창을 부활시킨 이명박 후보의 저력 226

3부 __ 2008년-2012년 우리가 남기는 발자국이 길을 만들 것이다

2008년 4월 18일 나에게 묻는다 230 / 7월 9일 수면권을 보장하라 233 / 7월 10일 뒤풀이를 사양하다 236 / 7월 11일 '양해'할 수 없는 죽음 239 / 7월 12일 구해근 교수를 뵙다 242 / 7월 13일 꽃이 무슨 소용인가 245 / 7월 15일 〈PD수첩〉은 '마지막 신문고'인가 249 / 7월 17일 〈끝장토론〉에 나가기로 했다 252 / 7월 21일 주민소환투표를 추진하기로 했다 257 / 7월 24일 '물대포후보'와 '촛불후보'가 맞서고 있다 260 / 8월 1일 안나 까레니나는 누가 썼나 263 / 8월 28일 『청구회 추억』 267 / **2009년** 4월 9일 MBC는 함락되는가? 271 / 5월 18일 깜빡이 다 끄고 마을 전체 어지럽히겠다는 뉴민주당플랜 274 / 12월

21일 나의 쌍권총, 아이폰과 블랙베리 279 / **2010년** 1월 9일 언제까지 죄송해하고만 있지는 않겠습니다 284 / 1월 18일 '식중독 사고율 5배' 교장선생님, 좋으십니까? 287 / 3월 7일 감사와 함께 사과드립니다 291 / 00월 00일 역사는 딱 진보정당 득표만큼 앞서갑니다 296 / **2012년** 10월 21일 6411번 버스를 아십니까? 299 / 10월 22일 어머니의 모습을 한 아버지의 아바타 304 / 10월 25일 다들 입을 벌리고 나를 쳐다본다 306 / 10월 30일 박근혜 후보, 땀 흘려보았나? 308 / 11월 1일 〈저공비행〉을 다시 시작하기로 했다 310 / 11월 4일 정치인의 말은 짧을수록 미덕이다 312 / 11월 6일 대한민국은 아직 민주공화국이 아니다 315

4부 ___ 2013년-2018년 언젠가 촛불마저 꺼져도 광장은 외롭지 않을 것이다

2013년 3월 11일 짜파구리 재료를 사다 320 / 4월 29일 국회쇄신이 시작되어야 할 곳 322 / **2014년** 4월 30일 백성을 버린 선조와 배신당한 백성들의 분노 325 / 7월 8일 첫 날 첫걸음을 무명용사탑으로 정한 뜻은 327 / **2017년** 2월 14일 특검이 수사기간 연장 필요성을 강조하고 나섰다 329 / 3월 6일 언젠가 촛불마저 꺼져도 광장은 외롭지 않을 것이다 332 / 6월 6일 '애국자 대신 여공이라 불렀던 그분들이 한강의 기적을 일으켰다' 336 / 8월 17일 대선 후 100일 338 / 8월 24일 '겸임해제사건'을 아시나요? 341 / **2018년**

1월과 2월 그들이 진정 두려워하는 것 344 / 3월 산하에 봄이 달려오는 소리가
들립니다 346 / 4월과 5월 이제 우리는 돌이킬 수 없는 평화의 길로 들어섰습
니다 348 / 7월 23일 많은 분들께 감사의 말씀을 드립니다 350

5부 __ 2004년-2018년 그의 말은 희망이었고, 이제 역사가 되었다 · 어록 353

추도의 글 / 그를 보내며 - 조승수 392

노회찬 연보 394

2004

1부

기록하는 것이
나의 임무라 생각했다

2004년 7월 14일부터 12월 12일까지

담요 한 장을 국회의장석 앞바닥에 깔고
잠을 청하다

7월 14일 수요일 흐리고 비

08시, 국회 귀빈식당에서 단병호 의원이 주도하는 노동기본권 실현 의원연구모임 창립대회가 있었다. 이수호, 이용득 양 노총위원장과 김원기 국회의장이 축사를 했다. 이재오, 박계동, 배일도 의원, 김영주, 제종길 열린우리당 의원, 이경재 환경노동위원장 등이 참석했다.

단병호 의원은 국회 역사상 처음으로 노동기본권 실현을 위한 연구모임이 결성되는 것에 대한 감회를 감추지 못한다. 단 의원은 오늘 오후 헌정사상 처음으로 대정부질의를 하는 '진짜 노동자'로 서게 된다. 그의 한 걸음 한 걸음이 모두 역사의 기록이다.

09시, 법사위 제4차 전체회의에 참석하지 않았다. 최연희 법사위원장이 난과 마른 오징어를 보내왔다. 그의 지역구는 동해, 삼척이다.

10시, 사회·문화 분야 대정부 질문이 시작되었다. 오늘은 단병호, 이목희, 배일도 등 각 당의 노동운동 출신 의원들이 질의에 나서게 되었다. 한나라당 박순자 의원이 청와대 홈페이지 박근혜 대표 패러디 사진 게재건을 국무총리에게 따졌다. 문제의 핵심은 네티즌이 그 패러디 사진을 청와대 게시판에 올린 것이 아니라, 게시판에 올려진 그 글의 제목을 청와대 직원이 청와대 홈페이지 첫 화면에 끌어올린 것이었다.

사태를 제대로 파악하지 못한 이해찬 총리는 용감하게도 "네티즌이 게시판에 올린 잘못된 글에 대해 청와대가 왜 책임져야 하느냐"며 강경자세로 나갔다. 박순자 의원도 사태를 다 파악하지 못한 듯 이해찬 총리 해명의 맹점을 들추지 못했다. 본회의장 휴게실에는 열린우리당 일부 의원들이 모여 이해찬 총리의 '용맹'을 칭송하고 있다.

11시 50분, 122호실에서 긴급의원회의를 열었다. 예결위 상임위화 문제에 대한 최종 당론을 정하기 위해서이다. 당을 불문하고 더 나은 안을 밀기로 했다. 결국 4개 야당의 공조가 최초로 시도되고 있다. 민주노동당의 많은 의원들은 '민주노동당이 열린우리당에 대해 아무리 불만이 커도 한나라당하고는 차마 손을 잡지 못할 것이다'라는 열린우리당의 오만한 인식에 경고를 보낼 필요성에 공감하고 있었다.

열린우리당 최용규 의원이 법사위로 나올 것을 권유한다. 그는 법사위의 열린우리당 측 간사이다. 이원영 의원도 합세한다.

12시 30분, 강금실 법무장관과 점심을 함께했다. 빛나는 보석이다. 자리는 강 장관이 민주노동당 의원들을 초대해서 만들어졌다.

법사위로 나가냐고 물어서 아직 안 나가고 있다고 대답했다. 법조계를 떠난 지 이미 12년 되었다고 하니 웃는다. 마지막에 어디 있었냐고 물어서 청주교도소라 답했다.

14시, 국회기자실에서 기자회견을 가졌다. 거짓정보로 이라크 침략명분을 만든 부시를 규탄하고 사과를 요청하는 결의문을 제출하겠다는 내용이다. 강기갑 의원은 모시 두루마기 자락을 휘날리며 고진화, 손봉숙, 김원웅 의원과 함께 항의서한을 전달하러 미대사관으로 향했다.

14시 10분, 공정거래법 토론회에 참석했다. 1, 2부의 사회를 전병헌, 유승민 의원과 나의 순으로 나누어 맡았다. 공정거래위에서 발제를 하고 참여연대 김상조, 김기원 교수가 한편에서, 전경련 이승철 상무와 조동근 교수, 한국경제연구소와 삼성금융연구소의 박사들이 다른 한편에서 치열한 공방을 벌였다. 각자의 입장이야 지면으로 알 수 있었지만 막상 한자리에서 붙으니 실물 토론의 생생함이 실전 그 자체이다. 김상조, 김기원 두 교수와 함께 삼성금융연구소 정책연구실장인 이상묵 박사가 특히 돋보였다. 이 토론회를 준비하는 데 열린우리당 전병헌 의원의 수고가 많았다.

토론회가 늦게 끝나 '18세 선거연령 인하를 위한 공동선언' 행사와 한국일보 창간 50주년 기념식에 참석하지 못했다. 의원실에 들어오니 좋지 않은 소식이 기다리고 있다. 7월 9일 가진 기자들과의 술자리에 대한 어느 인터넷매체의 왜곡보도 때문이다. 지난 5월부터 몇몇 기자들이 술자리를 하자고 요청했다. 한 달 이상 시간을 끌다가 거듭된 요청에 9일로 날을 잡았다. 연락은 기자들이 스스로 맡기로 했는데, 결과적으로 인터넷매체 쪽은 연락을 받지 못했고 나중에 이 사실을 알고 꽤 서운해했다고 한다. 그런데 인터넷매체의 한 기자가 이 사실을 '언론관리하는 기성정치인' 흉내 내듯이 언론사별로 기자들을 불러 모아 만든 술자리로 둔갑시켰다. 사실을 설명하고 기사삭제를 요청해도 막무가내다. 잘못을 인정하는 용기도, 잘못을 뉘우치는 염치도 없다. 곳곳에 '조선일보'다.

　밤 12시, 의사당 본회의장.

　단병호, 고진화, 김원웅, 배일도, 이광철, 조승수, 심상정, 임종인 의원은 자리를 펴고 누웠다. 강기갑, 최순영 의원은 자리에 앉아 독서 중이다. 국회경위 두 사람이 함께 철야근무를 하게 되었다. 이영순 의원은 이 시각까지도 예결위 계수조정소위 참석으로 고생이다.

　개원하고 두 달째. 두 번째 농성이다. 밖에 있을 때보다 더 잦은 농성이다. 내일 김원기 의장은 끝내 파병재검토 결의안을 직권상정하지 않을 것이다. 그러나 그렇다고 일이 끝장나는 것은 아니다. 상황은 아직 유동적이다. 내일이면 당선된 지 만 석 달 되는 날이다.

　백 일 전 이 '난중일기'를 쓰고 있을 때만 해도 백 일 후에 의사당에서 철야농성하며 일기를 다시 쓰게 될 줄 몰랐다. 100% 예측 가능한 것은 아무것도 없다. 오직 정의만이 유일한 가능성이다. 그래서 사필귀정이다. 이라크 파병철회도 마찬가지다.

　12시 30분, 정세균 의원이 격려방문했다. 담요 한 장을 국회의장석 앞바닥에 깔고 잠을 청하다.

대법원의 시계는 여전히 20세기

2004년 7월 15일 목요일 종일 많은 비 내리다

국가보안법 개폐와 관련된 정세의 윤곽이 드러나기 시작했다. 열린우리당은 완전폐지안과 부분개정안을 내겠다고 한다. 완전폐지안을 한나라당이 받아들이지 않으면 부분개정안으로 협상하겠다는 것이다. 결국 완전폐지안은 대외명분용이고 속셈은 부분개정안으로 밀어붙이겠다는 것이다.

국가보안법은 완전히 폐지되어야 한다. 형법에 나와 있는 내란죄와 간첩죄 처벌로도 국가안위를 충분히 보장할 수 있다. 형법과 별도로 국가보안법이나 대체법률을 두겠다는 것은 내란죄에 해당하지 않는 '평화적인 체제비판'까지 처벌하겠다는 의도이다. 북한은 반국가단체에서 제외시키더라도, 사상의 자유는 완전히 보장할 수 없다는 것이다. 문제는 열린우리당이다. 한나라당이 결사반대하고 국민 과반수가 반대해도 행정수도 이전을 강행하겠다는 것이 정부여당 아닌가. 과반수 집권여당인 열린우리당만 결심하면 국가보안법은 철폐될 수 있다. 한나라당 핑계를 댈 일이 아니다. 국가보안법 폐지 의사가 없으면서 폐지안을 상정하는 것. 이것이 문제다. 최근 열린우리당의 지지율 저하는 이처럼 솔직하지 못하고 떳떳하지 못한 태도와 연관이 있다.

09시, '형법개정 및 대체법안 없는 국가보안법의 완전폐지를 위한 각 당 대표의원 조찬모임'이란 긴 이름의 회의가 열렸다. 백승헌 민변 부회장, 박래군 인권활동가, 열린우리당 임종인 의원이 함께 참석했다. 조찬 대신 녹차가 나왔다. 의원실엔 컵라면도 떨어지고 아침은 건너뛸 수밖에 없다.

10시, 우지 마르노 주한이스라엘 대사가 의원실로 방문했다. 이탈리아 대사에 이어 두 번째 방문이다. 1943년 하이파 출생이니 이스라엘에서 태어나고 자란 첫 세대이다. 우리나라 대사가 '국익'을 위해 주재국 의원의 방에까지 찾아가 '한국'을 설명하고 이해를 구하는 일이 있는지……. 이스라엘 대사의 노력이 가상해 보였다. 그러나 이스라엘 대사답게 테러방지법 제정의 필요성을 주장했고, 나는 민주노동당이 반대하는 이유를 상세하게 설명했다.

오늘 대법원은 개인의 양심과 인권이 국가안보보다 중요할 수 없다는 판결을 내렸다. 양심적 병역거부자에 대해 유죄판결을 내린 것이다. 대한민국 국민들은 21세기에 살고 있는데 대법원의 시계는 여전히 20세기이다. 국민들의 법감정으로 보자면 이스라엘 대법원과 다를 바 없다. 곧 임명동의안이 올라올 대법관 한 명이 중요한 게 아니라 대법원장부터 바로 세우는 것이 더 중요하다는 모 장관의 견해가 전적으로 옳다.

13시, 전태일기념관 건립을 위한 국회의원 간담회에 참석했다.

남상헌 대표, 김동완 목사, 민종덕 전 청계피복노조위원장, 전순옥 박사, 정인숙 위원장이 나와 있었다. 전태일 열사의 친구인 이승철, 임연제 씨도 함께했다. 이 자리에 참석한 열린우리당, 한나라당 의원들의 이름은 기억할 만하다. 배일도, 이목희, 유인태, 오제세, 전병헌, 이인영, 이광철, 김덕규, 박계동, 유기홍, 김근태.

14시로 예정된 본회의는 15시로 연기되었다. 15시 회의는 16시로 연기되었다가 결국 21시에 개최되었다. APEC 행사예산을 지원받으려는 한나라당이 추가경정예산안 마지막 처리과정에 무리수를 쓴 탓이다. 명분도 잃고 실리도 제대로 챙기지 못했다. 추경안 표결에서 한나라당 부산 출신 의원들이 상당수 반대표를 던졌다. 심상정, 손봉숙 의원이 나서서 국회규칙개정안 처리에 대한 반대토론을 했다. 사사건건 싸우던 열린우리당과 한나라당이 국민 세금으로 급여를 주는 정책위원 수를 10명 더 늘여 나눠먹기로 한 야합에 대해 비판했다. 두 사람의 발언은 두 교섭단체 소속의원들의 작동한 지 오래된 양심을 자극하기에 충분했다. 반응은 뜨거웠다. 그러나 규칙개정안에 대한 반대표는 87표. 아쉬운, 그러나 의미 있는 결과이다. 제대로 홍보하고, 양심에 호소하고, 감동을 줄 수 있다면 두 교섭단체 지도부의 지침을 뒤엎는 '반란'도 가능할 수 있다는 희망을 확인하는 사건이었다.

자정 직전 248차 임시회는 막을 내렸다. 의사당 대리석 로비를 나서자 늦은 밤비가 서민들의 원성처럼 옷을 적신다. 이제 임기 48개월 중 2개월이 지났다. 내일은 오늘과 달라야 한다.

우라베 토시나오 일본 공사가 방문했다

2004년 7월 16일 금요일 많은 비

08시, 의원단 회의에 참석하다.

대법관 임명 인사청문회에 대비하여 최순영 의원이 인사청문회에 참석하기로 결정했다. 새 대법관의 임명동의안은 전임자의 임기가 만료되는 8월 17일까지 처리되어야 한다. 정기국회 국정감사 기획안에 대한 검토과정에서 적지 않은 문제가 드러났다. 정글 속으로 10명이 들어갔는데 이 10명도 처음 들어갔거니와 정글에서 한 번도 살아본 적이 없는 사람들이 정글 밖에서 이 10명을 지도하고 지원하다 보니 생기는 일이다. 물론 이런 일은 18대에선 재발되지 않을 일이다. 문제는 4년씩 참아줄 만큼 인내심 강한 사람이 많지 않다는 데 있다.

10시 30분, 민주노동당 기관지《진보정치》의 정용상 기자가 찾아왔다. 민주노동당의 달라진 위상과 조건에 맞게 기관지 문제의 전략적 재검토와 조직적 지원이 절실하다. 인터넷매체에 대한 논란은《판갈이뉴스》를 보완, 강화하는 것으로 종지부를 찍어야 한다. 그러기 위해선《진보정치》팀이《판갈이뉴스》까지 맡는 지금의 불안정한 시스템을 바꾸는 인적, 물적 투자가 병행되어야 한다.《진보정치》는 주간 종이신문으로 민주노동당 지지자 18%를 위한 당의 매체가 되어야 한다. 지하철 무가신문처럼 주 1회 당원들이 지하철 입구에서 출근하는 직장인들에게 나눠주고 부담 없이 읽혀질 수 있어야 한다. 지금의 《진보정치》는 당원 중 18% 정도가 열독하는 '너무 고급스런 평론지'일 뿐이다. 한편 당정책이론지 《이론과 실천》은 시야와 지평을 더 넓힐 수 있다. 현재 한국에서 진보적 담론을 다루는 월간지를 발행할 수 있는 곳은 민주노동당뿐이다. 옳으나 그르나 이것은 엄연한 현실이다.《이론과 실천》은 민주노동당이 주도하되 진보진영 전체의 이론, 사상, 정책적 고민과 논쟁과 생산물을 담아내는 '큰 그릇'이 되어야 하고 될 수 있다.

거짓정보로 이라크 침략명분을 만든 부시의 사과와 이라크침략전쟁 중단을 요구하는 결의안에 서명한 의원이 49명으로 확인되었다. 이틀간 서명한 결과이다. 파병재검토 결의안에 서명하지 않았던 몇몇 의원들도 새로이 참가했다. 14시 기자회견을 통해 이를 밝히고 의사과에 결의안을 접수시켰다.

15시 15분, 우라베 토시나오 일본 공사가 의원실을 방문했다. 국내에서 일본의 군사대국화를 우려하는 데 대한 일본 측의 우려를 강조한다. 일본의 군사재무장은 있을지 모르는 침략에 대비하는 의미일 뿐이며 일본의 군사대국화는 그럴 의사도 능력도 없다는 것이다. '경제대국'이 '군사대국'으로 되는 것은 시간문제며 1차세계대전 이후의 독일 사례가 이를 말해준다고 답했다. 조일수교와 납북일본인 문제의 연관성, 동북아의 새로운 평화체제 건설을 위해 이

지역에서 미국의 영향력을 축소시키는 문제 등에 대해 적지 않은 시각차를 확인하는 면담이었다. 미국의 힘을 인정할 수밖에 없다는 얘기를 재차 하기에 '미국의 원자폭탄이 떨어졌던 나라'여서 그런 생각에서 벗어나지 못하는 것이라 해주었다. 선물을 잘 주고받는 나라의 외교관답게 고급스런 포장의 선물을 정중히 건네고 돌아갔다. 열어보니 컴퓨터 마우스용 패드 한 장이 들어 있다. 이 민족에게서 배울 것 중의 하나다.

2000년 가을에 방문한 묘향산 국제친선전람관은 거대한 박물관이었다. 김일성 주석이 받은 선물을 전시하기 위해 김정일 위원장이 만든 김일성주석선물관과, 김정일 위원장이 사양했음에도 불구하고 김일성 주석이 만들었다는 김정일위원장선물관 등 2개 동으로 이뤄져 있었다. 김정일위원장선물관에서 가장 인상적이었던 것은 고 정주영 회장의 황금송아지나 김우중 전 회장의 순금거북이 아니라, 동아일보 회장이 순금으로 제작해 선물한 '보천보 전투를 다룬 동아일보 호외'였다. 이 호외는 1937년 동아일보사가 보천보 전투를 '김일성 일파'가 주도한 사건으로 보도한 것이었다.

순금 수십 돈을 가지고 있을 리 없는 강정구 교수는 만경대에 가서 가난한 대학교수답게 '만경대 정신 이어받아 통일위업 이룩하자'고 글 몇 자 방명록에 선물한 탓에 호된 옥고를 치렀다. '보천보 정신'을 순금으로 칭송한 동아일보가 사설을 통해 강정구 교수를 꾸짖고 통일부 장관의 사퇴까지 요구했음은 물론이다.

진심과 진정이 아니라면 컴퓨터 마우스용 패드 한 장이 차라리 나은 선물이다.

2004년

헌법 밖의 국민이 어찌 이들뿐이랴

2004년 7월 17일 토요일 어제보다 많은 비가 내리다

오늘은 제56주년 제헌절이다.

국회가 주인이 되는 유일한 국경일이다. 제헌절 기념식은 국회 본관 본회의장 앞 로비에서 열렸다. 제1본회의장과 제2본회의장 사이에 넓은 로비가 있고, 로비의 끝은 2층으로 올라가는 계단이다. 계단과 제1본회의장 사이에는 신익희 제2대 국회의장의 동상이, 그 반대편 쪽엔 이승만 초대국회의장의 동상이 서 있다. 그러니 두 사람이 제헌절 식장 연단의 좌우를 헌법 수호신처럼 지키고 서 있는 형국이다.

대한민국 헌법의 역사는 곧 헌법개정의 역사이다. 그리고 헌법 개정의 역사는 대부분 헌법정신 유린의 역사이다. 자신의 재선과 3선을 위해 1952년, 1954년 두 차례나 변칙적인 헌법개정을 감행하고 헌법정신을 유린한 독재자 이승만이 헌법의 수호동상이 되어 제헌절 제56주년 행사를 지켜보고 있는 것이다.

헌법제정을 축하하고 기리는 제헌절 기념식에 참석하지 않았다. 용산미군기지 이전비용에 대한 감사원 감사청구안 제출에 대한

인터뷰가 밀려들었기 때문이기도 했다.

대신 헌법을 진정으로 생각하는 두 행사에 참석했다.

09시 45분, 제헌절 행사가 열리기 직전 국회 본관 앞에서 기자회견을 가졌다. 이라크 파병은 침략전쟁을 부정하는 헌법 제5조를 정면으로 위배하는 반헌법행위임을 선포하는 자리이다.

11시, 청소년 인권을 위한 중등학생모임인 로이(ROY, Rights Of Youth) 창립행사에 참석하여 축사를 하기로 되어 있다. 비가 억수같이 퍼붓고 있어 행사가 불가능해 보였으나 약속을 위해 서울시청 앞으로 갔다. 행사관계자로 보이는 고교생 열댓 명이 모여 있다. 이계덕 청소년당원도 눈에 띈다. 고등학교 종교집회 참석을 거부하다 퇴학당한 강의석 군도 로이의 창립멤버이다. 행사는 강행되었다. 로이가 주최하는 문화마당을 위해 연단과 음향설비 등이 꽤 공을 들여 준비되어 있다.

시청 앞 이명박 잔디광장에서 폭우가 쏟아지는 가운데 학생들은 자신들이 만든 「청소년 인권선언」을 낭독한다. 너무나 당연한 상식들이 절규가 되어 귀를 때린다.

사람은 누구나 사상, 양심 및 종교의 자유를 누릴 수 있는 권리를 가진다.(세계인권선언문 제18조) 청소년은 출신, 성별, 종교, 학력, 연령, 지역 등의 차이와 신체적, 정신적 장애 등을 이유로 차별받지 않을 권리를 가진다.(청소년헌장)

헌법이 태어난 이날 헌법 밖의 청소년들이 모여 헌법 속에 살고 싶다고 외치고 있다. 헌법 밖의 국민이 어찌 이들뿐이랴.

2004년   23

13시 30분, 강서을지구당의 최고령 당원인 이순영 동지의 칠순잔치에 가다. 젊은이들 못지않게 당 활동에 열심인 그는 당의 모든 집회에 먹을 것을 싸들고 참석해 이를 나눠주는 것을 낙으로 삼고 있다. 수십 년을 미군부대에서 근무해온 그가 용산미군기지 앞의 항의집회에 참석해서 싸우는 광경은 지워지지 않는 인상적 장면이었다. 남민전의 조직책임자로 사형을 당한 고 이재문 선생의 부인도 편치 않은 몸으로 축하연에 참석하셨다.

저녁에 부산으로 가서 부모님을 찾아뵈었다. 4.15총선 이후 처음이다.

어머님은 끝내 "기쁘다"는 말씀을 아낀다. 감옥에 들어갔을 때나 국회에 들어간 거나 걱정은 매한가지이시다.

신록의 계절에 초록이 점점 동색이 되고 있다

2004년 7월 18일 일요일 맑음

장마가 끝났다.

기상대는 올여름의 폭염을 예보하고 있다. 낮에 서울로 올라와 팬카페 운영위원들을 만났다. 딸딸이왕자가 운영위원들이 자기 집으로 온다 해서 근처 칼국수집에 가서 점심을 함께했다. 민민과 은둔은 항상 밝은 표정이다.

여의도 의원회관으로 가서 이준협 보좌관과 몇 가지 현안 논의를 했다. 열린우리당의 '잡탕' 성격이 오히려 민주노동당의 입지를 어렵게 하고 있다. 당이 잡탕이다 보니 주요 쟁점에 따른 전선이 여당 내부에 형성된다. 아파트 원가공개가 그러하고 국가보안법도 그럴 조짐이다.

청와대는 박근혜 한나라당 전 대표의 패러디 사진을 게재한 파문의 책임을 물어 2급 국정홍보비서관과 6급 행정요원을 직위해제했다. 일견 적절한 조치로 보인다. 그러나 집에서 키우는 강아지도 집안에 큰일이 벌어지면 분위기를 알아채는 법이다. 청와대 브리핑의 제목부터 '저주의 굿판' 운운하는 피냄새가 진동하고 청와대 고위당국자란 사람이 행정수도 이전찬반을 탄핵찬반과 같은 세력으로 구분하는 발언을 거침없이 해대는 '전시 분위기'가 아니었으면 6급 행정요원의 그 같은 만용이 부려졌겠는지 의문이다. 무모한 일을 감행한 6급 행정요원이 그런 일을 하게 된 배경에 대한 고찰이나 반성의 기미는 보이지 않는다.

감사원도 한 줄의 기록을 남겼다. 400만 명의 신용불량자를 낳은 카드대란의 책임이 금융감독원 부원장에게 있다는 것이다. 카드대란은 눈앞의 정치적 목적을 위해 경제정책을 악용한 대표적인 범죄행위이다. 이 같은 사건의 책임이 명백히 밝혀져야 하는 이유는 이러한 범죄적 정책결정이 되풀이될 가능성이 크기 때문이다.

이미 정부여당은 연기금관리기본법을 개정하여 연기금의 주식투자를 확대하는 것으로 증시 활성화를 이뤄내고 경기를 부양시키겠다는 '작전개요'를 수립해두고 있다. 동일한 정치적 목적, 동일한 일시적 효과, 동일한 파국적 결말 등 제2의 카드대란 로드맵이 준비 중인 것이다.

행정수도 이전 공방에서 2차남북정상회담 신드롬으로 넘어가는 가운데 여당 측 정치관계법의 개정방향이 드러나고 있다. 여당의 선수들이 정개특위의 간판, 총대, 배후 역을 나눠 맡았다. 핵심은 선거구제 개혁과 돈줄풀기이다. 선거구제는 도시 지역에 중대선거구제, 농촌은 소선거구제로 하겠다는 것이다. 대구 지역의 한나라당 의원들을 제외한다면 대다수 기득권 명망정치인들이 솔깃해할 '기득권 연합' 선거제도이다.

선거제도 개혁의 핵심은 정당의 지지율만큼 의석을 갖게 하는 것이다. 정당의 지지율은 정책, 노선, 인물에 대한 종합평가이다. 전체 유권자 중 3%, 즉 100만 명이 지지하는 정당이 있다면 이 100만 명은 국회 내에 자신을 대변할 3%의 국회의원을 가져야 한다. 32%, 29%, 18%로 나타나는 최근의 지지율로 국회의석을 배정한다면 열린우리당 120석, 한나라당 109석, 민주노동당 68석가량이 되어야 한다. 부산에서 열린우리당이 30%의 의석을 갖고 광주에서 한나라당이 최소 15%의 의석을 가질 수 있다. 따라서 독일식 정당명부제를 포함하는 완전비례대표제만이 정답이다. 지구상에서 가장 많은 나라에서 채택하고 있는 선거제도이기도 하다. 차선책으로나마 이런 효과를 보려면 16개 광역시도를 각각 하나씩의 선거구로 하는 대선거구제를 생각해볼 수 있다.

반면 지금 여당에서 생각하는 도농복합선거구제는 각 당이 취약지역에서 몇 석의 의석을 건질 수 있을 뿐, 정치개혁안이라 볼 수 없다. 독감보다 변비가 차라리 낫다는 어리석고 위험한 발상이다. 어중간한 규모의 중대선거구제는 이른바 명망가, 기득권 실세들의 잔치판이 될 수밖에 없다. 비례대표의 효과가 현저히 떨어지는 가운데 선거구가 넓어지면 결국 이미 잘 알려진 후보나 막강한 재력과 조직력을 가진 후보만이 유리하기 때문이다. 한 명이 아니라 수명을 뽑는 중대선거제는 '나도 한자리'라는 기대를 신인이나 시민단체들에게 갖게 하기 쉬우나, 현실은 정반대로 나온다. 전문학계에선 이론과 실천상의 검증이 끝난 제도이다. 게다가 농촌 지역의 소선거구제를 보존하려는 것 역시 퇴행적이다. 1:3으로 표의 등가성이 현저히 차이가 나는 국가는 전 세계에서도 드물다. 최소한 1:2 미만으로 가기 위해선 농촌 선거구의 통폐합을 더 진척시키는 것이 개혁이다. 돈줄풀기 선거법 개정 역시 역사를 후퇴시키는 것이다.

돈 안 드는 정치, 투명한 정치자금을 약속한 잉크가 마르기도 전에, 단 1년도 시행해보지 않고서 '화려했던 과거'로 돌아가려는 것이다. 특히 이 문제에 대통령이 직접 나서는 것은 모양이 몹시 좋지 않다. 제헌절 저녁 국회의장 초청 3부요인 만찬은 처음 있는 일인 만큼 의미 있는 자리가 될 수도 있었다. 이런 자리에선 헌법정신을 지키는 문제에 관한 덕담들이 오가야 했다. 특히 대통령은 지난번 헌법재판소 결정문에 나와 있듯이 '헌법' 과목에 관한 한 좋은 점수를 얻지 못한 처지가 아닌가. 전례 없이 중앙선거관리위원장까지 배석시킨 3부요인 만찬자리에서 대통령이 작심하고 한 말씀은 듣기 민망한 것이었다. "예를 들어 국회의원이 정책개발 하려면 교수도 만나 밥도 먹어야 하는데 밥도 못 산다." 아마 국회의원이 아니었다면 나는 대통령의 이 말에 속아 넘어갔을지 모른다.

골프장에 가지 않고 책상에 앉아 인터넷 검색을 해보면 안다. 대부분의 정책은 다양한 의견으로 정책개발이 거의 다 되어 있다. 문제는 정치적 선택일 뿐이다. 백보 양보해서 정책개발을 한다 하더라도 불쌍한 우리 국민들이 낸 세금이 이미 각 당에 배분되고 있다. 1년에 수백억 원씩 교섭단체 정당에게 배분되는 국고보조금의 30%는 의무적으로 정책개발에 쓰도록 되어 있다. 그 돈으로 불가능하다면 민주노동당에 맡기면 된다. 그 돈의 절반으로도 훌륭한 정책이 개발되는 것을 볼 수 있을 것이다. 물론 그뿐이 아니다. 교섭단체들은 국민 혈세로 연봉 5천에서 7, 8천만 원을 받는 정책연구위원들을 수십 명씩 지원받고 있으며 국회예산으로 지원되는 각종 세미나와 간담회를 개최할 수 있다. 돈이 없어 정책개발 못한다는 말보다 용돈이 부족해 성적이 안 오른다는 말이 더 정직할 것이다. 교섭단체 정당들의 일각에서 얘기하는 소위 당내경선 비용 역시 마찬가지다. 돈으로 대의원을 사는 구태정치를 할 요량이 아니라면 당내경선 비용을 왜 걱정하는가. 일 년에 수백억 원씩 국고보조를 받는 정당에서 '선거공영제'는 왜 실시하지 못하는가.

이미 세상은 바뀌고 있다. 상한액이 낮아서 문제가 되는 것이 아니다. 1억 5천만 원으로 낮아졌는데도 후원금 상한을 채우지 못하는 현역의원들이 속출하게 될 조짐이다. 고비용 정치는 유권자들이 먼저 부정하고 있기 때문이다. 상한액을 높이겠다는 것은 금지된 후원회 행사를 부활하여 검은 돈, 회색빛 돈을 이권단체들로부터 걷겠다는 생각이 있을 때 비로소 '현실적인' 계획이 된다.

열린우리당과 한나라당이 점점 가까워지고 있다. 하루에 열두 번도 더 싸우지만 철학과 정신이 점차 상호수렴되고 있다. 신록의 계절에 초록이 점점 동색이 되고 있다.

〈화씨 9/11〉을 관람했다
2004년 7월 19일 월요일 맑음

공식일정이 없어 종일 의원실에 있는데도 시간이 모자란다. 찾아오는 기자들이나 손님들을 반갑게 맞지만 마음은 부담스럽다.

용산미군기지 이전비용에 대한 감사청구 기자회견을 22일 갖기로 최종결정했다. 언론의 관심은 개정된 국회법에 따라 감사원 감사를 최초로 청구하는 데 모아져 있다. 일부 언론은 이전비용의 적실성과 한미간 부담비율 등으로 관심을 넓히고 있다. 그러나 이 사안은 거기서 끝날 문제가 아니다. 그런 것은 수면 위로 드러난 빙산의 일부일 뿐이다.

법사위 활동에 대한 분석에 착수했다. 역대 활동자료에 대한 분석을 마치면 관련단체, 전문가 면담과 현장탐방을 추진키로 했다. 이 모든 것을 8월 초까지 마쳐야 한다.

영화 〈화씨 9/11〉을 관람했다. 개봉 전 시사회의 성격을 갖기는 했으나 이렇게 많은 사람들이 몰릴 줄 예상하지 못했다. 연예부 기자들은 민주노동당이 '문화'를 통해 정치를 말하는 게 신기한 듯 묻는다. 사실 문화는 배부른 사람들의 관심사라는 생각이 아직 진보진영을 지배하고 있다. 그러나 세상을 바꾸겠다는 진보정당에 있어서 문화와 문화적 접근은 전략적 중요성을 가질 수밖에 없다. '계급사회에서는 지배계급의 문화가 지배적인 문화이다'라는 마르크스의 주장이 '문화'를 자포자기하는 근거로 오용되어선 안 된다. 마이클 무어 감독이 이 영화를 통해 보여준 것은 진실의 힘이자 예술의 힘이다. 지하철에서 이 영화홍보전단을 나눠주고 싶은 충동을 느꼈다. 민주노동당 동료들은 밀려든 관객의 열기에 고무되었다. 좌석이 모자라 통로에 앉고 일부는 서서 보는 상황이 되자 단병호 의원은 영화가 끝날 때까지 벽쪽 통로에 기대서서 관람했다. 그의 결벽증에는 인간의 체온이 담겨 있다.

서서 보느라 혼났다는 아내와 함께 모처럼 일찍 귀가했다. 올해도 여름휴가를 갖지 않을 게 뻔해 보였던지 아내는 처제들과 며칠 쉴 계획을 추진 중이다. 고맙고 다행스런 일이다.

성각스님께서 글씨를 보내주셨다. 마음은 이미 남해 망운암 중턱에 올라선 듯하다.

당대표와 지도부의
철야농성계획이 전달되었다

2004년 7월 20일 화요일 흐리고 비

08시, 의원단회의에 참석하다.

천영세 의원단 대표는 국가보안법 폐지문제와 관련하여 당이 부각되지 않는 데 대한 최고위원들의 우려를 전한다. 개가 사람을 물면 뉴스가 되지 않는 것처럼, 민주노동당의 국가보안법 폐지입장은 언론의 주목을 받지 못하고 있다. 언론의 관심은 열린우리당의 당론이 폐지냐 부분개정이냐 하는 것과 한나라당이 어떻게 나오느냐에 모아져 있다. 민주노동당이 폐지를 주장하는 것은 태양이 하나인 것처럼 너무나 당연한 일이라는 것이다. 그래서 한 기자는 민주노동당 의원 중 9명이 폐지를 주장하고 한 명이 국가보안법 폐지를 반대하면 큰 뉴스가 될 것이라며 농담을 던진다. 그러나 진정으로 국가보안법을 폐지하려고 하는 당은 민주노동당밖에 없다. 결국이 싸움은 폐지하자는 쪽과 나머지 기회주의 세력 간의 대립으로 발전할 것이다.

당대표와 지도부의 철야농성계획이 전달되었다. 의원단의 회의 분위기는 무거워졌다. 당의 방침을 따르기로 했다. 23일 상반기 의정활동평가와 하반기 전략수립을 위한 의원단 워크숍을 갖기로 했다.

11시, 정치개혁 TFT회의를 주재하다. 금주 내로 중앙선관위 담당자를 불러 비공개간담회를 갖고 29일 민주노동당 정치개혁공청회를 열기로 했다. 주대환 정책위 의장의 전화다. 법사위 활동을 위해 당에서 법률전문가를 파견해줄 것을 요청했다.

20시, 대전시지부 신입당원교육에 참가하다. 교육장소인 근로자복지회관은 몇 년 전 오후 3시에서 다음 날 오전 6시까지 15시간 동안 민주노동당 중앙위원회가 열렸던, 잊지 못할 장소이다. 김양호 동지가 '쪽집게 과외'란 이름으로 파워포인트를 이용해 당원교육을 하고 있다. '현 정세와 민주노동당의 역할'이란 주제로 강연을 했다. 나이 든 일반시민들이 신입당원 자격으로 참석해서 적극적으로 질문에 나서는 모습이 인상적이다.

대전시지부의 현안은 호텔리베라 위장폐업 건이다. 지난 6월 보궐선거에 유성구청장 후보로 출마한 신현관 동지는 최근 유성구의회 의장으로 선출되었다고 한다. 한국타이어에 근무하는 당원들은 노민추(노조민주화추진위)도 만들기 어려운 열악한 조건에서 스무 명이 넘는 당원들을 모아 결의를 다지고 있다.

자정 무렵 뒤풀이는 끝났다. 하고 싶은 얘기들, 들어야 할 사연들을 남기고 떠난다.

지나온 수많은 세월 곳곳에서처럼 아쉬움과 안타까움을 허공에 남긴 채 밤은 흐른다.

2004년 들어서서 가장 좋은 하루를 보냈다
2004년 8월 31일 화요일 맑음

하루 종일 광릉 숲에서 지내다. 광릉 숲 관통도로변의 150년 된 전나무 앞에 제사상이 차려져 있다. 광릉 숲 회생기원을 위한 위령제. 앞으로 150년은 더 살 수 있었던 전나무 열한 그루는 인간이 내뿜은 자동차 매연으로 인해 자기 수명의 절반도 채우지 못하고 생애를 마감했다. 인간의 무모한 욕망과 앞을 내다보지 못하는 짧은 생각으로 숨져간 나무들의 넋을 위로하는 위령제가 끝난 후 이들을 베는 행사가 이어졌다.

광릉수목원 원장과 직원들로부터 업무보고를 받고 주요시설과 숲을 둘러보았다. 『광릉 숲에서 보내는 편지』로 유명한 이유미 박사가 동행하면서 530년 된 광릉 숲 곳곳을 안내하고 설명해주었다. 지난 5월 이유미 박사의 책을 선물해준 김지선 님에게는 고마움을 전할 길이 없다. 극상림을 이룬 서어나무들을 처음 보았고, 층층나무와 가래나무를 배웠다. 이유미 박사가 토종 물봉선화를 가리키며 이름을 외우라고 한다. 흔히 손톱 물들이는 데 쓰는 '울 밑에 선 봉선화'는 겨우 백 년 전에 들어온 외래종이라고 말해준다.

나물의 제왕 곰취가 놀랍게도 아름다운 노란 꽃을 피우고 있는 모습도 가리켜준다. 산초나무를 가리키며 추어탕 먹을 때 넣는 산초는 산초나무의 열매가 아니라 초피나무 열매란다.

우리나라 특산종인 금강초롱꽃의 학명이 일본인 이름으로 된 사실을 들며 식물 이름도 '국력'이 반영된다고 한다. 사람들은 자신이 이름을 아는 식물은 더 아끼고 관심을 갖는다고 한다. 그래서 식물 이름을 알게 하는 것이 곧 자연보호의 지름길일 수 있다는 게 이유미 박사의 지론이다. 영어단어 2,000개를 아는 것보다 나무, 풀 이름 200개를 알고 있는 것이 훨씬 값진 것이라고 맞장구쳤다. 김형광 수목원장과 이유미 박사는 가을에 다시 한번 오라고 한다.

가는 길에 들르라는 봉선사 철안스님의 당부는 지키지 못했다. 아쉬움을 묻어두고 식물의 세계를 떠나 동물의 세계로 돌아왔다.

차가 수목원 정문을 지나 서울로 향하자 권우석 보좌관이 5시 뉴스를 듣기 위해 라디오를 켠다. 라디오를 끄도록 했다. 숲향기, 피톤치드가 아직 콧잔등에 남아 있는데 '동물의 뉴스'는 나중에 들어도 된다. 생일이라고 여러 사람이 저녁을 함께하자고 한다. 부모님 슬하를 떠나고 철이 든 후 생일을 기념한 적이 없다. 아직 뒤를 돌아보기엔 이른 나이이고, 존재를 기념할 만큼 해놓은 일도 없다. 오히려 부끄러워해야 할 날이고 반성을 해야 할 날이다.

그런데도 임영진 님은 꽃바구니를 보내주었다. 숲속의 향기, 안개꽃, '노회찬과함께하는아름다운정치'(노아정) 식구들, 비틀즈, 공숙영 님 등 많은 분들의 축하에 부끄러움만 더해간다.

숲은 미래다.

숲은 관념이 아니라 과학이다.

숲이 병들면 미래가 병드는 것이다.

숲에서 지낸 7시간.

2004년 들어서서 가장 좋은 하루를 보냈다.

가을을 앞세우고 겨울이 남하하고 있다

2004년 9월 1일 수요일 맑음

법무부 정병두 검찰제1과장이 다녀갔다.

지난번 법사위에서 일부 의원들이 검찰의 독자예산편성 필요성을 제기하자 법무부의 반대 의견을 설득하러 온 것이다. 내일은 교정국장이 찾아오겠다고 한다. 오겠다는 사람을 막을 순 없고 행정부 각 부처에서 현안과 관련하여 국회의원에게 설득하려는 자세도 좋다. 그러나 이렇게 일일이 한 사람씩 직접 찾아와서 만나는 방식은 국회의원의 권위의식을 충족시키는 데 도움이 될지언정 결코 생산적이지 못하다.

14시, 제250회 국회가 열렸다. 17대 국회의 첫 정기회이다. 이번 정기국회의 최대의 쟁점은 경제살리기와 정치개혁이다. 경제살리기에 있어서 열린우리당과 한나라당의 이심전심은 목불인견이다. 이들의 초점은 재벌규제를 풀고 부자들 돈 쉽게 쓰는 데로 모아지고 있다. 신용불량자, 비정규직, 청년실업자 대책은 자신들의 총선공약이 불량처방으로 판명났는데도 오불관언이다.

이헌재 부총리는 한나라당 정책위에서 여당으로 시집온 사람처럼 양가부모의 사랑과 배려 속에 힘을 얻고 있다. 오늘 사모펀드는 사돈들끼리 우애를 과시하며 재경위를 통과했다. 연기금 주식투자를 한나라당이 끝까지 반대할지 지켜볼 일이다. 정치쟁점의 전선은 열린우리당의 한가운데 지점을 관통하고 있다. 핵심쟁점은 국가보안법과 이라크파병연장 문제 그리고 용산기지 이전비용 문제이다. 열린우리당의 정체성과 노선이 도마 위에 오르는 사안이다.

민주당 정치관계 대토론회에 참석하다. 주제는 '한국정치지형의 변화, 어떻게 진행될 것인가'. 노무현정부의 정체성에 대한 시비가 여전하다. 그러나 더 큰 문제는 한국 엘리트층의 역사와 정세인식 문제이다. 이들의 인식이 탄핵발의 강행을 결단하던 3월 11일의 한나라당 지도부 인식과 여전히 동일하다는 사실은 향후 험난한 정치변동을 예고해주고 있다.

군사독재에 이어 3김 시대가 막을 내리면서 시작된 과도기의 향배는 한국 보수정치세력의 주도권을 누가 쥐느냐에 달려 있다. 이들은 보수진영 전체의 지배력과 영향권이 점차 축소되고 있는 현실보다도 그 내부에서의 헤게모니 투쟁에 더 집중되어 있다. 4.15 총선으로 1차전은 열린우리당의 승리로 끝났다. 그러나 한나라당이 다가오는 2차전에서 역전승할 가능성은 적다. 탄핵소추안을 의결시킨 '3.12 정신'이 아직도 한나라당의 지배적인 물밑 정서이며 한국의 보수엘리트층이 이를 떠받들고 있기 때문이다. 다가오는 2차전이 1차전보다 훨씬 큰 규모의 빅뱅으로 나타날 것으로 예상하는 사람들이 많아지고 있다.

토론회에서 이낙연 민주당 원내대표는 다가오는 빅뱅을 민주당의 기회로 만들겠다는 의지를 피력했다. 이를 위해 우선 제3당 고지를 탈환하겠다고 한다. "민주당에겐 죽는 것을 포함한 어떤 선택도 현재로선 무의미하다. 9석과 10석과 11석이 너무나 다르다. 민주노동당에겐 미안하지만 죽을 각오로 제3당이 되어야 한다." 한화갑 민주당 대표가 오늘 다른 자리에서 "10월 지방자치단체장 재보궐선거에서 실적을 내고 내년 4월 재선거에서 국회의석을 늘리겠다"고 한 발언과 일치하는 내용이다. 9석을 10석, 11석으로 늘여서라도 제3당 위치를 찾겠다고 절치부심하는 민주당의 분투는 많은 것을 생각하게 한다.

이에 비하면 '10석 갖고 할 수 있는 일이 없다'는 당내 일부의 패배주의적 정서는 결국 배부른 여치의 한가한 여름타령이 아닌지 되돌아볼 일이다.

전어배가 한창이다.
가을을 앞세우고 겨울이 남하하고 있다.

아침이 너무 자주 찾아온다
9월 2일 목요일 맑음

오전 10시, 법무부 교정국장과 간부들이 찾아왔다.

8월 임시국회 때 법무부 결산심의과정에서 지적하고 질문했던 사안에 대해 일일이 답변자료를 만들어와서 설명한다. 지금 재소자들이 사비로 구입하는 물품은 교정협회에서 독점공급하고 있다. 여기서 막대한 수익이 발생한다. 재소자와 그 가족들에게 물건을 팔아 생긴 수입이다. 문제는 교정협회가 이 장사를 통해 얻은 수익금을 재소자들을 위한 복지비용으로 쓰지 않고 주로 교정당국에 협찬금 형식으로 낸다는 데 있다. 그러다 보니 모 교도소의 경우 이 돈으로 교도소장 판공비를 지원하고, 결국 재소자에게 물건 팔아 생긴 돈으로 교도소장 경조사비와 회식비를 지원하는 일이 발생한 것이다. 도덕적으로 지탄받을 일이다. 교정국장은 시정을 약속했다. 제대로 지켜지는지 국정감사 때 다시 확인해볼 일이다. 사실 더 큰 문제는 한국의 교도소가 교정교화 기능을 하고 있는가, 하는 문제다.

지난 8월 초 가장 더웠던 여름날 청송교도소를 방문하여 30여분간 신창원 씨를 면회했다. 유영철사건에 대해 얘기하며 재범률이 높은 이유에 대한 생각을 물었다. 그의 답변은 명확했다. 한국의 교도소는 수용만 할 뿐 교정교화를 하지 못한다는 것이다. 수차례 교도소를 들락거린 자신도 교도소에서 교정교화되지 않았기 때문에 탈옥했고 더 큰 범죄를 저지르게 된 것이라 했다. 그가 대입검정고시를 합격한 후 심리학을 공부하겠다고 생각한 것도 교정교화에 심리학이 한몫하리라는 기대감 때문이라 했다. 사실 이 문제는 재정문제와 직결되어 있다. 재소자의 인권은 함께 감옥생활을 하는 교도관의 처우 등 재정문제와 연결되어 있다. 또 교정교화를 포기한 채 단지 격리수용할 뿐인 상태에서 재소자의 인권을 향상시키는 것은 형식적으로 끝날 가능성이 크다. 민영교도소로 이 문제를 풀겠다는 발상은 편법일 뿐 아니라 지엽적인 문제해결에 불과하다.

유영철사건이 말해주듯이 교정교화를 위한 사회적 비용을 아낄수록 더 큰 비용을 사회가 지불하게 되어 있는 것이다. 물론 애초에 범죄발생률을 낮추는 길은 사회경제적인 해결책밖에 없다. 사회복지가 전무한 약육강식의 세계에서 경쟁에서 탈락한 자들의 저항은 쉽게 범죄로 표현되기 때문이다.

법제처 장관으로부터 전화다. 『노회찬과 함께 읽는 조선왕조실록』에 대해 조목조목 칭찬이다. 내용이 좋아서 열 권을 사서 직원들에게 돌렸다고 한다. 고맙긴 한데, 법사위 피감기관이다 보니 칭찬도 무겁게 들린다.

오후에 대법원 판결문 내용이 알려졌다. 헌법재판소에 이어 대법원에서 국가보안법 존속을 위한 '무리한 발언'이 계속 나오는 것은 오히려 의미 있는 일로 볼 필요가 있다. 국가보안법을 유지하는 것이 지배적인 정서였던 시절에는 볼 수 없었던 광경이다. 그만큼 국가보안법을 위시한 냉전적 사고와 제도는 이제 존립을 걱정해야 하는 사멸기에 접어든 것이다. '대법원의 시계는 아직도 1980년대 인가'라는 제목으로 급히 논평을 썼다.

전태일기념사업회로부터 연락이 왔다. '선대본 일기'가 올해 전 태일문학상 수상작으로 선정되었다는 것이다. '선대본 일기'를 전 태일문학상에 응모한 것은 상을 받기 위해라기보다 노동자정당의 첫 원내진출 경과보고서로서 전태일의 영전에 바치기 위함이었다. 어쨌든 전태일의 이름이 들어간 상을 받게 된다니 노벨평화상을 받 는 것보다 더 기쁜 일이다.

오랜만에 MBC 〈100분토론〉에 출연했다. 최근 방송토론에 나 가지 않는 방침을 고수하고 있었는데 당 대변인실의 강력한 지시를 거절하기 힘들었다. 또 〈100분토론〉의 경우는 그동안 몇 차례 출연 제의를 사양했기 때문에 더 이상 거부하기도 힘들었다. 이번 토론 은 토론자 선정에 다소 문제가 있었다. 특히 한나라당 원희룡 의원 의 경우 과거사문제와 관련하여 한나라당에서 가장 전향적인 입장 을 갖고 있는 의원이라 '정반대의 견해를 갖는 토론자'로 보기 힘들 었다. 반대 측 나머지 토론자들도 쟁점정리가 잘된 토론자들이 아 니었다. 평소와 달리 '180분토론'이 되어 새벽 2시 30분에야 끝났 다. 아침 6시부터 라디오에서 〈시선집중〉을 진행해야 하는 손석희 부장이 위대해 보인다.

집으로 돌아오니 아내의 질책이 기다리고 있다. '정신대'문제를 말하면서 지금의 성매매를 끌어들인 서울대 이영훈 교수의 발언에 좀 더 세게 발언하지 못했다는 것이다. 나름대로 격하게 지적했다고 해도 성에 차지 않는 모양이다. 해명을 하다 보니 새벽 4시 반이다.

아침이 너무 자주 찾아온다.

결혼도 마다하고 오십 평생
내내 당신이 그토록 소망했던……

2004년 9월 3일 금요일 맑음

08시, 의원단회의에 참석하다.

11시, 정치개혁 TFT회의에 참석하다. 국민소환제 법안에 대한 막바지 검토다. 유례없는 신생법안이기 때문에 한 조항 한 조항이 모두 조심스럽다. 다음 주에 최종심의하는 것을 목표로 정했다. 당 노동위원장과 간부들이 인사차 들렀다. 인원이 많이 보강되었다.

의원회관 엘리베이터 입구에 붙은 '의원용' 팻말을 떼어내는 공사가 진행중이다. 열린우리당 박영선 의원이 이를 떼어내자는 결의안을 상정했는데 신임 남궁석 국회사무총장이 먼저 나선 것이다. 의원회관 상주인구는 대략 2,500명 정도이다. 이 중 의원 299명에게 전용 엘리베이터가 3대이고 나머지 2,200명에게 3대가 배정되어왔다. 게다가 하루 방문객이 1,000명이 넘으니 3,000명 이상이 3대의 엘리베이터를 이용하게끔 되어 있었다.

이러한 야만적인 상태가 개선된 것은 민주노동당 때문이다. 민

44

주노동당에서 국회의원의 특권폐지를 총선공약으로 내세우고 지난 5월 등원한 뒤 솔선수범해서 민주노동당 보좌관들이 먼저 의원용 엘리베이터를 타기 시작했다. 그러자 의원전용 엘리베이터는 순식간에 '콜럼버스의 달걀'이 되었다.

팻말을 떼어내기 전에, 결의안이 통과되기 전에 이미 의원전용 엘리베이터는 물건 배달온 노동자들도 아무렇게나 타는 평등엘리베이터가 되어버렸다. 10석의 승리이다. 3.4%의 의석이지만 국민이 공감하는 일을 추진하면 340만, 3400만 명의 지지를 얻을 수 있다는 상징적인 사건이다. 민주노동당의 모든 정책과 공약이 사실 콜럼버스의 달걀이다.

오후 4시, 포항으로 내려갔다. 포항은 구미와 함께 경북 지역의 전략요충지이다. 민주노총과 민주노동당이 혼연일체가 되어 다른 지역에서 볼 수 없는 모범을 이루고 있다. 또한 창당 초기부터 광역 시지부 중에서 가장 열성적으로 농민들과 함께하려는 노력을 강력히 경주해왔다. 20년 이상 포항 노동운동을 대표해온 김병일 경북 도당 대표 등 일선간부들의 노력의 결과이다. 포항제철 사정을 물으니 회사 측에서 만든 26명짜리 노동조합이 자발적인 노동운동을 여전히 가로막고 있었다.

박승옥 동지는 '노동운동의 왕자병'을 얘기하기에 앞서 정규직이 2만 명 넘고 협력업체 노동자를 포함하면 45,000명이 근무하는 포스코에서 26명짜리 어용노조가 45,000명의 노동3권을 가로막고 있는 현실에 대해 얘기했어야 했다.

기자회견과 강연을 마치고 뒷풀이에 참석했다. 강연에는 경주, 영덕, 울진 등 먼 거리에서도 많은 분들이 참석했다.

23시, 김숙향 도당 부대표 등과 함께 창원으로 향했다. 김숙향 동지가 지난 총선후보를 뽑는 지구당 경선에서 남성후보를 누르고 당선된 것은 당내에서도 잘 알려지지 않은 쾌거였다. 작년 11월 건설노동운동을 하는 남편이 구속된 상태에서 민주노동당 후보로 선출된 그가 서인만 후보와 함께 당선소감으로 열변을 토하던 광경은 지금도 생생한 감동으로 남아 있다.

고 이경숙 경남도의원 빈소에는 새벽까지 조문객들로 가득 차 있다. 연이은 사고로 문성현 경남도당 대표의 얼굴이 수척해져 있다. 얼마 전 상처한 임영일 교수가 자기 일처럼 슬퍼한다. 급성심부전이니 과로사가 분명하나, 공인이기 때문에 경찰당국에서 부검을 요청해서 오전 9시에 부검할 예정이라 한다. 고 이경숙 의원의 강직한 성품은 당내뿐 아니라 민주노총 등 지역운동에도 잘 알려져서 평소에도 '걸어 다니는 기강'으로 불린 사람이다.

2002년 6월 지방선거를 앞두고 1인 2표제가 처음 실시되는 선거라 중앙당은 정당투표의 득표율을 높이기 위해 광역단체장과 광역비례대표의원 선거에 가장 큰 비중을 두었다. 당연히 여러 지역에서 저항이 거셌다. 가뜩이나 힘든데 광역단체장 선거를 하기 힘들다고 하소연하는 지역이 많았다. 밀어붙이듯이 일곱 개 광역에서 후보를 내게 했다.

경남도 그중 하나였다. 광역비례대표후보는 여성을 1번으로 하기로 결정함에 따라 후보선정이 난관이었다. 여성후보를 1번으로 세우는 데도 내심 불만이 많은데 예비후보로 2번 남성후보까지 등록시키라고 하니까 그것만은 못 따르겠다는 지역이 많았다. 당시 경상남도지부는 도지사후보도 중앙에서 강압적으로 밀어붙인 상태라 광역비례대표후보의 선거공보물도 별도로 만들지 못하고 비례대표 2번도 선출하지 않았다. 낙선될 게 분명한 비례대표 2번후보의 기탁금이 아깝다는 견해가 더 컸다. 결국 강직한 활동가 이경숙 의원이 별세함으로써 의석을 승계할 2번후보가 없는 관계로 민주노동당 도의원 수마저 줄게 되었다.

숨진 고 이경숙 의원에게도 면목 없는 일이 되었다.

그러나 고이 잠드시라.

결혼도 마다하고 오십 평생 내내 당신이 그토록 소망했던 세상은 살아남은 자들이 기필코 이루리니,

부디 편히 가소서.

이영훈 교수의 발언 파문이 확대일로이다

2004년 9월 4일 토요일 맑음

창원에서 서울로 올라오니 이영훈 교수의 발언 파문이 확대일로이다.

그가 사실대로 얘기했는데 무슨 문제냐는 항변도 있다. 팩트 운운하면서 그가 역사적 사실을 말한 것은 사실이다. 그러나 '사실'도 조합하기에 따라서 엄청난 '거짓'이 된다는 언어의 변증법을 모르는 것이 탈이었다. 문제의 발단은 친일청산법에서 '종군위안부 모집을 위해 적극적인 행위를 한 자'를 반민족친일행위로 규정한 데서 출발했다. 이영훈 교수는 종군위안부 모집에 민간인들이 많이 개입했으며 자발적인 경우도 있었고 조선인으로 징병된 사람들도 종군위안소를 이용했다고 강조했다. 나아가 한국전쟁 때도 정부가 만든 미군위안소가 있었고 지금도 사실상 공창이 도심 한가운데 있지 않느냐는 것이다.

그가 열거한 것은 하나하나 역사적 사실일 수 있다. 그러나 그는 이런 사실들을 열거하면서 결국 누가 누구를 처벌할 수 있느냐는 결론을 만들어내었다. 이런 복잡한 과거를 연구해서 정리하면

되지 친일청산법 따위를 만들면 안 된다는 것이다. 결국 '사실'을 조합해서 그가 만든 것은 '왜곡'인 것이다. 이날 토론에서 이영훈 교수가 처음 꺼낸 말은 역사에서 선과 악의 구별이 어렵다는 것이다. 선과 악을 구분하고 악을 징치하려는 자세를 버려야 한다고 말했다. 그래서 과거사는 청산하려고 해선 안 되고 가치중립적인 연구자들에게 맡겨야 한다고 말했다.

어두웠던 과거 시절 그들은 민중의 신음소리에 귀를 막고 야만의 참상에 눈을 감았다. 연구를 명분으로 어둠의 시절을 묵인하고 방조했다. 지금 그들이 감추려는 것은 단지 어둠의 시절만이 아니다. 그들이 함께 감추고 싶은 것은 어둠의 시절을 방조한 그들의 침묵이다. 그래서 내놓는 것이 역사적 허무주의이다. 무엇이 선이고 누가 옳은지 알 수 없다는 것이다. 친일세력들을 규명해내는 그간의 연구가 고명한 대학교수들에 의해서가 아니라, 박사학위도 없는 이른바 재야사학자들에 의해 이뤄진 사실을 기억해야 한다.

이번 사법고시의 합격예정자 두 명이 인턴으로 자원했다. 사법연수원에 들어가기 전까지 도와줄 예정이다. 그중 한 사람은 힙합 스타일의 머리를 하고 있다. 물으니 호일파마라고 한다. 판사나 검사 혹은 변호사가 호일파마를 하고 다닌다면 그것은 분명 진보이다. 재기가 철철 넘치는 이 청년을 환영하기 위해 방 식구들이 함께 국회 내 공사장 옆 함바집에 가서 점심을 먹었다.

의정부로 가는 길에 손석희 아나운서의 전화를 받았다. 그는 올해 2학기부터 연세대 신문방송학과 겸임교수로 강단에 서고 있다.

10월경 자신의 강좌에 강의 하나 맡아달라고 한다. 이 매력적인 남자의 요청을 거절하는 일은 쉽지 않다. 쾌히 승낙했다.

18시, 의정부지구당으로 갔다.

동네주민들이 보더니 강연하러 왔느냐며 인사를 한다. 강연에는 연천, 동두천 등 의정부지구당이 관할하는 지역의 당원들과 시민들도 참석했다. 강연 후에 지구당 이전 개소식이 있었다. 지난 총선에서 의정부지구당은 정당 투표 14.2%, 목영대 후보는 10.2%를 얻었다. 10%를 넘게 득표하여 돌려받은 선거기탁금으로 의정부시청 앞에 번듯한 새 당사를 마련한 것이다. 세상에 국회의원 선거에서 10.2%를 득표하고 이처럼 의기양양해 하는 사람들이 있을까? 10.2% 득표로 돌려받은 기탁금을 더 좋은 당사를 마련하는 데 쓰는 당원들이 민주노동당 말고 어디에 있겠는가?

당신의 연세를 "여든 하나"라고 밝히신 분은 의정부시민 박찬정 씨였다. 비슷한 연배의 할아버지들과 함께 오셨다. 강연이 끝나자 손을 꼭 잡고 말씀하신다.

"여든 하나인 우리들이 살아생전에 민주노동당이 집권하는 그날을 꼭 보게 해달라."

두 번 세 번 말씀하신다.

여든한 살. 아버님과 동갑이다. 일제하에서 태어나 젊어서 두 차례의 전쟁을 겪고 군사독재의 하늘 아래에서 환갑을 맞이한 분들이다.

이런 분들이 민주노동당을 지켜보며 그날을 기다리고 있다.

독버섯은 옮겨 심어도 독버섯일 뿐이다

2004년 9월 5일 일요일 맑음

노무현 대통령이 국가보안법 폐지 의견을 표명했다.

며칠 전 어느 언론과의 인터뷰에서 "매사에 의견이 많은 대통령이 이 문제에 왜 아무 말 않느냐"며 지적한 바 있다. 그런 점에서 환영할 만한 발언이다. 국가보안법 폐지 견해를 밝힌 것은 노무현 대통령이 최초가 아니다. 1989년 김영삼 대통령과 김대중 대통령도 같은 발언을 한 바 있다. 이들이 식언을 한 것은 아니지만 그동안 세상은 오불관언이었고 이들 대통령도 생각과 실천이 달랐다. 따라서 노무현 대통령의 발언으로 무엇이 보장되는 것은 아니다.

활주로에서 비행기가 떠야 비로소 떠나는 것처럼 마지막까지 가보아야 결말을 알 수 있는 것이다. 노 대통령은 오늘의 국가보안법 폐지 발언으로 정치개혁의 중심에 서게 되었고, 한나라당과의 긴장을 심각하게 조성함으로써 개혁 대 반개혁의 전선으로 잃어버린 30대 지지자들을 불러 모을 수 있는 호기를 마련했다. 사실 노무현정부와 여당은 경제난국의 해법이 별로 없는 가운데 국가보안법, 친일청산법, 언론개혁입법 등으로 정치개혁의 전사가 되어 난국을 헤쳐나갈 수밖에 없는 처지이기도 하다. 그런데 이런 정치적 득실과는 별도로 노 대통령의 발언 중에서 특히 애매한 것은 진의가 어디까지냐 하는 것이다.

국가인권위원회의 권고문이나 민변의 의견이 그렇듯이 국가보안법은 전신에 독이 퍼져 있는 상태다. 그래서 국가보안법의 일부 조항을 형법에 옮기는 것은 독이 퍼져 있는 장기를 이식하는 것과 마찬가지다. 만일 국민들의 우려를 감안해서 형법을 개정하는 시늉을 하는 것이라면 국민들에게 솔직하게 얘기하고 형법을 그대로 두어야 할 것이다. 그게 아니라 국가보안법의 독소조항을 일부 형법으로 옮기는 것이라면 이 경우는 국가보안법의 위장폐지에 다름 아니다. 위장폐지 할 바엔 국가보안법을 일부 개정해서라도 그냥 존치시키는 것이 오히려 낫다. 그동안 인권을 탄압한 것은 국가보안법의 독소조항이지, 국가보안법이란 '이름'이 아니기 때문이다. 독버섯을 삼키고서 독버섯이 없어졌다고 얘기하는 꼴이 되어선 안 된다.

국가보안법을 둘러싼 논쟁의 본질은 사상전이 아니라 심리전이다. 국가안보에 이바지한 적이 없는 국가보안법의 존폐를 둘러싸고 국가안보의 위기를 얘기하는 것은 전형적인 거짓선동이다. 지금 국가보안법으로 수감중인 사람이 모두 17명인데, 이를 뻔히 알면서도 국가보안법이 없어지면 감옥에서 석방될 사람들로 사회가 혼란에 빠질 것이라 주장하는 사람들이 있다. 특정한 목적이 없다면 광화문에서 김일성 만세를 외치는 것은 지금의 국가보안법으로 처벌할 수 없다는 것을 잘 아는 법조인 출신들이 국가보안법이 없어지고 광화문에서 김일성 만세 하는 사람들이 나타나면 어떡할 거냐며 자기도 믿지 않는 겁을 주고 있다.

지난 50년간 국가보안법이 지킨 것은 이 나라의 안보가 아니었다. 총칼로 일어선 독재정권과 노동3권을 유린하던 악덕 기업주의 안보를 지켰을 뿐이다.

독버섯은 부분개정해도 독버섯일 뿐이다. 독버섯은 옮겨 심어도 독버섯일 뿐이다. 국가인권위원회의 권고대로 전면폐지가 아니라면 그것은 위장폐지일 뿐이다.

민법, 형법, 민사소송법, 형사소송법
책을 주문했다
2004년 9월 6일 월요일 맑음

    오전 10시, '법률안 비용추계와 입법활동의 책임성 구현'이라는
긴 이름의 토론회에 참석하다. 이런 토론회에 관심을 기울이는 언론
은 없다. 그러나 이런 토론회만큼 진지하고 국회개혁에 실질적인 의
미를 갖는 토론회도 드물다. 토론회를 주최하고 발제를 맡은 민주당
손봉숙 의원은 국민에게 도움이 되는 국회의원에 분명히 속한다.
    국회법 제79조는 예산상의 조치가 수반되는 법률안을 발의, 제
출할 경우 예산명세서도 아울러 제출하도록 하고 있다. 그러나 예
산명세서가 반드시 첨부되어야 할 법안 중에서 실제 첨부한 경우는
제13대 국회에서 16.3%, 14대 17.3%, 15대 5.3%, 16대 18.4%, 17대
14.2%에 불과했다. 이 비율은 국회의원 중에서 국회법을 준수하는
의원의 비율로 해석해도 무방할 것이다.
    특히 제17대 국회처럼 법안발의가 홍수를 이루는 지금, 법안발
의시 소요예산까지 미리 가늠해보는 것은 대단히 중요한 의미를 갖
는다. 유럽처럼 정책분석평가 기법을 동원하여 사전, 과정, 사후의

54

평가를 하고 이를 법안의 개폐나 수정에 반영하는 입법영향평가제도를 도입하는 것까지 나아가야 하나 그 전에 재정문제만이라도 제대로 짚어야 하는 것이다.

지난 대선과 총선에서 민주노동당의 선거공약이 한국정책학회 등 연구단체와 시민단체들로부터 높은 평가를 받은 것은 공약 하나하나마다 소요예산 규모를 산정하고 그 예산을 연출할 방법까지 제시했기 때문이었다. 국회가 정쟁의 장이 되는 것은 지금의 정치구조상으론 불가피한 일이지만 그래도 국회의 기본 기능은 입법이라는 점을 감안하면 과학적인 입법시스템을 갖추는 일은 중요하고 또 요원하다.

대통령의 국가보안법 폐지 발언 후 한나라당의 반응이 격렬하다. 박근혜 대표는 "국가보안법이 한나라당의 존재이유"라고 말했다. 대변인실의 지시로 기자간담회를 가졌다. 이제 공은 열린우리당으로 넘어갔다. 대통령이 국가보안법 폐지를 말하자 열린우리당 내의 전면폐지론자들마저 형법개정론으로 입장을 바꾸고 있다. 열린우리당이 자신들의 형법개정안을 밝힐 경우 싸움은 2차전으로 접어들 것이다.

김세호 건교부 차관이 승진인사차 들렀다. 지난 7월 철도청장 시절 철도청 5급 이상 간부들을 대상으로 한 강의를 의뢰한 바 있다. 철도노조로부터도 역대 청장 중 대화가 잘되는 사용자로 평가받았던 인물이다.

민법, 형법, 민사소송법, 형사소송법 책을 주문했다.

나이가 들수록 해야 할 공부가 늘어간다.

2004년

법사위가 3D업종이라는 말이 허사가 아니다

2004년 9월 7일 화요일 비

오전 8시, 의원단회의에 참석하다. 베트남에서 열리는 반아셈대회 참석차 출국한 단병호 의원을 제외한 모든 의원들이 참석했다.

오전 11시, 법사위원회가 열렸다. 2003회계연도 세입세출결산안과 예비비 지출승인의 건을 다루었다. 결산안 심의과정에서 지적한 내용 중에서 시정요구안에 빠진 것들이 있었으나 지적하지 않았다. 어차피 국정감사에서 본격적으로 추궁할 문제들이다. 내일 법사위에서 심의하는 법률안은 모두 14개이다.

간접투자자산운용업법 중 개정법률안, 조세특례제한법 중 개정법률안, 관세법 중 개정법률안, 교육공무원법 중 개정법률안, 가정폭력범죄의 처벌 등에 관한 특별법 중 개정법률안, 형의 실효 등에 관한 법률 중 개정법률안, 형사소송법 중 개정법률안, 운전중인 운전자 폭행, 협박에 대한 처벌 규정 신설을 위한 형법 중 개정법률안, 컴퓨터 등 사용사기 처벌을 위한 형법 중 개정법률안, 가사소송법 중 개정법률안, 부동산소유권 등기이전 등에 관한 특별조치법안, 공익법인의 설립, 운영에 관한 법률 중 개정법률안, 변호사법 중 개정법률안, 민법 중 개정법률안.

각 상임위원회를 거친 모든 법률안은 법사위의 심의를 거치게 되어 있다. 민주노동당 의원이 한 명뿐이니까 이 모든 법률안에 대해 내용을 파악하고 따질 것은 따져야 한다. 재경위 통과법안은 심상정 의원실 보좌관을 불러 설명을 들었다. 교육위 통과법안을 설명하기 위해 최순영 의원이 직접 오셨다.

늦게까지 나머지 법안들도 공부했다. 이러다간 국회 본회의에 회부되는 모든 법안을 다 공부해야 한다. 법사위가 3D업종이라는 말이 허사가 아니다.

하루종일 전태일문학상 수상치례를 했다. 최연희 법사위원장이 축하한다며 점심을 샀고 대한변협 회장은 난을 보내주었다. 이종걸 의원은 자신이 상을 받은 것처럼 기뻐했다. 축하메일을 보내준 분들에게 일일이 답하지 못했다.

상은 명예지만 또한 멍에다.

송영길 의원 모친상 조문을 가다

2004년 9월 8일 수요일 맑음

　오늘 법사위는 재경위에서 넘어온 간접투자자산운용특별법 개
정안을 비롯한 3개의 법안을 통과시켰다. 재벌이 사모펀드 은행을
지배할 수 있는 길을 터주고 있다는 이유로 간접투자자산운용특별
법 개정안을 반대한 당은 민주노동당밖에 없다. 개정안이 통과된
뒤 이헌재 부총리가 다가와 "굳이 반대할 것 있느냐"며 섭섭함을
표시한다. 그가 현 정부에 입각하기 전 '이헌재 펀드'라고 불리는 사
모펀드 조성에 앞장선 것은 잘 알려진 사실이다.

　교육공무원법 개정안은 심도 있는 논의를 위해 소위원회로 회
부되었다. 헌법재판소가 교사임용에 있어서 사범대 졸업생에 대한
가산점 부여를 위헌이라 판정하면서 교육공무원법 개정은 불가피
해졌다.

　며칠 전 엘리베이터 안에서 만난 열린우리당의 조배숙 의원은
최순영 의원에 대한 찬사를 보냈다. 교육위에서 가산점 폐지 방법
을 둘러싸고 한나라당과 열린우리당 간의 이견으로 난항을 겪을 때
최순영 의원이 나서서 조정안을 내면서 타결되었다는 것이다. 그

런데 교육위 개정안은 사범대 가산점만 부분적으로 폐지하게 했을 뿐, 교육대 졸업생에 대한 가산점은 언급하지 않았다. 교육대 졸업생에게 현행대로 가산점을 주는 데 대해 아무런 이견이 없었기 때문이다. 그러나 개정안에 법적 근거가 마련되지 않음으로 인해서 교육위 의원들의 생각과 달리 교육대 졸업생들에 대한 가산점이 전면무효화될 가능성이 제기되었다. 이 법안을 다시 교육위로 돌려보내 거기서 재의결하게 하거나 아니면 법사위에서 손을 보아야 할 처지에 이르렀다. 안병영 부총리는 임용고시가 얼마 남지 않은 현실을 고려해달라고 했다.

나머지 10개 법안도 법사위 전체회의에서 대체토론을 끝낸 후 심도 있는 논의를 위해 소위원회로 넘기기로 했다. 회의가 끝날 무렵 최연희 위원장이 최용규 열린우리당 간사, 장윤석 한나라당 간사 그리고 나를 불러 숙의를 한다. 국회법 제93조에 따라 정기국회에선 내년도 예산안과 결부된 법률만을 다루게 되어 있으므로 원칙대로 할 것인지 간사들이 합의해달라는 것이다.

실제 국회법 93조 2항은 "다만, 긴급하고 불가피한 사유로 위원회 또는 본회의의 의결이 있는 경우"만을 예외로 인정하고 있다. 결국 국가보안법 폐지안이나 친일진상규명법 개정안의 경우 93조 2항의 '예외'로 의결되어야만 처리될 수 있다. 장윤석 한나라당 간사는 원칙대로 하자고 주장했고, 최용규 간사는 반대했다. 복병은 곳곳에 있다.

국회법 93조 2항의 개정을 검토해야 한다. 의사당 엘리베이터 앞에서 만난 환경노동위원회 소속 한 의원은 삼성의 공세에 혀를 내두른다. 국회의원의 친구들까지 동원하여 말을 넣는다는 것이다. 삼성은 휴대폰 위치추적 시스템을 이용해 직원들을 불법적으로 감시한 혐의로 이번 국감에서 단병호 의원에 의해 증인신청 대상이 된 상태이다. 삼성의 로비가 어느 정도 위력적인지는 환경노동위에서 곧 드러날 것이다.

오후 4시 비행기로 광주 송영길 의원 모친상 조문을 가다. 지난 2일 〈100분토론〉에서 만난 송 의원은 7년간 장기입원중인 모친 병원비로 가족들이 겪는 어려움을 얘기한 바 있다. 그 모친이 6일 별세한 것이다.

이부영 열린우리당 의장과 함께 온 정장선 의원도 치매, 뇌출혈로 인한 장기입원환자의 경제적 부담에 대한 문제점을 얘기한다. 다들 무상의료의 필요성을 생활 속에서 느끼면서도 현실에서 이를 추진하는 힘은 아직도 적다.

18시 50분 비행기로 올라왔다. 다시 저녁 약속 두 개를 마치고 심야에 귀가하니 아내가 꾸지람이다. 종일 어머님의 꾸지람을 한 번도 듣지 않고 하루를 마친 날에는 잠자리에 들어선 후에도 뭔가 허전하고 불안했던 어릴 적 생각이 났다.

60

'사랑하는 사람도 알고 보면 간첩이다'
2004년 9월 9일 목요일 맑음

10만 당원확대운동 선포식이 개최되다.

민주노동당 지도부가 2005년 2월까지 10만 당원확대운동을 벌이겠다는 목표는 시의적절하고 대단히 중요한 의미를 갖는 일이다. 오늘 조흥은행 노동자 700여 명의 집단입당이나, 1인 1당원 확대운동, 릴레이 입당운동 등 다양한 절차와 방법도 바람직한 일이다. 그러나 10만 당원확대운동이 10만 명을 채우는 행정사업으로 전락한다면 당원확대운동의 의미는 반감될 것이다. 당원확대에 있어서 주목해야 할 것은 노동조합도 없는 직장에서 일하는 89%의 노동자들이다. 민주노동당은 그 무엇보다도 민주노총도 한국노총도 없고 단체협약도 파업경력도 없이, 노동3권은 책 속의 권리에 불과한 직장에서 하루하루를 보내는 노동자들의 당이 되어야 한다. 그러기 위해선 이들 속으로 들어가고 이들에게 당을 설명하고 이들의 지지를 끌어내는 데 가장 많은 노력을 기울여야 할 것이다.

민주노총이 여론으로부터 고립된 듯한 배경에는 정권과 자본의 공세도 있지만 민주노총의 이해와 이들 89%의 이해가 일치한다는 것을 설득하는 데 아직 성공하지 못했기 때문이며 민주노동당의 경우도 크게 다르지 않다는 점을 유의하지 않으면 안 된다. 동시에 당원확대가 몸집불리기만을 위한 타성적인 운동이 되지 않기 위해서는 당의 중심적인 정치활동과 절대적으로 연관되지 않으면 안 된다.

그런 점에서 최근 '빈곤과의 전쟁'을 제안한 장석준 동지의 주장을 경청할 필요가 있다. '빈곤과의 전쟁'이 현 시기 당이 제기할 정치담론으로서 과연 정답인가는 토론의 여지가 있지만, 지금 민주노동당의 활동이 보여주는 치명적인 결함은 '정치담론의 부재'라는 지적과 '정치담론을 중심으로 당의 모든 실천들을 유기적으로 결합해야 한다'는 그의 주장은 전적으로 올바른 것이다.

박근혜 한나라당 대표가 기자회견을 열고 국가보안법과 생사를 같이할 것을 선언했다. 이 나라의 역사가 정도를 걸어왔다면 1972년 10월 국회를 불법적으로 해산하고 무력으로 헌법의 기능을 정지시킨 박정희 전 대통령은 '국헌을 문란할 목적으로 폭동한 자'로서 형법상 내란죄로 사형, 무기징역 또는 무기금고에 처해졌을 것이다. 그렇게 되었다면 박근혜 대표가 제1야당의 당대표를 맡는 것도 불가능했을 것이다.

고무는 북 고(鼓)에 춤 무(舞), 북을 쳐서 춤을 추게 한다는 뜻으로 격려하여 힘이 나게 한다는 말이다. 격려할 때 북을 치는 방법만 있는 것은 아니다. 그래서 선수들을 고무할 때 '우레와 같은 박수'도 있는 것이다. 한 인간의 신념과 신앙 및 철학을 처벌한 것은 역사의 법정에서 모두 '야만'이라는 판정을 받았다. 누구를 칭찬하고 격려한다고 해서, 찬양하고 고무한다고 해서, 북 치고 장구 치고 박수를 친다고 해서 이를 이유로 처벌하는 것 역시 '야만'이다.

중국공산당 모택동 주석의 28번째 기일이다. 한나라당 여의도연구소가 과거사 공방을 위해 최근 펴낸 연구자료에는 모택동으로부터 모진 탄압을 받았으면서도 '모택동의 공은 7이고 과는 3이다'라며 과거사를 포용한 등소평의 사례를 찬양하고 있다. 15년 전 그 당이 집권했을 당시라면 이처럼 공산주의자 등소평을 고무, 찬양한 여의도연구소는 국가보안법에 의해 이적단체로 처벌되었을 것이다.

초등학교 담벼락에 어린아이 키만 한 붉은 글씨로 '사랑하는 사람도 알고 보면 간첩이다'라고 써놓았던 사람들이 마지막 비명을 지르고 있다.

송창식과 윤형주가 이렇게 노래를
잘 부르는 줄은 오늘 처음 알았다
2004년 9월 10일 금요일 맑음

아침 8시, 의원단회의에 참석하다.

추석선물에 대해 두 번째 논의가 있었다. 권영길 의원은 '선물 주려고 하는 사람이 별로 없는데 안 받겠다는 말을 너무 요란스럽게 하는 것 아니냐'는 지적이다. 한국의 선물풍습은 요즘의 중국과 유사하다. 일본만큼 시시때때 자주 주고받지 않으면서도 부적절하게 과한 경우가 많다. 진심과 진정이 덜 실릴수록 선물의 부피는 크고 무게는 무겁다. 여하튼 정치인에게 선물은 아직 사약이다.

원내대표단이 오늘 본회의에서 국가보안법 폐지와 관련하여 5분 발언할 것을 요구한다. 어저께 박근혜 대표가 기자회견을 했고 오늘 이부영 의장이 광주에서 국가보안법 관련 기자회견을 하기로 되어 있다. 열린우리당의 위장폐지를 공격하기엔 시점이 이르다며 5분 발언을 사양했으나 대표단의 권고가 강력하여 마지못해 수용했다.

MBC 〈심야스페셜〉에서 용산미군기지 이전협상에 관한 인터뷰를 했다. 용산미군기지 이전비용문제에 관한 MBC의 관심은 집요하다.

14시 정각, 본회의장에 들어서자 김용갑 한나라당 의원이 '국가보안법 폐지반대'라는 구호가 적힌 팻말을 들고 의장석 앞에서 1인 시위 중이다.

오늘 본회의는 3개의 법률안을 처리했다. 간접투자자산운용업법 중 개정법률안, 조세특례제한법 중 개정법률안, 관세법 중 개정법률안. 김원기 의장은 이들 법률안을 상정하기 직전 상정여부를 별도로 물었다. 예산부수 법률안이 아니나 '시급한 경제활성화'를 위해 상정에 동의를 구했다. 간접투자자산운용업법 중 개정법률안은 찬반토론이 있었다. 흔히 사모펀드법이라 불리는 이 법안은 처음 재경위에 상정된 재경부안(그러니까 이헌재안)과 열린우리당의 김효석안을 절충하여 한나라당의 이종구안으로 조정된 것이다. 재벌의 금융지배를 용이하게 하는 획기적인 이 법안에 당정과 여야를 넘어서는 '연대'가 형성된 것이다.

이종구 한나라당 의원의 제안설명을 듣고 심상정 의원이 반대토론에 나섰다. 심 의원의 야무진 어조는 국회 본회의장 연설에서 가장 빛난다. 두 번째 반대토론은 한나라당의 박재완 의원이 나섰다. 사실상 정부안에 한나라당 의원이 제안설명을 하고 또 다른 한나라당 의원이 반대토론에 나선 것은 이색적이다. 이종구 의원과 박재완 의원은 둘 다 행시 출신에 재무부 출신이다. 이 둘 사이에 중요한 차이점이 있다면 이종구 의원은 이른바 이헌재 사단, 박종구 의원은 박세일 사단으로 분류된다는 점이다.

투표결과는 재석 244 중 찬성 161, 반대 77, 기권 6명이다. 반대가 77명이나 나온 것은 이미 예견되었다시피 한나라당의 표가 갈린 탓이다. 경제문제, 즉 먹고 사는 문제에 관한 한 열린우리당과 한나라당 사이에 당적 경계는 없다는 것을 증명해주는 표결이었다.

법안처리가 끝나고 5분 발언이 시작되었다. 갑자기 지시받은 터라 법안심사 중에 간단히 메모한 후 발언대로 올라갔다. 17대 국회 본회의가 처음 열린 지난 6월 5일, 17대 국회의원 중 최초로 이 발언대에 서서 교섭단체들의 횡포를 규탄하는 발언을 한 후 두 번째 발언이다.

1986년 10월 정기국회 본회의 바로 이 발언대에서 대정부질문을 통해 이른바 '국시' 발언을 한 신민당 유성환 의원의 얘기를 모두에 꺼냈다. 당시 유 의원은 사전에 배포된 발언요지가 문제가 되자 '반공이 아니라 통일이 국시'라 되어 있던 것을 '반공보다는 통일이 국시'라 고쳐서 발언했다. 그러나 소용이 없었다. 그는 결국 국가보안법에 의해 구속되고 제명되었다. 한나라당의 전신인 민정당의원들은 체포동의안을 날치기로 처리했다.

늦은 밤, 상암경기장 야외공연에 가다.
여성의전화가 관련된 공연이라 아내를 위해 갔다. 진수희 의원이 먼저 인사를 한다. 김애실, 이호웅 의원도 부부동반이다. 박계동, 안영근 의원 부인들은 혼자 왔다. 안 의원 부인은 '요즘 남편일로 미안하다'고 인사를 한다. 실은 안영근 의원도 '미안한 상태'이다.*

———
* 안영근 의원이 열린우리당 내 보수성향 인사모임의 간사를 맡으며 국가보안법 및 사립학교법 전면개정에 반대했던 당시 상황에서 나온 말입니다.

공연은 11시에야 끝났다. 70년대 통기타가수들이 총출동했다. 어니언즈, 하사와병장, 사월과오월, 뚜아에모아, 펄시스터즈, 임희숙, 송창식, 윤형주까지 모두 19팀이 출연했다. 관중은 대부분 40대와 50대 혹은 60대이다. 그윽한 중년의 남녀들이 삽상한 초가을 밤에 자신들이 30여 년 전 즐겨들었던 가수들의 노래를 듣는다. 옛 모습 옛 목소리 그대로인 가수들을 보며 자신의 그때 모습, 이젠 지나버린 청춘으로 잠시 돌아간다.

늘 20대로 기억된 저 가수가 내일모레면 환갑이란 생각에 너무도 빨리 흘러간 시간을 아쉬워한다. 불행히도 나의 70년대는 이들의 노래를 진지하게 듣기 어려웠다.

시간이 다 지나간 지금에야 처음인 듯 이들의 노래를 듣는다. 송창식과 윤형주가 이렇게 노래를 잘 부르는 줄은 오늘 처음 알았다.

2004년

용기 있게 진실과 양심의 편에 서야만 '원로'일 것이다

2004년 9월 11일 토요일 비바람이 세다

가을을 재촉하는 비가 종일 내리다.

아침 평화방송 인터뷰는 국가보안법이다. 생방송으로 20여 분 나가는데 평화방송의 앵커조차 '국민들의 불안감'과 '원로들의 우려'를 자꾸 강조한다. 어느 때보다도 국민들에게 진솔하게 설명하는 것이 필요하다. 이럴 때 용기 있게 진실과 양심의 편에 서야만 '원로'라 부를 수 있을 것이다.

신민영 동지가 민법, 형법, 민사소송법, 형사소송법 순으로 읽으라는 메모를 남겼다. '기본으로 세 번씩은 읽으라'는 말도 덧붙였다. 이제까지 세 번 이상 읽은 책은 『토지』, 『장길산』, 『국어사전』, 『영어사전』밖에 없다. 그나마 『국어사전』, 『영어사전』은 세 번 이상 시도했지만 끝까지 다 읽진 못했다. 사법고시 수험서인 이 책들을 세 번씩 읽어야 이해한다는 것은 자존심의 문제이다.

《월간 중앙》 인터뷰가 끈질기다. 이틀째인데 2시간을 넘긴다. 랜덤하우스중앙의 서면 인터뷰는 질문항목만 150개가 넘었다. 교육방송까지 나서서 국가보안법 인터뷰다.

15시, 농민대회는 결국 참석하지 못했다. 시내로 들어서니 비오는 주말이라 차가 막혀 들르지 못하고 바로 남양주시로 향했다. 강기갑 의원에게 변명할 말을 준비해야 한다. 남양주시청에서 지구당 총회에 앞서서 '민주노동당의 현재와 미래'라는 주제로 강연을 했다. 김창희 위원장은 남양주시청이 외부단체에 강연장을 빌려준 것은 처음이라며 자랑스러워했다. 남양주지구당엔 민주노총 주요 간부 출신들이 많다. 허영구 전 위원장 직무대행은 지도위원, 이재웅 전 사무총장은 지구당 노동위원장이다. "향후 민주노동당 당원은 두 종류로 나뉘게 된다. 당원번호 10만 번 이하인 당원과 10만 번 넘는 당원으로. 힘들고, 어렵고, 전망도 불투명했던 시절 의연히 입당하고 당에 복무한 것을 자랑으로 삼는 당원이 되기 위해 10만 당원확대운동에 적극 나서자"라는 말로 강연을 마감했다.

강연이 끝나자 김창희 위원장과 김재기 당원이 뒤풀이까지 하고 가라고 붙잡는다. 일정이 있다고 하니까 김재기 당원이 못 믿겠다며 그냥 돌아가면 인터넷에 글을 올리겠다며 '협박'을 한다. 그는 인터넷에서 '새롬이'라는 필명으로 유명한 사람이다.

당분간 공부도 주요 일정이다. 읽어내야 할 종잇장이 너무 많다. 유비쿼터스시대가 왔다고 다들 난리지만, IT산업은 'bio'를 접두사로 붙이려면 한참 멀었다. Ctrl+A와 Ctrl+C 기능을 아직 두뇌에는 쓸 수 없는 것은 오로지 과학자들의 게으름 탓이다.

의원회관에 불 켜진 방이 꽤 많다

2004년 9월 12일 일요일 종일 비 내리다

아침부터 마음이 허전하다.

토요일의 여러 일정만 아니었으면 지금쯤 강원도 인제 미산리에 있었을 것이란 생각 때문이다. 어젯밤은 그곳에 있는, 신영복 선생님이 교장으로 계신 더불어숲학교에서 오랜만에 신 선생님이 직접 강의하는 시간이었다. 신 선생님의 말과 글에서 깨우침을 얻지 않은 적은 한 번도 없었다. 잠시 만나 얘기를 나눈 경우에도 여지없이 그러했다. 존경하는 사람이 있느냐는 물음에 망설이지 않고 대답할 사람이 있다는 것은 분명 행복이다.

작년 가을 더불어숲에서 신 선생님의 강의가 있을 때도 수강신청을 하고 회비를 송금했다. 그러나 바로 그날 이라크 파병발표가 있었고, 청와대 앞에서 항의기자회견이 잡혔다. 이근성 선배에게 미안하게 됐다고 연락하자 이 선배는 다음 강의에라도 오라고 했는데, 어느덧 1년이 지났다.

15시 30분, 서울시지부 대의원대회에 인사차 들렀다. 강서을지

70

구당에선 당연히 당연직인 줄 알고 중앙위원이나 대의원에 입후보할 것을 권하지 않았다고 한다. 그러나 그건 정말 고마운 착각이다. 1992년 출소한 후 진보정당운동을 하면서 중앙위원과 대의원을 맡지 않은 해는 한 번도 없었다. 그러니 중앙위원과 대의원을 아무것도 맡지 않는 해방감은 남다를 수밖에 없다.

서울시지부는 초대지부장을 맡았을 때보다 여러 모로 자리가 잡혀 있었다. 많은 것이 안정된 것은 김혜경 대표가 2대 지부장을 맡았던 시절이다. 누가 뭐래도 오늘의 모습은 서울시지부 살림을 내리 3년간 맡은 김준수 전 사무처장과 정호진 현 사무처장의 공이 크다. 모래알과 같은 서울의 지구당 속에서 지부의 중심을 세우려는 이들의 투쟁이 아니었다면 오늘의 서울시지부는 존재하기 어려웠을 것이다.

여의도 의원회관으로 돌아오니 주차장의 차가 만원이다. 국정감사가 가까워져 오니 일요일도 없어진 것이다. 국가보안법 TV토론을 놓고 여야가 기싸움이다.

열린우리당은 여론조사상의 지지율 때문에 아직 정신이 없는 상태다. 추석이 다가올수록 이 인기 없는 국가보안법 철폐국면을 피하고자 고심이다. 일요일 시장방문도 시선돌리기에 다름 아니다. 국가보안법 철폐는 시선돌리기로 해결될 문제가 아니다. 56년 된 악법을 없애는 데 '출혈'과 '무리'가 없을 수 없다. 맞을 각오를 하고 국민들을 설득해도 부족할 판에 옷에 흙탕물 한 점 묻히지 않고 역사적 과제를 해결하려 한다.

그러다 보니 시야도 갇혀 있는 상태다. 국가보안법만이 아니다.

소위 친일청산법과 언론개혁법안, 정치개혁법안 등 소위 개혁입법 모두 마찬가지다. 한나라당의 반대를 무릅쓰고 통과시키기엔 열린 우리당만의 힘으로는 역부족이란 사실을 심각하게 생각하는 단계에 이르지 못한 상태이다. 이들 개혁입법들의 개혁성을 그나마 유지한 채 통과시키려면 개혁공조는 필수적이다. 한나라당과 반개혁 절충을 하지 않을 생각이라면 개혁공조의 상대가 누구인지 자명하다. 밥은 끓고 있는데 불을 조정해서 뜸으로 익힐 생각을 않고 있다. 초보자들이 밥을 태우는 것은 불조정의 타이밍을 맞추지 못하기 때문이다. 정치는 타이밍이다.

22시, 이준협 보좌관과 의원회관을 나섰다. 일요일엔 구내식당이 문을 열지 않은 관계로 둘 다 저녁을 거른 상태다. 의원회관에 불켜진 방이 꽤 많다. 국감이 다가오고 있다.

달력의 빨간 날은 노동자를 위해 만든 날이다. 정치에는 빨간 날이 없다. 빨간 날에 가급적 혹은 꼬박꼬박 쉬는 정당은 민주노동 당밖에 없다.

국가보안법 공방이 가열되면서
한국 지식인 사회의 진면목이 드러나고 있다

2004년 9월 13일 월요일 맑음

오전 8시 30분, 의원실 회의.

국정감사 준비상황을 점검하다. KBS에서 추석날 밤에 방영할 계획이던 국회의원 노래자랑 프로그램을 취소한다고 통보해왔다. 흉흉한 민심을 생각할 때 방송사로서는 너무 위험한 도박이었을 것이다. 여하튼 노래방에 가서 노래연습 해야 하는 고통은 겪지 않게 되어 다행이다.

11시, 국회정문 앞에서 국가보안법 완전폐지를 위한 투쟁선포 기자회견이 열렸다. 김혜경 대표와 유선희 최고위원, 현애자 의원 등 지도부가 대거 참석했다. 기자회견이 끝나고 보랏빛 수건을 국회 철책에 묶는 행사를 가졌다.

14시, 국가보안법 폐지 4당 간사모임을 가졌다. 배일도 의원은 한나라당 내 폐지론자가 10명 정도는 된다고 한다. 이상열 의원은 민주당 내에서 폐지 후 대체입법 의견이 더욱 강화되었다고 한다. 국가보안법 폐지가 안보와 관계없고 국가안보는 성숙한 민주주의가 지킨다는 것을 국민들에게 진지하게 설명하고 국가보안법 폐지가 대세라는 것을 보여주자고 제안했다. 한나라당이 국민들의 안보 불안 심리를 자극하며 국가보안법 공방을 정략적으로 하는 데 대해 강력히 대처하기 위해 15일 오전 폐지서명 의원 전원을 모아 기자회견을 갖기로 했다.

국가보안법 공방이 가열되면서 한국 지식인 사회의 진면목이 드러나고 있다. 30년 넘게 지속된 독재체제에서 거의 대부분 침묵으로 일관했던 그들이다. 국가안보를 위해 국가보안법이 존속되어야 한다는 그들의 기만적인 선동을 보자면, 과거 군사독재 치하에서 국가보안법이 인권탄압의 도구로 남용될 당시 그들의 침묵이 총칼 아래 강요된 것이 아니라 동조의 적극적 의사표시였음을 입증해 주고 있다.

한애규 선생으로부터 전화가 와서 광화문 뉴게이트화랑으로 갔다. 한애규 선생의 테라코타 작품전이 시작하는 날이다. 민중미술로 출발한 한 선생은 여성주의를 가장 설득력 있게 표현하는 대표적인 작가이다. 그의 여성주의는 대지와 어머니를 상징하는 흙으로 빚어짐으로써 더욱 강한 메시지를 전달하고 있다. 작년 가을 전시회와 달리 이번 전시회에는 90년대 초반의 작품들도 몇 점 선뵈고 있다. 시대적 배경과 함께 작가의 자전적 상황이 강렬하게 표현된 아주 인상적인 작품들이다. 민주노동당에 작품 한 점 기증하겠다는 것을 사양했다.

이번 주는 내일부터 토요일까지 여섯 번의 강연을 소화해내야

하는 강행군이다. 예결위, 정개특위, 법사위도 예정되어 있다. 누가
이기는지 갈 데까지 가봐야 한다.

　새벽 한 시 반.
　7층의 배기선 의원실과 박재완 의원실 불은 아직 꺼지지 않고
있다.

한국에서 노동운동은 아직 독립운동이다
2004년 9월 14일 화요일 맑음

08시, 의원단회의에 참석하다.

비정규직 정부입법안에 대한 단병호 의원의 문제의식이 심각하다. 정부안이 현실을 이유로 파견가능 업종을 확대하면서 사실상 전체 노동자의 전면적 비정규직화 가능성을 열어놓았다는 것이다. 이런 다급한 상황에서 의원 한 사람이 해당 상임위에서 혼자 떠들면 뭐하느냐, 차라리 거리로 나가 싸우는 게 더 낫지 않느냐는 참담한 생각도 든다는 것이다. 당 최고위원회에서 이 같은 심각성을 인식하고 전당적 대응방침을 만들어야 하지 않느냐고 대책을 촉구했다.

09시 30분, 공무원, 전교조 교사 등의 단체행동권 보장을 촉구하는 기자회견에 참석하다.

국회 기자회견장에 민주노총, 한국노총, 전교조, 공무원노조, 교수노조 대표자들이 모두 참석해 민주노동당 의원들과 기자회견하는 모습이 장관이다.

10시, 예결위에 처음 참석했다. 이영순 의원 옆자리다. 정세균 예결위원장이 현애자 의원의 사임과 나의 보임을 보고하고 인사를 시켰다. 한나라당의 유승민, 임태희 의원이 반갑게 맞이한다. 그가 대변인이 되었을 때 축하인사라도 보내지 못한 것이 걸린다. 임태희 의원은 다변이 아니면서도 토론 잘하는 사람으로 꼽히는 드문 유형이다.

10시 30분, 정치개혁특위 첫 회의가 행자위 회의실에서 열렸다. 작년 12월 바로 이 회의장에서 정개특위안을 놓고 여야가 육탄전을 벌일 때 바로 현장에 있었다. 감회가 새로울 수밖에 없다. 교섭단체 간사는 유시민 의원과 박형준 의원이다. 박형준 의원에게 박의원이 과거 준재야 시절 '독일식 정당명부제'를 동의했던 사실을 상기시키니 '소선거구제+비례대표제'라는 전제를 단다.

상견례를 겸해 돌아가면서 인사말을 하는데 '16대 국회의 정치개혁안 처리가 여론에 몰려 지키기도 힘든 법안이 과도하게 입법화된 감이 있다'는 내용이 주조를 이룬다. 차례가 돌아오자 '개혁의 후퇴를 막기 위해 이 자리에 섰다'고 한마디만 했다. 다음 회의에서는 범국민정치개혁협의회 설치와 위상문제를 놓고 1차 격돌이 예상된다.

시간이 촉박하여 공항으로 가는 차 속에서 김밥을 집어넣다. 김밥은 역시 기차 안에서 먹을 때만 제맛을 알 수 있다. 공항으로 전화해서 늦더라도 비행기를 탈 수 있게 조치했다.

14시, 예정시각보다 다소 늦게 부산외국어대학교에 도착하다. 부산외대 신문사 초청강연인데 지난 5월 섭외요청이 왔으나 이제야 약속을 지키게 되었다. '진보정치의 현재와 미래'를 주제로 강연하다. 갈 길이 먼데 강연이 끝나도 학생들이 놓아주지 않는다. 30여 분을 더 체류하다.

18시 10분, 진주에 도착해 이창호, 정진상, 백좌흠, 장상환 교수를 비롯한 여러 교수님들과 저녁을 하고 강연장으로 향하다. 진주시지구당답게 진주 시내에 강연회 포스터 4,000장을 붙였다고 한다. 그래서인지 강당 1, 2층을 메우고도 좌석이 모자라 서서 듣는 사람들도 있었다. 진주시지구당의 저력은 지난 총선 준비과정에서 이미 과시된 바 있다. 아마도 총선 이후에도 진주시지구당만큼 매 정치사안마다 시민 속으로 들어가 선전활동을 왕성하게 벌이는 곳은 없을 것이다.

중요한 것은 기풍이다. 실천적 기풍이 확고하게 선 곳에서는 지저분한 일들이 발생할 틈이 없다. 지난 총선 직전 당선 유력한 후보였던 강병기 동지의 사면복권이 끝내 이뤄지지 않아, 농민회 회원들을 중심으로 하루 평균 120여 대의 차량을 동원해 인근 열린우리당 실력자 지역으로 수 주 동안 항의투쟁을 벌인 지역이다. 이대로만 진행된다면 진주의 한은 다음 선거에서 반드시 풀릴 것이다.

밤 10시 반 우등고속버스를 타는데 고속버스 기사가 음료수를 주며 인사를 한다. 검표원이 국회의원임을 알아보고 차비를 돌려주겠다는 것을 박권호 보좌관이 거절했다. 서울로 올라오는 중간에 고속도로 휴게소에서 내려 고속버스 기사와 얘기를 나누다.

곧 정년이 된다는 늙은 노동자. 경기도 모 지구당 당원이란다. 지구당에서 세대차이로 끼어들 틈이 없어 섭섭해한다. 직장에서 조직활동을 꽤 열심히 하는데 어렵다고 한다. '노동당'에 가입하려니 회사에 찍힐까봐 두려워한다는 것이다.

한국에서 노동운동은 아직 독립운동이다. 대한민국에서 민주노동당 활동도 아직은 독립운동이다. 세상이 불온시하고 언제 불이익 당할지 모르고 겁이 나서 함께하기 두려운 독립운동이다.

차별과 불평등으로부터의 독립.

예속과 굴종으로부터의 독립.

인간다운 세상, 제 발로 우뚝 서는 나라를 만들기 위한 독립.

새벽 두 시 반 터미널에서 박 보좌관과 헤어졌다.

아침부터 다시 시작될 독립운동을 위해.

예결위에서 박재완 한나라당 의원의
질의가 빛난다
2004년 9월 15일 수요일 맑음

09시 30분, 국회 본청 앞 계단에서 국가보안법 철폐 기자회견을 갖다.

정기국회로 한창 바쁜 때라 참석자가 많진 않았다. 국가보안법 철폐를 지지하는 172명의 이름으로 기자회견문이 낭독되었다.

10시, 예결위에서 박재완 한나라당 의원의 질의가 빛난다. 공무출장시의 비행기 마일리지를 개인이 사적으로 사용하는 폐단을 지적하고 대책을 촉구하는 내용이다. 정부채권 시효가 5년인 점을 감안하면 모두 280억 원의 국가자산이 공무수행한 개인들의 사적 점유물로 되어 있다는 지적이다. 완벽에 가까운 조사와 준비가 역력하다.

열린우리당 의원들이 정부를 몰아세우는 심의, 조사, 감사 등에서 여당이라는 이유로 솜방망이를 휘두르기 때문에 정부에 대한 공세는 주로 한나라당과 민주노동당의 경쟁이다. 낡은 색안경을 쓴 한나라당이 이런 경우를 자주 보여주지 않는 것을 민주노동당은 다행으로 생각해야 한다.

12시 미대사관 에릭 존 참사관, 김부겸, 원희룡 의원과 함께 점심을 하다. 한미동맹의 미래에 대한 미국의 구상은 개별동맹에서 지역동맹으로의 '발전'이다. 지난 반세기 동안 자기들 도움으로 이만큼 컸으니 이젠 자기 '조직'에 들어오라는 것이다.

KBS와 공안사범 지침에 대해 인터뷰를 하다. 발단은 지난번 법사위 결산심의에서 교정국의 특수활동비를 추궁하던 중 국가정보원 예산이 숨어 있는 것이 드러났기 때문이다. 공안사범 교화비용 명목이다. 교정국은 이 비용의 구체적 사용처를 밝히기를 거부하고 있다.

용산미군기지 이전비용에 대한 감사청구안이 통외통위(통일외교통상위)에 상정되었다. 이것은 이제 시작일 뿐이다. 머나먼 길이 남아 있다.

19시, 경기도 기흥연수원에서 개최 중인 신한은행 전국분회장 수련회에 가서 강연을 하다.

내려가는 길에 고속도로 기흥휴게소에서 우동과 김밥으로 저녁을 때우는데 노동자 한 사람이 음료수를 가져다준다. 화물연대 소속 노동자다. 의석이 적어 힘들더라도 참고 견디라고 한다. 다음 선거에선 반드시 더 많은 의석을 만들어주겠노라고 한다.

민주노동당 가는 길은 한 걸음 한 걸음이 감동이다.

할 일도 많고 갈 길은 멀다

2004년 9월 30일 목요일 맑음

아침 출근길에 어제 구운 CD를 틀었다. 가을에 듣기 위해 2개의 CD를 구워 하나는 동생에게 선물했다. 가을엔 역시 장중한 곡이 좋다. 첫 곡은 〈최후의 결전Varshavianka〉.

20세기 초 〈인터내셔널가〉와 함께 가장 많이 불려졌던 노래다. 우리나라에선 항일무장투쟁 시기 '최후의 결전'이란 제목으로 독립군들이 불렀고, 스페인내전 당시엔 '바리케이트를 향해'란 이름으로 민병대원들이 즐겨 불렀던 노래이다. 70%의 긴장을 유지하는 데 필요한 곡이다.

두 번째 곡은 쇼스타코비치의 〈왈츠 2번〉. 한동안 재즈에 심취했던 그가 왈츠 형식으로 완성한 곡이다. 그전 작품으로 정치적 곤경에 처한 그가 이를 탈피하기 위해 작곡했다는 정치적 해설이 따라다니는 곡이기도 하다. 배경이야 어쨌든 시야를 넓게 하는 작품이다. 하루, 이틀이 아니라 인생을 통째로 음미하게 하는 곡이다. 『장자』 「소요」편을 영화로 만든다면 붕새가 나는 장면에 배경음악으로 적합한 곡이기도 하다. 〈타는 목마름으로〉와 〈이 산하에〉는 이

곡을 가장 잘 불렀다는 김광석과 김삼연이 1984년 부른 것을 MP3 파일로 구해 넣었다. 신촌블루스의 〈골목길〉과 마야의 〈진달래꽃〉도 다운받아 함께 수록했다. 뇌에 물리적 자극을 주기에 충분한 노래들이다.

도쿄복지대학교의 윤문구 교수가 의원회관으로 찾아왔다. 5년 만이다. 쓰쿠바대학교의 후루타 교수가 최근 요미우리신문사가 주는 일본 최고의 학술상을 받았다는 반가운 소식을 전해준다. 상금이 5천만 원이라니 후루타의 성격으로 봐서 여러 턱을 낼 것으로 기대된다. 노인복지를 전공하는 윤 교수로부터 일본의 관련자료들을 받기로 했다. 초청강연 건은 좀 더 두고 생각해보기로 했다.

임좌순 중앙선거관리위원회 사무총장과 통화를 하다. 추석 전 갑자기 사임의사를 밝힌 그는 그날 이후로 출근거부 중이다. 임 총장 이후의 외풍을 걱정하는 중앙선관위 직원들의 만류에도 불구하고 그의 뜻은 완고하다. 그래서인지 10월 2일로 예정된 그의 퇴임식도 아직 확정적이지 않다. 임좌순 총장은 37년간 선관위 일을 해왔다. 중앙선관위가 오늘날 공정성을 인정받게 된 데에는 그의 역할이 적지 않다. 그와는 주로 민주노동당의 항의면담 차, 항의농성 차 만났지만 선거법 개정에 관한 한 그의 소신은 민주노동당의 정치개혁방안과 거의 동일했다. 민주노동당과 같은 진보정당의 의회진출을 누구보다 기대했던 그이다. 내가 예결위 회의장에 앉아 있는 모습을 보고 감격스러웠다는 말을 전한다. 이 나라는 아직 유능한 관료가 한 가지 전문분야에서 일생을 바치도록 해주지 못하고 있다. 조만간 소주 한잔하기로 하다.

2004년   83

북한인권법이 미국상원을 통과했다. 당에서는 대사관에 항의서한을 전달했다. 북한인권법은 많은 문제를 내포하고 있다. 우선 미국이 다른 나라 인권문제를 거론할 자격이 있느냐는 것이다. 멀리 갈 필요도 없이 최근 아부그라이브포로수용소에서 이라크 포로들에게 천인공노할 만행을 저지른 게 누구냐는 것이다. 아마도 제2차세계대전 이후 전 세계 인류의 인권을 가장 짓밟았던 것은 다름 아닌 미국정부이다.

북한인권법이 무기 대신 내정간섭과 돈으로 북한의 내부붕괴를 촉진하는 공세적인 정책이라면, '정확하고 신속한 공격'을 가능하게 하는 연합토지관리계획(LPP) 개정안은 북한정권에 치명적 타격을 주려는 무력행사의 길을 터주는 위험천만의 정책이다. 화해와 협력으로 남북문제가 풀리기를 바라고 한반도의 평화가 지속되길 원하는 많은 국민들의 염원에 역행하는 도발적인 정책이다.

헌법 제3조에 대한민국의 영토가 한반도와 그 부속도서로 되어 있기 때문에 북한은 미수복 지역을 점령하고 있는 반국가단체라고 주장하는 정당들은 한술 더 뜨고 있다. 북한인권법이 그들이 말하는 대한민국 영토에 대한 내정간섭인데도 오히려 환영이란다. 백제를 치기 위해 당나라를 끌어들여 나당연합군을 만들었던 신라를 연상케 하는 대목이다.

18시 30분, 중국 건국 55주년 기념리셉션에 참석하다.

당에서는 권영길, 조승수 의원이 함께 갔다. 권 의원은 추석연휴중 식중독으로 고생한 탓으로 얼굴이 핼쑥해졌다. 양국 국가가 연주된 후 리빈 주한중국대사가 능숙한 우리말로 연설을 하고 중국대사관 측은 이를 영어로 통역했다. 중국어는 한 마디도 사용되지 않았다. 김일성대학을 졸업한 리빈 대사는 그의 48년 생애 중 절반이 넘는 25년을 한반도에서 보낸 사람이다. 민주노동당원 중에는 천안문사태, 티베트사태 등을 들어 중국정부와 중국공산당에 대해 비판적 태도를 갖는 사람들이 많다. 그러다 보니 당이 중국공산당 혹은 중국정부와 관계를 갖는 데 대한 거부반응도 적지 않다. 충분히 이해할 만한 사정이다.

그러나 외교는 사교가 아니다. 정치는 국민을 상대로 하는 것이지 운동권을 상대로 하는 것이 아니다. 집권까지 나아가려는 당이라면 주변 강대국과 대화채널을 구축하기 위한 장기적인 노력을 게을리하지 말아야 할 것이다.

할 일도 많고 갈 길은 멀다.

노아정 식구들이 의원실을 찾아오다

2004년 10월 1일 금요일 흐리고 가을 비

08시, 의원단회의에 참석하다.

국감기간 중엔 매주 일요일 오전 10시에 의원단회의를 갖기로 하다. 중앙당 후원회의 후원금 할당문제로 30여 분간 논란이 이어졌다. 국회의원도 당의 간부이니 일정한 책임과 부담을 나눠 맡는 것이 올바르다. 그러나 국회의원이니 물질적 조건이 풍부할 것이라는 선입견에 대해선 많은 의원들이 강한 거부감을 표시했다. 그러나 정작 더 중요한 문제는 당의 사업작풍이다. 많지도 않은 모금액을 목표로 세워놓고 이를 당간부와 지지단체들에게 얼마씩 할당하는 방식은 2003년도로 끝나야 했다. 2003년도의 민주노동당 평균 지지율은 3% 이하였다. 지금은 15~18%를 유지하고 있다. 또 원내 제3당 아닌가?

그런데 달라진 정치적 조건을 적극 활용하려는 의지를 엿볼 수 없다. 정치후원금 세액공제는 또 얼마나 노력해서 쟁취한 것인가? 그런데 지금 이 세액공제제도는 당원가입 권유시 '경제적 부담 없음'을 강조하는 근거로 주로 활용되고 있다. 우리가 그토록 세액공제제도의 도입을 외친 것이 '당비 부담 없는 세상'을 위해서였던가? 연간 10만 원 세액공제제도를 대중적인 후원금 모금과 연결시키지 않는다면 이 제도는 돼지의 진주목걸이일 뿐이다. 후원금 모금은 10만 당원확대사업과 마찬가지로 기로에 서 있다. 목표를 설정하고 이를 할당해서 채워나가는 관료적 사업으로 풀 것인가, 아니면 당의 중심적 정치사업으로 정치적 담론을 제기하고 핵심적인 정책사업과 연관시키는 '운동'으로 조직할 것인가?

창당 4년 만에 민주노동당은 운동을 통한 대중적 사업전개의 새로운 기반을 마련했다. 그러나 지금 이 기반은 아직 '노는 땅'일 뿐이다. 모두의 책임이고 모두의 분발이 요구된다.

종일 국감 준비로 시장터처럼 어수선하다. 평소 남한테 싫은 소리 한 마디 할 줄 모르는 이준협 보좌관의 목소리가 높은 음자리에서 파르르 떨고 있다. 전화 상대방은 자료제출 요구에 저항하는 대검찰청 쪽 인사다. 대검에서 잔뜩 긴장하고 있다고 한 동창이 고교 졸업 후 처음 전화를 걸어온다.

18시 '노회찬과함께하는아름다운정치'(노아정) 식구들이 의원실을 찾아오다. 인터넷 다음에서 'http://cafe.daum.net/beautiful-mayday'라는 팬카페를 운영하는 분들이다. 서울을 비롯해 논산, 천안, 수원, 일산 등지에서 올라왔다고 한다. 지와사랑, 안개꽃, 에르네스토, 세실리아, 하늘호수, 스파이더맨, 루나, 왕건 님 등. 본인들도 처음 만나는 자리이다. 팬카페에서 이름만 몇 번 보았던 분들인데 한동네 사람들처럼 익숙하다.

MBC 〈생방송 화제만발〉에서 신동호 아나운서가 기습촬영 차 쳐들어왔다. 카메라에 익숙하지 않은 노아정 식구들이 혼비백산이다. 분에 넘치는 사랑을 받는 시간이 계속되었다.

빈손으로 왔다가 빈손으로 가야 하는데 업(業)이 너무 크다.

철야하는 인턴들로 엘리베이터가 만원이다

2004년 10월 2일 토요일 맑음, 한파주의보

이른바 국감대목이다.

의원회관이 평일처럼 북적거린다. 마치 중간고사를 앞둔 고교 교실 분위기다. 언론들은 다투어 한 건 위주의 폭로주의를 지양해야 한다고 주장하고, 일부 의원들은 이를 선언하면서 한 건 올리기도 했다. 일부 기자들은 여전히 한 건을 찾아 헤매고 이를 독려하는 데스크들은 '국감스타' 만들기에 여념이 없다. 많은 초선의원들은 한 건은 해야 한다는 강박관념에 시달리고 시민단체들의 채점기준까지 의식하느라 동분서주다. 경험 있다는 다선의원들은 의정활동 베스트 5에 들면 다음 선거에서 낙선할 개연성이 높다는 경험론을 내세우며 고참행세를 한다.

제헌헌법 때부터 명시되었던 국회의 국정감사권은 1972년 박정희의 유신선포로 박탈되었다. 국정감사권이 부활한 것은 1987년 10월 제10차개헌 때부터이니 제13대 국회부터 다시 시작된 것이다. 지금과 같은 국정감사제도를 갖고 있는 나라는 한국밖에 없다.

민주노동당은 감사원의 기능과 역할을 입법부로 이전해야 한다고 생각한다. 헌법개정이 필요한 근본적인 해결방법이다. 사실 일 년에 한 번 20일간 집중적으로 국정감사를 하는 현재의 제도는 많은 문제점들을 양산하고 있다. 제15대 국회를 연구한 한 보고서에 따르면 한 피감기관에서 의원들의 총 발언시간은 평균 114분이었다. 상임위원이 15명이라면 한 위원당 8분도 안 되는 시간 동안 국정감사용 발언을 한 셈이다. 하루 서너 개의 기관을 감사하면서 질문만도 5~6시간 걸리는 것이 보통이다. 국감과 직접 연관성이 없는 정치공방용 발언을 해대기 시작하면 그나마의 감사도 수박 겉핥기가 되기 쉽다.

모든 상임위원회가 전 국가기관을 상대로 동시에 국정감사에 돌입함으로써 생기는 폐단도 적지 않다. 이처럼 문제는 국정감사과정에서 나타나는 이벤트식 감사만이 아니다. 국정감사 자체가 연례 이벤트로 치부되고 있는 것이 더 큰 문제이다. 과거 독재정권에게 입법부는 성가신 존재일 뿐이었다. 그래도 없애기 힘드니 말 잘 듣는 시녀로 만들었다.

문민정부도 크게 다르지 않다. 입법부의 활동을 활성화하는 것은 곧 행정부에 대한 견제의 강화를 의미한다. 그러니 야당이 되어서야 이를 주장하고 또 여당이 되면 표변하여 이를 반대한다. 열린우리당이 야당이었다면 천정배 원내대표는 지금쯤 예결위 상설화를 주장하며 단식투쟁중이었을 것이다.

국회의 기본 기능은 입법활동, 예산심의활동, 그리고 감사활동이다. 입법부의 기능이 활성화되려면 이 세 가지가 상설활동이 되어야 한다. 국회의 국정감사 기능을 정상화시키기 위해선 감사활동에 필요한 각종 자료를 제공하고 분석할 수 있는 전문정책기구가 국회 안에 설치되어야 한다. 수천 명의 전문관료들이 해놓은 일들을 대여섯 명의 보좌관들이 한두 달 매달려서 할 수 있는 것은 한 건 혹은 두 건에 불과하다. 그러니 해마다 요란스레 국정감사를 벌이지만 국정상의 대형실책들을 적발하지도 시정하지도 못하는 것이다. 입법활동을 위한 노력이 일 년 내내 지속되어야 하는 것처럼 국정감사도 상시적인 활동이 되어야 한다.

모든 것을 제도 탓으로 환원시킬 필요는 없다. 현재의 제도 위에서도 상설국감은 어느 정도 가능하다. 사실 예산심의, 결산심의, 법안심의, 대정부질의 등 해당 상임위에서 소관 기관장들을 대할 기회는 늘 주어진다. 자료제출 요구는 일 년 내내 가능하다. 마음만 먹으면, 그리고 끈질기게 파고든다면 상설국감은 의원 스스로의 노력에 의해서도 가능한 것이다.

'호일파마'로 유명한 신민영 인턴이 털게게장과 족발을 가져와서 점심을 진수성찬으로 보냈다. 직접 족발을 요리한 어머니의 솜씨가 놀랍다.

19시 30분부터 시작되는 〈외침 아시아 2004 록콘서트〉에 끝내 가지 못했다. 아시아 지역 시민활동가 교육훈련비용 마련을 위한 음악회이다. 신영복, 김동춘, 한홍구, 김창남 교수 등이 윤도현, 강산에, 김C 등 가수와 함께 록을 부르는 기괴한 장면을 목격하지 못한 것은 오로지 국감 탓이다.

밀린 원고를 쓰고 자정께 의원실을 나서니 긴급차출되어 철야하는 인턴들로 엘리베이터가 만원이다.

법사위의 국정감사는 홈커밍데이즈
2004년 10월 4일 월요일 맑음

18시 30분, 대구고등법원과 지방법원의 국정감사가 끝났다. 대구고검장의 강권에도 불구하고 최연희 법사위원장은 구내식당 식사를 관철시켰다. 점심식사에 이어 아예 법사위 예산으로 식대까지 지불했다. 최연희 위원장은 법사위에서만 9년째를 보내고 있다. 피감기관의 접대에 대한 시중의 좋지 않은 여론을 의식하는 데 익숙하다. 법사위원장의 만류에도 불구하고 감사를 끝낸 대구고검과 지검 간부들은 짐을 벗은 기분인지 한 시간 남짓한 저녁식사 도중 폭탄주를 돌렸다. 대구지검장은 국감 도중 추궁당한 것을 잊은 표정이다. 대구지검은 「역점시책 추진현황」이란 보고에서 '자유민주주의체제의 수호'를 첫머리에 올렸다. 그리고 그 실적으로 '국가보안법 위반 사건으로 5명 입건'이라 밝히고 있다.

오후 국감에서 대구지검장에게 물었다.

-국가보안법 위반 사건이란 한총련 가입 대학생을 가리키는가?
지검장: 그렇다.

-그러면 대학생 다섯 명 입건해놓고 이것으로 "자유민주주의체제
　를 수호했다"고 말하는 것인가?
　지검장 : …….
-국가보안법이 폐지의 기로에 놓여 있는데 '자유민주주의체제의
　수호'를 역점추진사업의 첫 번째로 설정하고 대학생 다섯 명 입
　건했다고 자랑하는 것은 돈키호테 같은 행태 아닌가?
　지검장 : …….

　마약수사통인 문효남 대구지검 차장과 마약사범 현황에 대해
얘기를 나눴다. 강직한 전문가의 분위기가 물씬 풍긴다. 직업정신과
사명감에 투철한 이런 검사가 정치적으로 오염되지 않고 직무에 충
실하고서도 살아남는 날은 언제쯤 올 것인가?

　22시경, 부산 숙소에 도착하여 가벼운 뒤풀이를 가졌다. "법사
위의 국정감사는 홈커밍데이즈다"라고 말하니 아무도 부정하지 않
는다. 대구는 작년 국정감사를 받지 않은 지역이다. 국감대상에서
제외되려는 피감기관들의 노력은 필사적이다. 그러나 오늘 국감 수
준이라면 국감을 받지 않으려고 노력할 이유도 없을 것 같다.

　법사위원 15명 중 사법고시 판검사, 변호사 출신이 아닌 사람
은 김성조, 이은영 의원을 포함하여 3명뿐이다. 판검사 출신들에게
법원과 검찰은 친정이나 다름없다. 얼마 전까지 모시던 상관도 있
고 동료, 후배들 천지다. 변호사 출신 한 의원은 모 법원 국감에서
제법 날카로운 질문을 준비했는데 법원 측에서 자신의 법원동기인
판사를 간부도 아닌데 국감장 법원간부 자리에 배석하게 해 끝내

질문을 못했다고 실토한다.

실제 지난 7월 결산심의 때도 감사원, 국가인권위, 부패방지위 등 비법조계 소관기관 심의 때는 살벌한 분위기를 연출하던 의원들이 법무부, 대법원 등에 대해서는 몹시 부드러운 태도를 취한 것도 마찬가지 사례이다.

법조계 출신들이라 폭탄주는 일상화되어 있다. 내일 국감 준비를 위해 자정께 방으로 돌아왔다.

소주 한잔 같이해야 할 사람

2004년 10월 5일 화요일 맑음

오후의 국정감사 도중 울산 지역 단체로부터 급한 연락이 왔다. 울산시 교육위 의장의 의혹사건에 대한 제보이다. 그렇지 않아도 울산지검장에겐 따져 물을 것이 많았다. 정신병력으로 모 대학 교수재임용에서 탈락한 사람이 인간관계가 단절된 상태에서 여관을 전전하며 익명으로 북한옹호 보도내용을 인터넷에 올렸다가 울산지검에서 국가보안법으로 구속한 사건이다. 울산지검장에게 물었다.

-울산지검이 국가보안법 위반으로 구속한 모 전직교수가 학교를
　그만둔 이유를 아는가?
　지검장 : 재임용에 탈락한 것으로 알고 있다.
-재임용에 탈락한 것이 정신병력 때문이란 것을 아는가?
　지검장 : 몰랐다.
-이 사람은 교수재임용에 탈락한 후 집에도 들어가지 않고 여관을
　전전했으며 주변 지인들도 그의 정신질환에 대해 다들 알고 있는
　데 이런 사람이라면 정신감정을 받게 해야지 구속이 웬 말이냐?

지검장 : …….

-이 사람이 검찰에서 자신이 북한옹호의 글을 올린 것은 '좌익세
력의 준동을 경고하기 위해서'라고 진술한 사실을 아느냐?

지검장 : 알고 있다.

-그런데도 이 비정상적인 사람을 국가보안법으로 구속했느냐?

지검장 : 어떤 점에서는 매우 똑똑한 진술을 많이 해서…….

-똑똑한 게 문제라니, 정신질환자는 무조건 바보라고 생각하느냐?

지검장 : …….

국감이 끝나고 20시 10분 서울행 비행기를 타는데 부산고법과
지법 간부들이 김해공항까지 배웅을 나왔다. 이들은 어젯밤 부산역
에 도착했을 때도 역 플랫폼에 도열해 있었고 숙소까지 따라왔다가
밤늦게 귀가한 사람들이다. 오늘 아침식사를 위해 호텔 식당에 갔
을 때도 미리 와서 기다리고 있었다. 사실 부산경남 지역의 검찰과
법원 수뇌부인 이들이 국회의원들에게 고개 숙이는 모습을 보는 것
은 안쓰럽기까지 한 일이다. 피감기관으로 국정감사를 받는 것도 당
당하게 받아야 옳다. 검찰과 법원 간부들이 고개를 숙여야 한다면
그것은 국회의원들에 대해서가 아니라 국민들을 향해서여야 한다.

안대희 고검장이 부산에 오면 소주 한잔하자며 꼭 연락할 것을
당부한다. 국감이 아니라면 부담없이 만나 소주 한잔 같이 해야 할
사람이다.

서울에 도착하니 이틀이 아니라 두 주 만에 돌아온 것 같다.

14년 만에 다시 앞에 섰다

2004년 10월 6일 수요일 맑음

13시, 대절한 버스로 안양교도소로 향하다.

1912년 일제는 마포구 공덕동에 감옥을 새로 지었다. 늘어나는 수형자를 가두기 위해서였다. 서대문의 경성감옥을 서대문감옥이라 개칭하고 마포에 새로 지은 감옥을 경성감옥이라 불렀다. 해방후 경성감옥은 마포형무소로 이름이 바뀌고, 1963년 안양으로 옮겨져 안양교도소가 되었다.

1990년 여름과 가을을 안양교도소에서 보낸 적이 있다. 워낙 오래된 건물이라 춥고 비좁았다. 0.75평 독방에서 5개월을 보냈다. 방 한가운데서 양팔을 벌리면 양쪽 벽이 모두 팔에 닿았다. 서울구치소의 1.2평 방도 좁았는데 0.75평 방에 들어서니 서울구치소의 독방이 대청마루처럼 넓게 생각되었다. 확실히 신문지 넉 장 반 면적의 방은 조류라면 몰라도 포유류가 지낼 방은 아니었다.

그 당시에도 전국의 구치소, 교도소 중 가장 낡은 시설이라 말들이 많았는데 그 상태에서 14년을 더 버티고 있는 셈이다. 안양교도소장에게 "중요 문화재로 지정되어야 할 안양교도소를 신축할 계획이 없느냐?"고 물으니 "검토중"이라 한다. 안양교도소는 현재 수용정원의 30%를 초과한 재소자들이 수용되어 있다. 수용밀도는 1인당 평균 0.53평이다. 2.6평 혼거방에 6명이 수용된 경우도 있으니 1인당 0.45평까지 있는 셈이다. 서울구치소의 미군 범죄자들이 1인당 2.2평으로 수용된 것과 대조적이다. 한국의 감옥 안에서도 1등국민 미군과 2등국민 한국인들은 철저하게 차별대우받고 있는 것이다.

지금 교도행정의 가장 큰 문제는 격리수용만 존재하고 교정과 교화가 없다는 것이다. 그런데 격리수용조차도 과밀의 문제를 해결하지 못하고 있다. 1평에 2명이 수용되어 있는 곳과 4평에 2명이 수용되어 있는 곳의 재소자 인권이 같을 수 없다.

재소자 인권지수는 교도관 인권지수와 정비례한다. 한국의 공무원 중 가장 열악한 처우를 받고 있는 것은 교정직 공무원들이다. 이들을 볼 때마다 목이 멘다. 법사위원들을 설득해서라도 무엇인가를 해야 한다. 업무현황 보고와 질의에 이어 교도소 내 시찰에 나섰다. 거의 예전 그대로이다.

4동에 이르자 들르지 않고 그냥 가려 한다. 난폭한 재소자들이 수용되어 있어 위험하다는 것이다. 사실은 좁고 좁은 독방을 보여주고 싶지 않은 것이다. 잠깐이라도 둘러보겠다고 했다. 14년 만에 '그 방' 앞에 다시 섰다. 0.75평. 새장 안엔 다른 주인이 앉아 있다. 그때도 좁았는데 더 좁아 보인다. 만감이 교차한다.

18시, 의원회관으로 돌아오니 인권연대 오창익 사무처장이 장

경욱 민변 사무처장, 위대영 변호사 등과 기다리고 있다. 저소득계층의 법률구조에 대한 제안을 가지고 왔다. 시간이 걸리더라도 해야 할 일들이다.

오늘은 박영선 보좌관 생일이다. 방 식구들이 국회 내 함바집으로 저녁 먹으러 가는데 따라가지 못했다. 신민영 동지가 굶지 말라며 파전 한 장을 가져왔다.

기아자동차 해고자라는 분이 국감 잘하라며 보약을 보내왔다.

내일은 감사원, 법제처, 부패방지위원회에 대한 감사다. 셋 다 중요한 사안들이 넘치는 곳이다.

야간근로를 반대하기 때문에 질의하지 않겠다
2004년 10월 7일 목요일 맑음

10시부터 13시 30분까지 감사원에 대한 국정감사가 진행되었다.

발언 기회는 7분 플러스 추가 5분, 모두 12분이다. 물론 답변까지 포함한 시간이다. 최대권력기관 중의 한 곳이 지난 일 년 동안 한 일에 대한 감사인데 실제 주어진 발언시간은 6분 남짓이다. 언론에서는 국정감사에서 의원들이 답변도 듣지 않고 질문만 퍼부어댄다고 비판하지만, 워낙 발언시간이 부족한데다 질의, 답변총량제를 악용하여 고의로 답변을 길게 하는 피감기관까지 있다 보니 속사포처럼 쏘아대는 경우도 생겨난다.

첫 질의는 용산미군기지 이전협상에 대해, 추가질의는 감사원의 범죄경력 조회문제에 대해 하기로 했다. 아쉽지만 시간관계상 카드대란에 대한 감사원의 부실감사는 질의에서 뺄 수밖에 없다.

용산미군기지 이전협상에 관한 한 전윤철 감사원장은 매우 실망스런 모습을 보였다. 작년 11월 감사원장 인사청문회 때 그는 "임명동의를 해주신다면" 용산미군기지 협상의 문제점에 대해 감사원 감사를 하겠다고 했다. 청문위원들이 재차 확인하자 "감사에 성역은 없다"고까지 말했던 사람이다. 그러던 그가 오늘은 "고도의 통치행위"라는 이유를 들어 감사를 할 수 없다고 한다. 외교부, 국방부, 국가안전보장회의(NSC) 중간간부들이 협상한 결과를 "고도의 통치행위"라는 것이다. 그의 말이 맞다면 국회는 "고도의 통치행위"인 협상비준 동의안에 대해 토론 없이 찬성해야 한다. 수십 조의 재정 부담을 국민들에게 안기는 일에 대해 "고도의 통치행위"라는 이유로 일 점 의혹조차 따지지 말아야 한다.

감사원에 대한 추가질의에서 범죄경력 조회문제를 제기했다. 감사원은 소위 카드대란에 대한 감사에서 가장 큰 책임이 있는 정책결정라인을 모두 제외시키고, 결정된 정책에 따라 집행한 금융감독원을 희생양으로 만들었다. 전윤철 감사원장 자신이 규제심의위원회 위원이자 정책결정과정에 관련된 당사자로서 '회피사유'가 분명한데도 감사를 지휘했다. 당시 감사원은 금융감독원을 감사하면서 습관적으로 전 직원 범죄경력조회를 실시했다. 음주운전 등 보고의무 있는 범죄사실을 숨긴 사례를 찾기 위해서였다. 이런 수법은 감사의 목적을 위해서 한 것이 아니라 피감사기관에 대한 '군기 잡기'에 다름 아니었다.

지난 8월 법사위의 결산심의 때 이런 문제를 제기하자 감사원장은 범죄경력을 조회한 것은 분명한 법적 근거가 있다고 말했다. 그러나 조사 결과 감사원장의 진술은 허위임이 드러났다. 이번 감사에서 계속 추궁하자 그는 "앞으로 범죄경력조회를 최소화하겠다"고 말했다. 그러나 이것으로 끝날 문제는 아니다. 무분별한 범죄경력조회로 분명한 위법행위를 한 전윤철 감사원장에 대한 고발여부를 당은 결정해야 한다.

13시 30분, 감사원 감사가 끝났다.

최대 권력기관 중의 하나인 감사원에 대한 감사에 걸린 시간은 3시간 30분에 불과했다. 다들 아쉬운 분위기다. 그제서야 최연희 법사위원장은 예년에는 감사원 감사를 하루 종일 했다고 한다. 일부 의원들이 항의하자 최 위원장은 여야 간사들이 반나절로 합의해서 그냥 됐다는 것이다. 둘 다 초선인 양당 간사는 제대로 답변하지 못한다.

감사원 구내식당에서 점심을 하다. 감사원 구내식당은 관공서 구내식당 중에서 맛이 좋기로 유명한 곳이란다. 점식식사인데 전복이 등장하고 생선회와 산해진미가 차려졌다. 법사위원장은 국회의원 1인당 1만 원 미만으로 책정된 식대를 감사원장에게 전달한다. 형식적으로 보면 구내식당에서 법사위 돈을 내고 점심을 먹은 셈이다. 그러나 그 음식은 일반 서민들이 평생 한 번쯤 먹어볼까 말까 한 고급요리이다.

식당 창문 밖 북악이 회색빛이다.

법제처 감사에서도 용산미군기지 이전협상 문제를 질의했다. 용산기지 이전협상을 한 미래한미동맹회의에선 용산기지 이전협상 결과 국회동의를 받을 문서는 가급적 추상적인 내용으로 해 포괄협정(UA)에 담고 자세한 내용은 이행협정(IA)에 담아 국회동의를 피하자는 데 합의했다. 한국 측 협상단은 '범죄적 합의'를 한 것이다. 이 합의에 따라 외교부는 UA만을 법제처로 넘겼다. 법제처는 대통령 서명 이전에 위헌여부 등을 따지게 되어 있다. 법제처의 실무담당자가 'IA도 국회동의를 받아야 한다는 의견을 외교부에 전달했다'는 첩보를 입수했다. 이 문제를 추궁했다.

부패방지위원회에 대한 감사는 밤 10시가 넘게 계속되었다. 여야가 모두 고위공직자비리수사처 문제로 지루한 말싸움만 계속한다. 위원장이 나에게도 추가질의를 하라 한다. "야간근로를 반대하기 때문에 질의하지 않겠다"고 말했다.

죄지은 표정으로 몇 시간째 앉아 있던 부패방지위 직원들이 소리 내어 웃는다. 이로써 부패방지위 감사가 끝났다.

포괄협정(UA)은 보호해야 할 가치가 있는 기밀이 아니다

2004년 10월 17일 일요일 맑음

정부는 어제 국가안전보장회의(NSC) 상임위원회를 열고 용산기지 이전에 관한 포괄협정(UA) 전문이 나에게 유출된 경로에 대해 보안감찰하기로 결정했다. 이와 함께 용산기지 이전협정을 19일 국무회의에서 의결한 뒤, 협정내용과 과정을 국민에게 공개하기로 결정했다.

주한용산미군기지 이전협상의 문제점에 대해 관심을 갖기 시작한 것은 작년부터이다. 굴욕적 협상이란 소문은 그때부터 있었다. 올해 5월 30일 제17대 국회의원 임기가 시작되자 이 문제에 대해서 제일 먼저 조사에 착수했다. 자료요청을 하니 국방부 영관급 장교가 의원실로 자료를 가져와서는 "2급기밀이니 열람만 하라"고 했다. 메모는 가능하나 복사는 안 된다는 것이다. 협상이 이뤄진 포타(FOTA), 즉 미래한미동맹회의 속기록을 열람하면서 경악할 수밖에 없었다.

한 국가의 대외협상이, 국민에게 막대한 재정적 부담을 안기는 국가 간의 협상이 이처럼 굴종적이고 무책임할 수 있는지는 그 속기록을 보기 전에는 알지 못한 사실이다. 양국의 협상대표들이 협상내용 중의 골치 아픈 문제들에 대해 대한민국 국회와 국민들의 문제제기를 회피할 방안을 함께 논의하는 장면은 그야말로 목불인견이었다.

7월 22일, 여야의원 63명의 이름으로 용산기지 이전협상에 대한 감사원 감사를 청구하는 결의안을 제출했다. 그러던 중 2003년 11월 청와대 민정수석실의 지시로 공직기강비서관실에서 작성한 청와대 직무감찰 보고서가 입수되었다.

직무감찰 보고서는 나를 또 한 번 놀라게 했다. 포타회의 속기록을 보면서 발견한 문제점들이 전적으로, 정확하게 지적되어 있었던 것이다. 청와대 역시 용산기지 이전협상의 문제점을 정확히 알고 있었다는 것도 놀라웠지만, 그럼에도 불구하고 이전협상이 그이전과 똑같은 기조로 흘러가고 있다는 사실은 더욱 놀라웠다.

직무감찰 보고서에는 용산기지 이전협상의 문제점을 대통령이 어느 정도 파악하고 있다는 것을 시사하는 대목이 여러 군데 있다. 대통령이 이 협상에 대해 말한 것으로 인용된 대목을 보더라도 최소한 2003년 말까지 대통령의 입장은 매우 올바른 것이었다.

9월 21일, 직무감찰 보고서가 공개되자 청와대 담당자는 사태를 봉합하느라 세 가지 거짓말을 했다.

첫째, 이 보고서는 시민단체들의 문제제기를 취합한 것이다.

둘째, 이 보고서는 대통령에게 보고되지 않았다.

셋째, 이 보고서는 외교부, NSC 등에 전달했다.

직무감찰 보고서를 보면 이 보고서가 시중의 문제제기를 취합한 것이 아니라 공직기강비서관실의 깊이 있는 조사에 의해 작성된 것임을 삼척동자도 알 수 있다.

대통령은 4쪽가량의 요약본을 보고받았다. 한편 외교부는 직무감찰 보고서를 전달받은 바 없다고 밝혔다. 이 보고서가 공개되자 언론은 색다른 관심을 보였다. 굴욕적 협상내용 등 보고서에 담긴 심각한 내용은 외면한 채 대통령이 "반미주의자이므로 배제한다"는 구절 등 선정적인 측면에만 매몰된 언론이 적지 않았다.

9월 22일, 외교통상부 장관이 주미한국대사에게 보낸 전문을 공개했다. 이 전문은 7월 22일 국회에서 여야의원 63명의 이름으로 '용산기지 이전협상에 대한 감사청구 결의안'이 제출되자, 바로 그 다음 날인 7월 23일, '여당이 감사청구안을 부결시키려 하니 걱정하지 말라'는 내용으로 주미대사에게 보내진 것이었다. 이 보고서를 입수하고 처리하는 과정에서 실무진의 실수로 이 공문이 주한미국대사에게 보낸 것으로 소개되었다. 그러나 발표 직후 곧 착오임이 발견되어 이를 정정했다. 그러나 외교부가 이 같은 공문을 통해 미국에 어떠한 메시지를 전달하려고 했는지 명백함에도 불구하고 외교부는 이 같은 공문발송이 단지 정보공유 차원이라 해명했다.

10월 7일, 감사원 국정감사에서 감사원이 감사할 뜻이 없다는 것을 밝힌 '비공개 문서'를 공개했다. 감사원장은 "고도의 통치행위"이기 때문에 감사할 수 없다는 뜻을 굽히지 않았다. 감사여부를 결정할 권한이 있는 국회에서 감사청구 결의안을 아직 다루지도 않았는데도 미리 감사를 못하겠다고 버티는 것이다.

그렇다면 이제 남은 길은 감사원보다 전문성이 떨어지는 것이 명백한 국회에서 국회비준동의안의 이름으로 상정되는 "고도의 통치행위"에 대해 조사해야 하는 것이다.

　　10월 17일, 오후에 열린 법제처 국정감사에서도 용산기지 이전협상에 대해 따졌다. 포괄협정(UA)을 법제처에서 심사하고 있기 때문이다. 용산기지 이전협상 결과가 하나의 협정이 아니라 포괄협정(UA)과 이행협정(IA)으로 나누어지고, 포괄적이고 추상적인 UA는 국회동의를 얻는 비준안으로 하고 실질적인 내용을 담는 IA는 국회의 동의를 받지 않기로 한 것은 양국 협상팀의 공모에 의한 것이었다. 그렇게 해야만 국회의 검열부담 없이 미국 측 영향력이 절대적인 한미소파합동위원회에서 IA를 개정할 수 있기 때문이다. 바로 그렇기 때문에 청와대 직무감찰 보고서는 UA, IA는 물론 기술협정서까지 국회동의를 받아야 한다고 지적했던 것이다. UA만 넘어 왔기 때문에 UA만 검토하고 있다던 법제처장은 '법제처의 실무진이 UA와 IA가 함께 국회동의를 받아야 한다는 검토 의견을 냈다'는 지적을 마지못해 인정했다.

　　10월 12일, 정부가 곧 UA와 IA를 공개하고 적극적으로 대국민 홍보에 나서기로 했으며 UA만 국회비준동의안으로 제출하기로 했다는 정보가 입수되었다. 조약체결에 관한 국제관례에 따르자면 양국 통수권자의 서명이 된 후 조약이 공개되는 것이 일반적이다. 그러나 용산기지 이전협상에 대한 문제제기가 강력해지자 정부는 미국 측의 양해를 얻어 19일 국무회의 검토 직후 이를 공개하고 대국민설득에 나서기로 한 것이다.

정부가 19일 국무회의를 기점으로 이 협상의 문제점을 호도하는 대대적인 홍보를 계획하고 있는 이상, 적극적인 선제대응이 필요하다는 판단에 도달했다. 재협상을 촉구하기 위해선 국무회의 검토 이전에 UA를 공개하고 문제점을 지적해서 국무회의에서부터 재검토할 것을 요구하고 이를 널리 알릴 필요가 있었다.

10월 15일, UA를 공개했다.

청와대가 문제점이 많다며 지적한 1990년 협상보다도 후퇴한 내용들을 부각시켰다. 외교통상부는 즉각 반격에 나섰다. 국제관례를 무시한 공개이며 한건주의에 기댔다는 것이다. 일부 언론은 사안의 핵심은 외면한 채 외교부의 적반하장을 지원했다.

UA, IA를 포함한 용산기지 이전협상의 가장 큰 문제점은 국제관례를 여지없이 무시하고 굴욕적인 협정을 맺었다는 사실이다. 한국이 일본, 독일과 다른 '3등 국가'가 아니라면 미국 측의 군사재배치계획의 일환으로 이전하는 데도 불구하고 이전비용을 한국 측이 전담하는 이 협정은 '굴욕' 그 자체이다. 오죽하면 미국 측 협상팀이 이를 '유례없는 유리한 모범협정'으로 평가하고 있겠는가. 따라서 국제관례를 깬 것은 한미양국의 협상팀이며 한국 외교통상부는 반국가적, 반국민적 협상의 책임을 져야 할 주무부서인 것이다. 국제관례를 깨뜨리고 국익을 손상시킨 UA 역시 '보호해야 할 가치가 있는 기밀'은 아닌 것이다.

지금 한국 외교부에 있는 것은 '거짓말'이고 없는 것은 '외교'이다. 특히 미국의 이익이 곧 한국의 이익이라 여전히 믿는 한, 대미외교는 없다. 대미협력만이 있을 뿐이다.

고백하고 청산해야 할 과거사는 외교부에서 현재진행형의 현재사로 계속되고 있다. 외교부의 거짓말은 오래가기 힘들게 되어 있다. 싸움은 이제 시작일 뿐이고 손으로 해를 가리는 것은 불가능하기 때문이다.

32년 전 오늘, 박정희 대통령에 의해 10·17비상조치, 이른바 유신이 선포되었다. 헌법상 근거가 없는 비상조치에 의해 국회는 해산당하고, 정당 및 정치활동은 중단되고, 헌법의 일부 조항은 효력을 정지당했다.

그리하여 만들어진 유신헌법에 의해 구속적부심사제 폐지, 임의성 없는 자백의 증거능력부인조항 삭제 등 기본권 제약이 이뤄졌다. 대통령의 국회해산권, 국회의원 1/3추천권, 긴급조치권 부여, 대통령 연임제한조항 삭제 등 절대권력화가 이뤄졌다. 대법원장을 비롯한 모든 법관을 대통령이 임명하고 파면할 수 있게 했고 국정조사권을 삭제하는 등 사법부와 입법부의 권한을 약화시켰다.

동일인에 의해 두 번째 쿠데타가 감행된 이날 저녁, 세종로의 중앙청 앞에는 탱크가, 태평로의 국회 앞에는 장갑차가 진주하고 있었다.

전쟁을 겪은 소년은 이미 소년이 아니라는 말이 있다. 1972년 10월 17일 이후 나는 이미 소년이 아니었다. 그때 서강대 3학년이었던 '박근혜 양'은 2년 후 '퍼스트레이디'가 되었고, 오늘 오전 한나라당 대표로서 "국가보안법 폐지는 친북활동의 합법화"라 주장했다.

흙손을 잡는데 가슴이 뭉클하다

2004년 10월 23일 토요일 맑음

22일 밤 22시 30분 법무부 감사가 끝났다. 이어진 법사위의 뒤풀이는 오늘 새벽 1시 30분에 끝났다.

17대 국회의 첫 국정감사는 초반에는 국방부 감사의 기밀유출 논란으로, 중반에는 열린우리당의 4대 법안 발표로, 후반에는 헌법재판소의 위헌결정 발표로 어수선하게 이어졌다. 국정감사제도는 한국에만 있는 제도이다. 대통령의 권한이 유달리 강력한 이 나라에서 입법권과 예산심의권 외에 국정조사 및 감사권이 부여된 것은 견제와 균형을 위한 소중한 장치이다.

1972년 박정희의 유신선포로 사라진 국정감사가 부활된 것은 1987년 6월항쟁의 성과로 이뤄진 제9차 헌법개정에 의해서이다. 제6공화국의 노태우, 김영삼, 김대중정부 하에서 국정감사는 20일간으로 보장된 '입법부 우위상태'를 즐기는 것을 뛰어넘지 못했다.

국민의 이목이 집중된 국정감사의 장은 여야의 정치적 공방의 장으로 각인되어 왔다. 제17대 국회의 첫 국정감사는 1988년부터 지속된 3김 정치시대의 국정감사와는 다른 국정감사를 요구받았다.

소위 '정책감사'이다. 많은 면에서 서툴지만 모든 것을 과거의 타성에서 벗어나 새롭게 보려고 하는 초선의원이 절대다수인 17대 국회의 국정감사는 국정감사 본연의 기능을 복원하는 첫 시도로 긍정적인 평가를 할 수 있다.

국정감사 본연의 기능이란 정부 정책의 기조와 집행과정 및 집행결과를 제대로 감사하는 것을 말한다. 여기서 우선 제기되는 것은 '전문성'의 문제이다.

수백, 수천 명의 전문관료들이 해놓은 일들을 전문성이 그리 높지 않은 의원과 보좌관 등 대여섯 명이 파헤친다는 것은 근본적인 한계를 갖는 것이다. 게다가 수십 개의 산하기관 감사까지 포함된 국정감사를 1년에 1회 정기국회 초반 20일 동안에 집중적으로 해야 하므로 준비의 집중성은 그만큼 떨어질 수밖에 없다. 특히 국방위 감사와 농해수위 감사가 같은 기간에 이뤄지고 통일외교통상위원회 감사와 교육위 감사가 같은 날에 이뤄지는 지금의 방식은 합리적 근거가 부족한 제도이다. 따라서 예산심의기능을 강화하기 위해 예결위를 상설화하고, 예산정책처와 같은 국회 내 전문지원기관을 강화해야 하는 것처럼 국정감사제도 역시 바꿔야 한다.

우선 정기국회 회기 초반에 모든 상임위가 일률적으로 20일간 하는 현행제도를 바꿔서 감사일정을 상임위별로 자율적으로 정하게 해야 한다. 그리고 피감기관에 대한 감사를 20일로 집중시키지 말고 연중 1회 하도록 분산시켜야 한다. 분산시킬수록 준비의 집중효과는 커질 것이기 때문이다. 또 국정감사가 정책을 감사하고 정책대안을 제시하는 것이라면 전문성을 갖고 이를 지원하는 시스템을 국회 내에서 강화할 필요가 있다.

현재와 같은 국정감사제도로는 이벤트 국감, 한건주의 국감을 피하기 어렵다. 한 달 전부터 준비한다 하더라도 시험을 앞둔 벼락치기 공부를 벗어나기 힘들다. 구태에서 쉽게 벗어나지 못하는 것은 언론도 마찬가지다. 폭로와 한건주의를 비난하면서도 '한 건'과 대형폭로를 찾아 헤맨다. 이벤트 정치를 비판하면서도 의원들의 이벤트를 부추긴다. 학력보다 시험성적이 중요하고 그래서 입시경쟁이 점점 가열되는 교육풍토와 흡사하다.

모든 상임위가 같은 기간에 동시에 국감을 하다 보니 각 종목마다 금메달 경쟁이 치열하다.

경기 도중에 금메달 획득 예상명단까지 발표된다. NGO 평가에 정책대안보고서 항목이 들어 있다는 소문이 나자 너나 할 것 없이 적지 않은 돈을 들여 별 내용도 없는 정책보고서를 찍어댄다.

법사위에서는 감사위원 1/3이 국정감사 마지막 날에 정책보고서를 쏟아냈다. 입법활동이 상시적인 활동이듯이 국정감사 역시 상시적 준비와 활동이 가능해야 한다. 이미 결산심의와 예산심의도 준국정감사인 것 아닌가. 제도와 환경 모두 개선될 필요가 있다.

07시, 내일신문 국감평가 좌담회에 참석하다. 박영선, 박형준, 손봉숙 의원 등이 참석했다.

09시 40분, 서울역에서 기차 편으로 익산으로 향하다.

전북 익산 시의원 보궐선거에는 오랫동안 농민회 활동을 한 최기재 후보가 출마했다. 선거구는 익산시 낭산면인데 예전의 익산군

관할 농촌 지역이다. 들판은 황금빛이고 추수는 끝나가고 있었다. 이 마을 저 마을 옮겨 다니는 전통적인 농촌선거운동 방식인데 마을에는 인적이 없고 붉은 감나무 아래 강아지들만 쉬고 있다. 논두렁 밭두렁을 타고 '현장'으로 갈 수밖에 없다.

고구마 캐는 농민들, 도리깨로 콩을 터는 할머니, 콤바인으로 추수하는 아저씨, 여물용 볏짚을 쌓는 중년의 부부. 흙손을 잡는데 가슴이 뭉클하다. 논두렁에 몰려 앉아 막걸리에 새참 먹듯 점심을 하다.

유권자가 3천여 명인데 최기재 후보는 후보용 명함을 벌써 8천 장 넘게 돌렸다고 한다. 몇 달만 지나도 무의미해질 논란으로 세상은 시끄러운데, 삶의 현장에서 민주노동당의 농사는 쉼 없이 계속된다.

국회가 추안거(秋安居)에 들어간 지
열흘이 되었다

2004년 11월 6일 토요일 맑음

누가 가을을 수확의 계절이라 하였는가?

국회가 추안거에 들어간 지 열흘이 되었다.* 며칠 전 부산에서 체불임금 44만 원을 받지 못한 건설노동자 한 사람이 분에 못 이겨 분신자살을 시도했다. 그런 국민들에게 국회의원 일당이 하루 30만 원이라는 사실은 국가기밀로 묻어둬야 한다.

국회가 열리지 않은 지난 열흘 동안에도 국회운영비로 하루 10억 원씩 혈세 100억이 꼬박 쓰였다는 사실도 대외비로 처리되어야 한다. 장사가 안 된다고, 세금 내려달라고 솥단지 떼어 들고 시위에 나선 요식업자들이 이 사실을 알면 LPG통을 들고 국회로 몰려올지도 모르기 때문이다.

이제 초선의원이 187명이라는 사실도 기록에서 삭제해야 한

---

* 당시 국무총리가 야당이던 한나라당을 '차떼기 당'으로 비난하면서 보름간 국회파행 사태를 맞게 된 상황에서 쓴 글입니다.

다. 국민들 눈에는 18명쯤으로 보이고 있기 때문이다. 대한민국헌법을 만든 제헌국회에서 국회의원 전원이 초선의원이었다는 사실도 들춰낼 필요가 없다. 초선이란 재선을 목표로 조용히 처신하는 자리이지, 거창한 정국문제에 나서서 시시비비를 따지며 곧은 목소리 내는 것은 본분을 벗어난 건방진 태도라고 믿는 초선의원들이 대부분이기 때문이다.

정당한 사유 없이 국회집회일로부터 7일 이내에 출석하지 않으면 국회윤리위에 회부되어 징계심사에 들어가야 한다는 국회법 제155조도 2급기밀문서로 등재되어야 한다. 물론 국회의장이 당적을 갖지 않기로 한 것이 이럴 때 초당적인 위치에서 각 정당들을 종용하여 국회의 기능을 정상화시키기 위한 것이었다는 사실도 계속 묻어둬야 한다.

흙탕물도 시간이 지나면 맑아지듯이 국회파행사태가 1주일 정도 지나자 모든 것이 명료해졌다. 총리사과는커녕 오히려 한나라당의 적반하장이라며 강경한 입장을 자랑하던 열린우리당은 국회가 다시 열리면 총리사과든 유감표명이든 하겠다고 물러났다. 총리가 적절치 못한 발언을 한 것은 사실인데, 그것을 인정하는 데 7일이 걸린 것이다. 할 말 다했다던 총리도 마찬가지다. 한나라당이 나쁜 정당이라는 게 진정 총리로서의 소신이라면 국무총리 인준청문회 때 미리 밝혀두었어야 했다. 시간이 지나면서 한나라당의 목적은 명분과 다르다는 사실이 점차 명확해지고 있다. 총리발언이 문제이고 사과 혹은 그 이상의 조치가 필요하다면 사과를 받거나 해임건의안을 내기 위해서라도 국회에 들어와야 한다. 해임건의안을 낸다는 말만 일주일째 하고 아직도 내지 않는 것은 파행의 목적이 파행 그 자체에 있다는 것을 스스로 인정하는 꼴이다. 한나라당이 8일 총리해임건의안을 내고 이를 처리하겠다는 명분으로 9일까지 국회에 들어오지 않으면 한나라당이 원하는 것은 '국회 공전' 그 자체라는 것이 기정사실로 될 수밖에 없다.

더 이상 한나라당에게 줄 선물도 없고, 기다릴 시간도 없다. '사과도 않고, 파면도 안 시키니까 직접 손보겠다'라는 식으로 복귀명분을 스스로 만들어야 한다. 내일까지 한나라당이 복귀하지 않는다면 열린우리당, 민주노동당, 민주당, 자민련으로 본회의를 재개해야 한다.

국무총리는 본회의에서 국회와 국민에게 사과하면 된다. 며칠전 한 국무위원은 사석에서 "지금 데모할 국민이 한 천만 명쯤 된다"고 말했다. 이것이 정부의 솔직한 인식이라면 대통령은 간과 쓸개를 떼어놓고 대통령 자리로 돌아와야 한다. 데모할 국민이 천만명인데 대통령 개인의 억하심정이 무어 그리 중요한가? 저들은 아직도 대통령을 인정 안 하고 있다는 말을 동네방네 떠들고 다녀서무엇을 얻으려 하는가?

하안거(夏安居)는 원래 여름날 돌아다니다 보면 살아 있는 벌레들을 해치게 될까 봐 불교 수행자들이 바깥나들이를 삼가는 것으로부터 시작되었다. 정치권은 지금의 명분 없는 추안거를 빨리 끝내야 한다. 만일 그렇게 하지 않는다면 머지않아 국회 밖으로 나오면국민들로부터 맞아 죽을까 봐 국회 안에 갇혀 지내는 진짜 추안거, 동안거(冬安居) 신세가 될 것이다.

또 그가 단식에 들어갔다*

2004년 11월 30일 화요일 맑음

비정규직 노동자들은 대한민국 국민이 아니다.

헌법에 보장된 노동3권이 적용되지 않는데 무슨 국민이냐.

일하는 사람들의 70%가 헌법 바깥에 있는 나라 대한민국.

그들에게 대한민국은 아직 조국이 아니다. 그냥 살고 있는 땅
일 뿐.

국회의사당 50미터 타워크레인 위로 4명의 무국적자가 올라
갔다.

국민이 되고자

조국을 찾고자

그래서 인간이 되고자

———

* 당시 권영길 민주노동당 의원이 단식농성을 시작했습니다. 공무원노조 파업사태와
관련해. 권영길 의원 지역사무실 경찰난입사건, 천영세 의원 승용차 수색 등 민주노동
당에 대한 정부·경찰당국의 공권력남용사건에 대해 항의하기 위해서였습니다. 이외에
도 권 의원은 비정규직 노동자 문제해결과 민생경제 현안주력 등 4대 개혁법 국회통과
를 촉구했습니다.

여의도 언 땅 칼바람에 맞서고 있다.

타워크레인으로부터 300미터 떨어진 곳

평생 굶어본 적이 없을 듯한 후덕한 얼굴이 또 단식에 들어갔다.

2002년 바로 이맘때 대통령후보 첫 방송토론이 열리는 KBS본관 앞

몰려든 당원들 앞에서 그는 외쳤다.

"여기까지 오는 데 50년이 걸렸습니다."

50년 만에 진출한 국회 본관 앞에서 그는 50년 헌정사상 노상 철야단식농성 하는 첫 의원이 되었다.

아침 7시 조찬모임부터 국회 본관을 드나드는 의원들은 그의 앞을 지나야 한다.

소가 장승 앞 지나듯

외상값 있는 가게 앞 지나듯

도둑놈이 파출소 앞 지나듯

자리 한 장 깔고 화강암 위에 정좌한 그의 앞을 지나간다.

그들이 무엇을 알랴.

2000년 1월 30일 민주노동당이 창당하고

2월 8일 국회에서 1인 2표 정당투표제 도입이 번복되자

당대표로 선출된 지 보름 만인 2월 15일 그의 단식농성이 시작됐다.

대통령의 거부권행사를 요청했다.

제도권에 들어오면 다를 줄 알았는데

한다는 게 고작 단식이냐며 비웃는 이들도 있었다.

2월 16일 국무회의가 정치관계법을 통과시키자

이날 민주노동당은 헌법소원을 제기했다.

할 수 있는 일이 단식 아니면 소송이냐는 소리도 들었다.

그들이 무엇을 알랴.

다들 잊을 무렵 헌법소원은 받아들여졌다.

헌법재판소는 1인 2표제를 도입해야 헌법에 위배되지 않는다는 판정을 내렸다.

2002년 6월 지방선거에서 1인 2표 정당투표제는 민주노동당을 제3당으로 만들었다.

그리고 6개월 뒤 제3당의 대선후보로 그는 TV토론회에 나가게 되었다.

우리는 이렇게 걸어왔다.

길이 아니면 가지를 않고

길이 없으면 만들면서 걸어왔다.

10시 30분 정기국회 폐회 열흘을 앞두고 예결특위가 파행 끝에 열렸다.

한 달 이상 공전한 것은 결산심사 소위 위원장을 한나라당이 달라고 했기 때문이다.

법사위원장 자리 때문에 개원국회가 한 달 이상 공전한 것이 재연된 것이다.

국방부 장관에게 "수사의뢰 검토 어떻게 되었냐"고 물으니 "아직 검토 중"이라 답변한다.

그가 보낸 육군대령은 두 차례나 찾아와 "수사의뢰 검토는 언론의 오보"라 해명했다.

"오보라면 그렇다는 보도자료를 내라"고 하니 다시 찾아오지 않는다.

그 후 장관이 두 차례 전화를 걸어왔으나 받지 않았다.

진실을 감추는 것이 애국이라 믿는 사람들이 많다.

14시 용산미군기지 이전협정 토론회에 토론자로 참석했다.

국방부 관료 한 사람이 럼스펠드 미 국방장관 방에 걸린 한반도 야경사진에 대해 얘기한다.

남쪽은 온통 불빛으로 환한데 북쪽 불빛은 하나뿐인 사진을 얘기하며 그는 50여 년간 남쪽을 이렇게 만들어준 미국을 고마워한다.

세계 최장의 노동시간, 살인적인 저임금, 여전히 세계 1위인 산업재해가 그의 기억엔 없다.

미국의 강압적 행태를 지적하며 '조폭'에 비유하자 유감이라며 정색을 한다.

순간 한 달 전 관저로 초청한 어느 주한유럽대사가 "한국은 미국의 식민지라 생각한다"고 말한 것이 떠오른다.

식민지 백성들이 잠든 이 밤

헌법이 외면한 무국적자들은 50미터 고공에서

여의도에서 도망가지 않은 유일한 정당의 전 대표는 차디찬 단식농성장에서

길을 만드는 사람들은 국회정문 앞 텐트촌에서

잠을 이루지 못하고 있다.

여의도 언 땅 칼바람에 맞서고 있다.

단절되지 않은 역사의 보복을 체험한다

2004년 12월 12일 일요일 맑음

1979년 12월 13일 오전.

104번 버스를 타고 국군보안사령부로 향했다. 착검을 한 M16 소총으로 무장한 군인들이 3미터 간격으로 보안사 담장을 에워싸고 있었다. 장갑차 몇 대는 언제라도 발포할 태세로 대기 중이었다. 간밤에 한강대교와 한남동 육군참모총장 공관에서 무장병력끼리 유혈충돌이 있었고, 그 진원지는 전두환이 사령관으로 있는 보안사라는 소문은 거의 사실로 보였다. 그러나 이 사건이 '12.12사태'로 불려진 것은 그로부터 한참 더 시간이 흐른 뒤였다.

12.12사태로 전두환 군사독재체제는 사실상 시작됐다. 보안사령관이 직속상관인 계엄사령관과 국방장관을 체포하면서 발생한 이 사태로 제5공화국이 실질적으로 시작된 것이다. 12.12사태의 주모자들은 군부 내 박정희의 친위세력으로 길러져온 하나회 장교들이었다. 이들이 12.12사태라는 하극상의 명분으로 내세운 것은 정승화 계엄사령관이 박정희 시해범인 김재규에 대해 온정적이었다는 것이다. 이렇듯 12.12사태를 통해 찬탈한 권력, 곧 전두환 군사

독재체제는 박정희 유신체제의 정신적, 정치적 계승자였다.

지난 10월 법사위 국정감사를 마치면서 느낀 것은 '대통령만 바뀌었다'는 것이었다. 대통령만 보면 분명히 노무현정부인데 각료들을 보면 김대중, 김영삼 심지어는 노태우정부의 체취가 혼재되어 있었고, 밑으로 내려가면 제5공화국, 제4공화국의 잔재가 굳건히 남아 있는 것을 느낄 수 있었다. 단 한 번도 불의에 대한 단절이 없었던 사회의 슬픈 자화상이다. '정권교체'라는 명분으로 단절 대신 타협과 야합으로 이어온 권력교체의 비극이 낳은 결과이다. 이철우 의원 간첩조작사건에서 우리는 유신잔당, 5공잔당이 국가 권력의 상층에 여전히 잔존해 있는 모습을 본다. 신유신세력, 신5공집단이 재생산되는 현장을 목격한다. 단절되지 않은 역사의 보복을 체험한다.

현역의원이 간첩으로 암약하고 있다고 '폭로'한 이 사건의 폭력성은 최근 모 지역에서 발생한 집단성폭행사건 그 이상도 이하도 아니다. 간첩암약설에 이은 한나라당 지도부의 태도 역시 집단성폭행사건 가해자의 부모들이 피해자에게 "잘사나 보자"고 협박하고, 사건수사 경찰관이 "너희들이 꼬리치며 좋아서 찾아간 것 아니냐. 내 고향이 이 지역인데 너희들이 이 지역 물 다 흐려놨다"며 윽박지른 것과 너무나 흡사하다.

12.12사태의 주동자들은 1995년 대한민국의 법정에서 내란죄와 반란죄로 유죄판결을 받았다. 그러나 "성공한 쿠데타는 처벌할 수 없다"고 주장하던 유신잔당, 5공잔당들은 지금 이 시간에도 대한민국 국회 법사위를 점거하고 있다.

민주주의의 신새벽도, 노동의 새벽도 아직은 오지 않았다.

2005-2007

2부

역사에는
시효가 없다

2005년 2월 15일부터 2007년 11월 1일까지

생선가게에 다시 고양이들이 나타났다

2005년 2월 15일 화요일 저녁부터 비 오다

생선가게에 다시 고양이들이 나타났다.

개정된 지 일 년도 채 되지 않은 정치관계법을 후퇴시키려는 움직임은 지난해 9월 정치개혁특위가 출범하면서부터 감지되었다. 2004년 9월 13일 국회 정개특위 첫 회의는 상견례부터 시작했다. 돌아가면서 한마디씩 하는 인사말의 대부분은 "지나치게 엄격하고 비현실적인 선거법과 정치자금법 개정이 필요하다"는 것이었다. 상견례에서 목청을 돋울 생각이 전혀 없었지만 한마디 아니할 수 없었다. 인사말의 마지막 차례가 돌아오자 이렇게 말했다.

"개혁후퇴를 저지하기 위해 이 자리에 섰습니다."

2004년 초에 마련된 지금의 정치관계법이 지나치게 엄격하다고 생각하는 국민은 정치인들을 제외한다면 단 한 사람도 없다.

국제투명성기구(TI)가 64개국 5만여 명을 대상으로 조사해 2004년 12월 9일 발표한 글로벌부패척도조사가 그것을 말해주고 있다. 이 조사에 응한 한국인 1,500명은 국회에 4.5점, 정당에 4.4점을 매겼다. 가장 청렴한 상태가 1점, 가장 부패한 상태가 5점인 조사에서였다. 가장 부패한 상태를 100점으로 환산한다면 한국 국회와 정당의 부패 정도는 각각 90점과 88점에 이른다는 것이 국민들의 생각인 것이다.

제16대 국회의 정치특위가 그나마 개혁을 위한 특위였다면 제17대 국회의 정개특위는 개혁후퇴를 위한 특위가 되지 않을까 우려스러운 것이 현실이다. 동시에 제16대 국회의 민간자문기구였던 범국민정치개혁협의회가 '정치부패청산을 위한 보다 강력한 개혁을 요구하는 국민들의 요구를 관철시키는 통로'였다면 제17대 국회의 자문기구인 정개협은 '제 머리를 직접 깎지 못하는 정치인들의 민원을 관철시키는 이발소'로 전락하지 않을까, 하는 우려가 점점 커지고 있다. 이 '이발소'의 첫 결정이 '논의의 비공개'였다는 것도, 대표 이발사가 라디오방송에 출연하여 '머리를 깎아주겠다'고 호언장담하고 있는 현실도 주목할 만하다.

자의든 타의든 제16대 국회의 정개특위는 불법대선자금수사가 진행되는 중에 국민들의 부릅뜬 눈을 의식하여 그나마 정치자금법과 선거법의 오늘과 같은 개정안을 마련했다. 제17대 국회의원후보 중에서 이 법들이 지나치게 비현실적이므로 당선되면 후원금 한도를 늘이고, 기업후원금제도를 부활시키겠다고 공약한 사람은 단 한 명도 없다.

정치관계법 중 개정이 필요하다고 일각에서 주장하는 대표적 내용은 국회의원 후원금 연간한도액을 1억 5천만 원에서 3억으로 늘리고, 집회 형식의 후원회 행사를 다시 허용하고, 법인후원금 금지조항을 풀어서 기업 명의의 후원금 기탁이 가능하게 하자는 것이다.

정치자금법이 개정된 후 국회의원들의 후원금 모금 실적이 저조한 것은 사실이다. 그러나 이것은 우려스런 현실이 아니라 한편 당연하고 다른 한편 바람직한 현실로 보아야 한다. 정치자금법이 가혹하다고 얘기하는 국회의원들은 그 말을 하기 전에 스스로를 먼저 점검해봐야 한다.

　현행 정치자금법의 정신은 고비용 정치를 그만하고 저비용으로 정치를 하라는 것이며 정치에 필요한 자금은 소액다수의 후원금을 투명하게 모집하라는 것이다. 이 법이 가혹하다면 그것은 여전히 고비용 정치행태에서 벗어나지 못하고 있고, 소액다수의 건전한 후원금을 모집할 능력과 자신이 없다는 고백에 다름 아니다.

　선거법을 위반해가면서 사전선거운동을 하고 불법 사무실을 운영하는 것이 아니라면 정치비용이 많이 들 이유가 없다. 게다가 국회의원들의 정책활동을 전폭적으로 지원하겠다며 김원기 국회의장이 2005년용으로 100억 원의 신규예산을 확보해놓은 상황이 아닌가?

　입만 열면 서민경제가 어렵다느니, 민생이 위기상태라느니 말하는 바로 그 입으로 정치자금이 부족하다는 말을 하려면 먼저 3000cc, 4000cc 하는 검은 세단부터 팔아서 정치자금으로 써야 한다. 골프도 끊겠다고 선언하고 한 끼 4만 원, 5만 원 하는 저녁식사도 1만 원 이하짜리로 돌려야 한다. 해외출장 갈 때 이코노미석으로 갈 테니 천만 원에 가까운 퍼스트클래스 좌석 비용을 정책활동비로 돌려달라고 스스로 선언해야 한다.

　모든 변화는 고통을 수반한다. 금단현상으로 괴롭다고 해서 아편을 다시 가까이해선 안 된다. 변화에 따른 고통은 정치인들이 감내해야 한다. 따지고 보면 그 고통도 새로운 정치문화, 저비용 투명정치에 적응하기까지의 한시적인 아픔이다. 제17대 국회는 제16대 국회가 가까스로 마련한 개정 정치관계법을 사수하고, 미진한 부분이 있다면 더욱 강도 높은 개혁을 자청해야 한다. 그것이 국민들의 바람이다.

현행법으로 정치하기 힘들다면 스스로 그만두어야지, 개혁후퇴로 국민들에게 고통을 안겨주어선 안 될 것이다.

신영복 선생께서 책과 글을 보내주셨다.

휘호는 '함께 맞는 비'.

해제로 "돕는다는 것은 우산을 들어주는 것이 아니라 함께 비를 맞는다는 것입니다"라고 쓰셨다.

바르샤바엔 종일 눈 내리고
2005년 3월 9일 수요일 바르샤바, 종일 눈

파리를 거쳐 바르샤바에 도착한 것은 어젯밤 10시.

22층의 호텔 방에 들어서면서 창밖을 보니 놀랍게도 너무나 친숙한 거대한 건물이 호텔 바로 건너편에 서 있었습니다.

스탈린. 바로 그였습니다. 소련의 건축가 레프 루드네프가 이 건물을 설계한 것은 모스크바대학교 본부건물 건축공모에 응하기 위해서였습니다. 그는 이 설계로 스탈린상을 받았고, 높이 240미터, 정면길이 450미터의 웅장한 모스크바대학교 본부건물은 1953년 완공되었습니다. 그 후 '스탈린양식'으로 불린 이 건물에 몹시 만족한 스탈린은 모스크바에 똑같은 건물을 여섯 개나 더 건축하게 하였습니다. 〈모나리자〉가 잘 그려졌다며 레오나르도 다빈치에게 똑같은 걸로 여섯 개 더 그리게 한 것과 마찬가지 처사였으니 이 일을 떠올리는 건축가들의 치욕감을 이해할 만합니다.

바르샤바에서 이 건물의 이름은 문화과학궁전입니다. 2차세계대전으로 도시의 85%가 파괴된 바르샤바시의 재건 당시에 스탈린이 선물했다고 합니다. 그리하여 루드네프의 모스크바대학 본관 설계도에 의해 1955년 완공된 이 건물은 높이 234.5미터로서 바르샤바시의 모든 것을 내려다볼 수 있고 바르샤바의 어디에서도 볼 수 있는, 아직도 폴란드에서 가장 높은 건축물입니다. 이 건물에 올라가서 밖을 내다볼 때 가장 좋은 점은 바르샤바에서 이 건물을 보지 않아도 되는 유일한 장소라는 얘기도 있습니다.

깊은 밤 창밖으로 만 50년 된 스탈린양식을 보며 깊은 상념에 빠집니다.

여덟 번째의 〈모나리자〉는 동유럽에 이식된 스탈린주의의 건축사적 기록입니다. 여덟 개나 되는 〈모나리자〉를 보며 우리는 질식해간 개인의 창발성을 잊을 수 없습니다. 〈모나리자〉를 여덟 번씩이나 그리게 한 우상의 만용 앞에서 우리는 무릎을 꿇은 민주주의의 비참했던 모습을 봅니다.

오늘 바르샤바는 하루 종일 장맛비처럼 눈이 내렸습니다.

새벽에 쓰는 편지

2005년 3월 10일 목요일 바르샤바, 맑음

아직 시차적응이 안 돼 새벽 3시경에 일어납니다. 아침에 쓸 수 있는 시간이 늘어나니 갑자기 지갑을 주운 기분입니다.

어제 오전 첫 일정은 폴란드하원 입법위원장과 위원들을 만나는 일이었습니다. 그다음엔 상원의 입법준법위원회 위원장단을 만나고 오후엔 법무부 차관을 만났습니다.

폴란드 방문의 주요 목적은 폴란드의 법제 및 사법제도의 운영 현황을 조사하여 제도개선과 입법활동에 참고하는 것입니다. 사실 이런 정도의 목적이라면 주한폴란드대사를 부르거나 전문가를 초빙해 설명을 들어도 될 일입니다. 결국 비싼 돈 들여서 방문하는 목적은 직접 만나는 일입니다. 다른 사람의 설명이나 신문과 책으로는 전달되지 않는 눈빛과 체온 그리고 그 속에 담긴 고뇌와 희망을 읽는 일입니다.

폴란드상원의 입법준법위원회는 한국의 법제사법위원회와 유사합니다. 그러나 하원의 경우 입법위원회와 사법위원회로 분리되어 있습니다. 그리고 모든 상임위의 법안이 법사위를 거치는 한국과 달리, 이곳에선 전체 법안 중 10% 정도의 중요한 법안만 입법위원회를 거친다고 합니다.

폴란드는 입법부의 권한이 꽤 강한 편입니다. 입법부를 거치지 않고 발효되는 대통령령이나 총리령은 따로 존재하지 않습니다. 유권자 10만 명 이상 서명하면 법안을 발의하는 국민발의권이 살아 있었습니다.

그제고슈 쿠르축 하원 입법위원장은 소련공산당 중앙위 산하 사회과학아카데미에서 정치학 박사를 하고 현 집권여당인 민주좌파연합 정부에서 법무부장관을 지낸 사람입니다. 강인한 인상이었지만 민주좌파연합의 실권이 임박한 탓인지 얼굴이 밝지 않습니다. 상원의 입법준법위원장은 법학교수 출신으로 하원과 상원의원을 지낸 인물입니다. 60세의 이 여성은 단 한 번도 패배한 적 없는 것 같은 독수리 상입니다. 루블린대학 교수시절 바웬사의 자유노조를 대학에 만들었던 그는 지금 우파야당 소속입니다.

모두 세 시간 반에 걸친 대화였지만 법제, 입법 등 같은 분야에 종사하는 사람들끼리의 토론이다 보니 속도가 빠르게 진행되었습니다. 천정배 의원은 폴란드 정치인들이 명함도 주고받지 않고 배석자 소개도 없이, 정치인 특유의 너스레도 없이 바로 진지하게 대화를 시작하는 것을 보고 "자본주의의 때가 덜 묻었다"고 평가합니다. 이상철 대사는 동유럽 정치인들의 보편적인 특징이라고 덧붙입니다.

폴란드는 지금 정치적 대전환기에 들어섰습니다. 집권당인 민주좌파연합의 지지율은 5%선. 중도파와 우파가 다음 선거에서 집권하는 것은 시간문제입니다. 그러다 보니 총선 시기를 앞두고 갈등이 지속되고 있습니다. 빠르면 5월, 늦어도 9월엔 현재의 여당이 야당이 되거나 해체될 가능성이 큽니다.

2001년 9월총선에서 41%의 득표율로 집권한 민주좌파연합은 19%에 이르는 높은 실업률과 각종 부정부패사건으로 지지율이 급락했습니다. 민주좌파연합의 실권은 폴란드에서 그 이상의 의미를 가지게 됩니다. 사실 폴란드는 여타 동유럽의 사회주의 국가와는 다른 국가사회주의 권력해체의 길을 걸어왔습니다. 아이러니컬하게도 바웬사의 자유노조운동으로 공산당 권력이 흔들린 점이 바로 반공산당 세력과의 대화와 타협을 촉진시켰고, 이로 인해 폴란드 공산당은 공산당에 대한 청산과정 없이 단계적으로 정권을 이양하고 그 결과 1989년 이후 주도적인 좌파세력의 하나로 자리 잡을 수 있게 되었습니다.

2001년 9월총선에서 민주좌파연합이 집권한 것은 자유노조 세력의 약화에 기인한 것입니다. 해체 및 몰락 직전의 일본 사회당이 40여 년 만에 집권하게 되었던 상황과 비슷합니다. 이제 민주좌파연합의 실각은 1980년대 말 이래의 구공산계열 대 비공산계열의 경쟁구도가 종언을 고하는 것을 뜻합니다.

그래도 폴란드의 시장은 윤택해 보였습니다. 1인당 GDP가 한국의 절반 수준이고 명목임금 역시 절반에 불과하지만, 싼 물가와 함께 무상의료제도 등 사회주의의 남은 유산으로 삶의 질은 눈으로 보기에도 높아 보였습니다.

폴란드는 한국에게 중동부 유럽의 최대투자국이며 폴란드에게 한국은 아시아에서 가장 많은 투자를 하는 나라입니다. 또 폴란드는 한국에게 중동부 유럽국가 중에서 최대의 무역흑자국입니다. 폴란드는 대우자동차의 진출에 큰 기대를 걸었던 만큼 아직도 한국자본의 진출을 강력히 원하고 있었습니다. 그러면서도 국제적인 문제에 강경한 것은 인상적입니다. 반핵, 반테러, 유엔개혁 등을 강하게 제기하는 모습은 한반도문제에서도 자기 목소리를 내지 못하는 한국정부에 비해 꽤 대조적입니다.

체코슬로바키아와 함께 북한의 추천으로 중립국감독위원회 일원이 된 폴란드는 한반도문제에도 집착이 커 보입니다. 1990년대의 체제변화 후 북한으로부터 나가줄 것을 요구받았지만 계속 눌러 있었습니다. 1995년 마침내 단전, 단수까지 당하고 쫓겨나다시피 철수하긴 했지만, 지금도 일 년에 서너 차례 서울에 와서 스위스, 스웨덴과 함께 중립국감독위원회 회의를 하고 있습니다.

저녁은 대사관저에서 법사위 방문단 전원과 대사 및 직원들과 함께했습니다. 몇 년 전 650만 달러를 들여 새로 지었다는 한국대사관저는 일본대사관저와 붙어 있었습니다.

낮에 가본 한국대사관도 일본대사관 근처에 있었습니다. 마침 스페인대사관도 인근에 있다 보니 이라크 참전국에 대한 테러위험 때문에 무장병력들이 상주하고 있었습니다. 인도네시아에서도 한국공관은 인도네시아 무장경찰들이 지키고 있었습니다. 미국과의 오랜 특수관계 때문에 이라크에 참전한 폴란드도 병력을 점차 줄여가고 있습니다. 쿠르축 하원 입법위원장은 이라크의 폴란드군이 머지않아 완전철수할 것이라 말했습니다.

국회의 결의로 이라크의 평화와 재건을 위해 파병된 한국의 자이툰부대 생각이 났습니다. 지난 6개월 간 자이툰부대가 한 일은 두 가지입니다. 그것은 자이툰부대의 '평화'를 지키는 일이었고, 또 하나는 자이툰부대 기지를 '건설'하는 일이었습니다. 쿠르드자치정부가 한국 측의 이런 사정을 잘 알고 주둔 대가로 막대한 재정적 요구를 했다는 것은 잘 알려진 일입니다.

해외 주재 대사관이 무장병력에 의해 지켜지고 있다면 그것은 정당하지 못한 국가정책 때문입니다. 대통령의 눈물 몇 방울로 그 정당성이 회복되진 않습니다.

인류의 역사는 회계장부가 아닙니다

2005년 3월 11일 금요일

몸은 프라하에 있는데 머리는 아직 바르샤바를 벗어나지 못하고 있습니다.

떠나기 전 바르샤바 시내를 둘러보았습니다. 바르샤바항쟁기념관, 게토영웅기념비, 파비아크 감옥 그리고 이름 모를 숱한 기념물들.

바르샤바는 시내 곳곳에 피와 눈물의 기록들만 남아 있는 것 같았습니다. 바르샤바는 말이 없었고 우리도 말을 할 수 없었습니다. 다들 침통한 마음으로 바르샤바를 떠났습니다.

바르샤바항쟁기념관은 항쟁 60주년을 맞이한 작년에 개관된 일종의 전쟁기념관입니다. 1944년 8월 바르샤바의 폴란드인들은 점령 독일군에 대항하여 수도를 탈환하겠다는 무모한 무장봉기를 일으킵니다. 두 달간의 전투 끝에 폴란드 저항군 1만 8,000명은 모두 사살되고 민간인 2만여 명도 사망합니다. 사망한 민간인 중 대부분은 저항군을 투항시킬 목적으로 민간인들을 한곳에 모아놓고 수만 명씩 집단학살하는 과정에서 숨졌습니다.

1944년 바르샤바봉기를 둘러싼 논쟁은 지금도 계속되고 있습니다. 폴란드인들이 실용적이지 못하며 대책 없는 낭만을 추구하는 경향이 있다고 비판하는 사람들이 흔히 드는 예가 바로 1944년 봉기입니다. 엄청난 희생 이외에 무엇을 얻었느냐고 그들은 묻습니다. 두 달간 수십만 명이 죽어가는 동안 근처까지 진격한 소련군은 폴란드 저항군의 기대와 달리 꿈쩍도 하지 않았습니다. 독일군들이 저항군들을 다 정리한 후에야 소련군은 바르샤바 주둔 독일군들에 대한 공격을 시작하였습니다. 이런 소련군들의 행동을 예상하지 못한 것도 특유의 '대책 없는 낭만과 미욱한 기질' 때문이라고 악평하는 사람들도 있습니다.

바르샤바항쟁기념관은 전시 방법에 있어서 새로운 경지를 개척한 듯 보였습니다. 제3자적 위치에서 눈으로 보고 느끼는 것이 아니라 실제상황 속에 들어가 온몸으로 체험하게 하는 배려가 인상적이었습니다. 중고등학생 그룹들이 여기저기서 교사들의 열띤 설명을 듣고 있습니다. 한과 분노가 역사와 함께 계승되는 현장입니다.

항쟁이 시작된 1944년 8월부터 10월까지 저항군들이 장악한 지역이 얼마나 자유가 넘치는 해방구였나를 보여주는 장면은 1980년 5월광주항쟁 당시의 광주 풍경을 연상케 합니다. 스스로의 힘으로 수도를 탈환해야 전쟁 후 폴란드의 자주성을 지킬 수 있다는 그들의 절박감에서 1945년 8월 15일을 비통하게 맞이한 김구와 장준하의 탄식을 들을 수 있습니다.

그렇습니다. 때로 목숨보다 자유가 더 소중한 사람들이 있었고 그들 때문에 훗날 많은 사람들의 자유가 보장되기도 했습니다.

1944년 8월부터 10월까지 두 달간의 자유를 위해 죽어도 좋다고 생각한 사람들을 나무랄 자격은 누구에게도 없습니다.

　인류의 역사는 회계장부가 아닙니다. 실리니 실용이니 하는 것은 장엄한 역사의 잣대일 수 없습니다. 1980년 5월 광주의 시민군은 무모했다고 말하는 사람은 없습니다. 광주항쟁을 실용적이지 못했다고 말하는 사람도 없습니다. 우리가 광주항쟁은 아직도 계속되고 있다고 말하는 이유는 무엇입니까? 역사는 우리에게 살아남은 자들은 자유와 민주주의와 평등을 위해 더 많은 피를 흘릴 준비가 되어 있어야 한다는 것을 말해주고 있습니다.

　실리와 실용은 의미 있는 가치입니다.

　그러나 그것은 자유, 민주주의, 평등, 혹은 개혁 등과는 다른 차원, 더 낮은 차원의 개념일 뿐입니다. 그래서 실리와 자유, 실용과 개혁을 같은 차원에서 논하고 양자택일의 것으로 논하는 것은 배신자의 궤변이나 비겁한 자의 변명에서나 나타나는 일입니다.

　일제에 맞서 싸우는 것은 비현실적이니 차라리 순종하여 실리를 찾자는 비겁한 지식인들의 궤변은 아직도 청산되지 않은 과거로 남아 있습니다.

　최근 등장한 논리지만 소위 개혁과 실용을 동일한 차원에 놓고 둘 중 하나를 선택하는 '고뇌'에 빠진 사람들도 있습니다. 그들의 개혁은 비실용적이며 그들의 실용은 비개혁 혹은 반개혁적이라는 말인가요? '개혁'을 '비실용적인 것' 혹은 '덜 실용적인 것'으로 치부하는 전제도 한심하지만 '개혁'을 포기하는 명분으로 '실용주의'를 운운하는 것은 비겁한 사람들의 뻔뻔한 변명일 뿐입니다.

프라하에서 카를 법무부 차관, 크레섹 하원 법사위 부위원장을 만났습니다. 상원 법사위와의 면담에는 상원의원 8명이 참석하였습니다. 페베르 상원 법사위 부위원장은 우리말로 뚜렷하게 '건배'를 제의합니다. 진한 한국식 대접을 받아본 탓이지 그가 점심을 크게 샀습니다. 3년 전 방한한 적 있는 그의 기억에 가장 강렬하게 남아 있는 것은 폭탄주입니다. 슬로바키아의 질리나교통대학을 졸업했고 광공업 박사인 그는 1999년 스토나바 시장으로 선출되기도 했습니다. 광공업 기술자 출신인 그는 프라하에서 스스로 폭탄주를 제조해보았으나 서울에서의 그 맛이 나지 않았다고 말합니다. 만일 성공했다면 그는 '체코의 최무선 장군'이 되었을 것입니다.

체코 일정은 시간에 쫓기며 숨 가쁘게 진행되었습니다. 이곳 정치상황도 폴란드와 유사합니다. 1998년 이후 사민당 주도의 중도좌파연정을 이루고 있으나 2006년으로 예정된 차기 총선에서 우파의 승리는 확실시되고 있습니다. 우파가 총선을 앞당기려 하는 것도 똑같습니다. 집권 사민당의 최근 지지율은 14%에 불과한 상황입니다. 여기서도 정치인들의 부패는 심각한 사회문제입니다. 국제투명성기구가 해마다 발표하는 부패지수를 보면 양국은 어깨를 나란히 하고 있습니다.

체코 교민대표들과 식사를 함께했습니다. 유학생을 포함하여 모두 4백여 명.

프라하의 칼바람 속에 악수를 하고 서둘러 헤어집니다.

"머리가 왜 벗겨지셨어요?"

2005년 5월 6일 금요일 비

《불교신문》에서 석가탄신일 특집으로 청탁한 원고 25매를 겨우 끝내다. 시간에 쫓기며 쓰다 보니 달리는 말 위에서 글을 쓴 느낌이다.

올해의 석가탄신일 슬로건은 '우리도 부처님같이'와 '나눔으로 하나되는 세상'이다. 나눔으로 하나되는 세상은 불교에선 대자대비(大慈大悲)의 바다이고 세속에선 '복지국가'이다.

10시, 인터뷰 전문기자인 지승호 씨가 찾아오다. 이번엔 《인물과 사상》을 위한 인터뷰다. 작년 4.15총선을 두 달 앞두고는 웹진 《서프라이즈》의 인터뷰를 위해 처음 만났다. 그는 잘 준비된 인터뷰어이다. 인터뷰이에게 직접 물어봐야만 하는 것 이외엔 모두 사전에 파악하고 온다. 준비가 부족한 인터뷰어들은 인터넷만 뒤지면 금방 알 수 있는 것까지 묻는다. "민주노동당의 강령은 어떤 내용이죠?"라는 질문을 받은 적도 있다.

12시 10분, 주한프랑스대사관 오찬모임에 가다. 프랑수아 데스쿠엣 주한프랑스대사가 한불친선의원협회 회장단을 초청한 자리이다. 노회찬, 송영길, 고진화 의원 등 세 사람이 초청되었다. 프랑스 측에선 장 뤽 말랭 프랑스문화원장과 두 참사관이 배석했다. 건물 칭찬부터 했다. 1961년 김중업 씨가 설계한 주한프랑스대사관저는 한국 건축사에 뚜렷한 족적을 남긴 작품이다. 2년 전 권영길 당대표, 최순영 부대표와 함께 왔을 때도 내가 건물 칭찬을 하자 데스쿠엣 대사는 자부심을 감추지 않았었다.

지금 프랑스의 집권당은 우파인 국민운동연합(UMP)이고 데스쿠엣 대사는 자신의 말대로 우파정치인이다. 그러나 2년 전이나 오늘이나 마찬가지인 것은 그와 대화할 때 마치 민주노동당 당원과 얘기하고 있는 것 같은 느낌이 든다는 것이다. 노사문제, 사회복지, 한미관계, 이라크 파병문제, 빈곤문제, 미국의 세계지배 전략 등에 대해 얘기를 나누다 보면 그만이 아니라 그가 속한 우파정당까지도 열린우리당보다 훨씬 좌파적이다. 스스로 개혁정당이라 자부하면서 그래서 어떤 경우엔 보수정당이라는 규정마저도 거부하는 열린우리당이 유럽의 보수정당보다도 훨씬 오른쪽에 위치해 있는 것이다. 그럼에도 불구하고 열린우리당이 중도우파로 보이는 것도 그만큼 한국의 정치지형 전반이 오른쪽으로 치우쳐 있기 때문에 나타나는 좌파인플레이션 현상에 다름 아니다.

15시, 문효남 대검찰청 감찰부장이 찾아오다.

대선불법자금수사 때 대검수사기획관으로 안대희 중수부장과 함께 이름을 떨쳤고 그 전에는 마약과의 전쟁에 신화를 남긴 사람이다. 안대희 고검장과 마찬가지로 얼굴만 봐도 검사임을 알 수 있는 강골형이다. 그러나 검찰 측의 답변이 뻔할 것 같아 면담을 사양했는데 결국 들어보기로 했다. 수원지검 조사부의 한 검사가 삼성전자에서 고소한 사건을 직접 맡아 수사하고 기소한 후 이 재판이 계속되던 중에 삼성전자의 상무보로 취업한 사건 때문이다. 지난달 법사위에서 법무부 장관에게 이 문제를 거론하며 공직자윤리법 위반여부를 추궁한 것에 대한 해명이다.

검찰은 현재의 공직자윤리법 취업제한 조문으로는 이 사건만이 아니라 다른 검사의 경우에도 해당되지 않는다는 해석이다. 대기업을 수사하던 중견검사가 수사기법을 지닌 채 해당 기업으로 취업하는데도 막을 방법이 없다는 것이다. 법문을 심층검토하되 필요하다면 법률개정을 추진키로 하다.

19시, 공무원노조 원주시지부의 초청강연에 참석하다. 원주시지부는 지난 해 11월 공무원노조 파업찬반투표 사태로 20명이 파면, 해임당하는 등 모두 395명이 징계처분을 당한 대량살상극이 벌어진 현장이기도 하다. 지부장은 지금 감옥에 있고 얼마 전 감옥에서 나온 도본부장이 따뜻하게 맞이한다.

공무원노조에 관한 한 노무현정부는 교사가 웬 노동자냐며 전교조를 탄압했던 노태우정부와 똑같은 길을 걷고 있다. 한국이 공무원들의 노동기본권을 보장하지 않는다 하여 OECD에서 이 나라를 특별감시국으로 지정한 지 수년째인데도 누구 하나 부끄러워하지 않는다. 정부가 앞장서서 공무원노조를 무력화시키기 위해 광분할 때 열린우리당 386출신 중에서 '그래선 안 된다'며 이의를 제기한 의원 한 사람 없었다.

구속된 지부장의 부인을 포함한 가족대책위 성원들의 표정도 밝다. 한 해고자는 스무 명이나 해고되어 외롭지 않다며 웃는다. 횡성에서 민주노동당 준비위를 만들고 있다는 할아버지는 결혼한 따님과 사위와 함께 왔는데 모두가 당원이라 하신다.

데리고 온 외손주가 자꾸 나의 머리를 만지며 묻는다.

"머리가 왜 벗겨지셨어요?"

옆에 앉은 할아버지 당원이 미안해하신다.

괜찮다며 웃으며 속으로 말했다.

'그래, 네 머리가 벗겨지기 전에 좋은 세상이 올 거야.'

밤비 속에 새싹이 자라는 소리가 들린다.

그와 헤어진 지 두 달이 되었다

2005년 5월 8일 일요일 맑음

그와 헤어진 지 오늘로 만 두 달이 되었다.

사람들은 두 달이면 아직 모른다고 한다. 완전히 헤어진 것은 아니라는 얘기다. 그와 언제 어디서 어떻게 만나게 되었는지 첫만남의 기억은 남아 있지 않다.

그러나 지난 30여 년간 그는 늘 나의 가까운 벗이었다.

육체적으로 힘들 때나 정신적으로 어려울 때 그는 나에게 적지 않은 힘이 되어주었다. 고민을 거듭할 때나 결단을 내려야 할 때에도 항상 가까이 있어주었다.

그와의 관계가 늘 순탄했던 것만은 아니다. 그를 만날 비용이 없어서 쩔쩔매던 시절도 있었다. 정확하게 한 달 30일을 하루 세 끼 모두 까만소 라면으로 때우던 때가 특히 그랬다.

서울구치소, 안양교도소, 청주교도소를 전전하던 시절도 어려웠다. 우리의 만남은 '공권력에 의해' 중단될 수밖에 없었다. 한편 그를 비난하며 그와 결별할 것을 충고하는 민간인들도 있었다. 물론 그와의 이별을 시도해본 적은 없었다. 그와 헤어질 것인지 여부를 고민해본 적도 지난 30년간 한 번도 없었다. 그랬던 그와 두 달 전 헤어졌다. 지난 3월 8일 인천공항에서 파리 가는 비행기를 타기 직전, 박 보좌관에게 라이터를 건네주면서 말했다. 의원실의 재떨이를 치우라고.

그와 헤어진 후 적지 않은 변화가 생겼다. 바로 다음 날부터 목에서 가래가 사라졌고, 생방송 전화인터뷰 도중에 목소리가 갈라지는 낭패를 겪지 않아도 되었다. 보름쯤 지나서 라면을 끓여 먹는데 신라면 국물맛이 그렇게 깊은 줄은 이번에 처음 알게 되었다. 물론 박재갑 국립암센터 원장을 마주칠 때의 두려움도 사라졌다.

다른 사람들처럼 헤어진 그의 등에다 비난을 던질 생각은 없다. 내가 그를 버렸지, 그가 나를 거부한 것은 아니기 때문이다. 그리고 그와 함께한 지난 30년을 후회하지 않기 때문이다. 인생이란 정든 것들과 하나씩 이별하는 과정이기도 하기 때문이다.

그와 헤어졌다 하니 뜻밖이라며 이유를 묻는 후배가 있었다. 섭섭함과 놀람으로 가득 찬 그의 눈을 보며 대답했다.

어머님 때문이다. 77세인 어머님이 그렇게 하길 원하시기 때문이다. 내가 그를 만나서 얻는 즐거움이 아무리 큰들 그와 헤어질 경우 어머님이 갖게 될 마음의 평안함보다 더 소중할 수는 없기 때문이다.

오늘 아침 부산으로 가서 부모님을 뵈었다. 기력이 쇠하신 어머님은 더 이상 새로운 당부가 없으시다.

바람 앞의 촛불을 보듯 가슴이 저민다.

서울구치소를 방문하다
2005년 5월 10일 화요일 맑음

10시, 정치개혁특위 TFT회의를 주재하다.

정당법에 진성당원제 등 당내 민주주의를 강제하는 방안을 추진하기로 했다.

11시 30분, KBS에서 요즘 정가에서 관심을 모으는 미니홈페이지 취재를 나왔다. 싸이월드에 미니홈피를 만들었지만 의욕만 앞설 뿐이다. 휴대폰 카메라로 찍은 사진 한 장 올려놓을 시간이 없다. 그러니 '공포의 디카'는 계속 예고편일 수밖에 없다.

13시 30분, 서울구치소를 방문하다. 종교와 양심에 따라 병역을 거부해 수감생활을 하고 있는 재소자들과의 간담회 건이다. 동시에 재소자들을 여러 사람 접견하는 것은 일반적으로 허용되지 않지만 국회 입법활동을 위한 의견청취 간담회라는 것을 서울구치소 당국이 잘 이해해준 결과이다.

간담회에는 현재 수감 중인 목경산, 이진, 임태훈, 유호근, 나동혁, 염창근, 임재성 씨 등 7명이 참석했다. 모두 여호와의증인 신자와 민주노동당 당원, 사회당 당원들도 있다. 오태양 군은 며칠 전 청주로 이감갔다고 한다. 이덕우, 김수정 변호사도 함께했다.

　과거에는 대부분 종교적 이유만이었지만 최근에는 이라크전 등에 대한 반대와 평화를 위한 신념으로 병역을 거부하는 사람도 점차 늘어가는 추세이다. 그래서 지금 종교나 양심에 따라 병역을 거부하고 수감생활을 하는 사람은 1,077명에 이른다. 더 이상 못 본 척하고 그냥 둘 수 없는 상태이다. 그런데도 대체복무제 도입을 위한 병역법 개정안은 몇 달째 국방위에 묶여 있다.

　형기를 다 채워가는 임태훈 씨는 국제엠네스티로부터 양심수로 지정된 후 해외에서 4,000여 통의 격려, 위로편지가 왔다. 그런데도 그가 하는 말은 '고립된 느낌'이라는 것이다. 두 개의 법안만 국회에 계류 중일 뿐 누구도, 아무도 그들에게 관심을 갖는 사람이 없다는 뜻이다. 불편한 점을 말하라니까 최근 정대철 전 의원의 형집행정지 결정에 서울구치소 재소자들이 크게 분노하고 있다고 전한다. 서울구치소 수감자 수가 이미 정원을 크게 초과해서 3평 방에 9명이 수용되는 실정에서 고위공직자 출신들은 요란스레 들어와서는 1.2평 독방에서 편히 수용되다가 재판도 마치기 전에 쏜살같이 석방되니 남아 있는 개털들은 '악에 받친다'는 것이다.

　검찰은 정 전 의원에 대해 3개월 형집행정지를 명령하면서 그 사유로 "중증혈관경련성 협심증이 반복돼 급사할 우려가 있다"는 의사의 진단을 들고 있다. 전문가인 의사, 검사와 달리 비전문가인 대다수 국민들은 그런 '우려'를 갖고 있지 않지만 그렇다고 별로 문제 삼지도 않는다. 급사할 우려가 있는 사람이 왜 중환자실이 아닌 일반병실에 입원했는지, 급사할 우려가 있는 사람이 꼬리를 무는 방문객들을 왕성하게 만날 수 있는 건지 이런 유치한 질문은 하지 않는다. 단지 돈이 없어 변호사도 못 사는 개털들만이 감옥 안에서 소리 지를 따름이다. 김영길 공무원노조 위원장 특별면회까지 마치고 울산으로 내려가다.

18시, 울산북구청에서 열린 조승수 의원의 의정보고대회에 참석하고 있는데 법무부 기획실장의 전화다. 법무부에 요청한 자료를 주기 어려우니 양해하라는 전화다. 5월 15일 석가탄신일을 앞두고 재계인사들에 대한 사면복권을 어떻게 검토하고 대통령에게 보고했는지 답변하라는 데 대한 대응이다. 소관부서인 검찰국은 답변할 수 없다는 태도다. 국회에서의 증언감정에 관한 법률은 '직무상 비밀에 속한다는 이유로 증언이나 서류제출을 거부할 수 없다'고 규정하고 있다. 예외가 있다면 '군사, 외교, 대북관계의 국가기밀에 관한 사항으로서 국가 안위에 중대한 영향을 미치는 경우'일 뿐이다. 검찰국의 태도는 현행법을 위반하는 것이라는 보좌관의 항의에도 답변은 "배 째라"이다. 다소 세련된 기획실장은 "아직 결정된 것 없다"고 둘러댄다. 준비된 거짓말이다. 기획실장의 그 말이 사실이라면 실무절차상 이번 석탄일 사면복권은 없어야 정상이다.

23시, 한국노총 이용득 위원장 모친상 빈소에 들르다. 이 위원장은 열흘 넘는 단식 후 아직 회복도 되지 않은 몸으로 상을 치르고 있다. 연이어 터져 나오는 양 노총 내부비리사태로 침통한 분위기다. 다들 말은 적고 내쉬는 숨은 길다.

비가 오려는지 밤바람은 삽상한데 돌아오는 발걸음은 무겁다.

역사에는 시효가 없다
2005년 7월 24일 일요일 맑음

『조선왕조실록』을 읽으면서 오래전부터 풍문으로만 들어온 옛 이야기, 믿거나 말거나 식의 야사(野史)가 실록(實錄)에 버젓이 실려 있는 것을 발견했을 때의 놀라움을 지금도 잊을 수 없다. 실록에 훨씬 구체적이고 논리적인 내용으로 기술되어 있는 정사(正史)가 출처불명의 믿거나 말거나 식의 야사로 유통될 수도 있다는 것은 『조선왕조실록』을 읽기 전엔 몰랐던 사실이었다.

이른바 'X파일'이라 불리는 옛 안기부 도청녹취록 전문을 읽으면서도 똑같은 느낌이었다. 오랫동안 풍문으로만 들었던 얘기들, 설마 하면서 듣고 카더라 하면서 옮기던 야사들이 국가안전기획부의 사관(史官)들에 의해 정사의 기초가 될 사초(史草)로 기록되어 있었다.

문제의 테이프 관련 당사자들이 낸 방송금지 가처분신청에 대하여 서울 남부지법의 판사는 도청테이프의 원음을 공개하거나 그 내용을 자막으로 보도하는 것을 금지시켰다. 그러나 이 같은 결정은 테이프도 듣지 않고 녹취록도 보지 않았기 때문에 내려진 잘못된 판단이다. 만일 그 판사가 1997년 9월 9일의 도청테이프를 직접 듣고 이에 대한 두 개의 녹취록과 10월 7일, 4월 7일자의 또 다른 녹취록까지 모두 읽었다면 이런 결정은 내려지지 않았을 것이다.

1997년 대통령선거를 앞두고 정치세력과 재벌그룹과 주요 언론사들이 벌인 추잡한 뒷거래는 무엇보다도 헌법이 보장하고 있는 국민의 기본권 실현에 대한 불법적 도전이자 방해가 아닐 수 없다. 따라서 국민들은 자신의 민의를 왜곡시키기 위한 음모와 각종 불법행위에 대한 생생한 증언을 들을 권리가 있다. 그것은 가처분신청을 낸 홍석현, 이학수 두 사람의 인격권과 성명권과 그들의 명예보다 훨씬 소중한 것이기 때문이다.

따라서 지금 가장 먼저 이뤄져야 할 일은 도청테이프의 원음공개와 녹취록 전문공개이다. 이 사건의 취재와 보도에 앞장서온 문화방송은 취재과정에서 확보한 모든 자료를 국민들 앞에 공개해야 한다. 자료제작과정이 합법이냐 불법이냐 하는 문제가 가장 중요한 것은 아니다. 살인의 명백한 증거가 있더라도 불법도청자료라는 이유로 묵히고 감출 것인가? 합법이든 불법이든 공무원들이 국민의 세금을 써가며 만든 자료라면 그 자료는 국민의 것이다.

이번 사건이 홍석현 대사가 물러나고 여야공방 속에서 공소시효가 끝났네 마네 하면서 조기봉합 수습국면으로 가지 않도록 하기 위해서도 문화방송의 테이프 원음공개와 녹취록 공개가 조속히 이뤄져야 한다. 국민들이 그 내용을 온전히 제대로 알고 있어야 이 사건 관련자들에 의한 왜곡을 막을 수 있다.

역사에는 시효가 없다.

50년, 60년 전의 과거사도 제대로 된 청산을 위한 첫걸음으로 진상규명에 나서지 않는가? 남부지법 판사는 테이프 원음공개 시 1건당 5,000만 원씩 물리겠다고 했다. 법원이 이 결정을 유지한다면 우리는 1건당 5,000만 원씩 내더라도 알 것은 알아야 한다.

문화방송이 돈이 없다면 국민모금을 해서라도 진상이 공개되도록 해야 한다.

불쌍한 것은 조승수가 아니다

2005년 10월 3일 월요일 흐리고 가끔 비

9월 29일 오후 광주고등법원, 지방법원 국정감사장에서 소식을 접한 후 닷새째 아직 조승수 동지와 말 한 마디 나누지 못하고 있습니다. 전화 한 통 하지 못하고 있습니다. 무슨 말을 할 수 있겠습니까. 어떤 말과 글로 그를 위로하고 분노를 표현할 수 있겠습니까.

어떤 사람들은 10석에서 9석으로, 제3당에서 제4당으로 전락한 민주노동당을 걱정합니다. 우려와 배려는 모두 과분하고 고마운 일입니다. 그러나 민주노동당은 그리 걱정할 상태는 아닙니다. 베인 손이 아물 듯 민주노동당의 의석은 곧 원상복구 될 것이며 당의 지지율로 보나 정치지형으로 보나 '정신적 제3당'은 여전히 민주노동당이기 때문입니다.

졸지에 사법불의(司法不義)의 희생자가 된 조승수 동지의 처지를 안타까워하는 사람들도 많습니다. 검사시절 다년간 선거사범을 처리해보았다는 법사위의 한나라당 의원은 말도 안 되는 '기소'에 기가 막히는 '판결'이라며 흥분합니다. 여야를 막론하고 그의 심성과 능력을 가까이서 지켜본 의원들일수록 더욱 비통해하고 있습니다.

그러나 조승수에 대해서만큼은 그리 걱정할 필요가 없습니다.

사실 지금 많은 국민들이 걱정하고 있는 것은 사법부이지 조승수가 아닙니다.

그가 누구입니까?

계단을 밟아가듯 기초의원, 광역의원, 기초단체장과 국회의원을 순서대로 역임한 대한민국 최초의 국회의원이 아니었나요. 최연소 구청장으로 당선된 후 얼마 안 있어 시민단체는 물론 정부부처로부터도 최우수단체장으로 선정된 실력파 아니던가요. 학생운동과 노동운동 속에서 다져진 꿈을 지역정치 속에서 환경운동과 함께 빚어낸 실사구시의 모범을 보인 사람이 아니던가요. 무엇보다도 1심과 2심에서 각각 벌금 250만 원과 150만 원의 당선무효형을 받고도 억울함과 분노보다도 그 순간까지 자신의 오늘을 있게 해준 수많은 동지들에 대한 고마움을 앞세우던 그가 아니던가요.

그러니 불쌍한 것은 사법부이지 조승수가 아닙니다.

그의 날개가 꺾인 것도 아니고 아킬레스건이 끊어진 것도 아닙니다.

철로 위에 똥이 놓였다고 철마가 멈추지 않듯이 대법원의 판결에도 불구하고 조승수는 앞만 보고 걸어갈 것입니다. 그는 방에 앉으면 손님과 주인의 무릎이 닿는 울산시 북구 화정동의 엘리베이터도 없는 열여덟 평 낡은 서민아파트에서 아들과 딸을 키우고 바로 그 집에서 기초의원도 되고, 광역의원도 되고, 구청장도 되고, 국회의원도 되었습니다. 이제까지 생애 대부분을 가시덤불에서 자고 자갈밭을 맨발로 걸어온 그에게서 앞으로도 달라질 것은 아무것도 없습니다.

지금 반성과 변화를 촉구당하고 있는 것은 유죄판결을 받은 '조승수와 민주노동당'이 아니라 그에게 유죄판결을 내린 '사법부'입니다.

오늘의 민주노동당과 조승수가 우리가 가야 할 미래를 상징한다면 오늘의 사법부는 청산해야 할 과거사의 상징입니다.

물론 민주노동당과 조승수가 건재해도 분노는 가시지 않습니다. 이 분노의 근원은 무력감입니다. 명백히 잘못된 현실을 보고도 정정할 길이 없다는 데서 오는 무력감입니다.

1972년 유신선포를 듣고서 1980년 광주대학살 소식을 듣고서 1987년 박종철고문치사사건을 접하고서 느꼈던 것과 같은 항거불능의 폭력 앞에서 느끼는 무력감입니다. 무력감이 분노를 낳지만 분노가 눈앞을 가리진 않습니다. 분노는 다짐으로 승화되고 있습니다.

역사에는 시효가 없으며 잘못된 현실은 끝내 정정하고야 말겠다는 다짐으로 승화되고 있습니다.

이것이 세상을 바꾸는 길입니다.

민주노동당이 존재해야 하는 이유입니다.

대통령이 못하면 국회가 해야 한다

2005년 11월 00일*

허준영 경찰청장은 지금 여러 가지로 착각하고 있다.

첫째, 같은 날 같은 장소에서 시위진압중인 경찰병력에 의해 두 명의 농민이 타살되었는데도 자신에겐 사퇴해야 할 만큼의 큰 책임이 없다고 보는 것이다.

둘째, 2년이라는 경찰청장의 임기제가 자신의 남은 임기를 법률적으로 보장해주고 있다고 믿는 것이다.

셋째, 여론의 압박에도 불구하고 자신이 사퇴하지 않는 것은 여기서 물러서면 검경수사권조정 공방에서도 후퇴하게 되는 것이며 그런 만큼 자신의 불사퇴가 경찰수사권 확보를 위한 명분이 있다는 것이다.

전용철, 홍덕표 두 농민은 경찰병력에 의해 같은 날 같은 장소에서 살해당했다. 전용철 농민은 부상당한 채 다른 집회참가자들에 의해 옮겨지면서 다시 경찰병력의 공격과 폭행을 당했다. 부상당한

---

* 날짜 미상.

사람을 공격하는 것은 제네바협약에 의해 전투 중 적군에 대해서도 금지된 행위이다. 이렇게 죽은 전용철 농민의 사망원인에 대해 "술 마시고 넘어져 죽었다"고 말한 것은 허준영 청장이다.

국가인권위 발표에 따르면 홍덕표 농민은 뒤쫓아온 진압경찰의 방패에 목 뒷덜미가 찍혀 사망했다. 도망가는 68세 노인의 뒷덜미를 날카롭게 갈아둔 방패날로 가격해 죽게 만든 것도 허준영 청장의 지휘 책임하에 있는 경찰이다.

도대체 무엇이 부족한가?

죽은 농민의 수가 부족한가?

더 참혹한 방법으로 죽어야 하는가?

허준영 청장은 비겁하게 임기제라는 좁은 방패 뒤에 숨어서는 안 된다. 그것은 그대들이 얘기하는 '당당한 경찰'의 모습이 아니다. 그리고 경찰청장의 임기제는 마땅히 져야 할 정치적 책임을 모면하라고 만든 도피처가 아니다. 2003년 정기국회가 경찰청장의 임기제를 도입한 것은 경찰청장 개인의 명예와 권리를 위한 것이 아니었다. 부당한 정치적 간섭과 통제로부터 경찰을 보호하는 것이 곧 국민의 권익을 지키는 길이기 때문이었다.

검경수사권조정 때문에 물러나지 못한다는 말이 사실이라면 그것이야말로 착각이다. 검찰에 편향적으로 독점된 수사지휘권을 현실에 맞게 합리적으로 재조정해야 한다는 주장은 이제까지 많은 국민들의 공감을 얻어왔다. 그러나 군사독재도 아니고 참여정부하에서 시위진압경찰에 의해 두 명의 사망자가 발생하는 사태를 지켜보며 여론은 급속히 냉각되고 있다. 국가공권력에 의한 살인을 일

삼는 집단에게 '더 많은 권한'을 줘도 국민이 안전할까, 하는 걱정이다. 더구나 이 집단의 수장이자 공권력살인의 최고책임자인 경찰청장이 임기제를 내세워 말로만 사과하고 버티는 모습을 보면서 이것이 우리 경찰의 진면목이라면 검경수사권조정은 당분간 유보할 수밖에 없다는 여론이 급속히 퍼지고 있다. 허준영 청장이 분명히 인식해야 할 것은 지금 이 순간 검경수사권조정 문제의 가장 큰 걸림돌은 허준영 청장 자신이라는 점이다.

노무현 대통령의 소신 없는 애매한 태도도 사태를 더욱 꼬이게 하고 있다. 2002년 서울지검에서 수사 중 피의자 사망사건이 발생했을 때 김대중 대통령은 김정길 법무부장관과 이명재 검찰총장을 경질했다. 겉으로는 1년 2개월이나 임기를 남긴 이명재 총장이 사표를 제출하고 이를 수리하는 형식이었지만 그만두는 것이 올바르다는 대통령의 뜻이 분명히 관철된 것이다.

농민시위 사망사건과 관련하여 대통령의 뜻은 너무 소극적이다. 말로는 사과하였지만 행동은 없다. 행자부장관부터 즉각 경질시키고 경찰청장도 사퇴하도록 책임 있게 정치력을 발휘해야 함에도 불구하고 'NATO(No Action Talk Only) Man'의 처신을 계속하고 있다. 대신 "경찰청장 문책에 대한 법적 권한이 없다"거니 "나머지는 정치적인 문제인데 그것은 대통령이 권한을 갖고 있지 않다"는 등 경찰청장 법률자문역이나 할 발언을 하고 있다.

허준영 청장이 계속 버티고 대통령도 속수무책이라면 국회가 나서야 한다. 경찰법 제11조에 의해 경찰청장은 그 직무집행에 있어서 헌법이나 법률을 위반한 때에는 국회가 탄핵의 소추를 의결할 수 있다. 이에 따라 경찰관 직무집행법 제1조와 10조 등을 위반한 허준영 경찰청장은 당연히 탄핵소추의 대상이 된다. 만일 열린우리당이 허준영 청장을 감쌀 생각이 아니라면 이번 임시국회에서 재적 과반수로 경찰청장에 대한 탄핵소추를 의결할 수 있다.

지금 염려되는 것은 국민 두 명을 죽인 경찰보다도 그 책임을 묻고 싶어도 책임자를 경질시키지 못하는 정부의 무능력과 이런 무능한 정부를 쳐다보고 있어야 하는 이 사회의 무기력이다.

반기문 승, 윤광웅 승, 노무현 패?

2006년 1월 20일 금요일 맑음

어제 반기문 외교장관과 라이스 미 국무장관은 공동성명을 통해 한미양국은 '주한미군의 전략적 유연성'에 합의했음을 발표했다. 이로써 참여정부 출범 이래 주한미군의 전략적 유연성을 둘러싸고 3년간 진행된 줄다리기는 미국의 승리로 막이 내려지고 있다. 물론 승자는 미국만이 아니다. 반기문 외교장관도 윤광웅 국방장관도 승자의 반열에 서게 되었다. 패자는 판을 잘못 읽은 노무현 대통령 그리고 새로운 전쟁위험에 내몰리게 된 대한민국 국민들이다.

전략적 유연성이라는 꽤 심오해 보이는 용어는 주한미군을 한반도 이외 지역의 분쟁에 투입할 수 있도록 하자는 것이다. 그런데 이것이 문제가 되는 것은 두 가지 이유 때문이다. 그 첫째는 주한미군을 한반도 이외의 지역으로 파병하는 것은 한미상호방위조약을 위배하는 일이기 때문이다. 한미상호방위조약에 따르면 주한미군은 오직 한국의 '행정지배하에 있는 지역', 즉 한반도를 벗어날 수 없게 되어 있다.

두 번째 문제는 주한미군이 한반도 이외 지역의 분쟁에 개입될 경우 한국은 자동적으로 군사기지를 제공하는 분쟁당사국이 될 수밖에 없기 때문이다. 특히 주한미군이 대만-중국 간의 분쟁 등 동북아 갈등에 개입될 경우, 한국은 자신의 의사와 무관하게 자동적으로 미국의 군사분쟁에 휘말릴 수밖에 없는 것이다. 실제 국방부에 의해 작성된 「주한미군 지역역할 수행대비책」은 중국-대만 간 양안갈등을 포함하여 주한미군의 투입시나리오를 이미 작성해놓고 있다.

바로 이러한 문제점들 때문에 2003년 가을 청와대는 한미실무자들 간의 사실상 합의된 전략적 유연성 논의를 중단시켰다. 그 후 미국 측의 반발이 이어졌고 한국의 참여정부의 장관들도 반발했다. 반기문 외교장관은 2004년 11월 2일 《코리아타임스》와의 인터뷰에서 "미국은 9.11사태 이후 미군의 해외역할을 확대하기 위해 더욱 유연성을 갖고자 하는데 한국도 동맹국으로서 이해해야 한다"고 발언했다. 윤광웅 국방장관도 곧이어 11월 11일 국회 대정부질의 답변에서 "한국과 사전협의 된다면 제3의 분쟁지역에 주한미군이 투입될 수 있다"고 발언한 바 있다.

그러나 노무현 대통령은 같은 해 11월 13일 미국 국제문제협의회(WAC) 연설에서 "전략적 필요에 의해 주한미군의 수를 줄이고 늘이는 문제를 미국이 융통성 있게 운용할 수 있게 한국이 협력해야 하지만, 내가 말한 융통성은 동아시아에서 주한미군 역할의 유연성을 의미하지 않는다"고 말함으로써 내각 일부의 전략적 유연성 수용 흐름에 명백한 반대를 표시한 바 있다. 따라서 이제 노무현 대통령은 '주한미군의 역할이 북한 및 중국에 대한 선제군사개입으로 확대되는 것을 반대'해온 그간의 입장을 왜 바꾸었는지 국민들에게 설명해야 할 의무가 있다.

물론 그보다 더 심각한 문제는 반기문-라이스 합의의 위헌성과 위법성이다. 주한미군의 전략적 유연성을 인정하는 것은 대한민국 헌법 제60조상의 국가안보 및 주권의 제약을 가져오는 중대한 사안이므로 이는 국회의 동의가 필수적이다. 따라서 국회동의 없이 주한미군의 지역역할을 변경하고 전략적 유연성을 미국당국과 합의하는 것은 헌법위반이 아닐 수 없다.

한미동맹은 본질상 군사동맹이며 이는 한미상호방위조약으로 법적 근거를 갖고 있다. 이 조약의 핵심은 상호행정지배하에 있는 지역이 공격받을 경우 자동개입한다는 내용이다. 그리고 이것이 바로 미군이 한국에 주둔하는 유일한 이유이자 법률적 근거이다. 따라서 전략적 유연성을 도입하여 주한미군의 지역역할을 변경하는 것은 한미상호방위조약 개정을 통해서만 가능하며 개정된 조약은 국회비준을 거쳐야 효력을 발생할 수 있다.

얼마 전 김대중 전 대통령은 한미동맹이 평화를 위한 동맹이 되어야 한다고 역설한 바 있다.

그래서 우리는 이렇게 외친다.

싸우려면 혼자 싸워라.

우리를 그대들의 전쟁터로 끌고 가지 말라!

울산바위는 울산에 있어야 한다

2006년 1월 31일 화요일 흐림

만 오십을 만 7개월 앞두고 지천명(知天命)을 다시 생각한다.

7개월 후에도 지천명을 하여 하늘의 뜻을 온전히 알게 될 가능성은 매우 희박하지만 그래도 공자님 말씀이니 혹시나 하는 마음에서 되새겨보는 것이다.

사실 나이 마흔에 불혹(不惑)했다는 공자님 말씀은 나이 마흔이 되기 전부터 그대로 다 받아들이지 않았다. 마흔을 넘긴 후부터 달라지던, 존경하던 선배들의 행적을 보아왔기 때문이었다. 누구보다도 고난의 길을 마다 않고 민중의 편에 서왔던 선배들이 마흔을 넘기면서 YS의 품으로, DJ의 무릎 아래로 기득권의 양지를 좇아가는 모습은 불혹과는 너무나 거리가 먼 것이었다. 그 무렵 『논어』 「위정」을 곰곰이 살펴보다가 든 생각은 사십불혹이란 말도 결국 자신이 밟아온 길과 전혀 다른 세태에 대한 공자의 역설적 표현이 아닌가, 하는 것이었다.

삼십이립(三十而立)이란 서른이면 이제 제 발로 뜻을 확고히 세워야 할 나이인데도 홀로서기를 못하고 기대어 사는 이들이 많은 현실을 가리킨 것이 아닌가. 사십불혹(四十而不惑)이란 나이 마흔이 면 유혹에서 벗어날 때도 되었건만 오히려 본격적으로 유혹에 시달 리기 쉽다는 경고가 아닌가. 오십지천명(伍十而知天命) 역시 나이 오 십에 이르렀는데도 하늘의 뜻을 헤아리지 못하는 인간의 한계를 안 타까워한 말씀이 아닌가. 육십이순(六十而耳順)은 나이 예순이 되어 도 여전히 남의 말이 거슬리고 마음에 상처로 남는 연륜의 허망함 에 대한 탄식이 아닌가.

『논어』「위정」편에 대한 이러한 역설적 해석을 고집해온 까닭 은 우리가 경험하는 인간사가 대체로 이 해석을 넘어서지 않기 때 문이다. 물론 예외적 현상이 가끔 발견되기도 한다. 어제오늘 보도 된 손석희 아나운서의 사표제출 소식 같은 게 그러하다. 그 소식을 듣고 든 첫 생각은 "그래도 그는 나이 오십에 지천명을 하는구나" 하는 대견함과 부러움이었다.

원숭이띠로 나와 동갑인 그는 내게 한 번도 서로 말 놓고 지내 자는 말을 하지 않았다. 그 이유는 서로 말을 틀 경우 자신이 훨씬 손해 보게 된다는 것을 스스로 잘 알고 있기 때문이라고 나는 믿고 있다. 언젠가 〈100분토론〉이 끝난 후 스튜디오에서 손석희 팬들이 다가와 반갑게 인사하길래 친숙함을 표시하느라 '손석희 사회자와 동갑'이라고 말한 적이 있었다. 물론 그들이 더욱 반가워할 줄 알았 던 것은 나의 착각일 뿐이었다. 그들의 표정이 안 좋은 방향으로 변 했고 나는 후회하기 시작했다.

손석희 아나운서가 앞으로 무엇을 하는가는 전적으로 그의 자 유이자 권리이다. 능력 면에서 보더라도 그는 무엇을 하더라도 잘

할 것 같다는 것이 많은 사람들의 생각이다. 그래서 가장 바람직한 것은 그가 진정 하고 싶은 일을 하는 것이며 그것을 우리가 믿고, 방해하지 말아야 한다는 생각이다.

손석희 아나운서가 MBC에 사표를 내고 어느 대학교 교수로 간다는 소식을 듣고 다소 놀라긴 했으나 그럴 수도 있다는 생각이 들었다. 재작년 가을 자신이 겸임교수로 있는 연세대 신문방송학과 수업에 일일초청강사로 오라고 해서 갔을 때 학생들 앞에 선 그의 모습이 〈100분토론〉 사회자만큼 자연스럽고 잘 어울려 보였던 것은 인상 깊은 장면으로 남아 있다.

그러나 내가 더욱 주목하는 것은 학교로 가더라도 방송인으로 계속 남을 것이며 지금 맡고 있는 프로그램도 지속할 의향이 있다는 보도이다. 그렇다. 왜 우리에겐 오십, 육십이 되어도 현장을 지키는 언론인, 방송인이 드문가? 동료나 후배가 검찰총장이 되면 사표 쓰고 나오듯이 아나운서도 기자도 나이가 들면 국장, 본부장, 사장 혹은 부장, 편집국장이 되거나 아니면 직업을 바꿔야 하는가? 대통령보다 더 경륜 있는 언론인, 대법관보다 더 존경받는 기자나 5선의원보다 더 영향력 있는 방송인은 있으면 안 되는가?

그런 그에게 정치권 일각에서 지방선거 출마를 점치거나 영입설을 흘리는 것은 실로 '인간에 대한 예의'가 아니다. 능력 있고 잘 알려진 사람은 모두 정치를 해야 하는가? 원래 정치는 덜 빼어난 2류들이 하는 일이다. 세계 어느 나라를 보나 빼어난 1류들은 과학기술, 교육, 문학, 예술, 사법 등 각 방면에서 전문적인 역할을 수행하면서 문명사회를 이끌고 있다. 한국정치가 늘 불신을 면치 못하는 것은 그 속에 1류가 부족해서가 아니라 3류와 4류들이 너무 많기 때문이다.

물론 민주노동당도 손석희 아나운서에게 민주노동당의 후보로 수도권 한 지역에서 출마할 것을 강권한 적이 있다. 2000년 1월 말 창당한 민주노동당이 창당 석 달도 안 된 상태로 제16대 총선을 치러야 했던 어려운 처지에서 그는 우리의 '이뤄질 수 없는 희망'이기도 했다. 4년 후 다소 성숙해진 민주노동당은 제17대 총선 출마제의를 하지 않았다. 방송인으로 남겠다며 자신의 태도를 분명히 밝힌 그에 대한 예의였다.

어제오늘 우리의 '예의 없는 정치권'은 자기 수준에 맞는 상상력과 억측을 발동하기 시작했다. 그러나 그간 우리의 정치권은 선거라는 권력투쟁의 장에 1회용으로 활용하기 위해 얼마나 많은 각 방면의 전문가들을 희생시켜 왔는가?

울산바위는 울산에 있어야 한다.

금강산 일만이천봉을 만든다며 저 육중한 바위를 울산에서 올라오게 만든 것은 조물주의 사려 깊지 못한 처사였다. 금강산 일만이천봉 속에 포함되었으면 아무도 찾지 않는 무명의 봉우리로 전락했을 저 바위가 그나마 설악산 근처에 머물게 되어 약간이라도 빛을 발하게 된 것은 불행 중 다행한 일이라 할 수 있다. 그러나 저 잘생긴 바위가 본디 그대로 울산에 그냥 남아 있었으면 얼마나 좋았을까. 모르는 국민이 없는 명물이 되어 많은 사람들에게 삶의 안식처를 제공하고 또 전국 각지의 사람들로부터 얼마나 많은 사랑을 받았을까.

며칠 후면 입춘이고 날도 풀릴 것이다.

올해 지천명의 나이가 되는 분들은 강원도 울산바위에 한번 올라가 봄 직하다.

물론 내년에 그리될 분들도 꼭 한번 올라가 볼 필요가 있다.

울산바위 위에 올라서면, 알기 힘든 천명보다 느끼기 쉬운 자연에 대해 생각해보길 권하고 싶다.

자연이 아름다운 것은 무엇 때문인가?

자연(自然), 본디 그대로이기 때문 아닌가.

'단돈 8,000억 원'으로 면죄부를 살 순 없다

2006년 2월 7일 화요일 눈

새벽부터 내린 눈이 온 세상을 하얗게 덮었다.

아침 출근길의 시민들이 고생하고 뒷감당을 해야 하는 미화원 아저씨들의 수고가 크겠지만 세상을 덮은 저 흰눈은 잠시나마 우리의 영혼에 자양분을 제공해줄 것이다.

흰눈이 세상을 덮은 이날 8,000억 원으로 자신의 허물을 덮자는 사람들이 나타났다. 삼성그룹 이학수 부회장이 기자간담회를 갖고 사과와 대책을 발표한 것이다. 8,000억 규모의 사회기금 헌납, 공정거래법 헌법소원 등 소송취하, 사회공헌 확대, 계열사 독립경영 강화 등이 그 골자이다.

정확히 말하자면 8,000억 원 사회헌납은 뺑튀기 된 액수이다. 그중 4,500억 원은 삼성의 경영권세습에 대한 부정적 여론을 무마하기 위해 이미 2002년도에 이건희장학재단을 만들면서 출연한 것이며 당시에도 4,500억 중 2,100억은 개인재산이 아니라 삼성계열사 자산이어서 논란이 된 바 있었다. 과연 흰눈이 세상을 덮듯이 8,000억 원으로 삼성그룹 총수의 허물이 덮어질 것인가? 사과(謝

過)란 과오(過誤), 즉 잘못에 대해 용서를 비는 것이다. 그래서 사과의 첫걸음은 잘못을 제대로 시인하는 것이며, 잘못을 감추고 부인하는 한 그것은 참된 사과가 아니다.

세간을 떠들썩하게 한 'X파일' 사건만 해도 그렇다. 이 사건의 본질은 정경언검(政經言檢)유착이며, 그 핵심은 1997년 대통령선거 후보들에게 이건희 회장 지시에 따라 홍석현 사장이 불법으로 정치자금을 전달한 것이다. 그러나 X파일 삼성관련자 중 이 '잘못'을 정직하게 시인한 사람은 한 명도 없다. 이건희 회장은 검찰의 서면질의에 "나는 모르는 일"이라 답변했다. 홍석현 전 주미대사는 "8년전 일이라 기억이 나지 않는다"고 했다. 대신 회계책임자인 김인주 사장이 "회장님 개인돈을 회장님 모르게 대선자금으로 제공했다"고 했다.

이런 일은 처음이 아니다. 2002년 대선자금수사에서 삼성그룹이 최소 300억 원 이상의 돈을 정치권에 불법으로 전달한 사실이 드러나자 그때도 이학수 부회장은 "회장님이 맡긴 돈을 회장님 몰래 대선자금으로 제공했다"고 진술하여 자신은 유죄판결을 받고 회장님의 배임횡령의혹은 '방어'했다.

"나는 모르는 일이다"라는 이건희 회장의 말이 사실이라면, 그는 자신이 맡긴 돈을 부하직원들이 대선 때마다 수백 억 원씩 불법 정치자금으로 대선후보들에게 전달한 사실을 전혀 몰랐고 또 방치한 무능력하고 무책임한 경영자가 아닐 수 없다. 진정한 사과는 진실을 밝히고 죄를 시인하고 벌을 달게 받겠다고 나설 때 비로소 용서의 대상이 된다. 잘못을 시인하지 않고 '모르는 일이다'라고 끝까지 우기면서 '여하튼 물의를 빚어 미안하니 돈 좀 내놓겠다' 한다면 이는 법치국가에 대한 모독이다.

　오늘 발표 중 가장 주목해야 할 지점은 새롭게 헌납을 약속한 3,500억 원 중 1,300억 원에 관한 것이다. 이학수 부회장에 따르면 이 1,300억 원은 시민단체들이 '삼성에버랜드 전환사채 불법증여에 따른 추정이익'이라 주장한 것을 그대로 받아들여 '반환'하는 것이라 한다. 참으로 눈 가리고 아웅하는 처사가 아닐 수 없다.

　이재용 씨 등 이건희 회장의 자녀들이 삼성에버랜드 전환사채를 헐값에 매입한 것은 단순히 시세차익을 얻기 위한 것이 아니었다. 문제의 핵심은 경영권 세습이다. 112억 원으로 전환사채를 매입하여 1,300억 원의 시세차익을 남긴 것이 문제가 아니라, 이를 통해 이재용 남매가 에버랜드 주식의 64%를 차지함으로써 삼성그룹 전체의 경영권을 편법으로 손에 쥐었다는 점에 있다. 따라서 에버랜드 전환사채의 불법증여과정에서 이뤄진 이건희 회장의 불법행위를 시인하고 불법증여 자체를 원상회복하지 않은 채 그로 인해 번 '푼돈' 1,300억 원을 물어낸다고 해서 면죄부를 살 수는 없다. 상속세 한 푼 내지 않고 대한민국 국가예산보다 더 큰 연간매출액을 올리는 삼성그룹의 경영권을 1,300억 원에 사겠다는 것을 허용해달라는 것 아닌가?

　삼성그룹이 진정으로 국민들에게 사과할 뜻이 있다면 안기부 X파일사건과 에버랜드 전환사채 변칙증여 사건에 관해 고해성사하고 사법심판을 받아야 할 것이며, 불법적인 방법으로 추진한 경영권 세습을 취소해야 한다. 구조조정본부를 해체하고 금융업에서 철수해야 한다.

정부를 상대로 한 헌법소송을 취하할 것이 아니라 헌법을 지키겠다는 약속을 국민들에게 해야 한다. 노동3권을 보장하는 대한민국 헌법을 준수하겠다면 즉각 무노조 경영방침 폐기를 선언해야 한다.

오늘 기자간담회에서 이종왕 법무실장은 삼성그룹 경영원칙의 제1항이 '법과 윤리의 준수'라고 설명했다. 오늘날 한국사회에서 삼성이 문제가 되는 것은 '삼성그룹에 의한 법과 윤리의 파괴' 때문이다.

법을 짓밟고 윤리를 외면한 채 '단돈 8,000억'으로 국민들에게 흥정하려는 오늘의 발표 자체가 삼성문제의 핵심인 것이다.

'조용한 외교'는 조용히 끝내야 한다

2006년 4월 23일

    일본 해상보안청 소속 측량선의 독도수역 진입계획으로 인해 촉발된 한일갈등은 22일 양국 외교차관의 협상으로 일단 봉합되었다. 그러나 이에 대해 "원칙을 지켜낸 외교적 협상의 결과"라고 자화자찬하는 청와대의 평가는 사태를 예의주시해온 국민들의 근심을 더욱 깊게 하고 있다. 왜냐하면 이러한 청와대의 인식은 우리 국민들이 목격한 현실과는 너무 다르며 청와대가 이런 인식이라면 독도의 앞날 역시 순탄치 않아 보이기 때문이다.

    그간의 독도도발이 일본 수상, 장관, 대사 등 고위정치인의 말로 나타났던 데 반해 이번 사태의 특징은 최초의 실력행사로 나타났다는 것이고 이 행동이 일부 극우단체가 아니라 일본정부에 의해 충분히 준비되고 계획된 것이라는 점이다. 그리하여 상황은 처음부터 일본이 주도해갈 수밖에 없었다.

    4월 17일 일본 외무차관 야치 쇼타로는 기자회견을 통해 일본 측량선의 독도수역 진입 목적을 분명히 밝혔다. "오는 6월 국제수로기구(IHO)에서 한국이 독도 해저지형의 명칭을 제안할 움직임이

있기 때문에 대안을 제출하기 위해서"라고. "일본 영토인 독도 해저
지형에 한국정부가 한국 지명을 붙이는 것을 좌시할 수 없다"는 말
이었다. 이를 위해 18일 일본정부 측량선 두 척이 도쿄를 떠나 사카
이항에 입항했다.

그런데 19일 반기문 외교통상부 장관은 중대한 발언을 했다.
"국제수로기구를 통한 해저지명 등재에는 면밀한 사전준비가 필요
하다. 관계부처 간 협의를 거쳐 적절한 시기에 지명변경을 추진하
고자 한다." 올해 6월 21일부터 열리는 국제수로기구 회의에 독도
주변수역 18개 한국명을 등록할 예정이었던 정부(해양수산부)계획
의 철회를 사실상 천명한 것이다.

상대방이 칼집에서 칼도 뽑기 전에 항복선언이 나온 것이다. 그
러자 일본은 21일 야치 쇼타로 외무차관을 한국에 파견했다. 전리
품을 문서화하기 위해서였다. 이날 야치 차관을 한국에 보낸 아소
다로 일본 외상은 "한국이 국제수로기구에 한국식 해저지명 등록
신청방침을 바꾸지 않는 한 독도수변 수로측량을 강행할 수밖에 없
다"고 협상가이드라인을 재차 천명했다. 결국 이틀에 걸친 양국 외
교차관들의 협상 끝에 한국은 '올해 6월 국제수로기구에 한국식 해
저지명 등록을 신청하려던 방침을 포기'하였고, 일본 측량선은 도
쿄로 돌아갔다.

청와대는 해저지명 등록을 결코 '포기'한 것이 아니라 '연기'한
것일 뿐이다, 라고 말하고 싶을 것이다. 그러나 그것은 마찬가지다.
일본 측량선도 6월 30일까지만 철수한 것이기 때문이다. 7월 이후
한국정부가 해저지명 등록을 다시 시도할 경우 일본 측량선은 다시

진입을 시도할 것이고 이번처럼 '원칙을 지켜낸 외교적 협상의 결과'에 의해 또다시 해저지명 등록을 연기하는 결과가 나올 것이다. 결국 독도를 실효적으로 지배하고 있으면서도 독도수역의 해저지명을 일본의 방해로 등록하지 못하는 상태가 지속되는 것이다. 사실대로 말하자면 일본정부는 목적한 바를 100% 달성했고 한국정부는 일본정부의 목적달성을 어쩔 수 없이 용인했다. 굳이 승패를 따질 필요도 없는 결말이다.

사태가 이렇게 되자 '조용한 외교'의 노선전환이 얘기되고 있다. 실제 '조용한 외교'의 한계와 허상이 지적된 것은 오래전부터의 일이다. 그러나 '조용한 외교'의 반성이 곧 '시끄러운 외교'를 뜻하는 것은 아니다. '시끄러운 외교'라면 그것 역시 이제까지 한국 외교 노선의 또 다른 측면이기도 했다.

이번 일도 마찬가지다. 일본이 처음부터 목적을 분명히 하고 냉정하게 이를 관철시켜나가는 데 반해 한국은 집 밖에선 유약하면서도 자기 집 안에선 강경한 외유내강외교의 전형을 보여주었다. 외통부장관이 일본요구의 수용의사를 간접적으로 밝히고(19일) 사흘 만에(22일) 이를 문서화하는 동안 대통령은 여야지도부 만찬(18일)이라 하여 전시의 '진중회의' 같은 것을 소집하여 전의를 다지는가 하면, 외통부장관은 한국정부가 계속 부정해온 배타적경제수역(EEZ) 독도기선을 고려할 수 있다는 깜짝선언(18일)을 하기도 했다. 21일 양국 차관회담에 들어가는 한국 외교차관은 "대한민국이 두 쪽이 나더라도 어떤 수단을 써서라도 끝까지 물리력을 동원해서라도 막을 수밖에 없다"고 선언하기도 했다. 일본 측량선 두 척이 사카이항에서 정박중일 뿐인데 마치 임진왜란을 맞는 장수처럼 비장했다. 물론 그가 말한 '어떤 수단'이란 '한국 측 계획철회'임이 바로 다음 날 드러났다.

독도분쟁에 대한 역대 정부대응의 가장 큰 문제점은 독도를 실질적으로 영유하고 있다는 데서 비롯된 무사안일이다. 우리가 실제 점유하고 있으니 조용히 있으면 된다는 것이다. 이것이 '조용한 외교'의 핵심이다. 그러나 독도도발이 본격화된 1996년 이래 '조용함'은 있었지만 '외교'는 없었다. 외교를 위한 준비도 거의 없었다. 오히려 정치적 필요에 의해 독도는 천덕꾸러기 이하의 대접을 받기도 했다.

1980년 8월 15일 광복절 경축사에서 느닷없이 일본에 대해 60억 달러의 안보협력차관을 요구했던 대통령 전두환은 다음 해 1월 일본방문에서 40억 달러 차관을 약속받았다. 그리고 돌아온 그가 한 일은 정광태가 부른 〈독도는 우리 땅〉이란 노래를 방송금지곡으로 묶어버리고 홍순칠 독도의용수비대장을 정보기관으로 끌고 가 엄청나게 고문하고 독도문제를 입에 올리지 않겠다는 각서를 쓰게 하고 풀어준 것이다. 홍순칠은 이 일로 화병이 도져 몇 년 뒤 사망했다.

1994년 유엔해양법에 따라 EEZ 200해리가 발효되자 일본은 재빠르게 1996년 독도를 일본의 배타적경제수역 기점으로 선언하고 그해 9월 하시모토 자민당정권은 독도영토회복을 총선공약으로 내세웠다. 그러나 '일본의 버르장머리를 고치겠다'고 천명한 김영삼 대통령의 정부는 일 년 동안이나 침묵하다가 1997년 7월 독도는 마치 남의 땅인 양 울릉도를 배타적경제수역 기점으로 하겠다고 밝혔다. 이렇게 하면 조용히 넘어갈 줄 알았던 것이 '조용한 외교'의 본질이었다.

1997년 12월 일본정부는 국제통화기금과 함께 한국에 긴급협조융자하는 대가로 독도문제를 일본에 유리하게 연계시키겠다고 밝혔다. 11월 28일 일본을 방문한 임창렬 부총리에게 그 뜻을 이미 전달했다는 것이다. 결국 독도는 섬이 아니라 EEZ가 적용되지 않는 무인암초이며 그래서 지명 대신 좌표로 표기하고 한일양국의 중간 수역에 포함시키는 신한일어업협정이 1998년 9월 타결되었다. 그리고 일본은 그다음 해 30억 달러의 차관을 제공했다.

'조용한 외교'가 극에 달한 것은 김대중정부 시절이었다. 1999년 신한일어업협정이 발효되면서 그간 간헐적으로 이뤄지던 민간인의 독도상륙이 완전히 금지되었다. 2000년 1월 1일 새천년 해돋이 생중계를 위한 방송3사 중계팀은 독도 입도가 금지되어 울릉도에서 해돋이를 중계해야 했다. 부산아시안대회에선 남북응원단이 한반도기라 부르는 남북단일기를 흔들었는데, 북측과 달리 남측에서 제작한 한반도기엔 독도를 표시하지 못하게 했다. 2002년에도 울릉도 어부들이 독도에 배를 대다가 경비대가 총으로 위협하는 바람에 도주하는 일이 있었다. 그해 한국통신은 일본과의 외교적 마찰을 우려한 정부의 반대로 독도에 기지국을 설치하지 못했고, 울릉도에 독도우체통을 설치하는 일도 '조용히' 하라고 정부는 지시했다. 그러는 동안 2000년부터 5년간 일본 시마네현 의회에선 독도문제가 모두 49건 논의되었다. 영토문제가 17건이었고 어업협정문제가 20여 건이었다.

'조용한 외교'는 이제 조용히 끝내야 한다. 지난 10년간 점증하는 독도도발 앞에서 더 이상 일본 눈치보기 외교는 막을 내려야 한다. 실효적 지배를 하고 있다는 안이한 생각으로 아무런 대책도 노력도 없이 일만 발생하면 군대를 보내느니 호텔을 짓느니 하는 헛발질도 그만두어야 한다. 외교란 소리 없는 전쟁이다. 지난 10년간 소리만 안 난 것이 아니라 전쟁 자체가 없었다. 독도수역 해저지명이 지난 28년간 '쓰시마 분지', '순요퇴' 등 일본식 이름으로 통용되어 오는 동안 조용한 정부는 무엇을 하였는가?

독도문제에 대한 반성적 고찰은 우리에게 이 문제를 점차 우경화, 군사화 되어가는 일본의 변화에 대한 총체적 인식하에서 다루도록 요구하고 있다. 후쇼샤 교과서, 야스쿠니 신사참배, 독도, 평화헌법개정 등의 문제에 대한 일본 국민들의 반응은 각각 적지 않은 차이를 보이지만, 이를 적극적으로 추동하는 정치세력에겐 모두 밀접한 연관을 갖는 단일계열의 사안들이다. 그래서 독도문제는 영유권문제이며 곧 영토문제이지만 그것으로 그치진 않는다.

이제 독도문제는 21세기 동북아질서에 관한 문제이며 일본의 향후 역할과 지위 그리고 한일관계에 밀접한 연관을 갖는 문제이다. 사건 초기인 지난 17일과 19일 버시바우 주한미국대사가 서울에서 한일양국 관계자를 접촉하며 '동북아 균형자' 역할을 한 것처럼 독도문제는 한미동맹, 미일동맹과도 닿아 있는 문제이다. 따라서 남북, 한일, 한미, 한중관계 등 동북아질서 속에서 한국의 지위와 역할을 스스로 자리매김하고 그 조건을 만들어가는 전략적 고민이 더욱 요구되고 있다.

이제 독도문제는 독도에서 해결되지 않는다.

분노의 표심이 결집하고 있다

2006년 5월 30일

2002년 제3회 지방선거가 치러진 6월 13일. 그 전날까지도 민주노동당을 주목하는 사람은 없었다. 다들 국회의원 한 명 없는 신생정당인데다 잘해야 울산에서 구청장 한두 명 당선될 뿐이라고 생각했다. 그러나 다음 날 자고 일어나니 민주노동당은 일약 제3당이 되어 있었다. 1인2표 정당투표제가 처음 실시된 이 선거에서 민주노동당은 8.1% 134만 표를 득표함으로써 6.5% 107만 표를 얻은 자민련을 제쳤다. 의석 하나 없는 신생정당이 16대 총선에서 17석을 얻은 자민련을 누르고 제3당이 된 것이다.

1인2표 정당투표제는 민주노동당이 제기한 헌법소원이 헌법재판소에 의해 받아들여짐으로써 도입되었다. 그러나 정당투표제는 다수의 관심권 밖에 있었다. 이를 통해 얻을 수 있는 게 각 광역의회 의석 하나 정도라는 인식 때문이었다. 오직 민주노동당만이 여기에 사활을 걸었다. 당내 반발도 적지 않았다. 정당투표에서 5% 이상 득표해서 국고보조금을 받자는 발상과 실현가능성 때문이었다. 그때까지 5%는 진보진영이 한 번도 도달해보지 못한 천상의 기록이었다. 정당득표율을 높이기 위해 많은 무리를 감수했다. 준비 안 된 곳에서 도지사, 시장후보가 출마했다. 정당투표제를 제대로 홍보하지 않는다고 서울선거관리위원회에 쳐들어가서 항의하기도 했다. 나중에는 선관위를 대신해서 모의투표용지까지 만들어 홍보했다.

결국 민주노동당은 2002년 지방선거 정당투표에서 8.1%를 얻고 제3당이 되었다. 국고보조금을 지급받는 정당이 되었다. 비로소 정치적 시민권을 확보한 것이다. '국고보조금을 받는 제3당'의 효과는 그해 12월 대통령선거 TV토론에서 유감없이 발휘되었다. 원래 이회창, 노무현 두 후보에게만 제공된 TV토론 출연기회를 '국고보조금까지 받고 있는 제3당'이라 주장하며 방송위원회 복도에서 피켓시위까지 하는 민주노동당에게 아니 줄 수 없게 되었다. 권영길 후보의 "국민 여러분 안녕하십니까?"는 이렇게 해서 전 국민의 안방까지 전달되었다. 2002년 대선에서 100만 표도 얻지 못한 패배로 보였지만 민주노동당의 정체성과 인지도를 결정적으로 높이는 더 큰 성과를 안겨주었다. 그로부터 2년 후 4.15총선에서 민주노동당이 진보정당역사 44년 만에 10석의 의석을 확보하는 쾌거를 이룬 것은 하루아침에 이뤄진 일이 아니다. 2002년 지방선거부터 시작된 징검다리 선거에서 성취된 전략의 승리였던 것이다.

이제 2006년 지방선거가 하루 앞으로 다가왔다.

'한나라당 압승, 열우당 참패'는 더 이상 새소식이 아니다. 뉴스가치마저 상실한 지 오래되었다. 이번 선거의 막판 관심사는 민주노동당의 정당득표율이다. 이미 부산에서, 광주에서, 전북에서, 인천 일부 지역에서 민주노동당의 정당지지율은 20%를 상회하면서 열린우리당을 제치고 있다. 한나라당이라는 보수수구세력을 견제할 세력은 '덜 타락한 보수세력'이 아니라 확실한 진보세력뿐이라는 인식이 널리 퍼지기 시작한 것이다.

국민에게 자신 있게 심판받기를 두려워한 열린우리당과 한나라당은 처음부터 자신의 참모습과 다른 이미지의 후보를 선택하여 이미지과잉 선거를 주도했다. 선거막판에 이르러서도 정책과 시정방향에서 핵심쟁점을 형성하고 싸우는 것을 서로 피하고 있다. 대신 전국체전도 아닌데 난데없는 철인3종경기, 사흘간 잠 안 자기, 집단으로 삭발하기 등 감성정치의 극단을 연출하고 있다. 2004년 4.15총선 당시 정동영 선대위원장의 투표일 사흘 전 단식돌입이나, 추미애 의원의 삼보일배 등과 같은 육체적 학대를 통한 선거운동을 연상케 한다. 한국정치문화의 바닥이 어디까지인지 보여주고 있다.

오늘 집권여당에게 내려지는 국민들의 가혹한 심판은 박근혜 대표 피습사건 때문이 아니다. 각종 여론조사가 보여주는 바와 같이 이 사건이 발생하기 전부터 이미 국민들은 열린우리당의 오만과 무능을 심판하고 있었다. 핵심이유는 민생경제 파탄이다. 열심히 일해도 생활이 오히려 더 나빠지는 사람이 전체 인구의 90%가 되는 상황에서 이러한 민심의 표출은 너무나 당연한 것이다. 재작년 가을 현 정부의 고위인사가 "지금 데모할 국민이 천만 명은 된다"고 실토한 것처럼 지금 천만 명 이상의 국민들이 현 정부와 열린우리당을 탄핵하고 있는 것이 5.31선거의 표심인 것이다.

지금 한나라당은 50% 넘는 지지를 얻고서도 잔치를 벌일 수 없게 되었다. 한나라당에 대한 높은 지지율은 열린우리당에 대한 분노의 그림자에 불과하다. 분노가 크니까 그 그림자도 길 뿐이다. 오늘 열린우리당에게 민생파탄의 책임을 묻는 분노의 칼날은 곧 그다음 책임자의 목을 찾아낼 것이다. 120석 넘는 의석을 갖고 있었으면서 민생파탄에 책임이 없다고 주장한다면 누가 믿을 수 있겠는가.

선거 막바지에 이르러 민주노동당으로 새롭게 몰리고 있는 표들은 '열린우리당 다음 차례는 한나라당'이라는 분노의 표심이 결집되고 있는 것이다. 민생파탄의 공동정범이자 최대의 지역패권주의세력인 한나라당에 대적하기 위한 강력한 진지를 만들어야 한다는 민심의 물결이다. 독종에는 독종이 맞서야 한다. 한 줌도 안 되는 재벌과 기득권세력을 충실히 대변하는 한나라당은 노동자, 농민 등 힘없는 서민을 가장 확실하게 대변하는 민주노동당만이 상대할 수 있다. 서민의 옷을 입고 부자의 손을 들어준 열린우리당이 설 자리는 더 이상 없다.

이번 지방선거부터 시작되어 2007년 대선, 2008년 총선으로 이어지는 징검다리 선거에서 민주노동당은 제2의 도약기를 맞이할 것이다. 그런 의미에서 민주노동당의 선거는 5월 31일 끝나지 않는다. 이번 지방선거에서 강력한 제3당의 위치를 새롭게 확인한 민주노동당은 2007년 대통령선거에서 500만 표 이상의 득표를 이루면서 4개월 뒤인 2008년 제18대 총선에서 80석 제1야당의 지위를 확보한 채 만선으로 돌아올 것이다.

이제 땀 흘려 일한 죄밖에 없는 우리 서민들은 자신의 운명을 더 이상 사이비 개혁세력에게 맡기지 않아도 된다. 이제 민주노동당으로 단결해야 한다. 30년 이상 세계 최장의 노동시간을 기록하고서도 생활수준이 점차 하락하는 분노의 표심을 하나하나 모아야 한다. 김종철 서울시장후보에게 던지는 한 표 한 표, 민주노동당에게 던지는 한 표 한 표보다 더 소중한 선택은 없다.

그 한 표 한 표가 하나도 남김없이 평등과 자주의 새세상을 열어나가는 투쟁의 소중한 무기가 될 것이기 때문이다.

서민들이 무엇을 잘못했단 말인가

2006년 6월 26일 월요일 흐리고 비

잔치는 끝났다.

어쨌거나 한 보름 동안 온갖 시름 다 잊고 우리를 열광케했던 잔치는 끝났다. 그리고 기대보다 빨리 끝난 잔치마당에는 아쉬움만 빈 접시처럼 나뒹굴고 있다. 흙탕물이 가라앉으면 바닥이 보인다고 했던가. 잔치가 끝난 텅 빈 마당에서 비 온 뒤 산하처럼 뚜렷하게 드러나는 우리의 발가벗은 몰골을 본다.

오늘 한 석간신문은 빈곤층의 자산이 월 46만 원씩 줄고 있다는 통계청 자료를 소개하고 있다. 소득 하위 20% 빈곤층의 올 1분기 자산감소액이 월평균 46만 원이라는 것이다. 이 감소액은 작년 같은 기간에 비해서도 11.7% 더 늘었을 뿐 아니라 전국 통계를 집계한 2003년 이래 최고치라는 것이다. 반면 소득 상위 20%인 고소득층의 자산은 월평균 178만 2,000원씩 늘어났고 지난해 같은 기간에 비해서도 3.1% 더 늘어났다는 것이다.

2006년 한국사회의 적나라한 실상을 이 통계보다 더 잘 보여주는 수치가 있을까?

지금 문제의 핵심은 단순한 사회양극화가 아니라 양극화의 양상이 지극히 악성이라는 데 있다. 저소득층이든 고소득층이든 생활이 점점 나아지는데 다만 저소득층의 자산증가율이 고소득층의 그것에 못 미치기 때문에 격차가 벌어지는 상황이 아니라, 저소득층의 자산과 생활수준이 점점 날이 갈수록 후퇴하고 악화될 뿐 아니라 그런 계층이 점차 늘어나고 있다는 데 문제의 심각성이 있는 것이다.

　도대체 우리 대다수 서민들이 무엇을 잘못했단 말인가? 머리가 나빠서인가? 남들 열심히 일할 때 먹고 놀아서인가? OECD 최근 발표에 따르면, 2005년 1년 동안 노르웨이 노동자들은 1년간 1,360시간, 일했고 네델란드 노동자들은 1,367시간, 독일은 1,435시간, 프랑스는 1,535시간 일했다. 세계적으로 일벌레로 유명한 일본 노동자들도 1,775시간 일한 반면, 한국의 노동자들은 2004년 통계로 2,394시간 일했다. OECD 통계를 볼 것도 없이 국제노동기구(ILO)에 의하면 한국 노동자들의 노동시간은 지난 30년간 세계 1위를 한번도 놓친 적이 없다. 최장노동시간 부문에서 감히 한국을 제치고 1위를 하려는 나라는 존재하지 않는다. 그러니 열심히 일한 죄 말고는 이 땅에서 태어난 죄밖에 더 있는가?

　지금 우리 앞에 두 개의 분명한 사실이 놓여 있다. 그 하나는 참여정부가 출범한 이래 지난 3년 동안 빈부격차가 더 벌어졌다는 것이고, 다른 하나는 노무현 대통령이 퇴임하는 2008년 2월에는 빈부격차가 지금보다도 더 벌어져 있을 것이라는 사실이다. 저소득층의 자산이 지금보다 더욱 감소하고 빈곤층이 더 늘어나는 것도 물론이다. 코미디언 고 이주일 씨는 "못생겨서 죄송합니다"라는 말로 전 두환군사독재에 시달리던 국민들에게 그나마 웃음을 선사하였는데 퇴임하는 노무현 대통령은 국민들에게 무슨 얘길 할 수 있을까? '국 민 여러분, 가난하게 만들어서 죄송합니다' 하면서 청와대를 떠날 것인가?

지난 1월 18일 노무현 대통령은 사회양극화의 심각성을 국민 들에게 알리는 특별기자회견을 가졌다. 사회양극화가 심각한 수준 이며 남은 임기 동안 양극화 해소를 위해 진력을 다하겠다고 다짐 했다. 대통령이 사회양극화에 눈을 뜬 것은 다행한 일이고 양극화 해소를 위해 노력하겠다는 것은 환영할 일이다. 그러나 양극화의 원인을 정확히 진단하지 않고서 양극화를 해소할 순 없다. 날로 악 화되는 사회양극화의 원인을 IMF외환위기사태와 전임 대통령 탓 으로 돌리는 모습에서 우리는 심화되는 빈부격차를 예견할 수밖에 없다. 왼쪽 폐에 이상이 생겼는데 오른쪽 폐를 잘라낸 끔찍한 의료 사고는 한 사람의 생명을 앗아갔지만, 사회양극화의 원인을 잘못 진단하면 국민 전체가 피해자가 되는 것이다.

사회양극화의 원인은 멀리 있는 것이 아니라 그것을 심화시켜 온 참여정부의 기본정책에 있다. 300만 농민을 빈곤층으로 내모는 쌀시장개방정책, 800만 명이 넘는 비정규직양산정책을 견지하면 서 빈부격차를 줄이겠다는 것은 나무에 올라가 물고기를 잡겠다는 우화가 아닐 수 없다. 더욱 용서할 수 없는 일은 사회양극화의 책임 이 그것의 최대 피해자인 노동자, 농민에게도 있는 것처럼 선전해 오고 있다는 사실이다. 2000년에서 2004년까지 불과 4년 동안 자신의 재산을 25억 원에서 86억 원으로 늘린 참여정부의 부총리도 대기업 노동자들이 양보해야 비정규직 노동자들의 처지가 나아진 다고 하지 않았는가? 현대자동차 노조원들이 사용자와의 교섭에서 인상율 1~2%, 즉 월 임금총액 9억에서 18억 원 정도 더 받기 위해 파업하는 것을 마치 기업을 절단내는 것처럼 비난하던 사람들이 기업자금 1,000억 원 이상 횡령한 그룹총수의 석방을 탄원하고 있 지 않은가?

노무현식 사회양극화의 결정판은 한미자유무역협정(FTA)이다. 자본의 자유가 더욱 넘치는 곳에서 유리한 쪽은 자본의 강자이고 불리한 쪽은 자본의 약자이다. 한미자유무역협정이 체결되면 강자 는 더욱 강해지는 반면, 약자는 더욱 약해질 수밖에 없다. 여기서 문 제는 강자는 소수인데 약자는 인구의 대다수라는 점이다.

얼마 전 발표된 세계부유층연례보고서에 따르면 주거용 주택 을 제외한 순금융자산을 1백만 달러 이상 소유하고 있는 한국 내 백만장자의 증가율이 21.3%로서 세계 최고의 증가율을 보였다고 한다. 노무현 대통령이 한미자유무역협정을 체결한다면 백만장자 는 더욱 늘어갈 것이고 빈곤층의 자산은 더 빠른 속도로 감소할 것 이다.

사회양극화 해소를 위해 남은 임기를 바치겠다는 연초 기자회 견이 진심이라면 노무현 대통령은 한미자유무역협정 협상부터 중 단해야 한다. 사회양극화 해소를 말하면서 한미자유무역협정이 추 진되어야 한다고 생각하는 사람들이 있다면 우리는 그들의 머릿속 이 '양극화'되었다고 진단하지 않을 수 없다.

혼자 있는 방에서도 얼굴을 들기 힘들다

2006년 9월 3일 일요일 맑음

참으로 부끄러운 나날이다.

바다이야기 등 사행성 게임물 관련법안을 다룬 국회 상임위원회와 소위원회 그리고 본회의 회의록을 한 장 한 장 읽어가며 부끄러운 마음은 점차 참담한 심사로 변해간다. 혼자 있는 방에서도 얼굴을 들기 힘들다.

작년 가을 한 민원인이 직접 의원회관으로 찾아와 사행성 게임업소의 실태와 심각성을 얘기하면서 이를 근절시켜달라고 했을 때 상황이 이해되면서도 난감할 뿐이었다. 국회의원으로서 무엇을 해야 하는지, 또 할 수 있는지, 민주노동당은 어떻게 나서야 하는지 적극적으로 고민하지 못했다. 강 건너 불을 보듯 속수무책이라 생각했을 뿐이었다.

불과 기름이 만난다고 했던가? 바다이야기가 국가적 참사로 증폭된 것은 상품권 불법환전과 게임기의 불법개변조로 도박성이 극도로 높아졌기 때문이다. 작년 7월 이후 경품용 상품권 발행이 급속히 증가한 사실은 이를 확인해주고 있다. 게임산업개발원 자료에 따르면, 2005년 8월부터 11월까지 넉 달 동안 상품권 누적발행액은 8조 9,000억 원이며 작년 12월부터 올해 7월 말까지 8개월 동안 발행액은 21조에 이른다는 것이다. 3,500만 유권자의 10%가 넘는 국민들이 국가가 허용한 도박장에서 판돈 30조의 늪에 빠져 가산을 탕진하고 있는 동안 국민을 대표한다는 국회는 과연 무엇을 하고 있었는가?

2005년도 국회회의록을 읽다보면 최소한 국회 문화관광위원회에서만큼은 작년부터 사태의 심각성이 거듭 제기되었던 것 같다. 상품권이 불법으로 환전되면서 과도한 사행행위가 조장되고 도박 중독자가 양산되므로 게임경품에서 상품권 등 유가증권과 귀금속을 불허한다는 취지의 법률개정안이 2005년 4월 11일 강혜숙 의원 등 26명의 명의로 발의되었다. 10월 국정감사에서도 사행성 게임업소의 폐단을 염려하는 의원들의 지적은 쏟아져나왔다.

그러나 경품용 상품권을 금지하자는 강혜숙 의원 법률개정안은 일년을 끌다 폐기처분되었다. 그 과정은 여전히 미스테리다. 강혜숙안은 2005년 11월 17일 문광위 전체회의에 상정되고 소위원회로 회부된다. 문광위 법안심사소위는 11월 22일 제2차회의에서 이를 상정시키고 12월 5일 제3차회의에서 강혜숙안을 본회의에 부의하지 않기로, 즉 폐기하기로 의결한다. 12월 6일의 문광위 전체회의는 이를 재확인한다.

경품용 상품권을 금지하는 강혜숙안이 지금 제출된다면 국회는 한 달 이내 이를 통과시킬 것이다. 그러나 만일 작년 4월 제출된 강혜숙안이 작년 6월 임시국회에서 통과되었다면 최소한 30조 원의 국민재산이 게임산업의 탈을 쓴 도박장에서 탕진되는 일은 막았을 것이다.

누가 경품용 상품권 폐지법안 통과를 가로막았는가? 문광위 회의자료에 의하면 문광위 전문위원과 문화관광부만이 반대의견을 천명하고 있을 뿐이다. 국회회의록에는 강혜숙안이 상정되고 폐기되는 전 과정에 걸쳐 어떤 의원도 이 법안에 대해 언급하고 있지 않다. 이 법안을 다룬 두 번의 문광위 전체회의와 두 번의 소위원회에서 반대하는 발언도 일절 없고 찬성하는 발언도 일절 없다. 철저한 외면과 침묵 속에 고사당한 것인가? 회의장 밖에서 처리방침이 합의된 것인가? 회의속기록만으론 확인할 길이 없다. 공식적으로는 강혜숙안은 폐기되지 않았다. 문광위 전체회의는 강혜숙안 등 게임 관련 4개 법안을 통합하여 게임산업진흥에 관한 법률안이라는 하나의 대안으로 제안하기로 결정했다. 경품용 상품권을 금지하자는 강혜숙안이 경품용 상품권 발행을 전제로 하는 게임산업진흥법안으로 '통합'되었다는 것이다. 형식은 문광위 대안으로 통합하되 내용은 폐기되어버린 것이다.

전 국토가 도박장화되어가던 2005년 가을 문화관광부가 갈팡질팡하는 모습이 점차 역력해진다. 상품권 폐지에는 결사반대하던 문광부가 사태가 악화되자 뒤늦게 게임업에서 발을 빼려는 시도를 계속한다. 그리하여 게임산업진흥법안을 심의하는 과정에서 문광부는 바다이야기 등 사행성 높은 게임물은 사실상 도박행위이므로 게임산업진흥법의 대상에서 제외하자고 주장한다. 대신 사행행위 특례법의 적용대상이 되도록 해서 사실상 등록제에서 허가제로, 진홍대상에서 단속대상으로, 감독관청도 문광부에서 경찰청으로 변경하자는 것이다. 정부안으로 제출된 문광부의 이러한 시도는 의원들의 반대로 무산된다. 그리하여 경품용 상품권 발행이 허용된 채, 바다이야기 등도 계속 영업할 수 있는 상태로 게임산업진흥에 관한 법률안은 의결되고 법제사법위원회로 넘어오게 되었다.

게임산업진흥에 관한 법률안은 2006년 4월 3일 특별한 쟁점이 없다는 심사보고와 함께 대체토론 없이 만장일치로 법사위를 통과하고 4월 28일 국회 본회의에서 찬성 209인 반대 1인 기권 4인으로 의결됐다. 부끄럽게도 그 법안이 어떤 과정을 거쳤는지, 어떤 문제가 있는지도 제대로 알지 못한 채 나는 찬성 209인 중 1인이 되었다.

9월 1일 정기국회 개회식에서 국회의장은 이 사태와 관련하여 "국회도 자성할 부분이 있다"면서 "이번 사건을 거울삼아 국회가 정책 및 법안의 결과와 영향까지 예측하고 대책을 검토할 수 있도록 입법역량을 선진화해야 하고 그런 점에서 국회 입법조사처의 실시는 시급한 과제다"라고 말했다.

이번 사태를 통해 드러난 국회의 문제는 입법역량의 문제가 아니다. 입법조사처가 작년에 신설되었다면 관련법안처리가 달라졌겠는가? 문제의 본질은 국민들이 어떤 처지에 놓여 있으며 어떤 고통 속에서 어떻게 살아가는지 국회의원들이 제대로 모른다는 사실이다. 유권자의 10% 이상이 합법 도박장에서 수십, 수백만 원을 예사로 잃으며 도박중독자가 되어왔는데 수년 동안 이를 몰랐다니 그러고도 국민의 대표라 할 수 있는가? 전교생의 10%가 불량식품으로 식중독에 걸렸는데 이를 모르는 교사가 있을 수 있는가?

카드대란과 마찬가지로 이번 사태는 정부의 범죄적 정책으로 인해 수백만의 서민대중에게 정신적, 물질적 손실을 입힌, 있을 수 없는 비극이다. 그러나 서민과 함께 웃고 울며 서민의 행복을 위해 일하겠다고 외쳐온 민주노동당 소속의원이기에 이 사태 앞에서 더욱 부끄럽고 가슴 아프다.

"민주노동당은 그때 무엇을 했는가?"라는 물음 앞에 나는 할 말이 없다. 얼굴을 들지 못할 뿐이다.

기꺼운 마음으로 이 길을 간다

2006년 10월 30일 월요일 맑음

이른 아침 여행가방을 챙겨들고 집을 나서는데 아내가 한마디 한다.

"민주노동당보다 국민을 대변한다는 생각으로 임하세요."

민주노동당이야말로 우리 국민을 대변하려 노력하는데 논리적으로 모순된 이야기가 아닌가. 물론 아내도 민주노동당 당원이다. 그러니 아내의 말은 민주노동당이 아직 국민의 신뢰를 충분히 받지 못하고 있으며 국민들의 바람을 대변하는 데 부족함이 있다는 지적이 아니겠는가. 그러겠다고 말하면서 집을 떠났다.

방북이 결정된 후 핵실험사태가 발생하자 걱정하는 사람들이 많은 말을 전해왔다. 엎친 데 덮친 격으로 공안사건까지 발생하자 우려의 목소리가 드높다. 걱정해주는 언론인들의 전화가 쇄도하고 있다. 참으로 부담스럽고 어려운 여행길이다.

눈앞의 정치적 이해득실만 따진다면 이번 방북은 우둔한 결정이고 위험천만한 선택일 것이다. 그러나 지난 30여 년 동안 눈앞의 이해득실을 최우선시한 일은 없다. 민주노동당을 만들고 일하는 사람들도 모두 그러하다. 정치를 한답시고 정치적 이해득실만 계산한다면 쉽고 편한 길을 가지, 왜 민주노동당에 남아 있겠는가?

애초에 민주노동당의 방북은 조선사회민주당과의 연례교류의 일환으로 지난 9월 결정됐다. 작년에 이어 올해에도 비당국자 차원의 일상적 교류를 하는 의미 정도였다. 그러나 10월 9일 이후 정세는 급변했다. 이제 핵문제는 피할 수 없는 현실이자 쟁점이 되어버렸고 그래서 이번 방북은 애초에 없던 사명을 추가하게 되었다. 민주노동당 방북단은 협상사절도 아니고 방북목적이 남북간 정치협상도 아니기 때문에 무언가 가시적인 결과를 갖고 돌아오긴 힘들 것이다. 그러나 평양의 당국자들에게 핵실험과 일련의 사태에 대한 민주노동당의 입장을 분명히 전달하고 우리 국민들의 불안과 우려의 목소리를 가감없이 전달하는 것만으로도 이번 방북은 역사적 의의를 갖는다고 생각한다.

10월 9일 이후 온 나라가 핵실험으로 떠들썩하다. 그러나 평양까지 가서 북한 당국자들을 직접 만나 남측의 우려를 강력히 전달하고 평화적 해결방법을 제안한 책임 있는 정치세력이 과연 있었던가? 민주노동당 방북단은 한반도비핵화선언이 파기된 것에 강력한 유감을 표명하고 한반도에 단 한 개의 핵무기도 있어서는 안 된다는 당의 입장을 전달할 것이다. 우리의 목표는 조속한 시일 내에 평화적 방법으로 핵무기가 철거되어 한반도평화체제를 실현시키는데 있으며, 이를 위해 북한과 미국의 조건 없는 6자회담 복귀를 촉구할 것이다. 북한이든 미국이든 종국적 목표가 전쟁인지 평화인지 분명히 밝혀야 한다. 평화가 목표라면 평화를 이룰 책임 있는 자세를 분명히 보여야 한다. 북핵협상의 그간의 경험은 어떠한 전제조건도 합의를 불가능하게 할 뿐이라는 것이다.

북핵사태라는 미증유의 위기 속에서 위기의 평화적 해결책을 자신 있게 제시하는 정치세력을 찾아보기 힘들다. 한나라당은 안보 불안감을 증폭시켜 유리한 대선정세를 조성하는 데만 몰두하면서 민족적 위기를 즐기고 있다. 일부 공안세력과 공안언론까지 이에 편승하여 대선레이스에 참가하고 있다. 지금 한나라당이 계승하고 있는 것은 이승만정권의 전쟁불사, 북진통일 노선이다.

북핵사태로 인한 한반도위기와 관련해서 정부여당 역시 오십 보 백 보다. 국가적 위기상황이라면서 대통령은 보이지 않고 집권 여당은 신장개업에 바쁘다. 이미 퇴임한 전직 대통령이 전면에 나서 사태수습을 지휘하고 있는 꼴이다. 안보불안에 민생위기라며 국민들이 떨고 있는데 집권여당은 자신의 정치적 수명연장을 위한 생존권투쟁에 골몰하고 있다. 위기를 이용해 한 건 하자는 세력은 속출하는데 위기해결을 위해 몸을 던지는 책임 있는 정치세력은 보이지 않는다.

지난 세월 이 땅의 민주주의를 위해 희생을 각오하던 심정으로, 억압받는 민중들의 생존권을 지키기 위해 감옥을 마다 않던 기백으로 길을 떠난다.

비록 그것이 불구덩이에 뛰어드는 일일지라도 그 건너 한반도의 평화와 서민들의 행복이 기다리고 있는 길이라면 기꺼운 마음으로 이 길을 간다.

불쌍한 것은 국민들이다

2006년 11월 8일 수요일 흐림

나는 문화일보 애독자이긴 하지만 그 신문의 연재소설은 읽지 않는다. 작가에겐 미안한 얘기지만 문학작품이라 하기엔 예술성이 너무 없어 보이고 단지 성적 관심사를 집중시키기 위해 소설의 형식을 빈 글이 아닌가 생각했기 때문이다. 몇 년 전 법사위원들과의 환담자리에서 이 소설의 외설성이 '즐거운 화제'가 되었을 때도 권세와 위엄이 있는 양반들도 이런 류의 글을 즐겨 읽는구나, 딱한 생각이 들었을 뿐이었다.*

그래서 문화일보 간부를 만나는 기회가 생긴다면 꼭 말하고 싶었다. 전국적 주요 일간지 지면에 이런 글이 연재되는 것은 신문의 위상에도 맞지 않고 알찬 기사와 평론이 아니라 선정적 잡문으로 독자를 끈다는 오해를 살 수 있다는 점을 꼭 전하고 싶었다. 소설

---

* 문화일보에 연재 중이던 이원호의 『강안남자』를 둘러싼 선정성 논란사태가 배경으로, 작가의 창작과 표현의 자유냐, 소설이 공중도덕과 사회윤리를 헤쳤느냐가 논쟁의 쟁점이었습니다. 당시 청와대가 문화일보를 질독하자 언론탄압행위라며 시민사회와 야권의 항의가 있었습니다.

『장길산』을 일간지 연재소설로 반갑게 읽어내고, 신문에 월간 시평, 소설평이 실리는 날을 기다렸던 독자로서 특히 그러했다.

지난 10월 국정감사에서 일부 법사위원들이 이 소설의 외설성을 규탄했을 때도 나는 그 문제의식에 공감하고 있었다. 그러나 이 소설에 대한 위법성 제기에 난감해하던 임채진 서울 중앙지검 검사장의 표정이나 거듭된 수사촉구에도 불구하고 끝내 명확한 언질을 내놓지 못하는 모습 역시 충분히 이해되었다.

사실 민주주의 발전과 함께 표현의 자유는 점점 넓게 인정되어오지 않았는가? 재판정에서 문학이냐 외설이냐를 다투며 내려졌던 판결들이 후대의 웃음거리가 된 예는 또 얼마나 많았던가. 수많은 비용을 들이며 진행된 역사에서 우리가 찾은 교훈은 이런 류의 문제는 법정이 아니라 시민사회의 양식과 문학·예술 차원의 평가에 맡겨야 한다는 것이 아니었나.

청와대에서 이 소설의 선정성을 이유로 신문구독을 중단했다는 소식은 그래서 더욱 충격적이다. 청와대 비서실의 공식적인 말과 행위는 국가통치의 일부를 이룬다. 신문 연재소설 하나에 대한 선정성 규탄이 국가통치행위가 되어야 하는가. 이 나라가 지금 그렇게도 한가한 상황인가. 시민사회에 맡겨야 할 일에 최고권부가 팔을 걷어붙이고 나서는 일도 꼴불견이거니와, 청와대의 구독중단을 통해 시민사회의 여론을 조성해보겠다는 의도는 금도를 한참 넘어선 게 아닌가.

그동안 청와대와 대통령이 일부 언론들의 과도하고 부당한 공격으로 받아온 고통은 이해할 만도 하다. 그러나 그렇다 하더라도 통치권력이 언론을 맞상대로 한 잦은 제소와 고발행위는 적절치도 않을뿐더러 자신들에게도 도움이 되지 않는 대응방식이었다. 신문은 몰라도 방송에선 역대 어느 정권보다도 유리한 환경을 누리고 있으면서도 '통치'는 잘했는데 '홍보'가 잘못되어서 문제, 라는 인식 역시 잘못된 언론관의 소치 아닌가.

민주노동당은 최근 어느 신문사설로부터 '위성정당' 운운하는 '언어폭력'까지 당한 바 있지만 이에 대한 대응이 꼭 '폭력적'이어야 한다고 생각지 않는다. 오히려 당의 정체성에 대한 이해와 장래에 제대로 된 활동을 통해 극복해야 할 문제인 것이다. 더군다나 통치권력의 행위는 정당의 정치행위에 비해서도 더욱 진중한 접근태도가 요구되는 것 아닌가.

청와대의 신문구독중단 행위가 문제되는 것은 현 정권의 고질적인 유아적 언론대응방식 때문만이 아니다. 북핵사태 이후 한반도에 미증유의 새로운 정세가 엄습하고 있는데 통치권자는 도대체 무얼 하고 있느냐는 것이다. 군사적 대립이 격화되면 가장 큰 피해지역이 될 것이 분명한데도 이러한 특수당사자로서 발언권을 전혀 행사하지 못하고 있다. 미국대사와 미 국무성, 국방성 고위관료들이 전례 없는 내정간섭성 발언과 압력을 행사하는데도 못 들은 척 일언반구도 없다. 긴장이 고조되고 국민이 불안해 하는데도 상황을 타개할 적극적 해결책을 제시하지도 못하고 있다. 그러면서 한다는 일이 대통령은 정계개편에 몰두하고 비서실은 연재소설 하나를 갖고 '작전'을 펼치고 있다. 그들이 통치하는 나라에서 못 살겠다며 자살하는 사람이 세계 1위인데도 정신을 못 차리고 있다.

불쌍한 것은 하루하루의 생계를 걱정하는 국민들이다.

어머님의 신문스크랩 20년

2007년 1월 5일 금요일 맑음

며칠 전 어머님은 78세 생신을 맞이하셨습니다. 때마침 어머님에 대해 쓴 글*이 단행본『어머니』에 실려 출간되었기에 어머님에 대한 감사의 마음으로 새해 첫 일기에 그 글을 싣습니다.

어머님의 신문스크랩 20년

시간이 없어서가 아니라 감당 못할 무게감 때문에 감히 꺼내 읽지 못하는 글들이 있다. 1980년대 말 노동운동으로 감옥에 있는 동안 어머님이 보내주신 174통의 편지, 지난 20년 동안 아들과 함께하기 위해 손수 만드신 스무 권의 스크랩북이 바로 그것이다.

1980년 5월 광주학살과 시민들의 봉기가 좌절하는 과정을 보

---

* 이 글은『어머니-명사 28인이 어머니께 드리는 감사장』(매일경제신문사, 2006)에 실려 있는 노회찬 의원의 원고로, 이 책에 재수록했습니다.

196

며 나는 오랫동안의 고민에 종지부를 찍었다. 고등학교 때부터 유신반대운동으로 시작한 학생운동을 떠나 노동운동에 투신하기로 결심한 것이다. 대학교 졸업과 더불어 친구들이 외국유학을 가거나 대기업에 취직할 때 일당 5천 원의 용접기능사로 보일러회사에 취직했다. 아직 위장취업자란 말도 생겨나기 전이었다. 학생운동을 하다 노동운동으로 투신하는 경우가 매우 드물던 시절이었다. 당연히 고향친구나 가족들에게도 말할 수 없었다. 그러나 학교를 졸업하고 2, 3년이 지나자 더 이상 '이실직고'를 하지 않고는 버티기 어려웠다.

부모님을 만나 다 털어놓았다. 외국유학 준비를 착실히 하고 있는 줄 알았던 장남이 용접공으로 공장에 다니고 있다는 사실은 그렇게 알려졌다. 앞으로도 노동자들의 권익을 위해 일해나갈 것이며 장남으로서 역할을 못하게 된 것은 죄송하지만 노동운동은 자랑스런 직업이라고 말씀드렸다. 아버님은 크게 실망하셨고 어머님은 매우 놀라셨다.

그 후 많은 시간들이 흘러갔다. 칠흑 같은 어둠 속에서 미행, 체포, 고문 따위를 걱정하던 시절에도 먼동이 트기 시작했다. 7년간의 수배와 2년 반의 옥고를 치르고 1992년 사회로 복귀한 후 나는 노동운동의 연장으로서 진보정당운동을 시작하여 십여 년 만에 민주노동당 창당에 이르렀다.

부모님께 청천벽력 같은 이실직고 이후 정권이 4번 바뀌고 20여 년이 지난 어느 날이었다. 부산에 계시는 어머님께서 무거운 소포를 하나 보내주셨다. 열어보니 신문기사 스크랩북이 모두 열 권이었다. 1년에 1권씩 10년의 세월에 걸쳐 만드신 것이다. 어머님은 스

크랩북 첫 권의 맨 앞면에 이렇게 써놓으셨다. '왜 하필 이 길을…'

어느 날 갑자기 고향집을 방문한 아들로부터 용접공으로 일하고 있으며 노동운동의 길을 걷겠다는 이실직고를 들으신 다음 날부터 어머님은 아들이 왜 그런 생각을 갖게 되었으며 도대체 노동자들의 삶과 노동운동의 현실이 어떤지 알아야겠다는 생각을 강하게 가지셨다는 것이다. 그래서 신문기사를 빠짐없이 읽고 관련기사는 오려놓고 두 번, 세 번 읽으시고, 책방에 가서 박노해의 『노동의 새벽』도 구해다 읽으셨다는 것이다. 이런 일이 1년에 1권씩 10년 세월이 흐르는 사이 열 권의 스크랩북으로 완성되어갔다.

사실 그동안 부모님께는 자식 된 도리를 제대로 다하지 못한다는 죄송함만 가슴 한 켠에 접어둔 채였다. 수배신분을 핑계로 몇 년째 고향도 찾지 못하고 자신이 하고자 하는 일에만 매몰되어 십여 년의 세월을 보내고 있었다. 그런 동안 어머님은 못난 자식이 무엇 때문에 무슨 일을 하는지 알아야 한다는 일념으로 노동관련 기사를 오려가면서 낯선 거리를 헤매고 있을 아들과 함께하려 노력해온 것이었다.

왜 하필 이 길을 가려 하느냐는 원망과 한탄으로 시작된 스크랩은 세월이 쌓이면서 자식이 가고자 하는 길에 대한 이해와 애정으로 나아가고 있다는 사실은 스크랩북 곳곳에 쓰신 짧은 글을 통해 드러나고 있었다. 무슨 말을 하랴! 세상이 알아주지 않는다 해도 두렵지 않다는 심정으로 마치 어렵고 힘든 일을 혼자 다 짊어진 양 고군분투하는 동안에도 실은 어머님의 사랑과 성원이 그림자처럼 따라다녔다는 사실을 이 스크랩북을 보면서 뒤늦게 알게 된 것이다.

1년쯤 후 어머님은 새로운 십 년간을 모아 만든 스크랩북 열 권을 또 보내오셨다. 1992년 감옥에서 나와 진보정당운동을 시작하자 어머님의 스크랩 기사도 노사문제에 진보정치 관련기사가 더해지고 있었다. 유럽좌파정당들의 선거결과 기사가 있는가 하면 우리나라의 사회복지실태에 관한 특집기사가 오려 붙여져 있었다. 외로운 가시밭길을 걷는 아들과 동행하려는 모정이 20년간 계속되어온 것이다.

　강산이 두 번 바뀐다는 20년 세월의 손때가 묻은 어머님의 스크랩북은 지금 서가 한쪽에서 감히 다시 열어보지 못하는 상태로 놓여 있다. 열어볼 엄두는 내지 못하지만 가끔 그 스크랩북을 보면서 깊은 상념에 빠진다. 이제까지 혼자서 역경을 무릅쓰며 왔다고 생각한 길이 결코 혼자서 온 길이 아니었다는 사실을 저 스크랩북이 일깨워주고 있는 것이다. 그리고 어머님이 정성껏 오려붙인 스크랩북의 기사들은 어머님만이 아니라 수많은 사람들의 희생과 노력으로 이 길이 만들어져왔다는 또 하나의 진실을 웅변적으로 말해주고 있는 것이다.

　스무 권의 스크랩북을 만드는 동안 어머님은 팔순을 바라보는 노인으로 늙으셨다. 노동자정치세력화의 소중한 성과로서 민주노동당은 진보정당으로서 46년 만에 의회에 진출하기도 했다. 그러나 우리 사회의 민주주의는 아직도 많은 해결과제를 앞두고 있으며 노동자들의 기본권은 세계적으로도 열악한 상황이다. 그래서인가. 스무 권의 스크랩북을 보내주신 이후에도 어머님의 스크랩은 계속되고 있다. 오늘도.

노무현 대통령에게 보내는 편지
2007년 2월 20일 화요일

얼마 전 택시를 타고 집에서 국회로 출근을 한 적이 있었습니다. 차에 오르자마자 택시기사분이 저를 알아보고 여러 가지 얘기를 나누기 시작했습니다. 그러던 중 택시기사가 갑자기 저를 가리키면서 "다 좋은데 성씨가 문제다"라고 말했습니다. 순간 그분이 무슨 말씀을 하고 싶어 하는지 알아챘지만 저의 입에선 엉뚱한 답변이 나왔습니다. "성씨가 한글로는 같지만 한자는 다르다. 노무현 대통령은 노태우 전 대통령처럼 성 노(盧) 씨를 쓰지만 저는 고기 어(魚) 밑에 날 일(日)자를 쓰는 나라 노(魯) 씨다." 엉겁결에 한 얘기이지만 지금 생각해도 궁색한 답변이었습니다.

택시 안 대화는 다시 정상적으로 진행되었고 이윽고 차는 의원회관 앞에 도착했습니다. 받지 않으려는 차비를 던지다시피 드리면서 악수를 청하는 저에게 택시기사분의 마지막 당부가 이어졌습니다. "언제 한번 기자회견 할 기회가 생기면 성씨가 다르다는 것을 꼭 발표하라."

시중에 많이 나도는 대통령을 소재로 한 우스개 중의 하나로

들릴지 모르겠습니다. 그러나 택시기사의 마지막 애길 들으면서 저의 마음은 몹시 착잡했습니다. 노 대통령이 잘못한 것도 많지만 국민들은 대통령이 잘못한 것 이상으로 대통령에 대해 분노하고 있구나, 하는 생각 때문이었습니다. 그러나 지난 1월 몇 차례에 걸친 개헌발언에 이어 며칠 전 발표된 대통령의 글에서, 참여정부의 정책이 그리 실패하지 않았다는 강변을 접하면서 제가 오히려 성난 민심보다도 안이한 문제의식을 가졌다는 자탄을 하기에 이르렀습니다.

대통령께서 직접 참여함으로써 비화되고 있는 이번 논쟁의 출발점은 '노무현정부 실패의 원인은 무엇인가' 하는 것이었습니다. 당연히 이 논쟁은 실패의 결과로서의 현 상황을 어떻게, 어떤 방향으로 극복해야 하며 이 과정에서 진보진영의 역할과 과제는 무엇인가로 귀결될 것입니다. 그리고 이 모든 과정에서 진보진영의 대응에 대한 평가와 반성이 곁들여질 수밖에 없는 것이었습니다. 그러나 대통령께서 "노무현정부는 실패하지 않았다"고 주장함으로써 이 논쟁의 저변은 갑자기 확대되어버렸습니다.

저는 묻고 싶습니다. 대통령께선 정녕 참여정부가 실패하지 않았다고 생각하십니까? 현재 우리 사회 최대의 문제인 사회양극화에 대해 이번 글에서 대통령은 이렇게 말했습니다. "참여정부 동안에 양극화가 심화된 것은 맞지만… 그것이 과거 외환위기와 가계부도라는 경제적 위기에서 심화된 것이고 참여정부는 이를 극복하기 위해 노력하고 있다."

결국 양극화는 YS, DJ정부의 정책실패과정에서 심화된 것이고 노무현정부는 이를 극복하기 위해 노력하고 있고, 복지예산증가 등을 볼 때 역대 어느 정부보다도 잘하고 있다는 것입니다. 양극화를 속 시원히 완화시키지 못한 것은 송구스럽지만 양극화 심화의 책임은 전 정부에게 있고 현 정부는 나름대로 줄이려고 노력하고 있다는 것입니다. 정히 그렇게 생각하신다면 글로 하신 말씀을 국민들을 대면한 자리에서 한번 그대로 해보시기 바랍니다.

2002년 대통령선거 당시 저는 각종 선거방송에 나가서 노무현 후보의 경제정책은 YS, DJ와 마찬가지로 신자유주의 노선에 입각하고 있기 때문에 노무현 후보가 당선되면 사회양극화는 심화될 수밖에 없다고 주장하였습니다. 그러나 국민들은 "서민의 눈물을 닦아주겠다"는 노 후보의 약속을 더 신뢰하였습니다. 지금 분노하고 있는 사람들이 바로 그 국민들입니다. 양극화를 속 시원히 줄이지 못해서 화가 난 게 아니라 다름 아닌 참여정부가 그것을 더 벌여놓는 정책을 추진한 것에 대해 분노하고 있는 것입니다.

참여정부의 경제노선인 신자유주의가 왜 문제입니까? 자본의 위기를 탈출하는 과정에서 그 부담을 사회적 약자들에게 전가시키기 때문입니다. 그 필연적 귀결이 사회양극화입니다. 사회양극화는 '대통령 글'을 공식 해석한 청와대 관계자의 말처럼 국민소득 2만 달러 시대에 다른 선진국들도 겪은 '불가피한 현상'이 결코 아닙니다.

저는 묻습니다. 왜 비정규직이 전체 취업자의 60% 이상으로 늘어났습니까? 천재지변 탓입니까? 아니면 국민소득 2만 달러 시대에 다른 선진국들도 겪은 '불가피한 현상'입니까? 아닙니다. 비정규직이 다른 나라의 두 배 이상 늘어난 것은 다른 나라들이 비정규직 확산을 규제하고 있을 때 우리 나라는 이를 방치함으로써 비정규직 채용방식을 사실상 '권장'해왔기 때문입니다. 비정규직에 대한 규제가 없는 '유연한 노동시장'에서는 비정규직이 확산될 수밖에 없습니다. 결국 비정규직 확산을 통해 노동비용을 줄임으로써 자본의 위기를 타개해보겠다는 신자유주의 정책을 강력히 추진했기 때문에 생긴 예정된 결과였습니다.

진보진영이 한미FTA를 반대하는 것은 개방 자체를 반대해서가 아닙니다. 한미FTA와 같은 무분별한 개방이 사회양극화를 결정적으로 심화시키는 것이 예정된 결과이기 때문입니다. 그래서 한미FTA 결과 빈부격차가 더 벌어지는 것을 감수하고서라도 국내 대자본의 활로를 위해 이 협상을 체결해야 한다는 FTA찬성론자를 볼 때 차라리 솔직해서 좋다는 생각마저 들 정도입니다.

우리나라가 2005년도 한 해에 금융자산 100만 달러 이상의 백만장자 증가율이 세계 1위이면서 동시에 자살률이 세계 1위라는 통계는 무엇을 말해주고 있습니까? 만일 노무현정부의 목표가 사회양극화를 무릅쓰고서라도 성장을 추진하는 것이었다면 노무현정부는 그리 실패하지 않았습니다. 그러나 IMF 이후 고통을 전담해온 서민들의 눈물을 닦아주는 것이 목표였다면 노무현정부는 실패를 예정하고 태어난 정부입니다.

노무현정부가 실패했느냐의 여부만큼 이번 논쟁을 어렵게 만들고 있는 것은 노무현 대통령의 정치적 정체성이고 이에 대한 대통령 스스로의 인식상 혼란입니다. 이번 글에서도 드러났지만, 대통령은 왼쪽 사람들에겐 스스로 신자유주의가 아니라고 말합니다. 동시에 오른쪽 사람들에겐 "당신들이 말하는 좌파는 아니다"라고 얘기합니다. '좌파 신자유주의'는 대통령이 스스로 비꼬아 만들기 전에 이러한 애매한 처신에서 먼저 비롯된 형용모순입니다. '우파 반신자유주의'라 해도 같은 사람을 가리키기는 마찬가지일 것입니다.

사실 저는 대통령께서 탄핵중이던 2004년 5월 말 연세대 특강에서 스스로 진보주의자를 자처했을 때도 대통령의 인식상 혼란에 대해 지적한 바 있습니다. 저는 이때 언론을 통해 "국민들은 대통령의 정체성을 정확히 알아야 하며, 노 대통령이 노동자를 대하는 것이나 경제관을 보면 진보라고 말할 자격조차 없다"고 평가했습니다. 또 "보수와 진보는 특히 경제문제에서 갈리는데 경제정책기조는 노태우 대통령 이후 지금까지 달라진 게 하나도 없고 특히 노무현 대통령의 경제기조는 'DJ교과서' 그대로라서 어떠한 기대도 하지 않는다"고 비판했습니다.

특히 대통령이 스스로 진보주의자를 자처한 것에 대해 "공부를 안 한 탓이다. 학자들이 들으면 웃는다"고 지적하면서 대통령은 "자유주의적 개혁파이면서 개혁적 보수주의자"라고 규정했습니다. 결국 이 지적 때문에 유시민 의원으로부터 "대통령은 고시도 합격했고 당신보다 더 많이 공부했다"는 질책을 듣기도 했습니다. 늦었지만 당시의 거친 표현에 대해 사과드립니다. 그러나 이처럼 중요한 문제에 대한 대통령의 인식상 혼란이나 한계가 더 많은 문제를 야기하고 있는 현실은 여전히 진행 중입니다.

대통령의 이번 글에서, 진보진영이 유연해야 한다거나 진보진영도 스스로 돌아보고 반성할 대목이 있다는 지적은 참으로 귀하게 듣고 무겁게 받아들여야 한다고 생각합니다. 그러나 그러한 지적을 하면서 스스로를 유연한 진보로 자처하는 데 대해서는 전혀 동의할 수 없습니다.

진보도 유연해야 하는 건 필요하지만 노동시장의 유연성이나 주한미군의 전략적 유연성을 받아들이는 것이 진보의 유연성은 아닙니다. 오히려 노동시장의 유연성과 전략적 유연성은 오늘날 한국에서 보수와 진보를 나누는 주요 척도 중의 하나입니다. 이들을 받아들이면서 유연한 진보를 자처한다면 김구 선생이나 안중근 열사에 비해 최남선이나 이광수가 유연한 민족주의자라 말하는 것과 마찬가지일 것입니다.

오늘날 한국정치의 불안정성은 무엇보다도 낡은 정치구조의 문제에서 출발하고 있습니다. 즉, 한국정치의 비극은 정체성과 기본노선이 거의 비슷한 두 세력이 권력을 반분하고 대립하며 경쟁하고 있다는 사실입니다. 거대한 두 개의 보수정당이 권력을 담당해 온 역사는 깁니다. 일찍이 노무현 대통령은 제13대 국회에서 95%의 법안을 여야가 합의처리했다고 증언한 바도 있습니다. 제17대 국회 역시 마찬가지입니다. 열린우리당과 한나라당이 첨예하게 대립한 것 같지만 실제 민생현안 대부분은 두 당의 합의로 처리되었습니다.

얼마 전 대통령 스스로 말하지 않았습니까? "경제정책에서 차별화는 불가능합니다." 네. 그렇습니다, 열린우리당과 한나라당 사이에서 경제정책의 차별화는 불가능합니다. 그러나 우리나라가 열린우리당과 한나라당만 사는 나라입니까? 신자유주의에 대해, 노동시장 유연화에 대해, 한미FTA에 대해, 비정규직 문제에 대해 거대 양당과 전혀 다른 대안을 요구하는 절반이 넘는 국민들, 노동자, 농민, 영세자영업자들의 나라는 어디에 있습니까?

앞서 말씀드렸다시피 보수와 진보는 경제문제에서 가장 크게 갈라집니다. 그런데 경제정책에서 차별화가 불가능하다는 대통령의 고백은 스스로 한나라당과 별다를 바 없는 보수주의자라는 증언이 담겨 있습니다. 그렇지 않다면 한나라당이 겉으론 보수정당이지만 속으론 '유연한 진보'라는 말씀입니까? 대통령의 해명이 필요한 부분입니다.

민주세력과 독재세력으로 대립하던 역사적 시기가 종료한 지금, 범여권과 한나라당의 양대 구도는 정치적으로나 역사적으로 와해되는 긴 과정을 밟고 있습니다. 이러한 역사적 흐름에 저항하여 사멸해가는 거대한 낡은 세력들이 철 지난 이념과 방식으로 기득권과 낡은 보수양당체제를 유지하려 하고 있습니다. 참여정부와 열린우리당을 친북좌파세력으로 몰아붙이는 한나라당의 색깔공세도 그러하고, 반한나라당이니 민주대연합이니 하는 철 지난 포장으로 재기를 도모하는 범여권도 마찬가지입니다.

노무현 대통령은 최근 스스로를 유연한 진보로 자처함으로써 낡은 기득권을 연장하는 게임에 뛰어들었습니다. 물론 각종 여론조사를 보면 노무현정부의 실패에도 불구하고 새로운 정권은 진보정권이어야 한다는 바람이 여전히 강합니다. 그러나 그렇다고 해서 노무현 대통령이 진보를 자처하는 것은 국민에 대한 예의가 아닙니다. 아무리 5일장이라지만 가짜약을 들고 같은 장에 연달아 나타나는 것은 도리가 아닙니다.

국민들이 대통령에 바라는 것은 두 가지입니다.

그 하나는 이런 논쟁에 참가하지 마시라는 겁니다. 지금 문제되는 것은 대통령과 진보진영의 인식차이가 아니라 대통령과 국민 간의 인식차이입니다. 그리고 부족한 것은 대통령과 진보진영의 논쟁이 아니라 대통령과 국민 간의 대화입니다. 방송을 통해 일방적으로 말씀하시는 회견이나 강연이 아니라 대화와 소통을 국민들은 원하고 있습니다.

그리고 국민의 목소리를 경청하시기 바랍니다. 경청이란 귀를 기울여 듣는 것을 말합니다. 귀를 기울이려면 머리를 숙여야 합니다. 국민들을 가르치겠다는 자세에선 경청이 불가능합니다. 기자회견과 강연에선 경청이 안 될 것입니다. 그래서 경청은 대화의 절반이기도 합니다.

참여정부 1주년 평가 토론회에서 "참여정부가 지난 1년간 잘한 일은 당선된 것밖에 없다"고 혹평한 기억이 납니다. 물론 참여정부 출범 자체의 의의도 크다는 판단이 깔린 평가였습니다. 남은 1년이라도 국민들이 바라는 대로 간다면 참여정부는 박수를 받으며 마감될 수 있을 것입니다.

건승을 빕니다.

민주노동당 국회의원 노회찬

D-365, 당원들에게 보내는 편지

2007년 4월 9일 월요일 맑음

정확히 3년 전 이맘 때였습니다.

제17대 총선 투표일을 며칠 앞둔 일요일, 여의도는 벚꽃놀이 인파로 가득 찼습니다. 그 시각 여의도 당사에선 중앙당 당직자들이 총선 비례대표후보이자 선거대책본부장이었던 저에게 국회 주변거리로 나설 것을 강권하고 있었습니다. 벚꽃놀이 인파 속으로 들어가라는 것이었습니다.

잠시 망설였습니다. 놀러나온 사람들 속에 들어가 지지를 호소할 자신감도 부족했습니다. 다만 한 표라도 더 건져야 한다는 절박감에서 와이셔츠 차림으로 기호 12번 민주노동당 어깨띠를 매고서 나섰습니다.

저는 지금도 그날의 광경을 잊을 수 없습니다.

화창한 봄날 여의도. 하늘에선 하얀 벚꽃잎이 폭설처럼 흩날리며 뿌려지는데 국회 옆길을 가득 메운 인파 속에선 악수를 청하는 하얀 손들 때문에 걸어가기도 힘들 정도였습니다. 함께 사진찍기를 원하는 시민들이 줄을 서서 기다리고, 한자리에서 30여 분간 모델이 되어 서 있기도 하였습니다.

그날 현장에서 제가 체험한 것은 우리의 오랜 숙원인 대중과의 만남이었습니다. 창당 4년 만에 대중이 당을 찾고 당이 대중을 만나고 있다는 사실이었습니다. 이처럼 2004년 4월 15일의 감격은 그 며칠 전부터 예고되고 있었습니다.

사랑하는 당원동지 여러분.

오늘로써 제18대 총선일인 2008년 4월 9일은 365일 후의 현실로 다가왔습니다. 창당 8주년. 민주노동당 중장기적 발전의 분기점이 될 제18대 총선은 지금 어떤 모습으로 우리에게 다가오고 있습니까?

창당한 지 석 달도 안 된 채 치러진 제16대 총선은 우리에게 큰 시련을 안겨주었습니다. 지역구 의석은 물론, 전국 2% 달성에도 실패하면서 당은 등록취소라는 아픔도 겪었습니다. 전망이 없으니 당을 다시 만들자는 목소리도 높았습니다. 그러나 제 17대 총선에서 당은 마침내 정치적 시민권을 획득하였습니다. 진보정당으로서 46년 만에 처음으로 원내에 10석의 교두보를 만드는 쾌거를 이룬 것입니다.

반면 제18대 총선 결과는 아무도 자신 있게 예측하지 못하는 안개 속에 갇혀 있습니다. 지금의 정당지지율로는 제17대 총선 결과의 절반에 머물 것이라는 비관적 예측부터 17대에 비해 두 배 이상의 의석을 확보하는 제2의 도약이 가능할 수 있다는 기대 섞인 낙관이 혼재되어 있습니다. 다만 분명한 것은 대선이라는 손바닥에 가려져 있지만 제18대 총선이야말로 그 후 4년 이상 우리의 정치적

향방을 결정짓는 운명의 한판승부가 될 것이라는 사실입니다.

존경하는 당원동지 여러분.

제17대 대선 법정선거운동일의 마지막 날인 12월 18일은 제 18대 국회의원 총선거의 예비후보 등록일입니다. 즉, 대선이 끝나고 녁 달 후에 다음 총선이 있는 게 아니라 대선과 총선이 하루도 쉬지 않고 연이어 있는 것입니다. 그리고 이것은 대선을 마치고 총선 준비를 해서는 이미 늦다는 사실을 말해줍니다. 즉, 대선과 총선은 지금부터 함께, 동시에 준비해가야 한다는 것입니다.

지금 우리에게 대선은 기업광고, 국회의원 총선은 상품광고로 비유될 수 있습니다. 대선에서 민주노동당의 철학과 정체성, 집권 가능한 대안정당으로서의 면모를 분명히 확립하는 것이 총선승리와 불가분의 관계에 있다는 뜻입니다. 지금 우리가 경계해야 할 것은 대선과 총선을 분리해서 준비하는 경향이며 오는 12월 19일의 대선득표 결과만으로 대선과 총선을 연결시키는 사고입니다. 특히 대선돌파를 당내경선이라는 흥행에만 의존하려는 태도입니다.

지금 민주노동당을 아끼는 많은 서민대중들이 당에 바라는 것은 당내경선이 제공하는 흥밋거리가 아니라 절박한 민생현실에 대한 민주노동당의 즉각적인 대안과 적극적인 실천입니다. 그래서 장기적인 침체 속에서 실망을 안겨준 지난 3년간의 부진함을 당장의 새로운 모습, 새로운 노력으로 대체해야 합니다. 대선과 총선에 이르는 향후 365일 동안 과거 3년과 다른 현재의 모습을 실천으로 보이지 못한다면 우리가 약속하는 당선 후의 미래를 그 누가 신뢰하겠습니까?

대선후보를 뽑고 총선후보를 선출하는 것만으로 대선준비와 총선준비가 되는 것은 아닙니다. 지금 민주노동당 당원들이 요구하는 것은 단지 대선과 총선의 공직후보 선출을 위한 투표용지가 아닙니다. 한미FTA반대투쟁에서, 비정규직문제 해결에서, 사회양극화와 민생파탄의 현장에서, 급변하는 남북, 북미관계에서 더 낮은 곳으로 더 깊은 곳으로 대중의 바닷속에 뛰어들 당활동의 계획과 활동수단을 원하고 있습니다.

그리고 당내 냉담층의 마음을 다시 열게 하고 분회를 활성화시키고 지역위원회를 민생해결의 센터로 우뚝 서게 하는 노력이야말로 지난 3년간의 부진함을 씻는 길이며 총선과 대선을 일선당원의 힘으로 준비하는 올바른 과정입니다.

사랑하는 당원동지 여러분.

민주노동당은 7년이라는 짧은 역사에도 불구하고 진보정치의 새 지평을 개척해왔습니다. 7,000명의 발기인들이 9만 명의 진성당원으로 성장하고, 1%의 당 지지율이 창당 2년 만에 8%로, 다시 2년 후엔 13%까지 기록하고, 국회의원 단 한 명도 없이 출발한 당이 불과 4년 만에 10명의 의석을 확보한 예는 60년 넘는 한국정당사에 그 누구도 달성하지 못한 유례없는 신기록들이었습니다.

이러한 자랑스런 역사는 무엇보다도 대중 속에서, 투쟁의 현장에서, 일상활동의 최전방에서 당활동을 해온 일선당원들의 헌신과 노력으로 가능했습니다.

장기침체냐 제2의 도약이냐 판가름할 제18대 총선을 365일 앞둔 지금, 다시 당의 운명은 일선당원들의 어깨 위에 놓여 있습니다.

우리 모두 자만하지 않고 마음을 비우고 창당의 초심으로 돌아간다면, 1% 지지율에도 실망하지 않고 오직 앞만 바라보고 민중의 바다로 뛰어들던 그 당시의 기백을 되찾는다면, 민주노동당은 민심을 얻고 파탄 난 민생을 바로 세우는 역사의 견인차가 될 것입니다.

저 역시 제18대 총선을 승리로 기록하는 데 당원동지 여러분들과 함께 분골쇄신할 것을 다짐하며 동지들의 건승을 기원합니다.

2007년 4월 9일 당원 노회찬

또 한 사람의 전태일을 보내며

2007년 4월 15일 일요일 비 온 후 갬

오전 11시 58분 문자메시지를 받다.

허세욱 당원이 운명하셨다는 소식이다. 마침 경기도 안성 보궐선거 장명구 후보 사무실에 들어서던 권영길 의원은 유세를 예정대로 해야 하나 물으신다. 눈앞이 캄캄하지만 산 자들의 투쟁 또한 멈출 수 없다. 유세는 예정대로 진행되었다.

한밤 촛불집회에 참석하러 한강성심병원 앞으로 가다. 지난 4월 1일 바로 이 시각, 황급히 병원에 도착하여 중환자실에서 의사의 설명을 들을 때 이미 희망은 실낱처럼 가늘었다.

누가 허세욱을 죽였는가?

허세욱 당원은 스스로 목숨을 끊은 것이 아니다. 이것은 명백한 정치적 타살이다. 단 한 번도 국민의 여론을 수렴하지 않고 주관적인 독단으로 반민중적 협상을 밀어붙인 노무현정부에 의한 타살이다.

허세욱 당원.

각종 집회나 투쟁의 현장에 가면 늘 묵묵히 자리를 지키고 있는 그를 우리는 만날 수 있었다. 이렇다 할 직책도 맡지 않았지만 그야말로 진짜 당원이고 진짜 노동자였다. 그가 남긴 것은 비키니옷장 하나와 작은 책상 하나뿐이지만 그는 이미 생전에 많은 것을 베풀며 살아왔다. 100만 원 약간 넘는 택시기사의 박봉으로 소년소녀가장 등 불우한 이웃을 도우며 살아왔던 그의 인생은 어린 여공을 위해 풀빵을 사던 전태일의 모습 그대로였다. 노무현 대통령에 대한 탄핵에 분노하며 촛불집회에 빠지지 않고 참석했던 그가 노무현 정부에 의해 죽임을 당한 그 자리에서 촛불집회가 열리고 있었다.

허세욱 당원이 소속한 공공운수연맹 임성규 위원장이 추도의 연설을 한다. 원래 시인이자 노동자인 그의 추도사에 곳곳에서 눈물을 삼키는 소리가 뒤를 잇는다. 스무 명씩 서른 명씩 끝이 없이 이어지는 추모대열이 허세욱 당원 영전에 흰 국화꽃을 바치고 절을 하는 동안, 〈그날이 오면〉이 울려 퍼진다.

한밤의 꿈은 아니리 오랜 고통 다한 후에
내 형제 빛나는 두 눈에 뜨거운 눈물들
한 줄기 강물로 흘러 고된 땀방울 함께 흘러
드넓은 평화의 바다에 정의의 물결 넘치는 꿈
그날이 오면 그날이 오면
내 형제 그리운 얼굴들 그 아픈 추억도
아아 짧았던 내 청춘도 헛된 꿈이 아니었으리
그날이 오면 그날이 오면

수배의 몸으로 친구 몇 명씩만 불러 결혼식을 할 때 나는 결혼

행진곡으로 이 곡을 연주해달라고 했다. 그 곡을 지금 허세욱 당원을 떠나보내는 자리에서 듣는다.

'아아 짧았던 내 청춘도 헛된 꿈이 아니었으리'라는 대목이 그의 목소리처럼 귓가에 앉는다.

쓰러질 듯 찾아오신 이소선 어머님을 부축해서 동지의 영전 앞으로 모신다. 꽃을 바치고 무릎을 꿇은 어머님이 기도하듯 오열하며 절규하신다.

죽기는 왜 죽어 보고 싶어도 못 보는데

죽기는 왜 죽어 미치게 보고 싶어도 볼 수 없는데

공공운수연맹 이근원 동지가 달래듯 일으켜 세우자 발걸음이 떨어지지 않는 듯 연신 맨손으로 영정사진의 얼굴을 쓰다듬는다.

영정사진 속의 허세욱 당원은 하늘을 보며 웃고 있다.

45도 각도로 먼 하늘을 보며 미소 짓고 있다. 그의 뜨거운 눈물과 고된 땀방울이 만들 평화와 정의의 세상. 살아 있는 우리들이 끝내 만들어야 할 해방의 세상을 환한 모습으로 바라보고 있다.

전태일이 온몸을 불사르며 "노동자도 인간이다" 절규한 후 수많은 제2의 전태일들이 결국 민주노총과 민주노동당을 만들었다. "망국적 한미FTA 중단하라"며 온몸을 불사른 허세욱 당원의 죽음 앞에서 우리 모두는 다시 제2의 허세욱이 되어 한미FTA를 분쇄하고 신자유주의를 박살내는 데 앞장설 것이다.

이승의 고통을 다하고 먼저 간 님이시여,

평생 무겁게 졌던 짐은 산 자들에게 맡기시고 영면하소서.

인질석방, 미국이 책임져야 한다

2007년 7월 31일 화요일 맑음

또 한 명의 한국인 인질이 피살되었다는 소식이다.

사실이라면 피랍 12일 동안 두 번째 희생자가 발생한 것이다. 시시각각 조여오는 죽음의 공포 앞에 내팽개쳐진 피랍한국인들과 피를 말리는 기다림의 시간을 보내는 그 가족들에게 심심한 위로와 격려의 마음을 전한다.

지금 이 순간 가장 중요한 것은 남아 있는 한국인 인질 전원의 무사귀환이다. 이들은 더 이상 한 사람의 희생도 없이 모두 살아서 돌아와야 한다. 그 어떤 원칙도 그 어떠한 대가도 이들의 목숨보다 더 소중할 순 없다. 두 번째 희생자가 발생했다면 그간 한국정부의 노력이 무위로 돌아갔음을 증명해주는 것이다.

같은 방식의 대응은 추가희생자를 낳을 가능성만 높여줄 것이다. 노무현 대통령이 더 이상의 희생자가 발생하는 것을 원치 않는다면 정부의 협상노력은 즉각 그 대상을 바꾸어야 한다. 남은 한국인의 무사귀환은 탈레반 포로의 석방에 달려 있다는 것이 명확해졌다. 그리고 탈레반 포로의 석방은 미국만이 열쇠를 쥐고 있다는 건

전 세계가 다 아는 사실이다.

그래서 나는 수차례에 걸쳐 포로석방은 미국만이 해결할 수 있으며 노무현 대통령은 부시 대통령에게 탈레반 포로 석방을 직접 요구해야 한다고 주장해왔다. 애시당초 대통령특사도 카불로 보낼 것이 아니라 워싱턴으로 갔어야 했다.

다시 한 번 간곡히 권고한다.

또 다른 희생자가 발생하기 전에 노무현 대통령은 즉각 부시 대통령과 통화해야 한다. 한국인 인질 석방을 위해 탈레반 포로를 석방할 것을 부시 대통령에게 강력히 요구해야 한다. 테러범과 협상하지 않는다든가 포로와 맞교환하지 않는다는 부시행정부의 '원칙'은 지금 이 순간 납치된 한국인에 대한 살해동의서에 다름 아니라는 사실을 분명히 말해야 한다. 노무현 대통령은 '미국의 이익과 가치'를 위해 한국인 인질이 희생되어도 좋다고 생각하는 국민이 단 한 명도 없다는 사실을 명심해야 한다.

이 사태는 미국의 아프가니스탄 침략전쟁으로부터 비롯되었다. 동의·다산부대는 아프가니스탄에서의 한국의 이익이나 한국민의 안전을 위해 파병된 것이 아니라 미국의 침략전쟁을 합리화시키기 위해 미국의 종용에 의해 아프가니스탄에 주둔하고 있는 것이다. 따라서 제17대 국회 들어서서 3년간 민주노동당의 반대에도 불구하고 아프가니스탄 파병연장안을 매년 통과시킨 한나라당과 열린우리당은 한국인피랍사건에 책임을 져야 한다. 특히 2007년 2월 윤장호 하사가 자살폭탄테러로 숨진 후 추가희생자 발생을 우려하여 민주노동당 의원 전원을 포함하여 23명의 국회의원들이 제출한 아프가니스탄 철군결의안을 묵살한 한나라당, 열린우리당은 국민 앞에 사죄해야 한다.

이명박, 박근혜 후보를 비롯한 여야 대선후보들에게도 정중히 권고한다. 대통령이 되려는 야망보다 납치된 한국인들의 목숨이 더 중요하다고 생각한다면 한국인 인질의 무사귀환을 위해 부시 대통령에게 요구해야 한다. 미국의 이익과 가치를 위해 한국 대통령이 되려는 것이 아니라면 당당하게 미국의 책임을 묻고 탈레반 포로 석방을 촉구해야 한다.

거듭 말하지만 지금 이 순간 그 무엇도 피랍한국인들의 목숨보다 더 소중할 순 없다.

전화 홍보보다 부담스런 일은 없다
2007년 8월 20일 월요일 제주는 맑고 광주는 소나기

오전 9시 제주도당 사무실에서 민주노동당 대선경선후보 세 명이 자리를 함께했다.

밖에서 볼 땐 치열한 경선을 치르는 경쟁자들이지만 이런 순간에는 마치 시합을 앞둔 같은 팀 선수들처럼 경기와 관련된 서로의 애환을 나눈다. 다들 경선일정이 따라가기 힘들다며 하소연한다. 전국을 11개 지역으로 나누고 이들 지역에서 각각 투표 첫날 합동기자회견, 마지막 날 합동유세를 해야 하니 전국을 돌며 21일 동안 22개의 공식행사를 소화해내야 하는 실정이다.

심상정 후보가 어제 제주 지역 당원들에게 전화했더니 방금 내 전화를 받았다는 사람이 많았다고 말을 꺼낸다. 권영길 후보 측에서 어제 제주 지역 전화 홍보를 융단폭격 하듯 했다는 말도 덧붙인다. 전화 홍보는 심 후보가 가장 열심이라고 했더니 실은 참모들이 건넨 명단에서 일부만 전화 걸고 퉁쳐버리기도 한다고 고백한다. 그래도 통째로 깔아뭉개기도 하는 나보다 훨씬 나은 편이다. 평소 대화할 때도 상대의 눈높이에 맞춰 말하는 나로선 얼굴도 모르는

당원들에게 전화하기가 몹시 부담스럽다. 상대방이 전화로 대화할 상태에 있는지조차 모르면서 일방적인 얘기만 늘어놓아야 하니 이보다 더 큰 고역이 어디 있는가?

어제 전화했던 제주의 한 당원은 통화 중 내내 덤덤하게 말하길래 전화를 끝낸 후 명단에 '덤덤'이라 표기했는데 곧 문자메시지를 보내왔다. 8월 1일부터 제주 지역에서 BC카드 가맹점 수수료가 0.6% 인하되었다는 소식과 함께 적극지지 의사를 표명하는 내용이다. 이럴 땐 전화 홍보가 바로 눈 감고 코끼리 만지는 격과 다를 바 없다.

4.3평화공원에 참배하러 가다.

지난 4월 3일에도 갔던 곳이다. 이 일대는 바람이 드세기로 유명한데 오늘은 바람도 무더위에 잠시 쉬는 듯하다. 맑고 쾌청한 날씨가 민주노동당의 대선기상도를 말해주는 것 같아 마음이 든든하다. 제주도청에서 합동기자회견을 끝낸 후 후보들은 헤어진다.

아시아나공항노조, 오리엔탈호텔노조, 사회보험노조를 방문한 뒤 광주로 향한다.

광주에 도착하니 한나라당 경선에서 이명박 후보가 선출되었다는 소식이 기다리고 있다. 누가 한나라당 후보가 되는 게 민주노동당에 더 유리하냐는 질문을 많이 받아왔다. 이번 대선에서 민주노동당의 운명을 가르는 것은 상대후보가 누구냐에 달린 것이 아니라 우리가 어떻게 국민들에게 다가서느냐에 달려 있다는 것이 '정답'이다. 그래도 굳이 비교하고 싶은 사람들에겐 박근혜 후보보다 이명박 후보가 조금 더 우리에게 낫다고 말해왔다. 왜냐면 박 후보가 될 경우 결국 범여권은 민주 대 독재의 구도를 조성하려 할 것이고 여기에 민주노동당이 설 자리가 마땅치 않다는 점 때문이다. 영남 대 호남의 지역대결 구도도 더 강화될 수밖에 없다. 이명박 후보는 독재나 영남의 상징이라기보다 신자유주의, 재벌, 사회양극화의 상징이다. 민주노동당과의 차별성을 만들어내기가 더 용이한 측면이 있다. 이렇게 말하니 범여권후보는 누가 되는 게 더 좋으냐고 묻는다. 그런 관심을 우리 문제를 해결하는 데 더 두는 것이 좋지 않겠냐고 '정답'을 말하고 만다.

윤한봉 선배가 생전에 사무실로 쓰던 공간은 들불열사기념사업회와 장애인단체 등이 나눠 쓰고 있었다. 사무실 서가를 꽉 채운 1980~90년대 사회과학서적들만이 선배님의 체취를 남기고 있다. 떠나신 후 빈자리가 너무 크다.

사회보험노조와 기아자동차노조를 들른 후 서구당원 호프데이에 참석하다. 맥줏집에서 주인과 일부 손님들이 친밀감을 표시한다. 거리에서 피부로 느끼는 지지 열기는 2004년 총선 때보다 훨씬 좋은 편이다. 이 열기가 12월 대선정국을 달구어낼 것이다.

포장마차에서 국수로 늦은 저녁을 때우고 여관방에 들어서니 벌써 내일이다.

국방장관에게 책을 선물했다
— 피우진 중령에 대한 항소포기로 군이 거듭나는 계기를

2007년 10월 25일

10월 25일, 군사법원 국정감사장에서 김장수 국방장관에게 책을 한 권 선물했다. 제목은 『여군은 초콜릿을 좋아하지 않는다』(삼인, 2006). 저자는 피우진 중령.

그는 27년간 특전사 중대장, 헬기조종사 등을 거친 여성장교로 작년 9월 사실상 강제퇴역처분을 받았다. 유방암 판정을 받고 양쪽 유방을 제거한 그는 정기체력검진에서도 정상판정을 받은 후 3년 간이나 정상적인 군복무를 해왔으나 '신체의 일부가 없다'는 이유로 낡은 군 인사법 시행규칙에 의해 전역했다. 이 책은 계급정년을 3년 앞둔 피 중령이 남은 3년의 군생활을 마치게 해달라며 싸우던 과정에서 출간되었다.

국방부 국감준비를 위해 어젯밤 이 책을 읽는 동안 몇 차례나 눈시울이 뜨거워져 천장을 올려다보며 심호흡을 하기도 했다. 지난 2~3년 동안 읽은 책 중에서 이보다 더 감동적인 책은 없었다.

이 책은 무엇보다도 27년의 청춘을 군에 바친 한 장교가 처절

하게 일구어간 참된 군인의 길에 대한 보고서이다. 잉크로 써내려
간 글이 아니라 피와 땀과 눈물로 점철된 몸부림의 기록이다. 국감
질의 중에 이 책을 소개하며 국방장관에게 이렇게 말했다.

"피 중령은 나와 동갑인 것으로 보인다. 이 책을 읽으며 그의
30년과 나의 30년을 비교해보았다. 학생운동, 노동운동을 거치며
이 사회를 위해 무언가 기여해왔다는 나도 피 중령이 걸어온 길 앞
에서 고개를 숙이지 않을 수 없었다."

이 책은 또한 폐쇄적이고 가부장적인 군대문화 속에서 성차별
과 성적 억압에 맞선 한 여성장교의 수십 년에 걸친 투쟁의 기록이
다. 올해 육군사관학교 수석입학생인 박미화 생도는 수석합격 소감
을 말하던 중 이 책을 가장 감명 깊게 읽은 책이라면서 앞으로 군대
에서 여성에 대한 편견을 없애는 데 한 역할을 담당하고 싶다고 말
한 바 있다. 피 중령의 절규가 큰 울림으로 퍼져나가고 있다.

퇴역처분을 당한 피 중령은 거기서 무릎 꿇지 않았다. 전역결정
을 취소해달라며 행정소송을 제기했다. 그리고 국방부는 지난 8월
뒤늦게야 피 중령을 전역시킨 법적 근거였던 군 인사법 시행규칙을
개정했다. 물론 새 규칙은 피 중령에게 소급적용되지 않았다. 다행
히 지난 10월 5일 서울행정법원은 피 중령을 전역시킨 시행규칙은
문제 있으며 정상근무가 가능한 만큼 피 중령을 복직시키라는 취지
의 결정을 내렸다.

이제 국방부의 결단만 남았다. 내일은 국방부가 이번 판결에 대
해 항소할 수 있는 마지막 날이다. 만일 국방부가 행정법원의 판결
에 불복하여 항소한다면 소송은 길어질 수밖에 없다. 대법원에서

행정법원과 마찬가지의 판결이 난다 해도 계급정년이 불과 1년 10개월밖에 남지 않은 피 중령에게 군에 복귀할 시간은 사실상 박탈되는 것이다.

국방장관에게 국방부가 항소를 포기할 것을 강력히 촉구했다. 하루밖에 시한이 남지 않았는데 검토해보겠다는 답변뿐이다. 시행규칙이 문제가 있다는 것을 스스로 인정해서 이미 시행규칙을 개정까지 한 국방부가 무엇을 망설이는가? 위암수술을 받고 병세가 호전되었으나 피 중령과 마찬가지로 강제전역처분 당한 한 장교가 지난 5월 강제전역이 부당하다는 법원의 판결을 이미 받은 바 있다. 즉, 피 중령 건으로 항소한다 해도 국방부가 승소할 가능성은 거의 없다. 그런데도 국방부는 결단을 미루고 있다.

감사를 끝내고 점심식사를 하며 다시 한 번 국방장관에게 당부했다. 그러나 국회로 돌아오니 국방부에서 보낸 '항소포기불가사유'에 관한 문서가 도착해 있었다. 이 문서는 항소가 필요하다는 근거로서 이제까지 피 중령 사건에 대한 언론보도 행태로 볼 때 국방부가 항소를 포기하게 되면 왜곡된 언론보도가 지속되어 대군 신뢰도가 훼손될 것을 들고 있다. 또 헬기조종 자격을 상실한 피 중령을 복직시키게 되면 일반행정업무를 시켜야 하는데 복직 후 활용가능성이 미흡하다는 것이다. 마지막 사유는 피 중령이 '국민들에게 왜곡된 군의 모습을 각인시킬 수 있는 서적인『여군은 초콜릿을 좋아하지 않는다』를 발간하는 등 군기강을 문란케 했다'는 것이다.

오늘 국정감사에서 추가질의는 최근 발생한 성희롱사건에 대한 것으로 했다. 대학교 다니는 딸도 있다는 모 대대장이 결재받으러 온 20대 중반 여성중위를 십수 차례 손가락을 만지는가 하면 술이 취한 채 이 여성중위를 호출하여 포옹을 시도하고 "나 닮은 아기를 낳아 달라"고 말하는 등 성추행한 사건에 대해 군검찰부는 불기소결정을 내렸고, 군사법원도 이는 성추행이 아니라는 결정을 내렸다.

문제의 대대장이 여성중위에게 보낸 낯 뜨거운 편지, 문자메시지도 증거로 제출되었지만 소용이 없었다. 군사법원의 결정문은 이 대대장의 행동이 일반인에게 성적 수치심이나 혐오감을 일으키게 하는 행위가 아니기 때문에 성추행이 아니라는 것이다. 이것이 성추행이 아니라면 대한민국 군대 내에서 보편적으로 통용되는 군대문화란 말인가? 질타했지만 메아리가 없다.

사령관 표창을 받는 등 장기복무의 꿈을 키워오던 이 여성장교는 끝내 전역하고 만다. 가해자인 대대장은 어떻게 처리되었냐고 물으니 징계위원회에 회부되었다고 한다. 어떤 징계를 받았냐고 물으니 머뭇거리다 근신이라 답한다. 며칠간 근신 받았냐고 또 물으니 모기만 한 목소리로 사흘이라고 대답한다.

악화는 남고 양화는 떠나야 하는 게 대한민국 군의 현주소인가? 피 중령이나 이 여성중위와 같이 헌신으로 군에 복무하고자 하는 사람은 군을 떠나야 하고 결재받으러 온 하급 여성장교 손가락이나 만지고 사랑한다는 문자메시지나 날리는 지휘관이 보호받는 것이 우리 군의 참모습일 순 없다.

피우진 중령에 대한 항소포기로써 군이 거듭나는 계기를 스스로 만들길 간절히 기대한다.

이회창을 부활시킨 이명박 후보의 저력

2007년 11월 1일 목요일 맑음

홀러간 물로는 물레방아를 돌릴 수 없다.

이회창 전 총재는 말하자면 흘러간 물이다. 흐르고 흘러서 이미 바다로 들어간 물이다. 그런데 이 흘러간 물이 다시 물레방아를 돌리겠다고 나서자 한나라당이 발칵 뒤집어졌다. 흘러간 물이 나서는 데는 그만한 이유가 있을 것이다. 대선출마를 무기로 내년 총선 공천권 지분을 얼마라도 보장받고자 하는 한나라당 주변부세력들의 준동이라는 관측도 있다.

그러나 그것은 이 사태의 본질적 측면이 아니다. 문제는 이명박 후보이다. 흘러간 물이 물레방아를 돌리겠다는데 이게 말이 된다고 생각하는 사람이 적지 않은 것은 그만큼 이명박 후보가 갖고 있는 결점들이 치명적이기 때문이다.

"이명박 후보는 도곡동 땅 게이트 외에 그보다 더 파괴력이 있을 수 있는 BBK 게이트, 산악회 게이트를 절대로 극복해내지 못할 것이다. 당의 불행을 막고 정권교체의 꿈이 무산되는 것을 방지하기 위해 이명박 후보는 용퇴의 결단을 내려야 한다." 박근혜 후보

측에 섰던 홍사덕 선대위원장이 석 달 전에 한 얘기이다. 박근혜 후보의 법률지원단을 맡았던 엄호성 의원은 도곡동 땅 문제만으로도 "이명박 후보가 형사처벌될 경우 형량은 무기징역 또는 5년 이상 징역에 처할 수 있는 무거운 범죄"가 된다고 밝힌 바도 있다.

이처럼 바다로 흘러들어간 물을 다시 퍼 담아 물레방아를 돌리려 하는 원동력은 바로 이명박 후보 자신이다. 그래서 대선출마를 저울질하는 이회창 전 총재를 겨냥해 "출마하려면 2002년 대선자금내역부터 밝혀야 한다"는 이명박 후보 측 이방호 선대본부장의 일침은 오히려 국민들에게는 "출마하려면 도곡동 게이트, BBK 게이트 진상부터 밝혀야 한다"는 외침으로 울려 퍼진다.

이회창출마론자들이 내거는 명분 중의 하나는 '후보의 신변문제가 생기는 비정상적인 상황에 대비해 복수의 후보가 준비될 필요가 있다'는 것이다. 그런데 이런 명분에 아이디어를 제공한 것은 다름 아닌 이명박 후보 진영이다. 박근혜 피습사건을 예로 들며 이명박 테러설을 유포시킨 것은 바로 자신들 아닌가. 이 후보 테러설을 통해 당선확정 이미지를 유포하고 비리의혹에 물타기 하는 잔꾀를 부린 것이다. 그래서 후보등록 이후 유력후보의 유고시 선거를 연기하고 후보등록을 다시 받게 하는 해괴한 선거법 개정안을 한나라당이 계속 밀어붙이고 있는 것 아닌가.

꾀를 낸다는 것이 죽을 꾀를 만든 셈이다. 결국 정치적으로 수장된 이회창 전 총재를 대선정국의 전면에 화려하게 재등장시킨 것은 이명박 후보 자신인 것이다.

이회창 후보의 돌발등장과 그 파문은 하나의 해프닝이 아니다.

후보지지율과 정당지지율을 합하면 100%가 넘는 한나라당의 위세가 실은 파도 한 번에 무너질 수 있는 모래성에 불과하다는 것을 입증시키는 유력한 증거인 것이다.

흘러간 물을 두려워하는 사람은 없다. 오직 오염된 물만이 흘러간 물을 두려워하고 있다. 오늘 오염된 물은 흘러간 물이 오염되었다고 주장했다.

소가 웃을 일이나 국민들은 마냥 웃을 수도 없다. 한나라당이 오염된 물과 흘러간 물만 제공할 수 있다면 아예 문을 닫는 것이 국민을 위한 길이다. 물레방아를 돌릴 물이 신통치 않다면 맨손으로 돌리면 된다. 땀을 흘리며 일하는 사람들은 이런 일에 능하다.

지금 권영길 후보는 맨손 맨발로 12일째 땀 흘려 일하는 사람들을 만나고 있다.

2008-2012

3부

우리가 남기는 발자국이
길을 만들 것이다

2008년 4월 18일부터 2012년 11월 6일까지

나에게 묻는다

2008년 4월 18일 금요일 맑음

낮 12시경, KBS〈라디오정보센터 박에스더입니다〉인터뷰를 기다리던 중 아주머니 한 분이 사무실로 찾아오셨다.

나이 40세. 두 아이의 엄마라며 부천시 원미구에서 2시간 반 걸려 난생처음 상계동에 왔다면서 상계동이 이리 먼 줄 몰랐다고 한다. 가지고 온 분홍보자기를 풀더니 다양한 떡들이 정성스레 담겨져 있는 대나무 바구니를 열어 보인다. 40년간 떡집을 운영해온 70세 시어머니가 연로해서 오늘 떡집 문을 닫는 날인데 마지막 떡을 나에게 주려고 새벽 네 시에 일어나 시어머니와 함께 만든 작품이라 한다. 어젯밤 MBC〈100분토론〉도 보았다면서 힘을 내라고 한다. 다음 선거 때는 가게문을 닫고서라도 며칠간 상계동에 와서 선거운동을 하겠다고 한다.*

전화인터뷰를 마치고 나가보니 어느새 후원당원으로 등록하고

---

* 노회찬 의원은 2008년 민주노동당을 탈당, 같은 해 3월 16일 진보신당을 창당했으며, 심상정 의원과 공동대표를 맡았습니다. 이후 4월 9일 제18대 국회의원 총선에 노원병 후보로 출마했으나 석패했습니다.

230

돌아갔다고 한다. 박규님 동지가 맛을 보라며 떡을 한 접시 담아주는데 집을 엄두가 나지 않는다. 새벽부터 저 떡을 빚은 시어머니와 며느리의 정성이 천 근 만 근 무게로 가슴을 누른다.

어젯밤엔 퇴근한 직장인 부부가 유모차에 아이를 싣고 사무실로 찾아왔다. 둘 다 후원당원으로 가입하면서 힘내라고 말한다. 제18대 국회의원 선거가 끝난 지 일주일. 거리에 나서면 많은 사람들이 선거운동 마지막 날보다 더 적극적인 표정으로 먼저 인사를 해온다. 가장 많이 듣는 얘기는 "나, 찍었는데… 꼭 될 줄 알았는데…"이다.

그럴 때마다 참으로 송구스럽기 그지없다. 나의 낙선으로 실망과 좌절을 경험한 분들 앞에서 나는 피해자 앞에 선 가해자일 뿐이다. 기쁜 마음으로 기대를 갖고 투표했다가 결과에 실망한 분들이 심경의 일단을 털어놓을 때마다 나는 영락없는 죄인이다. 일주일째 낙선인사를 다니고 있지만, 낙선인사란 낙선자가 위로받기 위한 인사가 아니라 사과하는 인사라는 것을 첫날부터 알게 되었다.

선거결과가 발표되자 인터넷에서 일부 격앙된 네티즌들이 노원구 주민을 원망하기도 한다는 얘길 들었다. 그러나 그들이 던지는 돌을 맞아야 할 사람은 바로 나 자신이다. 집값상승과 뉴타운에 대한 기대감으로 상대후보를 찍었다는 분들에게도 아무런 유감이 없다. 먹고 살기 막막한 상태에서 부동산 가격상승이 그나마 위안을 주는 유일한 탈출구처럼 여겨지는 것은 안타까운 현실이나 이분들을 탓할 문제는 아니다.

이런 분들에게 우리는 언제 한 번 제대로 된 희망과 대안으로 다가선 적이 있는가? 얼굴이 잘생겨서 상대후보를 찍었다는 아주머니의 발언은 오히려 희망을 주지 못하는 진보정치에 대한 신랄한 비판에 다름 아니다.

투표를 거부한 50%에 가까운 유권자들의 질책은 그중 가장 두려운 대목이다. 투표기권을 나태한 시민의식의 소산으로 보아서는 안 될 것이다. 어느 누구도 믿을 수 없으며 누가 되더라도 나아질 것이 없다는 절규 앞에서 진보정치는 과연 당당할 수 있는가?

시인 안도현이 우리에게 물었다.

연탄재 함부로 발로 차지 마라 너는 누구에게 한 번이라도 뜨거운 사람이었느냐

오늘 나는 나에게 묻는다.

너를 거부한 사람들을 섭섭하게 생각하지 말라 너는 그들에게 한 번이라도 희망이 된 적이 있느냐

같은 물음을 제대로 된 진보정당으로 거듭나려는 진보신당에게도 던진다.

수면권을 보장하라

2008년 7월 9일 수요일 맑음

어젯밤 KTX 막차를 타지 못하는 바람에 아침 비행기로 서울로 올라왔다. 전국운수산업노동조합 동방지부의 조합원교육도 열기가 넘쳤지만 2차까지 이어진 뒤풀이 열기는 끝내 하룻밤을 부산에서 지새우게 만들었다. 최근 동방지부에선 350명의 조합원이 진보신당에 집단입당했다. 이번 교육은 조합원이자 신입당원들을 위해 마련된 자리였다. 물론 강연장에는 아직 입당하지 않은 조합원들도 다수 참가하고 있었다.

그분들에게 노동자, 서민이 잘사는 사회를 만들기 위해 진보정당에 입당할 것을 역설했다. 진보신당이 마음에 안 들면 민주노동당에라도 입당하라고 말했다. 동방지부의 김강회 지부장은 집단입당을 이끌어낸 주역이다. 다부진 외모에 어울리게 "좀 더 많은 당원들을 조직할 수 있었으나 진보신당에 힘을 실어주기 위해 서둘러 집단입당을 추진했다"고 당당하게 말한다.

김포공항에서 바로 원주로 향했다. 부론면 단강초등학교. 단강은 충주댐에서 흘러나온 남한강의 일부이다. 이 경치 좋은 곳에 위치한 단강초등학교를 전국노점상연합이 임대해서 중앙연수원으로 쓰고 있다. 교정에는 600년 된 느티나무가 버티고 서 있다. 강원도에서 두 번째로 오래되었다는 이 나무 아래에서 단종이 영월땅으로 유배가면서 쉬어갔다고 표지판이 설명해준다. 이필두 의장이 반갑게 맞이하면서 학교식당에서 밥부터 먹는다.

바깥은 섭씨 35도의 폭염인데 교실 안에는 전노련 서울 북서부지부 회원들이 책상 하나씩 차지하고 강의를 기다리고 있다. 이명박 전 서울시장에게도, 오세훈 현 서울시장에게도 이들 20대 청년에서 60대 노년까지인 노점상 아저씨, 아주머니들은 '철거대상', '단속대상'일 뿐이다. 그러나 대통령도, 서울시장도 모르는 것이 하나 있다. 그들에게는 철거대상, 단속대상밖에 되지 않는 노점상들이 이 무더위 속에 더운 바람 나오는 선풍기 틀어놓고 땀을 뻘뻘 흘리면서 이명박 정부의 정책을 토론하고 더 나은 세상을 위한 공부를 하고 있는 줄은 꿈에도 모를 것이다.

원주에서 다시 경기도 김포시로 향했다.

대한항공조종사노조 신입조합원 교육이다. 건장하고 패기 넘치는 조합원들의 열기가 강의 초반부터 뜨겁다. 국제선 대형기를 모는 고참조합원들과 간부들도 자리를 함께했다.

여기서도 화두는 역시 '촛불'이다. 기장승진교육을 받느라고 광우병 쇠고기 수입반대 촛불집회에 몇 번밖에 가지 못했다면서 미안해하는 고참도 있다. 또 다른 고참조합원은 촛불집회에 45번 참석했다고 실토해서 사람을 놀라게 만든다. 촛불집회에 만 명이 모였다는 보고를 받고 양초 만 개를 누가 어떤 돈으로 구입했냐며 따져 물었던 이명박 대통령도 차마 몰랐을 것이다. 바로 십수 년간 비행기를 몰며 세계 곳곳을 다니고 외국물정에 밝은 조종사들도 촛불을 들고 서울광장을 밝혔다는 사실을.

뒤풀이 자리에서 서용수 위원장이 "국민들의 대세는 진보신당이다"라면서 힘을 실어준다. 공군중령 출신으로 88올림픽 때 독도에서 백령도까지 전투기를 몰며 초계비행 하기도 했다는 그는 대한항공 조종사들의 맏형이자 기둥이다.

술잔이 오가고 서로 할 말이 많이 남았는데 다음 일정에 늦는다며 떠나자는 재촉이 거듭된다.

마지막 일정은 밤 10시 천안이다.

천안에서 서울로 돌아오면 오늘의 승용차 주행거리가 1,000km를 돌파한다고 한다. 비행기로 약 400km 날아왔으니 모두 1,400km다. 이러다간 중앙당 당사 앞에서 '수면권을 보장하라'며 일인시위 하는 날이 올지도 모른다.

뒤풀이를 사양하다

2008년 7월 10일 목요일 맑음

여의도 중앙당 당사에 들어서는데 전투경찰 두 명이 당사 입구를 지키고 있다. 지난 7월 1일 대한민국특수임무수행자회 간부 몇 사람이 심야에 난입한 폭행사건 이후 특임자회에서 사과는커녕 당사 앞에서 항의집회를 하겠다고 보름치 집회신고를 하는 바람에 부득이하게 경찰에 시설보호요청을 한 결과이다. 진보정당이 백주 대낮부터 경찰의 보호하에 있어야 하는 상황도 문제이거니와 국방의 의무를 다하러 간 젊은이들을 국민을 상대로 '전투'하는 경찰로 차출한 편법도 시정되어야 할 것이다.

오전에 열린 대표단회의에서 당원의식 여론조사를 실시하기로 했다. 당원들의 처지와 상태를 감안하고 당원들의 요구와 희망을 반영하는 사업추진을 위해 필요한 기초작업의 일환이다. 지난 6월 초 현재, 전체 진보신당 당원 중 민주노동당 활동경험을 가진 당원은 37%에 불과했다. 63%의 당원이 민주노동당을 거치지 않고 진보신당에 입당한 분들이다. 과거 당 운영방식의 관성을 극복하기 위해서도 매우 절실한 기초조사이다.

총선과 촛불정국을 관통하면서 급증하는 당원들이 실질적인 당의 주인으로 재정착하기 위해서는 당원교육 등 새로운 시스템의 도입이 절실하며 그 첫걸음을 과학적인 현황분석으로 시작하겠다는 것이다. 재정사정을 감안하여 전체 당원을 대상으로 이메일 여론조사를 실시하는 방법을 채택했다.

대표단회의를 마친 후 충북 단양으로 향한다. 전국수협노동조합의 분회장교육이다. 전국에 있는 분회장들이 한자리에 모이는 수련회는 수협노조의 가장 큰 연례행사이다. 수협노조는 그간 진보신당에 지원을 아끼지 않은 한국노총 금융산업노동조합에 소속되어 있다. 한준우 위원장은 하반기로 예정된 구조조정을 걱정하고 있다.

이명박 대통령이 이명박다운 신자유주의의 칼, 민영화의 칼, 무한경쟁논리의 칼을 휘두를 날이 가까워져 오고 있다. 두 달째 지속된 촛불정국이 이 대통령의 칼춤을 어느 정도 유보시켰을 뿐이다. 겨우 장관 세 명 바꾸는 개각에서도 드러났지만 지지율 20%대의 이명박 대통령은 국민의 마음을 얻는 일은 이미 자포자기한 것 같다. 어차피 민심을 얻지 못할 바에야 민심과 싸워서 이기겠다는 태도가 역력하다. 전운이 감돌고 있다. 광우병 쇠고기 일파(一波) 이후 닥쳐올 만파(萬波)가 기다리고 있다.

저녁시간에 초록교육연대 강좌를 위해 동대문 한살림교육장으로 가다. 당이 초록과 생태를 주요한 진보적 가치로 내건 탓인지 총선 이후 생태운동진영에서 당에 대한 관심이 높다. 얼마 전엔 생협 물류기지에서 일하는 분들의 강연초청도 있었다. 초록교육연대는 일선학교현장에서 생태환경교육을 실천해온 교사들과 환경운동단체 활동가 등이 중심이 되어 창립한 교육운동단체이다. 생태친화적인 학교교육 계획수립, 생태환경동아리 육성, 친환경급식 실시 등을 주요 실천과제로 하고 있다.

강연 주제는 이명박정부의 정책과 진보진영의 대응과 방향이다. 촛불의 연장인지 이 어려운 주제로 강연하는데 초등학교 자녀를 데리고 온 분들이 있다. 실로 곳곳에서 이명박정부를 걱정하는 사람들이 늘어가고 있다. 아이들의 표정이 말해준다. '이명박이란 재앙이 몰려오고 있다.'

강연이 끝난 후 뒤풀이 요청을 사양하고 노원구 촛불문화제로 향하다. 노원역 부근 백화점 앞 광장. 밤 9시가 지났는데 대오가 정연하다. 마들주민회의 서진아 대표가 오늘도 수고를 하고 있다. '진보신당 노원' 깃발을 박영필 동지가 움켜쥐고 있다. 촛불중년 임종길 동지도 늘 그렇듯 개근이다. 오랜만에 공혜경 동지도 나타났고 김의열 위원장도 개근이다. 노원 지역 지체장애인 동지들도 휠체어를 타고 끝까지 자리를 지키고 있다. 여기서도 뒤풀이를 사양하고 지역사무실로 가서 남은 업무를 처리했다.

뒤풀이에 참석한 아내는 새벽 두 시가 되어서야 귀가했다.
먼저 자리를 일어섰다고 한다.
집권한 뒤에도 매번 행사 후 뒤풀이를 할 것인가.
진보진영은 답해야 한다!

'양해'할 수 없는 죽음

2008년 7월 11일 금요일 한때 비

비행기 일정 탓으로 여수 시내 약속에 한 시간 일찍 도착했다. 둘러보니 다행히 PC방이 있다. 토막일기를 쓸 찬스이다. 당 게시판에 들러보니 와이브로, 티로긴, 아이플러그, 블루베리 등이 제안되어 있다. 무선인터넷이 발달했으니 구차한 변명은 하지 말고 당원들과 실시간으로 소통하라는 뜻이다. 어릴 적 입안에 침을 고이게 했던 단어들, 산딸기, 청포도, 바나나, 파인애플이 떠오른다. 꿈의 소통도구들이다.

뉴스란으로 옮겨가니 비보가 실려 있다. 금강산 관광중이던 50대 여성이 북측의 사격으로 숨졌다고 한다. 구체적인 정황은 엄정한 조사 후에 알게 될 것이다. 그러나 전후 사정이 어떠하든 금강산 관광객이 인근 해안에서 피격당한 것은 북측의 과잉대응이다. 그 관광객이 실수를 하였고 북측 병사가 근무수칙대로 했다 하더라도 과잉대응이란 비판은 면할 길이 없다. 금강산 관광객은 안전하게 관광할 권리를 갖고 있다. 설사 관광 도중 관광객의 부주의로 사고가 나더라도 관광객이 목숨을 잃는 피해를 보지 않도록 보장하고 대비해야 할 책임이 북한당국과 남한당국 그리고 현대아산에 있는 것이다. 서울과 평양의 정부 간에 냉기류가 흐르고 있는 정황이지만 이 일과 관련하여 북한당국의 책임 있는 유감표명이 필요하다. '우리 민족끼리' 죽고 죽이는 상황은 어떤 경우에도 '양해'할 수 없다. 당에 연락하여 대표단 명의의 조화를 보내고 문상일정을 챙기도록 부탁했다.

해운항만청과 국토관리청 공무원노동조합 간부들과 간담회를 가졌다. 오늘 여수강연 소식을 듣고 사전면담을 요청해왔기 때문이다. 그간 국가사무로 이뤄지던 항만, 도로관리를 지방사무로 이관하고자 하는 이명박정부의 정책에 대한 문제를 제기하는 취지이다. 지방분권을 강화해야 하는 원칙과 나라의 기간시설을 지자체의 이해관계에 내맡길 수 없다는 논리가 부닥치는 쟁점이다. 물론 국가공무원인 이들의 신분이 지방공무원으로 전환되면서 고용보장이 위협받는 현실도 바탕에 깔려 있다. 당 차원의 정책적 검토를 해야 할 사항이다.

여수청소년수련원에서 당원 및 주민강연회가 개최되었다.
지난 4월총선에서 여수갑 후보로 출마해 고생한 김미경 후보가 늘 그렇듯 맑은 얼굴이다. 모든 후보가 고생한 선거였지만 특히 외롭고 고단했을 여수 지역 선거상황이 짐작되고도 남는데 내일 다시 출마해도 될 듯 힘이 넘친다. 강연이 끝나고 당원들과 간담회를 갖는데 무거운 주제들이 쉼 없이 쏟아진다. 주민들 앞에선 당의 밝은 전망을 힘주어 강조했을 이들이 당대표 앞에선 말 한 마디 한 마디 속에서 희망의 단서를 발견해내려는 듯 귀를 모은다. 올해 10월 지방선거 재보궐선거에 후보를 내는가가 쟁점 중 하나이다. 조직의 현 발전단계에 어떠한 접근이 더 도움되는지 냉철하게 판단할 것을 주문했다.

전라남도는 지금 전국 광역조직 중 가장 어려운 지역 중 하나이다. 여수당원들은 전남을 일으킬 선두 역할을 스스로 자임하고 있다. 촛불도 전남에선 여수가 가장 활발했다며 자랑한다. 촛불정국에서 이전에 알지 못했던 신입당원도 늘었다고 한다.

현대자동차에 근무하는 주성현 동지가 집으로 모시겠다는 걸 여관 하나 잡아달라고 했다.

희망은 절망 속에서 더 값진 것인가.

그들은 말한다. "여수가 되면 진보신당 다 되는 것이다."

여수당원들의 결연한 의지와 비장함이 깊은 밤 홀로 앉은 방을 가득 채우고 있다.

구해근 교수를 뵙다

2008년 7월 12일 토요일 흐리고 비

여수에서 첫 비행기로 서울로 향하다.

바로 시청 앞으로 가서 구해근 교수님을 만났다. 부인과 사별하신 뒤 어려움이 크셨을 터인데 온화한 모습은 변함이 없다. 한국 노동계급에 대한 관심 역시 여전하다. 지난 대선과 총선에서 나타난 계급투표 경향에 대해 물어보신다. 요즘 이른바 세계화가 한국사회에 미친 영향과 그 결과에 대한 연구를 구상하고 계신다고 한다. 다행히 미국은 대학교수 정년제가 없는지라 여전히 강단을 지키고 왕성한 연구활동이 가능한 것 같다.

코넬대에서 2001년 발간한 구해근 교수의 『한국 노동계급의 형성』(2002)은 다음 해 창비에서 번역되어 나왔고, 미국사회학회(ASA)에서 '아시아부문 최고의 책'으로 선정되기도 한 역작이다. 세계적으로 유례없는 전투성과 강인한 조직력을 자랑했던 한국의 노조운동이 국가와 자본의 대대적인 공세 앞에서 쇠퇴하는 과정에서 정치세력화의 미진과 사회전략의 빈곤이 미친 영향에 저자의 관심이 집중되어 있는 책이다. 오랜만에 다시 꺼내 펼쳐본다.

"…월드컵 응원을 위해 붉은 셔츠를 입고 거리를 가득 메운 오늘의 젊은이들 중 이른바 '레드 콤플렉스'로 인해 얼마나 많은 노동자들이 숱한 고난을 겪고 희생을 치러야 했는지를 아는 사람들은 몇이나 될까? 우리는 한국의 산업화, 민주화과정에서 노동자들이 담당했던 역사적 역할을 다시 한 번 정확하게 인식하고 기록할 필요가 있다. 지금 시청 앞 광장에서 최루가스를 마시며 독재타도를 외치는 대신 거리낌없이 '붉은악마'가 되어 축제와 대동의 한마당을 즐길 수 있는 것은 한국의 산업화, 민주화과정에서 한 번도 역사의 주인공으로 주목받지 못한 노동자들의 투쟁과 희생에 크게 힘입고 있음이 상기되어야 한다는 것이다.…"

지난날 붉은악마가 축제를 벌였던 서울광장은 다시 촛불로 인산인해를 이루었다. 1987년 6월이 재현되고 있다는 바람과 평가도 난무했다. 동시에 김경욱 이랜드노조위원장의 "촛불은 왜 비정규직 문제에 주목하지 않는가"라는 절규도 울려 퍼졌다. 실제 1987년 6월에도 우리는 그랬다. 이른바 대중성을 내세워 직선제개헌으로 요구를 한정시키려는 보수야당과 국민운동본부 일부세력에 맞서서 민중생존권 관련 요구를 앞세우기 위해 얼마나 싸워왔던가!

구해근 교수는 한국의 정치권력이, 문화권력과 함께 자본과 영합하여 노동자들의 계급정체성과 계급의식 고양을 억제하는 역할을 해왔다는 문제의식을 강하게 갖고 있으면서도 역으로 노동자들, 특히 그들의 운동은 이에 어떻게 대항해왔는가 하는 문제를 자기성찰적으로 평가하고 있다.

그간의 투쟁과 희생에도 불구하고 한국의 산업화, 민주화과정에서 노동자들이 한 번도 역사의 주인공으로 주목받지 못한 배경에는 권력과 자본의 억압 이외에 자신의 문제도 있지 않느냐는 무거운 문제제기인 것이고, 자신의 문제를 해결해가는 것이 운동의 중요한 당면과제가 되어야 한다는 것이다.

꽃이 무슨 소용인가
2008년 7월 13일 일요일 맑음

금강산 관광객 사망사건 때문에 청와대는 울상이다.

모처럼 이뤄진 이명박 대통령의 대북대화제의가 빛을 잃었다는 것이다. 그러나 사실대로 말하자면 금강산에서 일어난 불행한 사건 때문에 이명박 대통령의 대북제안이 갖는 문제점이 가려지고 있는 것이 문제인 것이다. 문제의 근원은 이명박정부의 인식과 철학과 정책노선이다.

그들이 줄곧 '잃어버린 10년'을 이야기하지만 실제 그들이 지난 10년간 잃어버린 것은 '권력'밖에 없다. 물론 최근 하는 일들을 보면 권력 외에 '정신'도 잃어버린 것으로 보인다. 노무현정부에 그렇게 염증을 낸 대한민국 부자들도 지난 10년간 잃어버린 것이 없는 계층이다. 참여정부 재임기간인 2003년에서 2007년까지 5년 동안 대한민국은 백만장자(기초부동산 제외하고 순금융자산이 100만 달러 이상 계층) 증가율이 세계 3위, 7위, 1위, 6위, 4위를 기록했다. 실로 지난 5년간은 대한민국 부자들에게 '살맛나는 세상'이었다. 지난 10년간 잃어버린 것이 있는 사람들은 오직 서민밖에 없다. 직장을 잃고, 가게를 잃고, 인간다운 생활을 잃었다.

'잃어버린 10년'이란 허구가 낳은 허위의식 중 대표적인 것은 대미관계와 대북관계에 관한 것이다. 지난 10년간 '좌파정권들' 때문에 미국과의 관계가 소원해졌고 또 북한에는 퍼주기만 하면서 끌려다녔다는 것이다. 이런 잘못된 인식이 낳은 첫 작품이 지난 4월 18일 타결된 쇠고기수입협상이다. 향후 거래를 위해 원청회사에 한턱 크게 써서 환심 사겠다는 사업가정신의 발로로밖에 볼 수 없는 어처구니없는 일이 발생한 것은 바로 검역주권, 국민건강권을 포기해서라도 미국과의 관계를 바로잡아야 한다는 이들의 강박관념에서 비롯된 것이다.

대북관계 역시 마찬가지다. 평화와 통일에 관한 철학은 둘째 치고 남북관계의 특수성이나 동북아정세의 변화 등을 제대로 이해하지 못한 이명박정부에게 북한은 돈줄을 쥐고 버릇을 고칠 수 있는 '나쁜 거래처' 정도로 인식되었던가. "핵무기 폐기 없이 대북지원 없다." "북한이 변하지 않으면 대북지원과 협상은 없다." 무식하면 용감하다 했던가? 북미대화가 어느 때보다도 진전을 보고 있다는 정보보고도 없었는지 집권 초기부터 으름장 일색이었다.

이명박정부의 '용맹'은 오래가지 않았다. 5월 초 국제정세의 변화를 뒤늦게 읽은 정부는 통일부장관을 내세워 지원을 제안했다. 스스로도 궁색했는지 노무현정부 때 약속한 물량일 뿐 자신들이 새롭게 지원하는 것은 아니라고 둘러댔다. 북에서 답이 없자 이젠 고개를 숙이고 무릎까지 조아리며 가져가달라고 빌기 시작했다. 사태의 심각성을 깨달은 보수언론 일각에서 두 차례 남북정상회담 결과를 계승하겠다고 말해야 한다며 조언하자, 며칠 후인 7월 11일 국회시정연설에서 대통령은 6.15공동선언과 10.4남북정상선언 실천을 언급하기에 이르렀다.

그래서 국민들은 걱정하고 있다. 이 정부가 과연 국정을 책임질 능력과 비전이 있는 정부인가. 국민이 종업원이 아니고 미국과 북한이 거래처가 아닌데 건설회사 경영하듯 대한민국을 이끌어나갈 수 있을 것인지 우려의 목소리가 커져갈 수밖에 없다.

오전 11시 상계동의 교회를 찾았다. 선거 때 지원해준 분이 많은지라 감사인사도 드릴 겸 예배에 참석했다. 설교가 끝난 담임목사님이 신도들에게 인사를 시키면서 농담조로 "이젠 촛불 그만 드시죠" 한다. 촛불은 생활 속에서 전선이 되어 있다.

오후 3시 심상정 대표와 고 박왕자 씨 빈소를 찾았다. 고인은 물론 남편과 외아들 모두 상계동 주민이시다. 사인도 명확치 않은 상태인지라 가족들은 슬픔과 분노를 억누를 뿐이었다. 계속 드러나는 정황은 고인의 실수가 그리 크지 않았다는 것이 분명해 보인다. 백 보 양보해서 보더라도 범칙금 100달러면 충분한 사안에 목숨까지 잃어야 하는가. 북의 과잉대응은 변명의 여지가 없다. 또 그 철책을 넘으면 총격을 가한다는 것이 북의 경계수칙이라면 24시간 경비인력을 투입해서라도 철책을 지켜야 하는 것이 현대아산과 남측 정부의 임무이다. 접대를 하는 현대아산과 현대증권 임원들도 자신 있는 말 한마디 하지 못한다. 인사말로 진보신당 화환이 제일 먼저 도착했다며 덕담한다.

사람이 죽었는데 꽃이 무슨 소용인가.
꽃보다 잘생긴 외아들을 두고 50대 초반에 떠났는데
꽃이 무슨 소용인가.
살아남은 자들이 할 일을 다 못한 상태에서
고인의 명복을 빌기에도 이르다.

〈PD수첩〉은 '마지막 신문고'인가

2008년 7월 15일 화요일 맑음

광주의 한 노동자가 체불임금문제로 민원을 제기했다. 내용을 들어보니 체불임금을 받게 해달라는 것이 아니라 체불임금해결을 위해 그 사건이 〈PD수첩〉에 보도될 수 있도록 노력해달라는 것이다. 이런 분이 한 사람뿐이겠는가? 옛날 같으면 신문고라도 쳐서 자신의 억울함을 하소연하고 싶은 힘없는 많은 사람들에게 〈PD수첩〉은 '사회의 목탁'을 넘어서서 '마지막 신문고'가 되고 있다.

지난 5월 굴욕적인 대미쇠고기협상 결과에 항의하기 위해 2박 3일간 청와대 앞에서 양당 정치인들이 농성할 때 보니까 아직도 청와대 앞에 대고각(大鼓閣)이라는 누각을 지어놓고 신문고를 모셔 놓고 있었다. 물론 앞에는 '이 북은 조형물이니 치지 마십시오'라는 안내판이 붙어 있었다. 1993년 김영삼 대통령이 취임하면서 신문고를 설치했는데 억울한 사정에 처한 시민들이 종종 신문고를 치는 일이 발생하자 이를 막기 위해 안내판을 붙인 것이다. 주변을 둘러보니 청와대 정문 앞을 지키는 경찰과 경호실 직원들의 임무 중 하나가 시민이 신문고 치는 것을 막는 일인 것 같았다. 실제 2004년에는 평통사(평화와통일을여는사람들) 회원들이 굴욕적인 용산기지 협상에 항의하면서 이 북을 치다가 연행된 일도 있었다.

최근 촛불에 덴 정부가 검찰과 경찰을 앞세워 〈PD수첩〉을 협박하고, 다음의 아고라를 무슨 불순단체인 양 몰아붙이고, 광고불매운동을 벌인 네티즌들을 출국금지시키고 집 안까지 압수수색하고 있다. '잃어버린 10년'이라더니 검찰과 경찰은 확실히 10년 전 정권의 하수인 시절로 돌아갔다.

흐르는 물에 막힘이 없듯이 언로(言路) 또한 막는다고 막아지는 게 아니다. 송나라 제도를 모방해서 태종이 처음 설치한 신문고는 애초부터 평민이 접근하기 어려운 제도였다. 『경국대전』이 밝히고 있는 대로 서울에선 주장관, 지방에선 관찰사에게 소장을 낸 뒤 그 처리에 문제가 있는 경우에만 신문고를 칠 수 있도록 했다. 게다가 이런 절차를 다 밟는다고 해도 내용에 엄격한 제한을 가해 가급적 신문고가 울릴 수 없도록 했다. 신문고 치려다가 엄벌받는 경우까지 생겨나자 억울한 백성들은 다른 방법을 찾았다. 왕의 행차에 뛰어들어 글을 올리는 상언, 왕의 행차나 궁중에 직접 다가가서 구두로 직소하는 격쟁이 생겨났다. 상언과 격쟁이 빈발하자 일부에서 차라리 신문고를 쉽게 치게 하자는 제안도 있었지만 묵살되었다. 조선 중기에 이르러서는 왕의 가마에 다가서서 읍소하려면 목숨을 걸어야 할 만큼 어려워졌다.

「인조실록」1642년 5월의 기록엔 상언을 막기 위해 임금이 궁궐 밖으로 거동하는 행행(行幸)도 폐지했다고 말한다. 말도 못하는 세상에서 백성들이 다른 방법을 찾기 시작했다. 1607년 경기도와 황해도에서, 1626년 경상도 의성에서, 1653년 경상도 상주에서, 1671년 경기도와 충청도에서 민란이 일어났다.

올 8월로 정년퇴임하시는 최장집 선생님의 새 연구실을 방문했다. '민주주의 교육연구센터'라는 이름을 거셨다. 개소식을 따로 갖지 않고 가까운 몇 분들을 공부모임에 초청한 것이다. 심상정 대표와 임종인 전 의원도 자리를 함께했다. 영국 노동당사의 국내 최고 권위자인 고세훈 교수도 오랜만에 뵙게 되었다. '최장집과 세계읽기'라는 이름으로 진행될 세미나에서 오늘 발표의 결론은 '진보적 리더십'에 관한 내용이다. 새기고 성찰해야 할 내용이 많았다.

발표 말미에 최 선생님은 낙선한 3인을 가리켜 중요한 언급을 하신다. "낙선해야 공부할 수 있다. 이번에 당선한 사람들은 일정에 쫓겨 공부하기도 힘들다. 공부를 위해선 일단 떨어져야 한다. 잘 떨어졌다!"

낙선 이후 들은 가장 통쾌한 말씀이다.

뒤풀이 자리에서 이대근 경향신문 에디터는 책이 많이 팔렸다며 고마워한다. 경향신문이 발간한 『민주화 20년, 지식인의 죽음』(후마니타스, 2008)을 다룬 〈TV, 책을 말한다〉에 출연한 데 대한 덕담이다. 얼마 전 같은 프로그램에서 박경리 선생의 『토지』를 다룰 때 출연해서 마지막 발언으로 "토지를 많이 소유하는 사람보다 『토지』를 많이 읽는 사람이 더 부자입니다" 말했더니 며칠 후 출판사에서 『토지』 전질을 선물로 보내왔다. 예로부터 책도둑은 도둑이 아니라는 말도 있지만, 책은 뇌물로 준다 해도 늘 반갑다.

〈끝장토론〉에 나가기로 했다

2008년 7월 17일 목요일 맑음

한국가스안전공사 노동조합 창립 20주년 기념식에 참석하고 특별강연을 하다.

20주년 기념 동영상을 상영하는데 19명의 발기인들이 비장한 각오로 창립대회를 갖는 장면이 인상적이다. 19명 중 이창수 초대위원장을 포함해 현직에 남아 있는 12명이 기념식에 참석해 공로패를 받았다. 감회가 새로울 것이다. 준비해온 기념사 낭독을 포기하고 초대위원장과 창립발기인에게 마이크를 넘긴 윤영만 현 위원장의 배려도 돋보였다. 임성규 공공운수연맹위원장은 동영상을 보며 목이 멘 얘기를 시인의 감수성으로 표현한다.

독도문제를 다루는 tvN 〈백지연의 끝장토론〉에 나가기로 최종 결정했다. 첫 방송에 출연한 후 여러 사람들로부터 '다신 나가지 마라'는 지적을 받았다. 물론 반대의견도 있었다. 그 후 몇 차례 출연 교섭이 있었으나 일정도 맞지 않아 사양했다. 다른 건 몰라도 녹화방송에다가 발언의 일부가 편집되는 것은 문제였다. 다행히 내일

방송은 생방송으로 편집 없이 진행된다 하여 고심 끝에 결정했다.

오늘날 독도문제는 일본으로선 죽도(다케시마)문제이다. 그러나 조선시대에는 죽도문제는 곧 울릉도문제였다. 울릉도를 죽도라 부르며 자기네 땅이라고 주장한 일본 때문에 1697년 일본이 스스로 포기할 때까지 300년간 영토분쟁이 지속되었다.

참으로 역사는 반복되는 것인지 '조용한 외교'로 넘어가려다가 발목 잡히는 정부의 태도는 300년의 시간을 뛰어넘어 재현되고 있다. 물론 한 번은 희극으로 또 한 번은 비극으로. 『조선왕조실록』에 따르면 울릉도에 대한 조선조정의 방침은 무인(無人)정책이었다. 공권력에 의한 통제가 힘들고, 세금걷기도 어렵고, 일본의 한반도침략 발판이 될 수도 있으니 아예 사람이 살지 못하게 하자는 정책이었다. 몰래 들어가 울릉도에서 거주하던 주민들은 처벌대상이었고 이들을 체포하기 위해 조정에서 안무사를 보내곤 했다. 이러한 울릉도무인정책은 역대 정부의 독도무인정책을 연상케 하는 대목이다.

전두환 전 대통령은 1981년 일본을 방문해서 40억 달러 차관을 약속받고 돌아온 후 〈독도는 우리 땅〉 가요를 방송금지시키고, 독도의용수비대장 홍순칠을 정보기관으로 끌고가 고문하고 다신 독도문제를 거론하지 않겠다는 각서를 받고 풀어주었다. 1982년에는 천연기념물 제336호로 지정해 일반인의 독도상륙을 금지시킨 바 있다.

소설가 김주영의 체험고백에 의하면, 어떤 방송사가 기획한 동해 오징어잡이 어선 실태를 함께 취재하러 갔다가 독도 근처에서 폭풍을 만나 독도에 상륙을 시도하자 독도를 지키던 해양경비대

십여 명이 총을 들이대며 상륙을 저지하려 한 일도 있었다고 한다. 1999년 신한일어업협정이 발효되면서 민간인의 독도상륙은 완전히 금지되었다.

조선시대 울릉도영토분쟁에 대한 '조용한 외교'의 극치는 끝내 한 편의 희극으로 기록되고 있다. 1663년 안용복은 울산어부 40여 명과 함께 울릉도에 배를 댔다가 일본 본토로 끌려간다. 널리 알려진 대로 안용복은 배포와 지혜로 오히려 울릉도가 조선땅임을 설득해 이를 확인하는 일본의 공문과 조선에 보내는 공물을 받아온다. 그러나 돌아오는 길에 안용복은 대마도에서 공문과 공물을 뺏기고 포로로 잡혀 조선으로 보내진다. 안용복을 끌고 조선에 온 대마도 사신이 대마도 도주(島主)의 편지를 조정에 전하는데 그 내용은 짐작한 대로이다.

"귀 나라의 고기 잡는 백성이 해마다 본국(즉, 일본)의 죽도에 배를 타고 왔기에 우리가 다시 와서는 안 된다고 알렸습니다. 그런데도 올봄에 또 어민 40여 명이 죽도에 들어와 고기를 잡으므로 우리 관리가 그 가운데 두 명을 잡아두고 한동안 증거로 삼으려 했습니다. 이제 이 어민들을 돌려보내니 다시는 저 섬에 배를 대지 못하도록 조치해 두 나라의 친분에 틈이 생기지 않도록 하십시오."

문제는 이 서신에 대한 조정의 답변이다.

"조선에서는 어민을 단속해 먼 바다로 나가지 못하도록 했으며, 또 우리나라 울릉도도 아득히 멀리 있다는 이유로 마음대로 오가지 못하게 했습니다. 하물며 그 밖의 섬이야 어떻겠습니까. 지금 이 어선이 감히 일본 국경 안의 죽도에 들어갔으나, 번거롭게 이 사람들을 보내주고 멀리서 편지로 알려주니 이웃나라와 교제하는 두터운 정을 실로 기쁘게 느끼는 바입니다."

'죽도는 곧 울릉도이고 울릉도는 곧 우리 땅인데 우리 땅에 우리 백성이 들어간 것이 무슨 문제이며 너희가 왜 이를 문제 삼는가.' 이렇게 말해야 하지 않은가! 조선의 울릉도가 일본에선 죽도라는 것은 양국이 모두 알고 있는 사실인데 분쟁을 피하자는 얄팍한 속셈으로 '울릉도는 조선 땅이지만 죽도는 일본 땅인데 죽도에 조선 사람이 들어갔다면 잘못된 것이다'라고 했으니 이런 희극이 또 어디 있는가?

이 어처구니없는 희극은 300년이 지난 후에 비극으로 재현되었다. 1994년 유엔해양법협약이 발효되면서 각국 영토로부터 200해리 EEZ이 확립되자 일본 하시모토 총리는 1996년 독도를 자신들의 EEZ 기점으로 삼겠다고 발표했다. 당시 김영삼 대통령은 일본 총리의 발언에 대해 '버르장머리를 고치겠다'며 기염을 토했지만 그것은 반일감정을 의식한 국내용일 뿐, 실제 한일어업협상에선 이 난제를 피할 궁리를 앞세웠다. 결국 1998년 체결된 신한일어업협정에서 독도라는 단어는 증발했다. 명기되지 않았을 뿐 아니라 위도와 경도로 위치도 표시되지 않았다.

실제 신어업협정에서 독도는 '존재하지 않는 섬'이 되어버렸다. 우리 정부는 "인간이 거주할 수 없거나 독자적인 경제활동을 할 수 없는 암석은 배타적경제수역이나 대륙붕을 가지지 아니한다"는 유엔해양법협약 제121조 3을 독도에 적용시켰다. 일본이 독도를 '인간이 거주할 수 있고 독자적인 경제활동을 유지할 수 있는 섬'이며 자신의 영토라 강변하고 있는데, 이에 정면으로 맞서지 못하고 그건 섬이 아니라 암석이라고 규정하면서 독도 주변수역을 한국 일본이 공동관리하는 '중간수역'으로 합의해버렸다. 자신의 영토라면 당연히 확보해야 할 35해리 전속관할수역도 주장하지 않았다. 일본 정부는 이 어업협정에서 독도가 한일양국 어느 일방에도 속하지 않는 분쟁지역임을 입증하는, 미래를 위한 중요한 진전을 확보했다. 반면 한국정부는 독도라는 땅만 점유하고 있을 뿐 독도라는 자국의 영토에 딸린 바다는 실질적으로 점유하지 못하는 상황을 공식화해 버렸다.

1997년 11월 6일자로 독도에 177억 원 상당의 국고예산을 들여 3년간의 공사 끝에 훌륭한 부두시설과 숙박시설 건설을 완료하고 1999년에는 유인등대까지 가동한 것은 대한민국 정부이다. 그런데 신한일어업협정 과정에서 독도를 '인간이 거주할 수 없고 독자적인 경제활동이 불가능한 무인불모의 고도'로 규정한 것도 대한민국 정부이다.

2000년 정월 초하룻날 방송 3사의 새천년 해돋이 생중계팀은 정부가 독도입도를 금지시키는 바람에 울릉도에서 해돋이 생중계를 해야 했다. 2006년 대한체육회는 2008년 북경올림픽 남북단일팀 문제를 논의하던 남북체육회담에서 '한반도기'에 독도를 표기하자는 북한 측의 주장에 "일본과의 외교적 대립을 가져올 수 있다"며 반대했다.

일본과의 굴욕적 외교 끝에 독도를 임자 없는 암석으로 만들어버린 것이 자신이라는 사실을 대한민국 정부만 모르고 있다.

주민소환투표를 추진하기로 했다
2008년 7월 21일 월요일 비 온 후 갬

오전 9시, 대표단회의에서 주민소환투표를 추진하기로 했다.

서울시의회 의장후보로부터 '직무와 관련된 뇌물'을 받았다는 서울시의원이 수십 명에 이르는 상황에서 이를 몇 년이 걸릴지 모르는 사법부의 심판에만 맡기기 힘들기 때문이다. 뇌물수수 시의원들에 대한 주민소환투표 추진을 다른 정당과 시민사회단체들에게 공식제안하기로 하고 서울시당과 논의하기로 결정했다. 마침 이은우 변호사도 같은 취지의 제안을 보내왔다. 저녁에 박창완, 박치웅, 정호진 서울시당 공동대표들과 만나 23일 기자회견을 갖기로 합의했다.

오후 2시, 서초동 서울중앙지법에 가다.

현관에서 만난 신기남 전 민주당 의원이 무슨 일로 법원에 왔냐며 묻는다. 2005년의 안기부X파일사건으로 재판받으러 왔다고 하니 놀라면서 혀를 찬다. 이 재판은 증인의 계속된 출석거부로 공전 중이다. 이학수 전 삼성그룹 부회장은 재판부에 보낸 불출석사유서에서 자신은 불법도청의 피해자이므로 재판에 나올 수 없다고 한다. 남의 집에 물건 훔치러 들어갔다가 몰래카메라에 찍힌 사람이 자신은 불법영상기기에 의한 피해자라 주장하는 꼴이다.

대통령후보를 비롯한 정관계인사들에게 광범한 뇌물공여를 모의하는 이학수, 홍석현 두 사람의 대화내용은 옛 안기부 직원들에 의해 녹취되었고, 2005년에는 테이프, 녹취록 형태로 시중에 나돌았다. 2005년 8월 안기부X파일사건을 긴급현안으로 다룬 국회 법사위에서 나는 이학수, 홍석현 씨의 대화내용 중 검찰로비 부분을 공개하면서 전현직 고위검찰간부가 관련된 사건인 만큼 검찰이 신속하고 엄정하게 수사할 것을 법무부장관에게 요구했다.

관련자 중 몇 사람은 즉각 현직에서 물러났지만 검찰은 제대로 수사하지 않고 덮어버렸다. 의혹대상자 중 몇 명은 돈을 받지 않았다며 명예훼손으로 나를 고소했다. 검찰은 뇌물이 오갔는지 제대로 수사하지 않고 명예훼손으로 나를 기소했다. 뇌물이 오갔는지 밝히지 못한다면 명예훼손이 성립되는지도 따질 수 없다. 검찰이 밝히지 못한 진실은 이제 법정에서 밝힐 수밖에 없다.

나는 이 재판이 시작될 때 모두진술을 통해 이번 사건과 똑같은 상황에 다시 서게 된다면 똑같이 행동할 것이며 그것이 국회의원으로서 자신을 선출해준 국민들에 대한 도리라고 밝혔다. 그리고 검찰이 밝히지 못한 진실을 재판부가 가려줄 것을 요청했다. 이학수, 홍석현 씨는 진실을 밝혀야 한다. 안기부 도청테이프 속의 대화내용이 사실인지를 밝혀야 한다. 뇌물제공을 위한 대화조차 없었는지, 뇌물제공모의는 했지만 실행에 옮기지는 않은 것인지, 아니면 대화내용대로 실행에 옮긴 것인지 솔직하게 밝혀야 한다. 특히 앞의 두 경우 중 하나라면 이학수 증인이 출석을 거부할 이유가 없을 것이다.

백승헌, 송호창, 김수정 변호사는 재판장에게 증인으로 채택된 이학수 씨가 출석을 계속 거부할 경우 강제구인을 검토해야 한다는 뜻을 밝혔다.

블로그를 만들기로 했다.

모르는 것은 하나씩 배우면서 터득하되 남의 손을 빌리지 않고 처음부터 끝까지 직접 만들고 운영하기로 했다. 스킨이니 아이템이니 하는 것은 당분간 신경 안 쓰기로 했다. 어디다 개설할까 의견을 구하니 '다음'에 하라는 의견이 많다. 네이버는 '촛불 든 사람들'이 덜 선호한다고 한다. 그 말을 듣고 네이버에 블로그를 개설했다.* 난 중일기에 사진도 붙여 넣으니 보기도 좋고 재미가 쏠쏠하다.

길이 아니어도 좋다.
우리가 남기는 발자국이 길을 만들 것이다.

---

* '호빵맨'이란 이름이 붙여진 당시의 블로그는 현재 닫혀 있습니다.

'물대포후보'와 '촛불후보'가 맞서고 있다

2008년 7월 24일 목요일 비

폭우로 동부간선도로가 침수되어 대표단회의에 늦었다. 오랜만에 김석준 공동대표도 참석했다. 어젯밤 4.9총선 진보신당 비례대표후보들의 모임에도 참석했다고 한다. 잊혀져가고 제대로 알려지지도 않은 초창기의 당을 지키기 위해 고역을 마다 않던 분들이다.

임성규 민주노총 공공운수연맹위원장과 간부들이 당을 방문했다. 공공부문의 민영화와 구조조정을 앞두고 진보신당과의 강력한 연대를 요청하기 위해서이다. 그렇지 않아도 지금 준비 중인 하반기 주요사업에 공기업 민영화문제에 관한 당의 적극적 대응방침이 포함되어 있다. 임성규 위원장은 시인이자 노동운동가이다. 그는 시인의 피는 항상 끓고 있다는 것을 보여주는 산증인이다.

강한 빗발이 내려치는 가운데 주경복 서울시 교육감후보의 노원구 연설회가 열렸다. 우려와 달리 많은 시민들이 참석했다. 민주당 노원구 관계자들도 대거 참석했다. 연설을 끝낸 주 후보와 반갑게 인사를 나누었다. 주 후보는 연설이 나처럼 잘 안 된다며 겸양의 인사를 한다. 그러나 주경복 후보의 연설은 차분하고 부드러우면서도 강력한 의지를 뿜어대고 있었다. 쉽고 친숙하게 다가서는 말솜씨와 몸에 배어 있는 진정성이 주 후보의 특장이다.

서울시 교육감선거는 얼핏 보면 선심과 공짜가 넘치는 경쟁장 같다. 사교육비를 70%로 줄이겠다는 후보도 있고, 영어는 학교에서 다 책임지겠다는 후보도 있다. 그러나 이번 서울시 교육감선거는 철학과 노선의 싸움이다. 교육을 시장의 상품으로 보느냐, 사회가 책임져야 할 공공복지로 보느냐 하는 근본적으로 다른 철학이 부딪히고 있다. 무한경쟁을 통해 강자만이 살아남는 동물의 왕국 수준의 비교육적인 철학과 강자와 약자가 공존하는 인간의 얼굴을 한 교육철학이 첨예하게 대립하는 현장이다. 교육은 부와 가난이 세습되는 통로일 수밖에 없다는 실용주의자들과 교육은 기회균등을 통해 사회정의가 실현되는 분배의 최일선이어야 한다는 교육가적 양심이 적나라하게 대비되고 있다.

교육인가 사육인가? 인간을 위한 교육은 강자와 약자를 다 함께 배려한다. 우열을 구분하고 차별하지 않는다. 그러나 동물을 위한 훈련에선 강자만을 위한다. 강자를 더 강한 자로 만드는 것이 목표이다. 이 과정에서 약자는 배제되거나 축출된다. 인간을 가르치는 교육감을 뽑을 것인가? 동물을 기르는 사육감을 뽑을 것인가? 여기서도 물대포후보와 촛불후보가 대립하고 있다.

빗속에서도 노원구의 촛불문화제는 계속되고 있다. 동네 아저씨 한 분의 발언에 이어 열성 아고라인이라 밝힌 청년이 마이크를 잡았다. 초등학교 1학년쯤 되어 보이는 어린아이가 돗자리 위에 양반다리 하고서 대열 맨앞을 지키고 있다. 뒤쪽에선 예비군복 차림의 청년들도 대여섯 명 와 있다. 엊그제 부산일보 강연 때에는 다음 카페 '소울드레서' 회원인 젊은 여성들이 몰려와 뒤풀이까지 함께 한 바 있다. 촛불은 진화하면서 확산되고 있다.

진보신당 유럽회의가 개설한 다음카페(http://cafe.daum.net/eu-rojinboseason2)와 홈페이지에 들어가 인사를 남겼다. 지난 총선 때 유럽회의 당원들이 물심양면으로 도와준 데 대한 인사를 미루다가 이제야 숙제를 한 셈이다. 인간문화재급인 최정규 동지는 여전하고 장광렬 동지도 열성이다. 장광렬 동지가 쓴 네덜란드 사회당에 관한 글이 돋보인다. 양해 없이 나의 블로그에 퍼놓았다.

늘 미안하고 고마운 분들이다.

당이 제대로 해준 것도 없는데 당을 생각하는 마음이 대륙과 바다를 뛰어넘고 있다.

안나 까레니나는 누가 썼나

2008년 8월 1일 금요일 흐리고 비

.

중복과 말복 사이이니 진짜 무더위는 이제 시작인가?

오래된 애기 하나가 생각난다. 어느 날 소련공산당 정치인 니키타 흐루시초프 서기장이 소련 국방과학연구소를 방문했다. 신무기개발의 최일선을 담당하고 있는 젊은 과학자들을 격려하기 위해서였다. 서기장은 소련의 미래를 책임질 젊은 과학자들의 인문학적 소양에 대해서도 깊은 관심을 가지고 있었다. 서기장 자신이 모스크바 스탈린공대를 졸업한 이과 출신인데다 평소 자연과학도들도 인문사회과학에 대해 일정한 교양을 갖고 있어야 한다는 지론 때문이었다.

연구에 몰두하고 있는 한 젊은 과학자에게 서기장이 질문했다.

"연구원동무는 『안나 까레니나』를 누가 썼는지 알고 있지?"

똘스또이에 대해 몇 가지 물어보기 위해 이렇게 말을 꺼낸 것이다.

갑작스런 질문에 당황한 젊은 과학자는 난처한 얼굴로 서기장 얼굴을 쳐다볼 뿐 입을 열지 못했다. 한참 후 그가 입을 열었다.

"죄송합니다만 저는 알지 못합니다. 서기장동무."

당황하기로는 서기장 역시 마찬가지였다. 그래서 재차 물었다.

"『안나 까레니나』를 누가 썼는지 정말 모른단 말인가?"

이미 서기장의 목소리엔 힘이 들어가 있었다.

젊은 과학자가 답을 하는 데 아까보다 더 긴 시간이 흘렀다.

골똘히 생각하던 끝에 그가 다시 말했다.

"정말 모릅니다. 그러나 저는 결코 쓰지 않았습니다. 정말입니다."

흐루시초프 서기장은 상당한 충격을 받았다.

크렘린으로 돌아오자마자 국가보안위원회(KGB) 책임자를 호출하여 질책했다.

"『안나 까레니나』를 누가 썼냐고 물었는데 자기가 안 썼다고 대답하다니 이게 말이 되나? 도대체 KGB가 어떻게 활동하길래 이런 답변이 다 나오나?"

비록 정치적으로 성공하진 못했지만 스탈린의 우상숭배를 날카롭게 비판해온 서기장은 스탈린식 공포정치의 도구가 되어온 KGB에 대해서도 깊은 문제의식을 갖고 있던 터였다.

며칠 후 KGB 책임자가 밝은 표정으로 흐루시초프 앞에 섰다.

"서기장동무, 지난번 말씀하신 이후 국방과학연구소의 KGB 책임자가 그 젊은 과학자를 만났습니다. 두 사람은 장시간 진지한 대화를 나누었고 그 젊은 과학자는 자신이 『안나 까레니나』를 썼다는 것을 자백하였습니다."

미소 냉전시절 서방 측에서 소련을 폄하하기 위해 이데올로기

공세 차원에서 만들어낸 유머일 가능성이 크다. 그러나 이런 이야기가 재미있게 들리는 것은 바로 KGB가 담당한 실제 역할에 근거하고 있기 때문이다.

1996년 모스크바를 방문했을 때 모스크바시민들은 재선이 불가능했던 옐친이 다시 당선된 것은 스탈린의 도움이라고 입을 모았다. 6년간의 실정으로 낙선이 확실시되던 옐친을 구하기 위해 모스크바의 TV채널은 스탈린시대의 공포정치와 KGB의 활약을 다룬 드라마를 선거기간 내내 틀어댔다는 것이다.

이 무더운 여름 우리나라의 KGB는 무엇을 하고 있나?

미국과의 쇠고기협상국면에서, 일본의 예고된 독도도발상황에서 또 금강산피격사건을 포함한 대북문제 처리과정에서 국가정보원이 제 역할을 했다는 증거를 찾기 어렵다. 이 기간 동안 국민들이 바라는 국가정보기관 본연의 임무에 몰입하기보다 촛불의 배후나 뒤지고 촛불대응전략이나 만들어 청와대에 보고하지 않았나, 의혹이 나오는 것도 이유가 있는 것이다.

본연의 임무를 소홀히 하면서 엉뚱하게 국내정치사찰에 훨씬 더 많은 비중을 두어온 국정원을 개혁해야 한다는 지적은 어제오늘의 일이 아니다. 노무현 대통령도 2002년 대선후보 시절 국정원을 해외정보처로 전환하겠다는 공약을 내세웠지만 대통령이 되자 스스로 이 공약을 철회했다. 오히려 2005년 7월 김승규 원장을 임명하는 자리에서 국정원이 "지방 토착비리 정보에 좀 나설 필요가 있다"는 식으로 국정원법에도 위배되는 국내정치사찰을 독려하기까지 했다.

지난 1월 이명박인수위는 국정원의 불법적인 국내정치사찰을 막기 위해 제도적인 대책을 마련한다는 방침 아래 필요할 경우 국정원법 개정도 검토하겠다고 했다. 일부 보도에선 논란이 돼온 대북정책 관련 업무를 떼어내 외교부나 통일부에 이관하는 방안을 적극검토하고 있다고 알려지기도 했다.

취임 6개월이 얼마 남지 않은 이명박정부의 그간의 행태로 볼 때 국정원 개혁은 이미 물 건너간 것으로 보인다. 정확히 말하자면 물을 건넌 것이 아니라 시대를 건너 5공의 안기부나 3공의 중앙정보부로 이미 전환했을지도 모른다. 양지에서 일하는 경찰과 검찰이 이미 시대를 건너간 것처럼. 국정원이 '남산시절'이나 '남영동시대'로 돌아간다면 이제 해외정보는 누가 맡아야 하나? 어느 나라 소속 부처인지 정체성이 애매한 외교통상부에 맡길 수 없다면 남은 것은 '국민'뿐인가? 외국대학 도서관에서 근무하는 교민들이나 아고리안을 비롯한 네티즌들이 해외를 담당해야 하나?

우리의 국정원이 아고리안을 비롯한 국민들 뒷조사를 하는 동안, 아고리안과 우리 국민들은 미국 CIA 홈페이지를 뒤지고 미국지명위원회(BGN)와 스페인해도청 동향을 살피고 내셔널지오그래픽협회나 아틀라스 지도의 명칭변경을 감시해야 하나?

중복은 놓쳤지만 말복엔 아무래도 잘 먹어야 할 것 같다.
남은 대통령 임기 4년 6개월을 버티고 싸우고 국가기관이 해야 할 일까지 대행하려면 체력보강이 우선이다!

『청구회 추억』

2008년 8월 28일 금요일 맑음

『청구회 추억』은 이른바 '신영복 문학'의 백미이다.

그래서 몇 년 전 신영복 선생 정년퇴임을 기념하는 문집에 글 한 편 써달라는 주문을 받았을 때 『청구회 추억』을 거론하며 이렇게 썼다.

"…오랜 몰입의 탓인지 『청구회 추억』은 나의 추억처럼 기억되고 있다. 『청구회 추억』에서 나는 사람을 만나는 법, 사람을 대하는 법을 배웠다. 인간관계가 이처럼 아름다울 수도 있다는 신념을 갖게 되었다. 그리고 20대 후반의 청년이 죽음의 문턱에 서서도 이렇게 아름다운 이야기를 이렇게 담담하게 그려낼 수 있다는 놀라운 사실을 경험하게 되었다…"

『청구회 추억』은 사형선고를 받은 신영복 선생이 1969년 남한산성 육군교도소에서 유품을 미리 정리하듯 남긴 글이다. '청구회'란 1966년 서오릉 소풍길에서 우연히 만난 여섯 명의 꼬마들과 인연을 맺으며 만든 모임 이름이며, 이들과의 2년에 걸친 만남의 기록이 『청구회 추억』이다.

1992년 출소 이후 진보정당건설운동에 매진하던 시절 나는 만나는 사람들에게 『감옥으로부터의 사색』과 함께 늘 『청구회 추억』을 권하곤 했다. 활동가라면, 특히 조직사업을 하는 활동가라면 마땅히 읽어보아야 할 책이라고 강변했던 기억이 난다. 그땐 1991년 《월간 중앙》에 게재된 글의 복사본밖에 없어 마치 유인물 건네듯이 복사본을 손에 쥐어주곤 했다. 구미의 조근래 동지는 이 복사본 『청구회 추억』을 읽고 신영복 선생을 주례로 모시고 싶다고 해서 신 선생을 모시고 구미까지 내려간 일도 있었다. 얼마 후 조근래 동지는 『청구회 추억』을 수첩만 한 크기로 만든 책자를 나에게 보내오기도 했다.

『청구회 추억』은 이렇게 돌려가며 읽혀졌다. 그 후 『신영복의 엽서』가 발간되면서 육군교도소 똥종이에 쓰여진 육필원고가 영인본으로 실리고, 부록처럼 다른 책에 함께 실리기도 했었다. 그래도 이 글이 단행본으로 출간되어 더 많이 읽혔으면, 하는 바람을 식힐 순 없었다. 그런데 마침내 반갑고 고마운 소식이 들려왔다. 성공회대 조병은 교수의 영역대조본 형식으로 김세현 화백의 그림까지 곁들여 단행본으로 나온다는 것이다.

27일 선재아트센터에서 『청구회 추억』 출간을 기념하는 북콘서트가 열렸다. 강당은 만원이고 통로와 계단까지 선남선녀로 가득 찼다. 가수 강산에까지 무대에 올라 내가 제일 좋아하는 노래 〈명태〉와 〈이구아나〉를 연달아 불러 잠시 사탕을 두 손에 쥔 아이 심정이 되었다. 『청구회 추억』 출간기념회이기도 하지만 마침 『감옥으로부터의 사색』 20주년이 되는 시점이고 돌이켜보면 20년을 옥중에서 보낸 신영복 선생의 '바깥세상 체험 20년'도 되는 터라, 신 선생의 인사말은 그에 걸맞는 '작은 강연'이 되었다.

북콘서트가 끝났는데도 신영복 선생은 애독자들이 들고온 책에 사인을 하느라 잔업으로 혹사 중이시다. 다음 일정 때문에 열기를 뒤로하고 나서니 화동의 밤공기가 삽상하기 그지없다. 바람소리처럼 어느 강연에선가 신 선생이 하신 말씀이 떠오른다.

"중층구조를 바꾼다고 사회가 바뀌는 것은 아니다. 가까운 역사에서 또다시 무산된 경우를 얼마든지 보지 않았나. 사회를 바꾸려면 그 자체가 보람되고 자부심을 느낄 수 있는 일들을 찾아 오래 견뎌야 한다. 목표달성보다 운동 자체를 예술화하고 인간화하는 노력이 필요하다."

인간을 위한 운동일 뿐 아니라 인간다운 운동, 인간의 얼굴을 한 운동이어야 한다는 말씀이다. 이날도 신 선생은 "세상에서 가장 긴 여행은 머리에서 가슴까지 가는 길"이라 했다. 가슴에서 발(실천을 뜻한다)까지 가는 여행은 더 힘들다는 말도 덧붙이셨다.

우리는 어디까지 와 있나? 머리에서 출발하여 귀, 눈, 혹은 입까지 와서 머물고 있는 것은 아닌가? 수십 년 운동을 하면서 칼날같이 날카롭게 맞선 상대가 아니라 함께하는 동지들로부터 더 큰 상처를 받은 사람들을 많이 보아왔다. 스스로 올바르다는 생각에 빠져 쉽게 상처를 안겨주고, 또 상처를 받았다는 생각에서 그에 못지않은 상처를 주는 데 주저함이 없다. 자신이 안긴 상처는 기억하지 못하고 자신이 입은 상처만 바라보니 남는 것은 '상처 입은 피해자들'뿐이다.

이날 강연 중에서 신 선생은 독서란 3독이라 말하셨다. 텍스트 (책의 내용)를 읽고 책쓴이를 읽고 동시에 자신을 읽는다고 해서 3독 이라는 것이다.

마침 선선한 밤공기가 책읽기에 적절하다. 『청구회 추억』이 우리들의 현재가 되길 바라며 3독을 권한다.

MBC는 함락되는가?

2009년 4월 9일 목요일 맑음

벚꽃 한창인 춘사월 여의도.

포연이 자욱하다. MBC를 함락하려는 'MB씨'의 공세가 연일 계속되고 있다. 이 전투는 MB씨의 MBC 장악야욕으로부터 시작되었다. 선천적 지지결핍증으로 판명 난 MB씨는 방송장악을 통해 민심을 교란시켜야만 지지결핍에 따른 수명단축이나 조로화를 막을 수 있다고 판단했기 때문이다.

걸어서 30분 거리인 여의도 국회에는 MBC 장악을 위한 보병부대로 미디어법이 대기 중이다. 지난 연말부터 몇 차례 진격을 시도했지만 야당이란 이름의 민병대와 국민이란 이름의 게릴라들의 저항으로 다시 6월 진격을 준비 중이다. 모든 전투가 그렇지만 싸움의 마무리는 보병이 맡게 된다. 미디어법이 통과되면 공영방송의 MBC 깃발이 내려지고 족벌신문과 재벌이 대리통치하는 식민지 깃발이 펄럭이게 될 것이다.

보병이 대기중인 상황에서 역시 활기를 띠는 것은 포병이다. 강남 서초동에 소재한 포병기지에선 연일 포탄세례 중이다. 연말부터 타격지점은 MBC의 〈PD수첩〉으로 정조준되었다. 〈PD수첩〉 제작진 6명에게 체포영장이 발부되었고, 이춘근 PD는 체포되었고, 나머지 5명은 MBC 사옥에 사실상 감금상태이다. 며칠 전엔 MBC 압수수색까지 시도되었다.

감금된 PD 중 한 사람인 김보슬 PD는 4월 19일 결혼할 예정이다. 신랑은 조준묵 PD. 프랑스, 이탈리아 공중파에까지 수출된 다큐멘터리 〈북극의 눈물〉로 올해 PD대상까지 받은 명PD이다. 그러나 청첩장까지 돌린 이들의 결혼식이 성사될지는 불투명하다. 결혼식장에 나타나면 체포하겠다는 경찰의 공언대로라면 대한민국은 웨딩드레스를 입은 신부를 유치장에 가두는 세계기록을 추가하게 될 것이다. 물론 〈PD수첩〉을 제작했다고 사람을 체포하는 것도 대한민국에서나 있을 수 있는 일이다.

MB씨가 펼치는 함락작전에 보병과 포병만 투입되는 것은 아니다. 생화학전도 시도되고 있다. 특정인을 반미좌파로 몰고, 특정 프로그램을 대표적인 편파방송 프로그램으로 음해하는 공작들이다. 물론 생화학무기 중 효과가 큰 것은 특정인을 방송 프로그램에서 하차시키라는 정치적 외압과 소리 없이 진행되는 광고 중단이다. 평소 열몇 개씩 광고를 달았던 MBC의 간판 프로그램인 〈뉴스데스크〉가 최근엔 무슨 유통회사 광고 한 편만을 단 적도 있었다.

MBC 경영진이 신경민, 김미화 씨 교체를 추진한 것도 바로 생화학전의 효과이다. 시청률과 청취율을 높이는 데 가장 공이 큰 방송진행자를 자르면서 제작비절감 운운하는 변명을 누가 믿겠는가? 마치 〈유재석, 김미화의 놀러와〉를 제작비절감을 위해 〈엄기영, 전

영배의 놀러와〉로 바꾸겠다는 것과 무엇이 다른가? MBC 경영진이 생화학전을 이겨내려면 지금처럼 무릎 꿇을 것이 아니라 어떤 정치적 외압이 있었는지, 어떤 경제적 위협이 있었는지 양심선언해야 한다.

생화학전의 문제는 그것이 MBC에만 국한되는 것이 아니라 언론의 모든 영역에서 시도되고 있다는 점이다. 가수 윤도현이 7년간이나 진행을 맡았던 KBS의 〈러브레터〉에서 하차한 것도 마찬가지다. 결국 교체할 진행자를 찾지 못한 〈러브레터〉는 프로그램 자체를 없앴다. 고위층의 불쾌감 때문이라고 한다. 윤도현은 최근 KBS로부터 이미 예정된 〈열린음악회〉, 〈경제비타민〉, 〈1대100〉 출연취소 통보를 받았다 한다. 이 고위층은 일은 안 하고 TV만 보는가?

MBC는 과연 MB씨에 의해 함락될 것인가?

MBC 식구들이 MBC가 국민을 위한 공영방송임을 진정으로 확신한다면, 국민들이 MBC를 국민의 방송으로 계속 아낀다면, 야당들이 끝까지 국민의 편에 선다면 MBC는 지켜낼 수 있다. 2차세계대전 당시 히틀러 독일군에 맞서 870일간의 봉쇄에도 불구하고 끝내 레닌그라드를 지켜낸 시민들처럼.

가수 윤도현이 〈깃발〉에서 외쳐 부른다.

맞서 싸워 두 주먹 쥐고 깃발 들어
쓰러지거나 넘어져도 깃발 들어
쓰러진 담장 아래에도 꽃이 피네
무너진 지붕 위에도 해가 뜨네

깜빡이 다 끄고 마을 전체 어지럽히겠다는
뉴민주당플랜 — 뉴민주당플랜 초안을 읽고
2009년 5월 18일 월요일 맑음

민주당이 뉴민주당플랜 초안을 발표했다.

당내토론에 들어간다고 한다. 어찌 보면 이것은 집안문제이기도 하다. 그러나 한 집안의 문제로 그치지 않고 마을 전체를 다시 어지럽힐 가능성이 있기에 한마디 아니할 수 없다.

뉴민주당플랜 초안에서 드러나는 가장 큰 문제는 과거에 대한 제대로 된 반성이 없다는 것이다. 어떤 잘못된 길을 걸어왔는지 모르기 때문에 지금 어디에 서 있는지도 정확히 알지 못하고 있으며 따라서 어디로 가야 하는지도 제대로 짚지 못하고 있다는 것이다.

2007년 12월 대선에서 민주당은 한나라당에게 패배했다. 그냥 패배한 것이 아니라 1987년 직선제개헌 이후 실시된 대통령선거 중에서 1위 후보에게 가장 많은 표차(580만 표)로 대패한 2위가 되었다. 게다가 이 1위 후보가 1987년 이후 대선에서 1위를 한 후보 중에 전체 유권자 대비 가장 적게 득표한 후보라는 점까지 감안할 때 '역사적인 참패'를 했다고 해도 과언이 아니다. (물론 진보정당 역시 이 선거에서 참패를 했으며, 근본적인 혁신 없이 한 발자국도 나아가기 힘들다는 반성을 하고 있다.)

2007년 대선에서 민주당의 참패는 정동영 후보의 잘못이 아니다. 노무현 전 대통령 개인이 책임져야 할 일도 아니다. 1998년 이래 10년간 정권을 담당한 민주당 노선에 대한 국민적 평가라 보아야 한다. 무엇을 그리 잘못했는가? 이 10년 동안 한국의 정치적 민주주의는 부족하나마 진전을 보았다. 남북관계는 획기적 개선의 계기를 마련했다. 이명박정부가 이를 폄하하기 위해 애를 쓰지만 역사는 이 10년 동안 이뤄진 정치적 성과에 대해 정당한 평가를 해줄 것을 믿는다.

문제는 경제였다. 특히 서민경제의 파탄이었다.

한국의 노동자, 서민은 여전히 세계에서 가장 많은 노동시간을 강요받고 있지만 이들의 소득은 상위계층과의 격차가 해마다 늘어나는 사회양극화의 희생양이 되어왔다. 민주당 10년 동안 비정규직 노동자는 두 배로 늘어났다. 정부예산으로 월급을 주는 폴리텍대학의 비정규직 교사들이 정규직 교사 월급의 48%밖에 받지 못하는 비인간적 차별을 시정하지 않고 방치한 것도 민주당 정권이었다.

약자의 일방적 희생을 강요하는 강자 위주의 노동시장정책을 '노동시장의 유연화'란 명분 아래 강행한 것도 김영삼정부의 노동시장정책을 계승한 김대중, 노무현정부 아니었는가? 선거 때마다 왼손으론 일자리를 창출하겠다고 약속하였지만 오른손으론 제대로 된 일자리를 없애온 것이 민주당 정부 아니었나?

무분별한 노동시장 유연화정책으로 국가적 차원의 일자리시스템 붕괴가 일어나자 풍선효과처럼 자영업자가 급증한 것도 바로 이 시기였다. 이제 한국의 자영업자는 전체 경제활동인구의 30% 이상을 차지하면서 OECD 평균의 2~3배, 미국의 6배 이상이라는 위험수위를 기록하고 있다. 서울에서 신장개업한 음식점의 70%가 1년 이내에 폐업신고를 하고 있는 것처럼 자영업이 한국 중산층 붕괴의 일선현장이 되어버린 것도 민주당 10년이 만들어낸 결과이다. 특히 순금융자산이 백만 달러 이상 되는 백만장자 증가율이 노무현정부 5년 동안 세계 1위에서 7위 사이를 기록하는 동안 이 나라는 애를 낳고 기르기가 가장 힘든 나라, 노인이 생활고로 가장 많이 자살하는 부끄러운 나라가 되어버렸다.

역사상 가장 민주적인 정부하에서, 가장 서민적으로 보이는 대통령을 선출하고서도 한국의 가난한 국민들이 받은 선물은 부자를 위한 희생과 고통전담이었다. 민주당이 진정 국민들에게 희망이 되는 새 길을 걷겠다면 서민경제파탄에 대한 대국민사과와 과거 노선에 대한 철저한 단절을 선언하는 것으로부터 시작해야 한다. 특히 비정규직 양산을 포함한 일자리파탄정책, 부와 가난이 세습되게 한 교육양극화정책, 경제주권을 반납한 한미FTA 추진에 대해 잘못을 인정하고 용서를 구하는 것으로부터 시작해야 한다.

불행히도 뉴민주당플랜에서 고백하는 반성에서 우리는 진정성을 발견할 수 없다. 과거에 대한 합리화와 현실에 대한 호도 그리고 미래에 대한 부도예정 수표만을 발견할 뿐이다. 이것이 뉴민주당플랜의 실체라면 우리가 예상할 수 있는 것은 '잘못의 반복'뿐이다. 도대체 무엇을 잘못했고 무엇을 버려야 하는지를 아직도 모르고 있다.

노무현정부는 좌측 깜빡이를 켜고 우회전했다는 비판을 받아왔다. 뉴민주당플랜은 그래서 깜빡이를 모두 끄고 우회전하겠다는 것이다. 노무현정부가 좌파 신자유주의를 추진했다면 뉴민주당플랜은 중도 신자유주의를 천명하고 있다. 우파 신자유주의인 한나라당에 한 발 다가서는 것이다. 그러나 어차피 신자유주의를 바탕으로 한다는 점에선 마찬가지다. 국산 쥐약이든, 일본 쥐약이든, 미국 쥐약이든 성능의 차이가 있을 뿐 쥐약이긴 매한가지 아닌가?

더욱 가관인 것은 중도 신자유주의를 들고 나오면서 '보수와 진보의 낡은 이분법'을 뛰어넘겠다고 하는 점이다.

우리는 묻는다. 귀당이 언제 '진보'였던 적이 있었냐고. 이른바 제3의 길이라 하여 신자유주의를 수용한 서유럽국가들조차도 용인하지 않는 비정규직에 대한 심대한 차별을 당연시하며 수용한 것이 민주당 10년이었다. 짝퉁 진보를 팔아 제끼면서 진품까지 의심받게 만든 것도 노무현시대의 일이었다. 진품 진보가 그렇게 주장한 기회의 균등을 훼손시킨 당사자들이 반성은커녕 "결과의 평등을 주장하는 낡은 진보를 넘어서겠다"고 하니 소가 웃을 일이다.

뉴민주당플랜 초안대로 민주당이 나아가겠다면 차라리 민주당은 둘로 쪼개지는 게 국민들에게 더 도움이 될 것이다. 신자유주의를 기본노선으로 하는 세력은 한나라당과의 보수대연합으로, 신자유주의를 배격하고 일자리, 교육, 의료, 주택문제에서 서민중심의 복지를 강화하려는 세력은 진보대연합에 가담하는 것이 바람직하다. 어차피 민주당을 정치적으로 존립 가능하게 한 민주 대 반민주의 대립구도는 역사적 시효가 소멸되었다. 지역주의로 회귀하여 목숨을 부지하려는 것이 아니라면 민주당은 진보와 보수라는 새시대의 경쟁구도 앞에서 자신을 분할하는 것이 옳다.

한나라당은 이미 독재라는 문신을 지우고 '국민을 먹여 살릴지도 모르는 보수'로 성형수술을 마쳤다. 이런 '보수' 앞에서 민주당의 '민주'는 국민들에게 철 지난 낡은 프레임의 산물로밖에 보이지 않는다. MB정권을 지지하지 않는 국민들이 절대다수인데도 왜 반MB연합에 국민들이 감동하지 않는지 차분히 생각해보아야 한다. 성격이 애매모호한 반MB연합은 국민들에게 철 지난 반독재연합을 연상시킬 뿐이다.

시대와 국민은 제대로 된 진보를 요구하고 있다. 진보정당은 뼈를 깎는 자성을 하면서 거듭나야 하고, 정체불명의 민주당은 이질적인 정체성을 분별정립으로 해결해야 한다.

1차선이든 2차선이든 도로에선 차선을 지켜야 한다.

중도랍시고 두 개 차선을 걸치고 운행하다가 사고 난 차 한 대 때문에 도로가 몇 킬로미터씩 정체되는 경우가 바로 오늘 한국 정당정치의 현주소이다.

나의 쌍권총, 아이폰과 블랙베리

2009년 12월 21일

아이폰으로 트위터를 하고 진보신당 중앙당 당직자들에게 아
이폰을 선물하자 나에게 별칭이 하나 더 붙었다. 얼리어답터. 신제
품을 남보다 빨리 구입해 사용해보는 사람들을 가리키는 말이다.
사실 아직까지 MP3조차 사용해본 적이 없는 나에게 얼리어답터라
는 별칭은 과분하다. 그렇다면 아이폰 출시예고가 나오자마자 예약
하여 구입한 것은 무슨 이유인가? 답은 간단하다. 업무의 효율성과
IT정책에 대한 관심 때문이다.

사실 1990년대 초반 핸드폰이 처음 한국에 등장했을 때 나는
당시의 이른바 운동권에서 최초로 핸드폰을 사용하는 사람이 되었
다. 가지고 다니는 손전화! 얼마나 편리하고 활동에 도움이 될 것인
가? 나는 사업을 하는 후배에게 150만 원가량 하던 모토롤라 휴대
폰을 사달라고 당당히 요구했다.

그 후 나의 꿈은 언제 어디서든 인터넷에 접속하는 일이었다.
인터넷은 이미 정보의 바다요, 여론형성의 광장이고, 대화와 소통의
천국 아닌가? 이 인터넷을 사무실과 집의 책상에 앉아야만 들어갈

수 있다면 이처럼 답답한 일은 없었다. 그래서 1990년대 말 정부가 IMT2000정책추진을 발표했을 때부터 나는 꿈이 현실로 되는 날을 기다려왔다.

시간이 지나면서 꿈은 날로 커지고 구체화되었지만 현실은 멀기만 했다. 국정감사 중에 엉뚱한 답변을 반박하기 위해 그 자리에서 인터넷 검색을 하고 싶었지만 핸드폰 문자로 보좌관에게 도움을 청할 수밖에 없었다. 인내에도 한계는 있는 법이다. 거액을 들여 소형노트북인 넷북을 구입했다. 무선모뎀도 장착했다. 지방출장중에 KTX 안에서 때로는 승용차 안에서 글을 써서 보내고 이메일을 읽었다. 그러나 내 손 안의 인터넷은 멀기만 했다.

미국에서 아이폰이 처음 등장했을 때 나의 절망감은 더욱 깊어졌다. 인터넷 초고속망 보급률이 세계 최고수준이고 핸드폰 보급률과 수출액이 세계 최고인 나라에서 휴대폰을 통한 인터넷 접속은 더디고 느리고 비싸고 힘들기만 했다. 다른 나라에서 인터넷과 모바일 사이에 고속도로가 개통되고 있는 동안 한국에선 이 둘 사이에 비포장도로만 놓여 있었고 더구나 비싼 통행요금까지 받고 있었다. 인터넷강국이라던 한국이 OECD국가 중에서 무선인터넷 이용율이 가장 낮다는 치욕적인 통계까지 보도되었다.

뉴욕시민들이 출근하는 길거리에서 휴대폰으로 이메일을 확인해보고 답장을 보내며 업무처리를 하는 동안 서울시민들은 세계 최고수준의 휴대폰으로 DMB를 보거나 고화질의 사진찍기에 열중하는 등 여가를 즐기고 있었다.

그래서 지난 여름 삼성 제트폰 출시 소식을 들었을 때 나는 오랜 꿈이 실현되는 날이 드디어 오는구나 하는 기대감에 설렜다. 15년 전 모토롤라 휴대폰을 처음 손에 쥔 이후 나는 삼성폰만을 사용해 왔다. 주관적인 판단이겠지만 성능이 우수하고 한글입력시스템이 나에게 적합했기 때문이었다. 그러나 그 이유로 삼성 제트폰을 기다린 것은 아니다. 무선인터넷을 쉽게 사용할 수 있는 근거리통신망 Wi-Fi 접속기능이 내장되어 있었기 때문이었다.

그러나 세계 80여 개국에 수출하고 있다는 삼성 제트폰을 정작 국내에선 만날 수 없었다. 이제나저제나 기다리던 나에게 들어온 소식은 삼성 제트폰에서 Wi-Fi 기능을 빼고 대신 액정과 카메라 성능을 다소 높여 다른 이름으로 국내에 출시한다는 것이었다. 삼성전자의 한 고위관계자는 이렇게 된 것은 국내 이동통신사의 요구 때문이며 핸드폰 제조사는 이동통신사의 요청을 거절하기 힘들다는 말까지 했다.

나는 오랜 미련을 버렸다. 즉각 블랙베리를 구입했다. Wi-Fi 기능이 우수한 아이폰은 낡은 수익모델을 고집하는 국내 이동통신사들의 사보타지로 언제 들어올지 모르는 상황이었다. 블랙베리는 나를 놀라게 했다. 버튼을 한 번 누르면 바로 이메일을 읽고 답장을 보낼 수 있었다. 트위터를 시작한 지 한 달째인 나에게 단추 한 번 눌러 트위터에 접속할 수 있다는 것은 놀라운 경험이었다. 오바마가 대통령선거에서 백만 명이 넘는 팔로워들에게 메시지를 보냈다는 사실이 어떻게 가능한지 실감하게 되었다.

블랙베리를 쓴다니까 비싼 요금제도로 인한 요금폭탄을 조심하라는 충고도 많았다. 충분히 사용하여 요금폭탄도 경험해보기로 했다. 스마트폰 카페에도 가입하고, 아이폰 출시를 기다리는 사람들의 카페에도 가입했다. 그들은 단지 아이폰 출시만을 기다리는 사람은 아니었다. 그들은 아이폰이 왜 출시되지 않는지를 궁금해하다가 한국의 IT산업정책의 문제점에 접근하게 된 상태였다. 한국의 비싼 요금제도, 이동통신사들이 낡은 수익모델을 고집하느라 무선인터넷망을 협소하게 설정함으로써 소프트웨어산업이 위축되는 등 IT의 갈라파고스가 되어가는 현실에 대한 문제의식으로 이들 카페는 뜨거웠다. 아이폰 출시가 지연되자 외국에서 직접 아이폰을 구입하여 들여온 뒤 개인인증을 받으려는 사람들이 줄을 섰다. 뜨거운 상태를 넘어서서 폭발 직전이었다.

오랫동안 이동통신사들의 독과점 이윤을 보장해주는 데 급급했던 정부당국이 이 폭발을 예방하고자 정치적 판단을 내린 것이 바로 아이폰 연내출시 허용이다. 위치정보가 어떠니 하면서 내세웠던 아이폰 출시불가 사유들은 한순간에 없었던 일이 되었다. 즉각 아이폰 예약을 했다. 당분간 블랙베리와 아이폰을 둘 다 쓰기로 했다. 이찬진 대표는 시간이 지나 블랙베리 중고가격이 더 떨어지기 전에 처분하라고 충고를 보내왔다. 실제 요금부담이 작은 것은 아니다. 그러나 좌사우포, 즉 왼쪽엔 사과(애플사의 아이폰) 오른쪽엔 포도(블랙베리)라는 쌍권총을 차기로 했다. 왜곡된 한국IT정책의 폐해를 체험하고 무선통신세계의 변화와 발전을 체감하기 위해서다.

얼마 전 트위터 사용자들의 이웃돕기 기부모임에 가서 나는 트위터를 사용하면서 나 스스로 진화했다는 고백을 했다. 트위터 번개를 통해 평소 도저히 만날 수 없었던 많은 사람들을 만나게 되고,

블랙베리와 아이폰을 알게 된 후 피상적으로 이해했던 한국IT정책과 산업의 문제점도 알게 되었다. 아이폰이라는 빈 건물에 입주한 수많은 애플리케이션을 보면서 왜 삼성전자가 아이폰보다 스무 배 더 많은 휴대폰을 팔면서 영업이익은 두세 배 적게 나는지 그 비밀을 깨닫게 되었다.

오늘도 나는 쌍권총을 차고 집을 나선다.

사무실에 도착하기 전에 간밤에 들어온 메일을 모두 확인하고 답장을 보낸다. 인터넷으로 뉴스를 검색하고 필요한 것은 저장하고 함께 공유해야 할 블로거의 글은 동료들에게 바로 전송한다. 서울시청 앞에서 동절기 강제철거를 반대하는 주민기자회견에 참석하여 이분들의 사진과 사연을 바로 트위터에 올리니 수백 명의 트위터 친구들이 이를 다시 확산시킨다. 용산참사 연내해결을 촉구하기 위해 국무총리를 만난다고 글을 올리니 바로 격려와 유의해야 할 사안을 보내온다. 인터넷 접속권이 이젠 국민의 기본권이 되어야 하며 서울 어디서나 무선인터넷을 무상으로 이용할 수 있어야 한다고 제안하자 격려가 쏟아진다.

다가오는 크리스마스이브엔 백혈병을 앓고 있는 어린이들을 방문할 예정이다. 이 아이들 앞에서 아이폰으로 오카리나 연주를 할 계획이다. 진화하는 한 인간의 모습을 보여주고 희망을 잃지 말 것을 당부하려 한다.

그렇다. 나는 진화한다. 쌍권총을 차고서!

언제까지 죄송해하고만 있지는 않겠습니다
— 용산참사 노회찬 조사

2010년 1월 9일

대한민국 시민으로 용산 남일당 건물 옥상에 올라갔다가 이명박정권의 살인진압으로 주검이 되어, 열사가 되어 땅으로 내려오신 고 이상림 님, 양회성 님, 한대성 님, 이성수 님, 윤용헌 님, 지난 355일을 영하 10도의 냉동고에 갇혀 지내신 님들을 이제 우리는 얼어붙은 땅에 님들을 묻기 위해 이 자리에 모였습니다.

그 차가웠던 겨울의 한복판에 우리를 떠나 1년이 지난 이 차가운 겨울의 누리에서 다시 이렇게 마주하기까지 얼마나 고통스러우셨습니까. 옛말에 '이승을 떠난 한 많은 영혼은 구천을 떠돈다'는 말이 있습니다. 그러나 고인들의 영혼은 구천이 아니라 구십천, 아니 구백천을 떠돌아 다녔을 것입니다. 이 억울함, 이 원통함을 어디에 비유할 수 있단 말입니까.

지난 여름 뜨거웠던 서울광장 앞에서 우리는 고인들을 생각하며 삼보일배를 하였습니다. 미안하다는 대통령의 단 한마디 말을 기대하며 청와대로 향했던 유가족과 시민들의 삼보일배는 또다시 경찰의 방패에 가로막혔습니다. 삼보일배가 가로막힌 그 자리에 하늘에서 억수 같은 비가 내렸습니다. 유족도 울고, 시민도 울고, 하늘도 울고 저도 울었습니다.

하늘에서 내린 장대비, 그것은 비가 아니었습니다. 사랑하는 가족의 고난을 보며 흘리신 다섯 분 고인의 통한의 눈물임을 우리는 잘 알고 있습니다.

인간의 힘으로 어쩔 수 없는 사고였다면 이렇게 억울하지는 않았을 것입니다. 사랑한다는 말 한마디만이라도 전하고 보내드렸으면 이렇게 슬프지는 않았을 것입니다. 아니, 돌아가시는 날 따뜻한 국물이라도 드시게 하고 보내드렸다면 이토록 원통하지는 않았을 것입니다.

삼가 고인들께 엎드려 사죄합니다. 지켜드리지 못해 미안합니다. 지켜드리지 못해 죄송합니다. 이 비정하고 단말마 같은 세상에서 고인들을 외롭게 투쟁하도록 내버려두었던 우리 자신이 너무도 부끄럽고 서러울 뿐입니다.

하지만 언제까지 죄송해하고만 있지는 않겠습니다. 고인들의 뒤에 남은 가족과 함께, 그리고 벗들과 함께 철거민이 없는 세상을 만들기 위해 싸우겠습니다. 언젠가는 저 뻔뻔한 대통령이 고인들의 무덤 앞에서 참회의 눈물을 흘리도록 만들겠습니다. 용산의 진실을 규명하고 책임자를 처벌하며 다시는 이러한 억울한 죽음이 없도록 법과 제도를 바꾸어 약자들이 힘을 갖는 세상을 만들 것입니다.

그때까지 고인들이시여, 오늘의 고통, 억울함, 서러움 모두 잊으시고 편히 하늘나라로 떠나소서. 먼 훗날 우리들이 새 세상에서 만날 때에는 아름다운 세상 만들고 왔노라고 같이 웃을 수 있을 것입니다.

그리고 또 한 가지 테러를 진압하기 위해 테러진압부대에 배속되었다가 무모하기 짝이 없는 살인진압명령에 강제동원되어 그 참사과정에서 함께 운명하신 특공대원 고 김남훈 씨, 돌아가신 열사들과 마찬가지로 무허가건물 옥탑방에서 기거하며 특공대원 생활을 하다 억울한 죽음을 당한 김남훈 씨를 만나시거들랑 위로해주소서. 함께 손을 잡고 보듬어주소서.

그리고 남은 가족들에게 힘을 주시고 저희들에게 용기를 주옵소서. 사람이 사람답게 사는 세상을 위해 저희들은 남은 혼을 불태우겠습니다.

삼가 고인들의 명복을 빕니다.*

---

* 이 글은 2009년 1월 20일 서울시 용산4구역 재개발 보상대책에 반발하던 철거민과 경찰이 대치하던 중 화재로 철거민 5명, 경찰 1명이 사망하고 20여 명의 부상자가 발생한 용산참사 1주기 조사입니다. 이 조사에서 진압경찰인 김남훈 씨에 대한 노회찬 의원의 추모는 진짜 가해자가 누군지, 진정한 책임이 누구에게 있는지 되묻게 했습니다. 기성언론은 용산참사의 희생자들을 집요하게 가해자로 몰아갔고, 경찰은 과잉진압의 책임은 감춘 채, 철거민 대책위원장 등 철거민 20명과 용역업체 직원 7명 등 27명을 기소했습니다.

'식중독 사고율 5배'
교장선생님, 좋으십니까?

2010년 1월 18일

원래 내일(19일)은 전국의 모든 학교에서 학생들에게 주고 있는 급식을 위탁급식에서 직영급식으로 전환해야 하는 날입니다. 하지만 선생님이 교장으로 계신 학교는 내일 이후에도 계속 위탁급식을 하기로 결정하였습니다. 아니, 지금이 방학 중이니 개학 이후에도 위탁급식을 계속하기로 했다는 것이 더 정확하겠군요.

전문지식도 없는 교장과 교사가 급식문제를 신경 쓰는 게 너무 부담스럽고, 급식은 위탁업체가 하는 것이 전문성 면에서 바람직하다고 선생님은 계속 하소연하셨고, 서울시교육청이 서울 지역 학교들에 대해 '직영급식 전환을 1년 유예'하도록 허가하면서 이런 일이 가능해졌습니다.

서울시에 유독 교장선생님 같은 분들이 많고, 또 서울시교육청이 선생님 같은 분들을 적극 옹호하기 때문에 전국의 학교 90%가 직영으로 전환했음에도 불구하고, 서울의 직영급식 학교는 50%밖에 되지 않습니다. 진보교육감이 당선된 경기도의 96% 직영전환과도 너무 큰 차이가 납니다.

어쨌든 직영전환이 유예됨으로써 교장선생님은 업무부담이나 책임소재로부터 자유롭게 되었습니다. 직영급식을 하면 식자재 선정, 구매, 검수, 영양교사 채용 등 급식 관련 업무를 선생님이 관리해야 하는데 그럴 일이 없어졌습니다. 위생 관련 사고가 발생하면 자칫 책임져야 할지도 모르는데, 앞으로 1년간은 그러지 않아도 됩니다. 선생님 입장에서는 참 다행이라 생각하실 것입니다.

하지만 교장선생님. 학생들 입장에서는 어떻습니까. 원래 학교 직영급식의 취지는 예전부터 끊이지 않고 이어져온 급식사고로부터 학생들을 보호하자는 것이었습니다. 실제로 위탁급식을 하는 학교의 식중독 비율은 직영급식을 하는 학교보다 무려 다섯 배나 높습니다. 그만큼 직영급식의 안전성은 이미 검증됐습니다.

교장선생님 입장에서는 책임과 부담이 줄어들었겠지만 아이들의 안전성은 다섯 배나 뒤처진 채 다시 1년이 흘러야 합니다. 선생님 입장에서도 안타까운 일이 아닙니까. 그런 점에서, 제 판단으로 직영전환을 할 수 있음에도 불구하고 전환을 하지 않은 선생님이나, 선생님의 행동을 옹호하고 오히려 면피할 핑계거리를 만들어준 서울시교육청에 큰 유감입니다.

제가 얘기를 들어보니, 작년 4월 10일에 시도교육청과 지역교육청의 학교급식 담당자들을 대상으로 2009년도 학교급식 연수회가 열렸다지요. 그 자리에서 전라북도의 모 사립고등학교가 '밝은 미소로 아이들을 내 아들같이'라며 직영전환을 한 사례가 우수사례로 발표됐다고 들었습니다.

이 학교도 선생님의 학교와 거의 다를 것이 없는 학교입니다. 그럼에도 앞장서서 직영전환을 한 것입니다. 이 학교 교장선생님이라고 해서 선생님처럼 그런 부담이 없었겠습니까. 하지만 학생들 건강을 위해서 직영전환을 했다고 봐야 할 것입니다. 이런 걸 보더라도 선생님이 직영전환을 하지 않을 이유는 더욱 없어지는 것 같습니다.

저는 이번 직영급식 전환 무더기유예사태를 보면서 서울시교육청을 또다시 보게 됐습니다. 이전에도 알았지만 정말 해도 해도 너무한다는 것이지요. 지금은 공정택 교육감이 그 직을 상실했지만 지금 서울시교육청은 공정택 교육감 시절 했던 일들을 고스란히 하고 있습니다.

일제고사 비판 교사들에 대한 무더기징계, 자사고 전면확대와 고교선택제 강행, 그리고 최근의 직영급식유예까지 서울시교육청은 일반 학생보다는 교육관료들을 위해, 보통서민 자녀보다는 부유층 자녀들을 위해 존재해온 기관이라는 생각입니다. 올해 교육감선거에서는 서울시교육청을 근본에서부터 뜯어고칠 그런 교육감이 당선돼야 하겠구나, 하는 생각이 절실합니다.

본론으로 다시 돌아가서 말씀드립니다. 교장선생님!

학교직영급식 1년 유예를 따내셨지만 '시간을 벌었으니 다른 교장선생님들과 힘을 합쳐서 아예 이 법을 폐기하도록 해야겠다' 이런 생각을 하시지는 말기를 바랍니다. 실제로 그런 흐름이 아주 크기에 말씀을 드리는 것입니다.

학생들의 건강을 2~3순위에 놓는 교육이 무슨 교육입니까. 학교급식의 질 제고, 학생건강의 증진, 안전하고 맛있는 학교급식 등 법의 취지나 교과부 연수 우수사례는 무시하신 채, 오로지 교장선 생님의 편의를 생각해서 판단할 문제는 아닐 것입니다.

이렇든 저렇든 간에 교장선생님의 결정 때문에 선생님의 학교 학생들은 앞으로 1년간 위탁업체가 만든 급식을 먹게 되었다는 사실, 그로 인해 학생들의 건강권이 일부나마 침해됐다는 점을 선생 님께서 헤아리시길 바랍니다. 그리고 서울시교육청이 유예시킨 1년 이 아니라 조만간 안전한 직영급식을 학생들에게 제공하는 결단을 내리시길 선생님께 부탁드립니다. 그것이 평생 교육자로서 살아오 신 선생님의 양심에도 맞는 일일 것입니다.

학생과 학부모들을 생각하시어 현명한 결정을 내려주시리라 믿습니다. 초면에 너무 일방적으로 얘기했다면, 양해를 부탁드립니 다. 선생님의 새해 건강과 건승을 빌겠습니다.

감사와 함께 사과드립니다

2010년 3월 7일

많은 분들이 위로하고 격려해준 덕분에 아버님 장례를 무사히 치렀습니다. 유족을 대표해서 여러분들께 감사의 인사를 올립니다. 특히 진보신당 당원들, 정몽준, 정세균, 이회창, 강기갑, 송영오, 이재정 대표 등 여야 정당대표들과 국회의장, 국무총리, 대통령실장께서 직접 빈소를 찾아주신 데 대해서도 감사의 인사를 드립니다.

평소 저와 가까운 분들 외에도 장례를 치르는 동안 많은 분들이 직접 빈소를 찾아와 조문을 해주셨습니다. 최근 판결내용으로 검찰과 공방이 뜨겁게 오갔던 판사들도 찾아왔고 X파일사건 당시 저를 유죄로 판단한 검찰고위간부도 왔습니다. 삼성을 고발한 변호사도 왔고 삼성고위임원도 왔습니다. 촛불단체 대표자들도 왔고 촛불 당시 진보신당 당사를 난입했던 극우단체 대표자도 왔습니다. 죄 없이 경찰에 연행되었다 며칠 전 풀려난 분도 오셨고 경찰청 서울책임자도 왔습니다. 정치노선과 입장을 넘어서서 찾아주신 모든 분들께 거듭 감사의 인사를 올립니다.

아버님 장례를 치른 다음날 조선일보사에서 연락이 왔습니다.

창간 90돌 기념식에 참석해주십사, 하는 것이었습니다. 아버님 장례를 치른 직후라서 바깥행사 나들이를 자제하고 있다고 정중히 사양했습니다만 다른 간부들이 몇 차례 더 연락이 왔습니다. 이번 행사만큼은 자신들과 생각이 다른 분들도 가급적 모시고 싶다는 내용이었습니다. 그 말을 듣자 마은혁 판사 사건이 떠올랐습니다.

마은혁 판사는 20년 전 저와 함께 활동했던 사이였습니다. 그 후 법관의 길을 걸었고 자연스레 왕래가 뜸했습니다. 작년 가을 마 판사는 열흘 간격으로 부친과 부인을 잃었고 소식을 들은 저는 두 차례 조문을 하였습니다. 그리고 한 달쯤 후 제가 이사장으로 있는 연구소의 출판기념회가 후원의 밤을 겸해 열렸습니다. 평소 저의 정치행사에 참석하지 않았던 마 판사가 그날 참석해서 조문에 대한 답례인사를 하고 약간의 후원금도 냈습니다. 그리고 얼마 지나지 않아 민주노동당 보좌관들의 국회농성 기소사건과 관련하여 마은혁 판사의 공소기각 판결이 있었습니다.

판결에 불만을 품은 조선일보 등 보수언론들이 일제히 마 판사의 판결을 비난하였습니다. 나아가 마 판사가 제 연구소 후원행사에 참석한 사실을 알아내고 연일 공격을 했습니다. 판결내용에 다른 견해를 갖는 입장에서의 논리적 비판이 아니었습니다. 민주노동당 출신 정치인 행사에 간 것은 민주노동당을 지지한다는 뜻이고, 그런 개인적 정치성향이 민주노동당 관련 재판결과에 영향을 미쳤다는 논리였습니다. 문상답례 차원의 의례적인 참석일 뿐 정치적 지지여부와 무관하다고 해명했지만 받아들여지지 않았습니다. 한 발 물러선 언론조차 여하튼 현직 판사가 정치인 행사에 간 것 자체가 잘못되었다고 며칠 간격으로 두 차례씩 사설을 쓰며 공격했습니다. 결국 보수언론들의 여론몰이에 법원도 손을 들었습니다. 법원장은 마 판사가 오해의 소지가 있는 행동을 했다며 경고처분했고 정기법관인사에서 시국사건을 맡지 않는 가정법원으로 전보발령조치하였습니다.

저의 비서실장이 오해의 소지가 있고 특히 선거를 앞두고 있으니 조선일보 창간기념식 행사에 가지 않는 것이 좋겠다고 말했을 때, 저는 마은혁 판사 사건을 거론하며 그럼 오해의 소지가 있는 행사에 가지 말아야 한다는 조선일보의 논조가 옳은 것이냐며 되물었습니다. 생각이 달라도 의례적 차원에서 참석해달라는 조선일보의 초청취지와 마은혁 판사사건 보도태도와의 모순도 거론했습니다. 그리고 마 판사사건의 보도태도에 대한 항의의 표시로라도 참석하겠다고 결정했습니다. 정당과 언론의 관계는 특수한 측면이 있는지라 서로 싸우고, 규탄하고, 비판하면서도 끊임없이 만나서 설득하고 토론하고 항의하는 일이 다반사입니다. 그래서 특정계기가 되면 언론사를 순회방문하고 기자들과도 끊임없이 간담회를 갖는 것입니다. 그런 점에서 볼 때 정당의 대표나 역대 정권에서처럼 정부를 대표하는 사람이 언론사의 창간기념일에 참석하는 것은 언론의 논조나 정치적 입장을 넘어서서 이뤄지는 의례적인 일이라 볼 수 있습니다.

조선일보사의 창간기념식에는 다양한 분들이 많이 참석하였습니다. 조선일보와 생각이 다른 분들도 참석했고 조선일보 보도로 피해를 입었다고 생각하는 분들도 계셨습니다. 고 김대중 대통령

영부인께서도 축하전보를 보냈고 용산사건 때 조선일보와 정반대 입장에서 유가족들을 지원한 봉은사 주지 명진스님도 참석했습니다. 그러나 지금 문제가 되고 있는 것은 오직 저 한 사람입니다. 그만큼 제가 서 있는 위치의 민감성 때문이라고 생각합니다.

그런 뜻에서 이 중요한 시국에 불필요한 논란의 중심에 서게 된 점을 유감스럽게 생각합니다. 특히 진보신당 당원들과 저를 아끼는 트위터 친구들께 당혹감을 안겨드린 데 대해 죄송하다는 말씀을 올립니다.

저의 취지가 정당했다 하더라도 저의 처신이 적절했는가의 문제에 대해선 앞으로도 많은 지적과 조언을 듣고 깊이 생각하는 시간을 갖도록 하겠습니다. 동시에 저는 조선일보 등 생각이 다른 언론들과 격의 없는 토론의 시간도 피하지 않을 생각입니다. 그날 면식이 있는 조선일보의 대표적인 논객 한 분은 저에게 소주 한잔하자고 청했습니다. 만일 그런 자리가 마련된다면 저는 세상을 바꾸려는 정당의 대표답게 조선일보에 대한 우리의 생각을 가감없이 전하고 인식과 태도의 전환을 강력하게 촉구할 생각입니다.

마지막으로 한 가지 당부드리고자 합니다.

6년 전 저는 조선일보 노동조합의 초청으로 조선일보 기자들을 대상으로 강연을 한 바 있습니다. 주변의 우려도 있었지만 저는 조선일보 안에 들어가서 저의 생각을 전하겠다며 강연을 강행하였습니다. 제 강연의 주된 기조는 조선일보도 이제 변해야 한다는 것이었습니다. 물론 말머리에 30년 전 집에서 조선일보를 보게 된 내력을 말하고 덕담도 한마디 하였습니다. 지금 생각해도 그날의 덕담 중 본뜻과 다르게 전달될 수 있는 부적절한 표현도 있었습니다. 강연이 끝난 후 저의 지적에 공감하는 기자들과 뒤풀이를 가졌고 그중 몇 사람은 직전 대선에서 민주노동당 후보를 찍었다고 밝히기도 했습니다. 그러나 이런 자리는 더 이상 이어지지 못했습니다.

일부에서 저의 그날 강연을 놓고 '조선일보의 30년 애독자로서 조선일보를 최고의 신문으로 고무찬양한 강연'으로 규정했기 때문입니다. 평양을 방문한 한 교수가 방명록에 덕담 한마디 쓴 것에 대해 북한을 고무찬양한 죄로 처벌해야 한다고 조선일보가 기사를 쓰기 전의 일입니다. 강연의 주요 내용은 온데간데 없고 덕담 중 몇 마디로 저의 철학과 소신과 강연내용을 왜곡한 것입니다. 사실과 다르다고 항의하니 "아니면 말고"라는 답을 들어야 했습니다.

그때 저는 우리 안에도 '조선일보'가 있다는 생각이 들었습니다. 싸우면서 닮는다는 옛말이 있습니다. 제가 여전히 안타까운 것은 조선일보와 싸우면서, 싸우는 동기가 되었던 '조선일보식 글쓰기'를 닮는 경우도 있다는 것입니다.

긴 글 읽어주셔서 감사합니다. 그리고 심려를 끼쳐드리게 된 것을 다시 한 번 사과드립니다.

노회찬 올림

역사는 딱 진보정당 득표만큼 앞서갑니다

2010년 00월 00일*

6월 2일 지방선거가 불과 며칠 앞으로 다가왔습니다.

어느덧 초여름인데도 선거운동 하러 다니다 보면 아직 아침저녁으로는 제법 쌀쌀한 기운을 느낍니다. 올해에는 겨울이 물러갈 때를 놓쳐서 이상한파를 보이더니 이제는 여름의 발걸음이 또 너무 더디군요. 본래 때가 되면 물러날 것은 물러나고 올 것은 오는 게 계절의 순리입니다. 그런데 지금 이 이치에 뭔가 탈이 난 것처럼 보입니다. 이제 날씨조차도, 심판받았던 '과거'와 심판해야 할 '현재'가 '미래'의 희망을 압살하고 있는 우리 정치판을 따라가려는 것만 같습니다.

하지만 자연의 이치에 어찌 그런 어긋남이 있겠습니까? 조바심이 난 것은 다만 봄에서 여름으로 넘어가는 그 며칠간을 참지 못하는 우리의 마음뿐 아니겠습니까? 역사의 이치도 그러하지 않겠

---

* 날짜 미상. 2010년 3월 26일 천안함 침몰사건 이후 남북관계가 급랭하는 상황이 전개됐습니다. 정부는 6월 지방선거 전 연일 대북강경조치를 발표했고, 보수언론방송은 더욱 강력한 대북강경책을 주문하는 기류가 이어졌습니다.

습니까? 지금 당장은 '과거'와 '현재'의 병목현상으로 '미래'가 치고 나올 엄두를 못 내는 듯 보여도 이것은 단지 여명 직전의 그 어두운 한순간이 아니겠습니까?

지금 저를 비롯한 진보신당 후보들을 지지해주시고 성원해주시는 모든 분들은 그야말로 온몸으로 새벽빛을 열고 있습니다. 저와 진보신당 후보들을 지지하는 것 자체가 대단한 용기를 요구하는 일이 되었습니다. 저와 진보신당 후보들이 호소하는 복지혁명을 선택하는 것 자체가 엄청난 결단을 필요로 하는 일이 되었습니다. MB 정권 아니면 '반MB' 외에 다른 선택은 있을 수 없다는 양자택일의 폭력을 뚫고, 심지어는 한나라당과 민주당의 공히 함부로 입에 담는 '전쟁' 위협을 이겨내야 가능한 일이 되었습니다.

그럼에도 불구하고 이에 굴하지 않고 점점 더 많은 분들이 지지대열에 함께해주고 계십니다. 저는 감히 이 분들 한 분 한 분이 한국사회의 복지혁명을 앞당길 '복지혁명가'라고 말씀 드리고 싶습니다. 수십만, 수백만 복지혁명가들과 함께라면 두려울 게 없습니다. 거칠 게 없습니다.

그런데 솔직히 말씀 드리면, 딱 하나 걱정되는 게 있기는 합니다. 선거가 막바지로 치달을수록 이 근심은 깊어만 갑니다. 그것은 진보정당의 선거운동에 반드시 따라다니는 재정문제입니다. 독립운동에 군자금이 필요하듯이 복지혁명에도 혁명자금이 필요합니다. 지금 이 자금이 절대적으로 부족합니다. 여러분, 세액공제제도라는 좋은 수단이 있습니다. 이 수단을 활용해서 저 노회찬을 후원해주십시오.

제가 좋아하는 『88만원 세대』의 저자 우석훈 박사는 "역사는 딱 진보정당 득표만큼 앞서간다"고 일갈했다고 합니다. 저는 여기에 이렇게 덧붙이고 싶습니다. "역사는 딱 진보정당 득표와 세액공제 후원만큼 앞서간다."

여러분의 후원금 10만 원이 복지혁명을 10년 앞당깁니다. 시간이 얼마 없습니다. 선착순에서 끊길지도 모릅니다. 서둘러주십시오. ^^

노회찬 진보신당 서울시장후보

6411번 버스를 아십니까?
—노회찬 진보정의당 당대표 수락연설*
2012년 10월 21일 일요일 맑음

오후 1시 진보정의당 창당대회가 열렸다. 오전에 노원구 체육행사 여섯 곳에 들러 축사를 한 후 바삐 움직였다. 권영길, 천영세, 이수호, 강기갑, 지난 시기 진보정당을 이끌었던 분들도 참석하셨다. 1992년 진보정당추진위원회 대표를 맡으면서부터 시작하여 1997년 국민승리21, 2000년 민주노동당, 2008년 진보신당, 2011년 통합진보당 창당을 거쳐온 20년 세월이 주마등처럼 스쳐간다.

내빈 한 분이 축사에서 "격려하러 왔는데 격려받고 간다"고 말씀하실 정도로 창당대회의 열기가 뜨거웠다. 대회 후 중앙당 상근

---

* 2012년 통합진보당 비례대표후보 부정경선사건의 여파로 통진당 일부 당원들이 탈당해 9월에 새진보정당추진회의를 결성합니다. 그리고 10월에 정의당의 전신인 진보정의당을 창당하게 됩니다. 노회찬·조준호가 공동대표로 결정되었고, 노회찬 의원이 이를 수락하면서 했던 연설입니다. 진보정당이 큰 어려움을 겪던 시기, 바로 이 '6411번 버스 이야기'는 그런 고민 속에서 나온 연설이기에 많은 이들의 심금을 울렸습니다. 노회찬 의원이 진보정당에 헌신하는 삶을 살아온 이유를 말해주는 연설이기에, 여전히 사람들이 가장 많이 기억하는 연설이기도 합니다.

자들과의 뒤풀이 자리에서도 다들 고생한 보람을 확인한듯 오늘 행
사의 성과에 고무되어 늦게까지 막걸리 잔을 돌렸다.

　대회사에 이어 당대표 수락연설까지 두 번의 연설을 하는 날이
라 두 번째 연설은 원고 없이 즉흥연설을 했다. 오랫동안 가슴에 담
아온 '새벽 첫차를 타는 우리의 이웃, 투명인간들'에 관한 애기로 시
작했다.

　6411번 버스라고 있습니다.

　서울 구로구 거리공원에서 출발해서 강남을 거쳐 개포동 주공
1단지까지 대략 2시간 정도 걸리는 노선버스입니다.

　내일 아침에도 이 버스는 새벽 4시 정각에 출발합니다. 새벽 4시
에 출발하는 그 버스와 4시 5분경에 출발하는 두 번째 버스는 출발
한 지 15분 만에 신도림과 구로시장을 거칠 때쯤이면 좌석은 만석
이 되고 버스 안 복도까지 사람들이 한 명 한 명 바닥에 다 앉는 진
풍경이 매일 벌어집니다.

　새로운 사람이 타는 일은 거의 없습니다. 매일 같은 사람들이
탑니다. 그래서 시내버스인데도 마치 고정석이 있는 것처럼 어느
정류소에서 누가 타고 강남 어느 정류소에서 누가 내리는지 거의
다 알고 있는 매우 특이한 버스입니다.

　이 버스에 타시는 분들은 새벽 3시에 일어나서 새벽 5시 반
이면 직장인 강남의 빌딩에 출근해야 하는 분들입니다. 지하철

이 다니지 않는 시각이기 때문에 매일 이 버스를 탑니다. 한 명이 어쩌다 결근을 하면 누가 어디서 안 탔는지 모두가 다 알고 있습니다.

그러나 시간이 좀 흘러서 아침 출근시간이 되고 낮에도 이 버스를 이용하는 사람들이 있고 퇴근길에도 이용하는 사람이 있지만, 그 누구도 새벽 4시와 4시 5분에 출발하는 6411번 버스가 출발점부터 거의 만석이 되어 강남의 여러 정류장에서 5, 60대 아주머니들을 다 내려준 후에 종점으로 향하는지를 아는 사람은 거의 없습니다.

이분들이 아침에 출근하는 직장도 마찬가지입니다. 아들딸과 같은 수많은 직장인들이 그 빌딩을 드나들지만, 그 빌딩이 새벽 5시 반에 출근하는 아주머니들에 의해서 청소되고 정비되는 것을 의식하는 사람들은 거의 없습니다.

이분들은 태어날 때부터 이름이 있었지만 그 이름으로 불리지 않습니다. 그냥 아주머니입니다. 그냥 청소하는 미화원일 뿐입니다. 한 달에 85만 원 받는 이분들이야말로 투명인간입니다. 존재하되 그 존재를 우리가 느끼지 못하고 함께 살아가는 분들입니다.

지금 현대자동차 그 고압선 철탑 위에 올라 있는 비정규직 노동자들도 마찬가지입니다. 23명씩 죽어나간 쌍용자동차 노동자들도 마찬가지입니다. 저 용산에서 지금은 몇 년째 허허벌판으로 방치되고 있는 저 남일당 그 건물에서 사라져간 다섯 분도 다 투명인간입니다.

저는 스스로에게 묻습니다.

이들은 아홉 시 뉴스도 보지 못하고 일찍 잠자리에 들어야 하는 분들입니다. 그래서 이분들이 유시민을 모르고 심상정을 모르고 이 노회찬을 모를 수 있습니다. 그러나 그렇다고 이분들의 삶이 고단하지 않았던 순간이 있었겠습니까? 이분들이 그 어려움 속에서 우리 같은 사람들을 찾을 때 우리는 어디 있었습니까? 그들 눈앞에 있었습니까? 그들의 손이 닿는 곳에 있었습니까? 그들의 목소리가 들리는 곳에 과연 있었습니까?

그 누구 탓도 하지 않겠습니다. 오늘 우리가 함께 만들어가는 이 진보정의당은 대한민국을 실제로 움직여온 수많은 투명인간들을 위해 존재할 때만이 그 일말의 의의를 확인할 수 있을 것입니다.

사실상 그동안 이런 분들에게 우리는 투명정당이나 다름없었습니다. 정치한다고 목소리 높여 외쳐왔지만 이분들이 필요로 할 때 이분들의 손이 닿는 거리에 우리는 없었습니다. 존재했지만 보이지 않는 정당, 투명정당. 그것이 이제까지 대한민국 진보정당의 모습이었습니다. 저는 이제 이분들이 냄새 맡을 수 있고, 손에 잡을 수 있는 곳으로 이 당을 여러분과 함께 가져가고자 합니다. 여러분, 준비되셨습니까?

강물은 아래로 흘러갈수록 그 폭이 넓어집니다. 우리가 말하는 대중정당은 달리 이루어지는 것이 아니라 더 낮은 곳으로 내려갈 때 실현될 것입니다.

진보정의당의 공동대표로 이 부족한 사람을 선출해주신 데 대해서 무거운 마음으로 수락하고자 합니다. 저는 진보정의당이 존재

하는 그 시간까지, 그리고 제가 대표를 맡고 있는 동안 저의 모든 것
을 바쳐서 심상정 후보를 앞장세워 진보적 정권교체에 성공하고,
그리고 우리가 바라는 모든 투명인간들의 당으로 이 진보정의당을
거듭 세우는 데 제가 가진 모든 것을 바치겠습니다.

감사합니다.

노회찬

어머니의 모습을 한 아버지의 아바타

2012년 10월 22일 월요일 비 온 후 갬

여름 소나기처럼 내리는 굵은 가을비 속에 마석모란공원묘지와 국립현충원을 참배했다. 어제 창당대회에서 선출된 당지도부와 대선후보의 첫 공식일정이다.

여기는 민족의 얼이 서린 곳
조국과 함께 영원히 가는 이들
해와 달이 이 언덕을 보호하리라.

현충원 현충탑에 분향할 때마다 마주치는 제단의 검은 돌에 새겨진 헌시이다.

이 글을 처음 본 건 부산중 2학년이었던 1970년, 서울로 수학여행 와서 학생대표로 참배했을 때였다. 너무나 감동적인 글귀라 오랫동안 외우고 다녔다. 그러나 이 시가 시인 이은상에 의해 지어지고 박정희 대통령의 글씨로 새겨진 것을 알게 된 것은 한참 후의 일이었다.

모스크바를 처음 방문했을 때 둘러본 곳 중 가장 인상적인 장소는 크렘린광장에 꺼지지 않는 불이 피어오르는 무명용사의 묘였다. 갓 결혼식을 올린 신혼부부들이 혼인신고를 마치면 관습처럼 방문하는 곳이기도 했다. 종전기념일에 프랑스 대통령이 무릎 꿇고 참배하는 파리의 무명용사묘도 개선문 바로 앞에 있었다.

국립현충원은 원래 6.25전몰장병을 위한 국군묘지로 출발했다. 그래서 지금도 안장된 영령의 80%는 6.25전사자라고 한다. 그러나 현충원엔 무명용사의 묘로 상징화된 곳이 없다. 그래서인가? 대선후보들이 어느 유명인의 묘를 참배하느냐를 두고 과도한 신경전이 벌어지는 것이 한국의 현실이다.

박근혜 후보의 역사인식이 연일 시선집중이다. 박근혜 후보의 헤어스타일이 어머니 것을 빼어 닮았듯이 박 후보의 역사인식은 아버지 박정희를 한 치도 넘어서지 못하고 있다. 어머니의 모습을 한, 아버지의 아바타이다. 100년 전의 과거사에 대해 일본 국왕의 사과를 요구하는 것은 역사의 왜곡과 퇴행이 가져올 참혹한 미래에 대한 두려움 때문이다. 박근혜 후보의 역사인식이 문제시되고 거듭 과거사에 대한 사과가 요구되는 것도 똑같은 이유에서이다.

현충문을 나서는 심상정 후보의 발걸음이 바쁘다. 늦게 출발했으니 그만큼 갈 길이 멀다.

25일 대선후보 중앙선대위를 발족할 예정이다.

다들 입을 벌리고 나를 쳐다본다

2012년 10월 25일 목요일 맑음

심상정 후보, 조준호 대표, 천호선 최고위원과 함께 명촌주차장을 찾았다. 울산 현대자동차 공장출입구 중의 하나이다. 지난 20여 년간 무던히도 자주 드나들던 곳이다. 진보정당을 알리러, 선거 때는 대통령후보, 울산시장후보, 국회의원후보, 울산북구 구청장후보들을 모시고 출근하는 노동자, 밤샘근무하고 퇴근하는 노동자를 만나러 아침 7시에 찾던 곳이다. 현대자동차 공장의 여러 정문 중 겨울 아침바람이 차갑기로 유명한 곳이다. 한 시간 반가량 아침인사를 나누다 보면 온몸이 얼어 있기 십상이다.

지금 그 주차장 입구 고압선 송전탑 위에 최병승, 천의봉 등 현대자동차 비정규직 노동자 두 사람이 일주일째 고공농성을 하고 있다. 이들은 저 위험한 곳으로 자진해서 올라간 것이 아니라 법원의 불법파견 판정에도 불구하고 정규직 채용을 거부하는 현대자동차 사용자에 의해 저 위험한 곳으로 쫓겨난 것이다.

송전탑 아래로 가는데 먼저 방문하고 돌아가는 안철수 후보 일행과 마주쳤다. 최근 정치개혁방안을 놓고 날선 발언들을 주고받았는데도 수고 많으시다면서 서로 악수하였고 덕담했다. 어쩌랴. 일반인들은 납득 못할 정치권의 미풍양속이다.

송전탑 아래 풀밭에서 현대차 비정규직노조 간부들과 후보, 당 지도부의 간담회를 가졌다. 정의란 무엇인가? 지금 대한민국의 정의는 저 두 사람이 웃으면서 내려오는 것이 정의이다. 저 두 사람을 내려올 수 있게 하는 사람이 대통령이 되어야 한다.

지난 21일 창당 이후 첫 의원총회가 열렸다. 강동원 의원을 원내대표로 만장일치로 선출했다. 지역구가 전남 남원이라 업무부담이 큰데도 흔쾌히 원내대표직을 수락한 강 의원이 고맙다. 소속의원이 7명인 제3당의 원내활동을 맡은 책임감을 다들 무겁게 느끼고 있다.

국정감사 중 여야의원들이 함께하는 식사자리에서 각자 당에 내는 특별당비가 화제가 되었다. 새누리당 의원은 지역구 30만 원, 비례대표는 50만 원, 당직을 맡으면 좀 더 낸다고 한다. 민주당은 평의원은 75만 원, 당직을 맡으면 좀 더 낸다고 한다. 내가 말할 차례다. 진보정의당은 당직에 관계없이 모두 매월 500만 원씩 낸다고 말했다.

다들 잠시 말을 멈춘 채 입을 벌리고 나를 쳐다본다. 부러워하는 눈빛들은 결코 아니지만 내 어깨와 눈빛에 힘이 실리고 있음을 느낀다.

박근혜 후보, 땀 흘려보았나?

2012년 10월 30일 화요일 맑음

스스로 아무것도 갖지 않고 노인봉사에 온몸을 투신하고 있는 안형준 님이 문자를 보내왔다.

'이순신 장군이 하루 종일 싸우고 돌아와서 막 주무시려고 하는데 부하장수가 물었다. "장군, 오늘은 일기 안 쓰시나요?" 너무 피곤한 이순신 장군 말씀하시길, "오늘은 귀찮다. 난중에 쓸란다." 그래서 '난중일기'가 되었다는 전설이.^*^ 달력에는 '나중에'와 '언젠가'라는 말은 아무리 찾아봐도 없습니다. 미루지 않고 오늘도 홧팅.'

화들짝 정신을 차리고 난중일기를 쓴다.

오늘은 심상정 후보와 정치개혁안 공약 발표를 마친 뒤 쌍용자동차 경영진을 만났다. 비공개를 전제로 면담을 추진했지만 인도 마힌드라그룹의 고엔카 사장 등과의 대화에서 쌍용차문제 해결의 실마리가 보이는 듯하다.

내일은 현대자동차 비정규직문제 해결을 위해 현대자동차 사장을 만나기로 했다.

선대위 발족 이후 심상정 후보의 행보에 탄력이 붙고 있다. '땀이 정의다'라는 슬로건도 다른 후보의 슬로건에 비해 탁월하다. 좀 촌스럽다는 반응도 있지만 설명을 듣고 보면 진보정의당의 정체성에 부합하는 멋있는 슬로건이다. 심상정 후보가 당선되면 이 슬로건을 만든 사람에게 술 한잔 사야 할 것이다.

대선후보 TV토론이 시작되면 심상정 후보는 박근혜 후보에게 물을 것이다.

"박근혜 후보! 땀 흘려보았어요?"

〈저공비행〉을 다시 시작하기로 했다
2012년 11월 1일 목요일 맑음

유시민 전 대표와 함께 팟캐스트 〈저공비행〉을 다시 시작하기로 했다. 총선 이후 불시착한 지 7개월여 만이다. 경비행기 조종사 면허증을 갖고 그간 '단독비행'을 즐겨온 진중권 교수를 〈저공비행 시즌2〉 첫 비행에 모시기로 했다. 다음 주 초에 시즌2 첫 회가 나갈 예정이다.

오후 2시, 심상정 후보와 함께 전태일다리 명명식에 참석하다.
2001년 1월 1일 신년기념행사로 전태일 열사가 산화해간 그 자리를 청소하고 장미꽃을 바쳤던 일이 기억난다. 그간 추진해온 사업 중 하나가 첫 결실을 맺어 감개무량하다. 그러나 전태일거리는 아직 공식지정되지 못했고 전태일기념관은 첫 삽도 뜨지 못하고 있다. 전태일기념관이야말로 양대노총 1백만 조합원이 1만 원씩만 내어도 정부 힘 빌리지 않고 지을 수 있는데 민주노조운동 25년에 우린 아직 이걸 못하고 있다. 이럴 땐 과거 노동운동 했다는 사실이 부끄러울 뿐이다.

오랜만에 새누리당 당대표까지 나서서 심상정 후보를 비판하고 있다. 박근혜 후보의 여성대통령론에 대해 박 후보에겐 그런 자격이 없다는 심 후보의 문제제기에 발끈해서 나선 것이다. 심 후보의 지적이 몹시 아팠던 모양이다. 그러나 박근혜 후보에 대해 "단아하고 조신한 몸가짐으로 한국여성의 품격을 세계 앞에 보여왔다"는 황우여 대표의 발언이 보여주는 여성관이 가관이다. 한국의 성평등지수가 세계 135개국 중에서 108위인데 누가 이 나라를 이렇게 만들었나? 정부수립 이후 64년 중 새누리당이 41년간 집권한 결과가 성평등 108위 아닌가? 그런데 새누리당 대표가 심 후보에게 '전 세계 여성들에게 사과하라'고 한다. 그렇다, 성평등 108위 집권여당 박 후보가 만에 하나 당선된다면 심 후보와 우리는 전 세계 여성들에게 사과해야 한다. 진심으로.

이른바 '노크귀순'으로 넘어온 북한병사에게 심문도 하기 전에 라면부터 끓여줬다고 국회 정보위에서 정청래 의원이 문제를 삼았다고 한다. 군 기강의 문제라는 것이다. 그러나 내 생각은 다르다. 초췌한 길손에게 누구냐 묻지도 않고 식은 보리밥에 쉰 김치 한 보시기 차려주는 옛 인심을 보는 것 같아 흐뭇하다. 오랜만에 인간의 체온이 느껴지는 군 소식이다.

정 의원이 심문 먼저 안 했다고 다그쳤지만 정 의원에게 심문을 맡겼다면 이것부터 물었을 게 분명하다.

"어떤 라면 드실래요?"

정치인의 말은 짧을수록 미덕이다

2012년 11월 4일 일요일 흐리고 비

태권도대회, 등반대회, 족구대회, 소프트발리볼대회. 오늘은 네 곳. 매주 일요일 오전은 늘 비슷하다. 주된 활동일 순 없지만 안 갈 수 없다. 주민들과 만나고 소통하는 한 방법이라 생각하고 편안하게 참석한다.

표창과 축사가 기다리고 있다. 대개 주인들은 운동장이나 체육관 마룻바닥에 심드렁하게 서 있고 손님들은 맞은편 의자에 엄숙하게 앉아 있다. 간혹 참가자 수와 내빈 수가 같은 기괴한 장면도 연출된다. 행사가 길어질수록 서 있는 주인들은 불편하다. 내가 드릴 수 있는 최대의 성의는 짧은 축사이다.

10초, 길어도 20초 이내에 축사를 끝낸다.

하기야 상품을 선전하고 제발 사달라고 애원하는 CM송의 길이가 19초 아니던가! 나는 주장한다. 축사가 1분을 넘기면 축하할 의지와 능력이 있는지 의심받아야 마땅하다! 2008년 어느 공개행사에서 내가 '축하합니다'란 다섯 글자로 축사하며 큰 박수를 받은 이래, 노원구에선 축사 짧게하기 경쟁이 일어났다. 당시 구 한나라당의 어떤 국회의원은 연설대로 가지도 않고 앉은 자리에서 일어서 서 '축하합니다' 하고 외친 적도 있었다.

수첩을 읽는 게 아니라면 정치인의 말은 짧을수록 미덕이다. 허나 생각해보면 일반인도 마찬가지다. 같은 뜻을 짧게 표현할 수 있다면 같은 시간에 더 많은 뜻을 전달할 수 있지 않은가? 여느 사람이라면 자신이 살아온 역정을 밤새워 얘기해도 시간이 모자랄 것이다. 그러나 어떤 사람의 인생도 줄이고 또 줄이다 보면 자신이 살아온 이야기를 3분 이내에 표현할 수 있다. 그것이 가능하냐고? 실험해보면 안다. 하고 싶은 이야기를 글로 쓴 뒤 그것을 계속 줄여보는 거다. 하다 보면 마침내 3분 분량으로까지 줄일 수 있는 자신을 발견할 수 있다.

그래서 진보정의당 창당과정에서 회의를 주재하면서 나는 말했다. 발언은 3분 이내로 해달라고. 살아온 과정도 3분이면 충분히 담을 수 있다고. 자신의 인생을 3분 이내에 표현할 수 없다면 그 인생에 문제가 있는 것이다, 농담까지 했다. 사실 3분이 넘으면 그건 '발언'이 아니라 '연설'이다. 그래서 일장연설도 영어로 번역하면 'long speech' 아닌가.

TV토론에서도 1회의 발언은 4~50초가 적당하다. 1분이 넘으면 시청자들에겐 지겨움을 주기 시작한다. 1분 30초면 시청자들은 인내심 테스트에 돌입하게 된다. 대통령선거 정책토론회에서 한 정책에 대해 설명할 때 주어지는 시간의 최대치는 1분 30초이다. 그 시간이면 CM송 4곡 부르고도 남는 시간이다! 그러고 보니 더욱 난감하다. 우리가 '하루'라고 부르는 시간은 CM송 4,347곡을 부르고도 남는 시간이거늘!

일요일 밤, 빗길을 달려 〈저공비행〉 시즌2 녹음을 시작했다. 시즌1을 시작할 때도 그랬다. 그냥 지나가는 말처럼 "할까요?", "하죠!" 이렇게 시작했다. 바쁘니까 녹음은 일요일 밤 늦은 시각으로 잡고. 사전에 어떤 기획회의나 콘티도 없이. 첫 회 녹음시각 30분 전에 만나 그날 할 얘기의 꼭지를 십 분간 나누고, 만난 김에 전혀 다른 얘기를 한 20분 나누고, "들어갑시다!" 오늘도 마찬가지다.

진중권 교수가 고맙게 또 출연해주었다. 오랜만에 만난 진 교수에게 안부를 묻지 않고 대뜸 변희재 선생 안부를 걱정했다. 사실 이해하기 어려웠다. 그가 왜 그리 불리할 뿐인 합의를 했는지?

지난 3월 중순, 예고도 없이 중단된 〈저공비행〉을 7개월 만에 다시 시작했다.* 서로에게 매우 힘들었을 그 7개월에 대해 우린 아무 얘기도 나누지 않았다.

---

* 재치 있는 입담과 유머, 속 시원히 정곡을 찌르는 유쾌함으로 세간의 이목을 집중시킨 정치입담 통합진보당 팟캐스트 〈저공비행〉은 19대 총선 비례대표후보 경선부정사건의 여파 속에서 중단됐습니다.

대한민국은 아직 민주공화국이 아니다
2012년 11월 6일 화요일 사흘째 비, 서해바다엔 파랑주의보

오늘 국회 정무위원회에서 열기로 한 대형유통업체의 불공정 거래 실태확인 및 근절대책 청문회는 무산되었다. 물론 신동빈 롯데그룹 회장, 정지선 현대백화점그룹 회장, 정용진 신세계그룹 부회장 및 이마트 대표, 정유경 신세계 부사장 등 4명의 증인이 불출석을 미리 통보해왔기 때문에 청문회 무산은 예상된 일이기도 했다.

사실 오늘의 청문회는 이 4명의 증인이 지난 11일의 국정감사에 증인으로 채택되었음에도 불구하고 불출석하고, 그래서 23일 국감회의에 재출석을 요구했으나 다시 불출석해서 이번엔 그냥 넘어갈 수 없다고 판단한 정무위원들이 청문회를 개최하며 다시 증인으로 이들을 부른 것이다.

이들이 내세우는 불출석 사유는 해외출장이다. 국정감사가 시작된 지난 10월부터 계속 해외에 체류하고 있는 것이 아니라 출석요구를 받을 때마다 해외출장 일정이 잡히는 일종의 자동동기화, 싱크로나이즈드 현상이 발생하고 있다. 헌법기관 위에 군림하고 있는 시장권력의 위세를 확인해주는 현상이기도 하다.

문제는 그 막강한 권력을 갖고 있다는 국회가 이 문제를 해결할 방법과 힘이 없어 보인다는 사실이다. 청문회를 다시 소집하자고 하나 다시 불출석사유서를 제출할 것이 뻔하다. 그래서 '국회에서의 증언감청 등에 관한 법률' 위반으로 고발하자고들 한다. 여론과 국회의 질타도 우습다고 버틴 이들이 고발을 두려워할 것인가?

지난 1998년에서 2011년까지 13년 동안, 국회에서 증인으로 채택된 후 불출석하여 고발된 건수는 모두 211건이었다. 이 중 117건은 검찰에 의해 혐의없음으로 불기소처분 받고, 63건은 벌금형으로 약식기소 되었으며, 23건만이 정식재판으로 회부되었다. 그러니 누가 국회의 출석요구를 두려워하랴!

한국의 국회가 재벌그룹, 대자본 앞에 비참한 신세가 된 것은 헌법과 법률상의 권한이 작기 때문은 아니다. 국민이 국회에게 위임한 권력을 제대로 쓰지 않거나 잘못 써왔기 때문에 생긴 필연적 결과이다. 사실 이제까지 대한민국의 국회는 국민의 공복이라기보다 재벌의 시녀로서의 역할을 해온 셈 아닌가? 재벌의 불법, 탈법행위를 감싸고 특혜를 강화하는 데 국회의 입법권, 예산심의권, 국정감사권이 오용, 남용된 적이 한두 번이 아니다.

경제민주화란 재벌과 대자본을 헌법과 법률 아래 무릎 꿇게 만드는 일이다. 헌법과 법률을 지켜야 헌법과 법률의 보호를 받을 수 있다는 사실을 분명히 하는 일이다. 서방파, 양은이파만 조폭이 아니다. 자신의 힘으로 타인을 짓밟고, 자신의 이익을 위해 탈법, 불법을 무시로 일삼는 모든 조직화된 폭력이 조폭이다. 지금처럼 조폭이 여전히 설치는 한 대한민국은 아직 민주공화국이 아니다. 그래서 조폭과 공존하지 않는 정권이 들어설 때만이 진정한 정권교체라 부를 수 있다.

심상정 후보와 함께 삼성전자 기흥공장을 방문했다. 쌍용차, 현대차에 이은 세 번째 행보이다.

한밤중에 트위터로 의견을 물어오는 이가 있다.

"김지하 시인이 박근혜를 지지선언 했는데 노회찬 의원님이 김지하 시인님께 드리는 말씀은 무엇이라고 생각합니까?"

마지못해 답하고 만다.

"지하의 일을 지상의 제가 어찌 알 수 있겠습니까?"

가을비가 사흘째 내리는 밤,

'민주주의여 만세'라는 시 구절이 노랫말이 되어 귓전을 떠나지 못한다.

2013-2018

4부

언젠가 촛불마저 꺼져도
광장은 외롭지 않을 것이다

2013년 3월 11일부터 2018년 7월 23일까지

짜파구리 재료를 사다

2013년 3월 11일 월요일 맑음

아내가 국회 정론관에서 출마선언을 한 날,[*] 돌아오면서 정색하며 내게 말했다. "이제부터 당신이 집안일을 해야 해. 그동안 내가 해온 만큼만 해줘요."

그 말을 듣는 순간 후회가 밀물처럼 밀려왔다.

'이런 날이 올 줄 알았다면 그동안 가사노동에 좀 더 많은 역할을 해두는 건데….'

사실 예전에는 가사노동을 즐긴 편이었다. 특히 음식 만들기는 참 좋아했다. 싸고 질 좋은 제철음식 재료를 장만하기 위해 멀리 있는 시장을 찾아다녔고 조리도구에도 관심이 많아 해외여행 갔다가 현지에서 구입한 생선회 칼을 기내로 반입하려다 소동을 벌인 적도 있었다. 각종 양념과 향신료를 무턱대고 구입하는 바람에 구박도 많이 받았다. 그래서인가 결혼 초기 아내가 아파서 며칠 입원했

---

[*] 2013년 4월 24일 서울 노원병 국회의원 보궐선거에 노회찬 의원의 부인 김지선 씨가 출마했습니다. 당시 노 의원이 삼성X파일 판결로 의원직을 상실해 이 보궐선거가 치러졌습니다.

을 때 걱정도 되었지만 내심 쾌재를 부르기도 했다. '드디어 때가 왔다.' 병원에서 나오는 밥을 못 먹게 하고 매끼 집에서 각종 죽을 쒀서 입원실로 날랐다. 야채죽, 버섯죽, 계란죽, 소고기죽, 해물죽 등등. 자연산 홍합을 구하지 못해 죽의 지존 홍합죽을 먹이지 못한 것은 한동안 마음의 상처로 남기도 했다.

결혼하고 한 달쯤 지난 어느 일요일, 처남이 예고 없이 찾아왔다. 아내는 바깥행사에 참가하느라 집에 없었다. 마침 그때 나는 방 안에 신문지를 깔고 앉아 알타리김치를 담그고 있었다. 전날 사다가 다듬고 절여놓았던 알타리에 젓갈을 듬뿍 넣어⋯ 처남은 이 낯선 광경에 다소 놀라는 눈치였고 소문은 빠르게 처가식구들에게 번졌다. 이 효과는 한 삼 년 간 것으로 기억된다!

시간이 지나면서 나의 음식 만들기 메뉴는 계속 혁신되어갔다. 매생이굴국에서 프랑스식 홍합찜요리로, 표고버섯 가니쉬를 곁들인 비프스테이크를 거쳐 최근엔 중국 광저우식 생선찜요리 칭쩡위로 동서양을 망라했다. 그러나 동시에 음식 만들기는 뜸해졌고 성격도 변질되었다. 생활의 일부에서 민심이반을 수습하기 위한 일회성 이벤트로 전락해갔다. 그러다 보니 이번 아내의 출마소식은 신혼 초 아내의 입원소식만큼 반갑지 않다. 그러나 어떡하랴. 때는 이미 온 것을.

어제 들어오며 집 앞 가게에 들러 짜파게티와 너구리 다섯 개씩 샀다. 주인아주머니가 배시시 웃는다. 짜파구리 해드시게요? 인터넷에서 본 짜파구리 레시피를 되뇌며 집으로 향한다.

국회쇄신이 시작되어야 할 곳
― 안철수 의원 상임위 문제
2013년 4월 29일 월요일

작년 4월 총선 직후 의원회관 방 배정을 위한 추첨이 있었다.

의원회관의 300개 의원사무실 중 사람들이 선호하는 방은 한강이 흘러가는 전경이 다 보이는 쪽이었다. 국회 사무처는 이 전망 좋은 방을 각 당별로 나누어 배정했고 내가 속한 당에선 재선의원과 여성의원 중에서 추첨으로 당첨자를 뽑기로 했다. 516호에서 522호까지가 선택대상이었다. 운 좋게 나를 대리한 보좌관이 1등으로 당첨되었다. 당연히 나는 숙연한 마음으로 518호를 선택했다. 516은 몹시 불편한 숫자였고, 520은 바로 윗층방 주인이 516 연고자였다.

이 518호실을 안철수 의원이 '전임자 방을 배정하는 관례에 따라' 배정받았다고 한다. '관례'라는 말이 어색하나 4.24재보선에서 당선된 3인을 각각 전임자 방을 배정하는 것 이상의 합리적인 방식을 찾긴 어려웠을 것 같다. 말하자면 '합리적 편의주의'라 볼 수 있다. 그러나 안철수 의원이 518호실을 배정받았다고 해서 상임위도 전임자가 속했던 정무위로 가야 한다는 것은 억지이다. 관례나 편의

322

보다도 당사자의 '희망'이 우선시되어야 한다. 사실 상계동 주민들은 결원이 된 노원병 국회의원을 보궐선거로 선출한 것이지, 국회 정무위원회에서 결원이 발생해서 그 위원을 뽑은 것이 아니기 때문이다.

대한민국 국회에 국회의원 정원은 있지만 상임위원회 정원이라는 것은 원칙적으로 존재하지 않는다. 정원이 없으니 결원도 없다. 여야합의 운운하지만 현재 상임위원회별 위원 수를 보면 원내 교섭단체들의 담합이 얼마나 부끄러운 결과를 낳는지 알 수 있다. 겸임상임위를 제외한다면 300명의 국회의원이 배치되어야 할 상임위는 모두 13개. 상임위 배정이 공평하고 합리적이었다면 한 상임위당 평균 23명의 의원들이 배치되어야 한다. 그러나 현실은 어떤가? 부익부빈익빈이다. 현역의원들의 지역구관리에 필요한 자원과 기회가 많은 것으로 알려진 상임위는 희망자가 넘친다. 반면 일 많이 하고 생기는 게 적은 상임위는 기피대상이다. 이 문제를 국회의장은 여야합의 사항이라며 방관하고 여야 원내교섭단체 대표는 담합으로 특권을 확장한다. 그 결과가 국토교통위원회가 31명, 교육문화체육관광위원회가 30명인 반면, 일 많고 생기는 게 없는 법사위는 16명, 입만 열면 서민이니 복지니 하지만 환경노동위원회는 15명, 농림축산위원회는 19명, 보건복지위원회는 21명이다. 그 중요하다는 '국방'위원회도 17명이다.

이처럼 현재의 상임위원회 정수는 합리적 근거가 없는 담합의 산물이며 반드시 지켜져야 할 원칙도 아니다. 따라서 안철수 의원이 자신이 희망하는 다른 상임위로 가기 위해선 다른 의원과 합의해서 상임위를 바꿔치기 해야 한다는 주장도 근거 없는 궤변이다.

다들 기피해서 평균치인 23명도 안 되는 상임위 중에서 어디든 가겠다면 박수치며 받아줘야 하는 것 아닌가? 상임위별로 여야의 균형을 고려하면 아무데나 갈 수 없다는 주장도 있다.

그렇다면 국토교통위는 어떤가? 환경노동위의 두 배가 넘는 31명이 몰려 있는 이 물 좋은 상임위는 현재 새누리당 17명, 민주당 13명, 무소속 1명이다. 무소속의원 한 명 더 들어간다고 여야균형이 위협받지 않는다! 원래 이런 일은 조용히 처리되어야 한다. 일이 이렇게 시끄럽게 된 데에는 국회의장의 직무유기와 원내 제1당, 제2당의 담합구조에 그 원인이 있다. 국회쇄신, 정치쇄신이 시작되어야 할 곳은 여기서부터이다.

2004년 17대 국회의원으로 당선되었을 때 민주노동당 국회의원 10명에게는 아무 상임위나 1명씩 원하면 다 보내준다는 여야 양해가 있었다. 나는 재벌과 금융을 다루는 정무위를 신청했고 박사급 보좌관들을 여러 명 채용해서 한 달간 열심히 준비했다. 그러나 국회의장은 나의 의사도 확인하지 않고 정무위 대신 법사위로 강제 배치했다. 법사위는 특성상 사법고시 출신이 90% 이상인데 율사 출신들이 활동제약이 심하고 일 많은 법사위를 다들 기피하기 때문에 수가 너무 모자란다는 것이다. 다년간 법무부의 보호와 관찰하에 고락을 함께한 것 말고는 별다른 법조계 경력이 없다며 저항했지만 소용없었다. 눈물을 머금고 재벌, 금융전문가인 보좌관들을 해고했다. 그들은 나를 위해 전망 좋은 자신의 직장을 그만둔 사람들이었다.

몇 번 망설였지만 국회실정을 아는 누구도 말하지 않아 그 아픔의 기억으로 이 글을 쓴다.

백성을 버린 선조와 배신당한 백성들의 분노[*]
2014년 4월 30일 수요일

"1592년 4월 30일 새벽, 선조는 서울을 버리고 임진강으로 향했다. 그러나 서울의 사대문은 굳게 닫혔으며 백성들이 피난 가는 것은 금지되었다. 약탈과 방화가 잇따랐다. 임진왜란 때 왜군이 불태운 것으로 알려진 경복궁은 사실 배신당한 조선 백성들이 불태운 것이었다. 경복궁, 창덕궁, 창경궁 세 궁궐이 일시에 모두 타버렸다."(『노회찬과 함께 읽는 조선왕조실록』, 167쪽)

422년 전 오늘의 일이다. 지금의 민심도 크게 다르지 않다. 국민의 세금으로 권력을 행사해온 모든 사람들이 이 사태의 책임에서 자유롭지 못하다. 나 역시도 마찬가지다.

지금 가장 두려운 것은 대통령이 몇 번 더 사과하고 총리 자르고 장관 몇 명 교체하고 지방선거에서 여당이 타격받는 등 정치적 응징으로 끝나고, 몇 달 후 모든 것은 잊혀지고 다시 4월 16일 이전

---

[*] 2014년 4월 16일은 모든 국민을 슬픔에 잠기게 한 세월호 참사가 일어난 날입니다. 이 글은 그 깊은 슬픔과 다짐을 담아 쓴 글입니다.

과 같은 일상으로 이 사회가 돌아가는 것이다.

이제까지 늘 그래왔다. 소 잃고 외양간 안 고치고 다시 소 잃고 그래도 외양간 제대로 안 고치고. 그래서 이번 사고도 발생한 것 아닌가. 그 어린 학생들을 포함한 수백 명의 죽음을 값진 희생으로 승화시키는 유일한 길은 이런 참사를 근본적으로 막을 수 있는 재발방지대책을 세우는 일뿐이다.

이 일을 정부에만 맡길 수 없다.

공허한 다짐과 즉흥적인 개선책으로 해결될 수 없다. 시간과 돈과 노력을 들여야 한다. 민관여야를 넘어서는 범국민대책기구를 구성하여 1년이 걸리든 2년이 걸리든 원인을 규명하고 모든 시스템을 점검하고 대책까지 수립해야 한다. 이를 국회에 제안하고 국회가 검토, 채택하면서 예산배정과 법률적 뒷받침을 완성해야 한다. 이 비극이 더 안전한 공동체를 만드는 밑거름이 될 때 영령들도 비로소 눈을 감을 것이다.

첫 날 첫걸음을 무명용사탑으로 정한 뜻은

2014년 7월 8일 흐리고 비

오전 10시 국회 정론관에서 출마 기자회견*을 마치고 첫걸음을 동작구에 위치한 국립현충원으로 옮겼다. 동작구 주민이 41만여 명인데 서울현충원에는 17만 2,000분의 영령이 모셔져 있다. 그 자체가 하나의 도시 규모이다.

현충원 무명용사탑을 참배했다. 오랫동안 마음에 품어온 참배이다. 한국의 대통령들이 외국을 정상방문하면 국가원수로서 참배하는 곳이 대개 그 나라의 무명용사묘이다. 그러나 한국의 대통령이 우리나라의 무명용사묘를 참배했다는 얘기는 별로 들어보지 못했다. 물론 대통령만이 아니다.

현충원 무명용사탑은 한국전쟁 당시 포항전투에서 이름 없이 숨진 학도의용군들이 안장된 곳이다. 실로 이 나라는 이름 없는 수많은 분들의 희생으로 지켜져왔고 또 이름 없는 많은 분들의 땀방

---

* 정의당은 2014년 7월 30일 재보궐선거에서 수도권 대다수와 광주에 후보를 내기로 결정했고, 서울 동작을에 노회찬 전 대표를 출마시켰습니다.

울로 성장해왔다.

첫 날 첫걸음을 무명용사탑으로 정한 것은 이름 있는 사람 앞에 줄 서는 정치가 아니라 '이름 없는 사람들을 주인으로 모시는 정치를 펼쳐나가겠다'는 다짐의 뜻이다. 이름 없이 살아가는 많은 사람들의 건강한 다리가 되겠다는 스스로의 다짐이다.

특검이 수사기간 연장 필요성을
강조하고 나섰다

2017년* 2월 14일 맑음

특검이 수사기간 연장 필요성을 강조하고 나섰다.

현행 특검법에 의한 특검 본조사기간은 70일이므로 2월 28일까지이다. 박근혜 대통령의 가장 핵심적인 피의사실은 뇌물죄인데 이와 관련한 조사는 아직 삼성그룹에 머물러 있고, 다른 재벌기업에 대한 수사는 2월 28일까지로는 사실상 불가능하다는 것이다. 그래서 재계가 안도하고 있다는 보도도 나온다. 우병우 전 민정수석에 대한 수사 역시 기한 내 결과가 나오기 힘든 상태이다. 나아가 특검이 오늘 국회에 접수한 의견서에 따르면 특검은 '이번 사건이 종전 특검에 비해 내용이 복잡하고 방대'하기 때문에 '재판단계에서도 상당 규모의 파견검사체제가 유지되지 않으면 공소유지를 수행하기 불가능하다'고 토로하고 있다.

---

* 2015년, 2016년의 '난중일기'는 찾기 힘들었습니다. 2015년에 노회찬 의원은 난중일기를 쓴 것 같지 않으며, 2016년 제20대 총선 선거운동부터 제20대 국회의원이 된 이후는 '창원성산 이야기', '여의도 이야기' 등 다른 형식의 기록이 남아 있습니다.

사실 이 같은 상황은 이 특검법을 만들 당시부터 예견되었다. 더민주당과 국민의당이 공동발의한 특검법안은 본조사기간을 70일로 규정했다. 나는 그보다 먼저 대표발의한 '노회찬 특검법안'에서 수사기간을 90일로 규정했다. 노회찬 특검법안대로 했다면 특검은 기한연장 없이 이정미 재판관이 퇴임하는 3월 13일보다 일주일 후인 3월 20일까지 조사할 수 있었을 것이다.

　　뿐만 아니다. 특검 수사기간을 연장할 필요가 있을 때 '더민주당, 국민의당 공동특검법안'은 대통령의 승인을 받아 1회 30일간 연장하게 되어 있었다. 반면 노회찬 특검법안은 특별검사가 수사기간의 연장이 필요하다고 판단할 시 국회의장에게 그 사유를 보고하면 특검의 재량으로 30일씩 2회 수사기간의 연장이 가능하도록 규정했다. 법사위 법안심사 때 '대통령을 조사하기 위해 만든 특검인데 대통령의 승인을 받아야 수사기간을 연장할 수 있다니 이게 말이 되는가'라고 지적했지만 소용없었다. 11월 17일 현행 특검법안이 통과되었다.

　　현재 특검의 수사기간을 연장하는 방법은 두 가지가 있다.

　　하나는 2월 임시국회에서 최근 박주민 의원이 대표발의한 대로 현행 특검법을 개정하여 수사기간을 연장하는 길이고, 다른 하나는 황교안 대통령 권한대행으로부터 특검기간 연장승인을 받는 길이다. 그런데 자유한국당이 지금처럼 강력히 반대하는 상황에서 국회를 통한 법개정의 가능성은 희박하다. 황교안 대행이 특검기간 연장을 승인할 가능성도 높지 않다. 그는 2월 10일 국회 대정부질의 답변에서 '특검이란 수사기한을 정해놓고 하는 수사이며 기간이 끝나면 일반검찰이 이어받아 수사하면 된다. 우리 일반검찰도 수사 잘할 수 있다'는 취지의 발언도 한 바 있다. 특검도 오늘 의견서에서 "현재로서는 대통령의 권한을 대행하는 국무총리가 수사기간 연장을 승인할지 불투명하다는 관측이 일반적"이라고 밝히고 있다.

자유한국당과 황교안 대행의 태도를 바꾸기 위해 야당도 국민도 가열차게 압박을 가하며 나서야 한다.

정의당은 오늘 낮 광화문광장에서 특검연장을 촉구하는 기자회견을 갖고 피케팅 시위를 했다.

언젠가 촛불마저 꺼져도
광장은 외롭지 않을 것이다
2017년 3월 6일 맑음

박영수 특별검사는 오늘 수사결과 대국민보고에서 "한정된 수사기간과 주요수사대상의 비협조 등으로 특검수사는 절반에 그쳤다"고 말했다. 솔직하고 겸허한 평가다. 그래도 나는 박영수 특검에게 80점을 주고 싶다. 100점 만점에 80점이 아니라 80점 만점에 80점이다. 100점이 만점으로 될 수 없었던 것은 박근혜 대통령의 비협조와 황교안 권한대행의 특검연장 불승인 때문이다.

박영수 특검은 이제까지 출범한 12번의 특검 중 유일하게 '성공한 특검'으로 평가되고 있다. 최악의 특검은 2008년의 삼성특검이었다. 삼성특검은 수사과정에서 4조 5,000억 원의 차명재산을 발견한 뒤 이를 이건희 회장이 고 이병철 회장으로부터 상속받은 것으로 규정했다. 이건희 회장을 구속하는 대신에 그의 재산을 4조 5,000억씩 불려준 셈이다.

그 후 이 사건 특별검사의 아들이 삼성전자 과장으로 특별채용됨으로써 세간에 의혹을 불러일으키기도 했다. 불행한 것은 재벌

3세이다. 이건희 회장이 2008년 특검에서 구속되었다면 정경유착의 3대 세습은 근절되었을 것이며, 박영수 특검에 의해 이재용 부회장이 구속되는 일은 없었으리라 나는 확신한다.

박영수 특검을 처음 만난 것은 2005년 내가 17대 국회 법사위원으로 이른바 삼성X파일에 나오는 떡값검사 명단을 발표하던 무렵이었다. 당시 그는 대검중수부장으로 부임한 상태였다. 다시 그를 만난 것은 2015년 6월 황교안 국무총리후보자 인사청문회에서였다. 그는 황교안 후보자 측 증인이었고 나는 야당 측 증인이었다. 그는 25년간 같은 조직에서 동고동락한 3년 후배에 대해 증언했고, 나는 40년 전 같은 학교를 졸업한 옛 친구에 대해 증언했다. 그는 황 후보자가 총리적격이라 증언하였고 나는 부적격이라 말했다.*

지금 생각해보면 2016년 12월 1일은 묘한 운명의 날이었다. 이날은 박영수 변호사가 박근혜 대통령 등을 수사하는 특별검사에 임명된 날이다. 임명권자는 박근혜였고 임명장 맨 아래에는 대통령 박근혜라고 적혀 있었다. 그러나 이날 임명장을 박영수 특검에게 수여한 사람은 황교안 국무총리였다. 자신이 임명권자이면서도 임명장을 주는 자리에 설 수 없었던 대통령 박근혜는 그 후 자신이 임

---

* 황교안 권한대행과 노회찬 의원은 경기고 동기동창으로 알려져 있지만 각각 보수와 진보, 공안검사와 노동운동가라는 다른 길을 걸어왔습니다. 노 의원이 '삼성떡값검사 폭로'로 의원직을 상실한 안기부X파일사건 당시, 수사팀을 지휘한 사람은 황교안 서울중앙지검 2차장이었습니다. 2013년 2월 14일 노회찬 의원은 대법원 파기환송심 결과 의원직을 상실했고, 전날인 2월 13일 황교안은 박근혜정부 초대법무부장관 후보자로 지명됐습니다.

명한 특별검사 앞에 피의자로 서야 하는 자리에도 서지 않았다.

특검기간 내내 나는 박영수 특검과 생각을 같이했다. 박근혜·최순실 게이트의 본질은 권력 사유화를 통한 국정농단과 정경유착이라는 특검의 진단, 청와대 압수수색과 특검수사기간 연장에 대한 판단 등 모두 일치했다. 정확히 말하자면 박영수 특검은 대다수 국민의 생각과 같은 상식적인 판단을 한 것이고 나 역시 그 대열에 함께한 결과이다.

박한철 전 헌법재판소장도 생각난다. 그는 황교안 권한대행과 함께 사법연수원 동기이다. 둘 다 연수원 13기 동기 중 대표적인 '강골공안통'이다. 대검공안부장, 공안과장을 각각 거쳤다. 그러나 이번 박근혜 탄핵재판에서 박한철 재판소장은 대다수 국민의 상식과 생각에 어긋나지 않은 역할을 해왔다.

사실 지난 몇 달간 이 나라엔 좌우, 보수진보, 여야가 없었다. 영호남도 없었고, 남녀노소도 없었다. 상식과 비상식이 있었을 뿐이다. 특검출범도, 국회 탄핵소추의결도 모두 절대다수 상식의 위력으로 가능한 일이었다.

회자정리(會者定離)라 했던가?

만나서 헤어지는 것은 세상사의 이치이다. 오늘은 작년 12월 1일 특검임명장을 수여하는 자리에서 이름을 함께한 박영수, 박근혜, 황교안 세 사람이 헤어지기 시작하는 날이다. 박영수 특검이 오늘 하직인사를 했고 며칠 후는 대통령 박근혜 그리고 늦어도 두 달 후엔 황교안 권한대행이다. 상식의 편에 섰든 비상식으로 일관하였든 결국 떠나게 된다.

그러나 다들 떠나도, 언젠가 촛불마저 꺼져도 광장은 외롭지 않을 것이다. 박영수 특검이 남긴 것처럼, 수많은 촛불들이 남긴 상식이 광장을 가득 채우며 새 집을 지을 것이다. 그리고 언젠가 외칠 것이다.

"이게 나라다!"

그날이 보고 싶다.

'애국자 대신 여공이라 불렸던 그분들이
한강의 기적을 일으켰다'

2017년 6월 6일 흐리고 비

오늘은 현충일.

곡해되고 오염되기까지 한 '애국'의 개념이 대한민국 국가원수에 의해 건강하게 복원되었다. 문재인 대통령은 오늘 현충일 추념사에서 '애국은 오늘의 대한민국을 있게 한 모든 것'이라 규정하면서 1960~70년대 청계천변 다락방 작업장에서 저임금과 장시간노동을 감수하며 일했던 노동자들의 희생과 헌신을 언급했다.

"…천장이 낮아 허리조차 펼 수 없었던 그곳에서 젊음을 바친 여성노동자들의 희생과 헌신에도 감사드립니다. 재봉틀을 돌리며 눈이 침침해지고, 실밥을 뜯으며 손끝이 갈라진 그분들입니다. 애국자 대신 여공이라 불렸던 그분들이 한강의 기적을 일으켰고 그것이 애국입니다'라면서 '정부를 대표해서 마음의 훈장을 달아드립니다'라고 했다.

정녕 이것이 애국이라면 그 나라는 분명 '나라다운 나라'일 것이다.

오늘 발표된 제19대 대한민국 대통령 문재인의 '현충일 추념사 전문'이 교과서에 실리길 희망한다.

자라나는 수많은 후세들이 제대로 된 애국을 말하는 날이 오길 바란다.

대선 후 100일
— 보수야당이 얻은 것과 잃은 것

2017년 8월 17일

얻은 것은 없고 잃은 것은 민심이다.

이것이 대선 이후 100일 보수야당의 성적표다. 지난 8월 14~15
일 YTN, 문화일보, 중앙일보 세 언론사가 각각 실시한 여론조사에
서 확인된 야당들의 지지율을 평균하면 자유한국당 8.8%, 정의당
6.2%, 바른정당 5.6%, 국민의당 3.3%이다. 100일 전 각 당 대선후
보 득표율이 자유한국당 24%, 정의당 6.2%, 바른정당 6.8%, 국민
의당 21.4%였던 점을 감안하면, 지난 100일간 자유한국당은 자기
지지층의 63%를 잃었으며 국민의당은 지지층의 85%를 잃었다. 가
히 보수야당의 위기라 할 만하다. 유일한 진보야당인 정의당만이
대선득표율을 현재의 지지율로 유지하고 있을 뿐이다.

보수야당의 위기는 각 당의 지지율을 의석으로 환산하면 더욱
확연히 드러난다. 내일 당장 득표율과 의석배분율이 일치하는 독일
식 정당명부제나 연동형비례대표제로 선거를 치른다면 국회 300석
은 더민주당 206석, 자유한국당 35석, 정의당 24석, 바른정당 22석,

국민의당 13석으로 구성된다. (여론조사에서 지지 정당이 없다는 응답층을 투표불참으로 간주하면) 참고로 현 의석은 더민주당 120석, 자유한국당 107석, 정의당 6석, 바른정당 20석, 국민의당 40석이다.

보수야당의 위기는 낡은 보수의 위기이기도 하다. 이제 한국의 보수정치는 낡은 보수와 결별할 것인지 말 것인지 결정해야 한다. 박근혜 전 대통령의 탄핵과 구속은 무엇을 의미하는가? 이제 제2의 박근혜는 어떤 경우에라도 대한민국에서 용납될 수 없다. 특권과 반칙으로 재벌과 기득권세력을 대변하고 옹호해온 낡은 보수에게 더 이상 설 자리는 없다. 한국정치는 합리적 보수와 건강한 진보의 생산적 경쟁을 통해서만 발전할 수 있다. 낡은 보수는 역사 속에서 퇴장하고, 합리적이고 따뜻한 새로운 보수세력이 등장해야 한다. 그러나 대선 이후 100일이 지났지만 한국의 보수정치는 무엇을 지키고 무엇을 버릴지 모르는 혼란의 연속이다.

지난 5월 19일 청와대에서 문재인 대통령의 초청으로 여야 5당 원내대표들이 회동했을 때 나는 '여야 5당 대선후보들의 공통공약이 수십 가지에 이르니 이 공통공약만이라도 우선적으로 함께 추진해가자'고 제안하였고 다들 동의했다. 그러나 그 약속은 아직 지켜지지 않고 있다. 국민의 마음을 얻는 일로 경쟁하기보다 상대를 곤경에 빠뜨림으로써 반사이익을 얻고 우위에 서려는 낡은 정치에서 벗어나지 못하고 있기 때문이다.

사실 '대책 없는 퍼주기'라고 보수야당들이 비판하는 복지정책들 중에는 박근혜 대통령이 약속만 하고 못 지킨 것이 많다. 문재인 대통령이 취임 후 첫 행보로 인천공항 비정규직 노동자들과 만나면서 제기한 공공기관 비정규직의 정규직화라는 일자리정책도 마찬가지다. 이것은 새누리당의 공약집에도 실려 있는 2012년 박근혜 후보의 대선공약이기도 했다. 박근혜 전 대통령이 지키지 못한 약속을 실현하고 있다면 어느 당보다도 자유한국당이 박수치고 감사해야 하는 것 아닌가?

'보수는 안보'라는 구호도 이제 설득력을 상실해가는 낡은 구호에 불과하다. 지난 10년 한국의 보수정부와 미국정부의 강경일변도 내지 무시전략이 만든 결과가 무엇인가? 강경대응을 쓸수록 북한의 핵무장력은 강화되고, 한반도 긴장은 고조되고, 김정은정권의 몸값은 올라가고 있다. 10년 전 핵폐기를 끌어낼 수 있었던 비용은 이제 같은 비용으로는 겨우 핵동결이나 얻어낼 정도로 올랐다. 그런데 보수야당은 강경대응의 수위를 더 높일 것을 요구한다. 위기를 조장하고, 고조된 위기의식을 정치적으로 이용하던 낡은 관성에서 벗어나지 못하고 있다.

지난 겨울 촛불광장에는 박근혜 대통령을 찍었던 사람들도 적지 않게 참여했다. 국민의당 지지자도 새누리당 지지자도 정의당 지지자도 참여했다. 촛불광장은 오랜만에 온 국민이 함께 미래를 꿈꾼 혼연일체의 광장이었다. 촛불광장의 다수가 현 정부를 출범시킨 것은 사실이다. 그렇다고 촛불민심을 특정정당의 전유물로 볼 수는 없다. 오히려 촛불광장에서 펼쳐진 국민의 요구는 여야, 보수, 진보, 모든 정당들의 과제일 수밖에 없다. 그 과제를 실현하는 데 치열하게 경쟁하고 생산적으로 협력하는 길, 그 길이 지금 한국정치가 가야 할 길이다.

촛불을 외면하지 말라. 거기에 국민이 있다.

'겸임해제사건'을 아시나요?

2017년 8월 24일

1983년 야당지도자 YS가 23일 간이나 단식할 때 일반 국민은 그 사실을 알지 못했다. 언론의 입을 틀어막은 전두환 신군부는 'YS 단식'이란 말을 쓰지 못하게 했고 언론은 대신 '정치관심사' 또는 '정치현안'으로 보도했기 때문이었다. 전두환에게 영감을 받은 것인가? 양승태 대법원장이 지휘하는 법원행정처가 최근 국회 법사위에 보고한 내용은 34년 전 '정치관심사'를 떠오르게 한다.

8월 21일 국회 법사위에 출석하여 업무현안보고를 마친 김소영 법원행정처장은 법사위원들로부터 추궁을 받았다. 사법부 내외의 뜨거운 현안인 '사법부 블랙리스트 의혹사건'에 대해 왜 보고하지 않느냐는 질타였다. 그제서야 김소영 처장은 서면보고서를 준비해왔다며 6쪽짜리 보고서를 제출했다. 그런데 보고서를 받아든 의원들이 어리둥절해한다. '블랙리스트 의혹사건' 보고를 요구했는데, 제출된 보고서는 '겸임해제사건 관련보고'라 표기되어 있다.

이 사건은 법원 내 최대 판사연구단체인 국제인권법연구회가 법원개혁을 중심으로 한 학술대회를 개최하려 하자, 법원행정처가 판사들에게 국제인권법연구회 탈퇴를 종용하는 조치를 내리고 동시에 이 연구회 총무인 현직 판사를 법원행정처로 겸임발령을 내린 뒤 법관 블랙리스트 관련업무를 맡기려다 해당 판사가 이를 거부하고 사표를 제출하면서 불거졌다. 사태가 외부로 알려지자 법원행정처는 연구회 탈퇴조치를 철회하고 해당 판사의 법원행정처 겸임발령도 해제했다.

이 사건을 통해 사법부에도 블랙리스트가 있다는 사실이 세상에 알려졌다. 그러나 양승태 대법원장과 법원행정처는 블랙리스트의 존재를 시인하지 않고 있다. 그래서 보고서 제목도 '겸임해제사건'이다. 마치 '박종철고문치사사건'을 '박종철학업중단사건'이라 부르는 것과 같다. 뿐만 아니다. 법원행정처가 중복가입 불허 운운하며 인권법연구회 탈퇴를 종용한 조치를 '중복가입해소조치'라 표현하고 있다. 또 이 사태의 실무책임자였던 법원행정처 차장이 정치적 책임을 지고 물러난 것을 '임기만료로 퇴직했다'고 표기하고 있다.

사법부 블랙리스트에 대한 양승태 대법원장의 책임 있는 입장을 촉구하며 인천지법의 현직 판사가 11일째 단식하는 사태를 '금식기도중'으로 부르는 법원행정처장의 답변도, '블랙리스트 파일이 담겨 있는 문제의 PC를 왜 조사하지 않느냐'는 질문에 '문제의 PC는 다른 판사들이 업무용으로 사용중이기에 어렵다'는 기상천외 답변도 마찬가지다.

최근 김명수 춘천지법원장이 대법원장후보자로 지명되자 일부에선 '사법쿠데타'라고 비판한다. 쿠데타를 종종 혁명이라 불렀던 그들의 표현을 존중하자면, '사법혁명'이다. 옳은 말이다. 사법부에 대한 국민신뢰도가 OECD회원국 중 가장 낮은 한국의 사법부에 지금 필요한 것은 '혁명'이다. 법관이 법과 양심에 따라 공정하게 재판할 수 있게 하는 사법민주화는 온 국민의 바람이다.

뼈를 깎는 환골탈태 없이 사법혁명은 이뤄지지 않는다.

늦었지만 사법부에도 봄이 와야 한다.

그들이 진정 두려워하는 것

2018년* 1월과 2월

영화 〈1987〉이 남긴 숙제, 박종철 님이 물고문으로 사망한 남영동 대공분실이 아직 경찰에 의해 운영되고 있습니다. 이곳을 인권을 상기시키고 민주화과정에서 산화한 분들을 기리는 시민사회 운영 인권기념관으로 바꿔야 합니다. 동의하시면 청와대 청원에 동참해주세요. 그리고 널리 공유해주시면 감사하겠습니다. | 1. 11.

그들이 진정 두려워하는 것은 '평화'입니다. 남북이 서로 증오하고 대결하여 전쟁이 언제 일어날지 모르는 그런 상황이 되어야 정치적으로 자신에게 유리하다고 믿고 있습니다. 그래서 평화올림픽을 평양올림픽이다, 왜곡선전하고 있습니다. 올림픽 참가하는 평양은 싫고 미사일 쏘아대는 평양이 오히려 더 반갑다는 태도입니다. 말로는 안보, 안보 외치지만 막상 전쟁나면 안 보일 세력들이 평

---

* 2018년에 노회찬 의원이 쓴 '난중일기'는 한두 문장의 짧은 글이 많았습니다. 주제에 따라 일부 글을 추려내 1월과 2월, 3월, 4월과 5월로 나누어 수록했습니다.

화를 거부하고 있습니다. | 1. 24.

　　오늘 국회 법사위에서 이재용 삼성부회장의 항소심 선고를 언급했습니다. 적은 금액의 뇌물이라도 일반 국민에게는 집행유예 없는 실형을 선고하면서 36억 원 이상 뇌물을 제공한 이재용 부회장은 집행유예를 받는 것은 납득할 수 없습니다.

　　이 판결로 인해 많은 국민들이 충격을 받아 국민들 평균수명이 몇 개월 떨어졌습니다.

　　또한 수십 년에 걸쳐 삼성의 불법행위를 묵인해오고 사면시켜온, 사실상 이 정경유착 공범의 역할을 서슴지 않고 해온 법원의 행태를 강하게 비판하며 국민의 분노에 귀 기울일 것을 촉구했습니다. | 2. 21.

산하에 봄이 달려오는 소리가 들립니다
2018년 3월

겨울이 군림하던 산하에 봄이 달려오는 소리가 들립니다.

동백나무 꽃망울은 잠시 숨을 고르고 있고 매화나무 가지에는 이슬처럼 봄이 탱글탱글 맺혔습니다. | 3. 3.

여권신장과 성평등을 위한 국제적인 명절로 자리잡은 세계여성의날을 맞아 축하인사를 드리지만 마음이 무겁습니다.

여전히 OECD 최상위를 차지하고 있는 성별임금격차 등 성불평등의 현실은 크게 바뀌지 않고 있습니다. 특히 최근 미투운동으로 확인되고 있는 것처럼 권력의 힘으로 강제된 성적 억압과 착취가 침묵과 굴종의 세월을 헤치고 터져나오는 현실을 보며 정치인으로서, 한 여성의 아들이자 또 다른 여성의 동반자로서 부끄러운 마음을 감추기 어렵습니다.

불평등하고 야만스러운 현실의 극복을 위한 가일층의 노력을 다짐하면서 세계여성의날이 우리 모두에게 성평등을 향한 힘찬 변화를 시작하는 뜻 깊은 날이 되기를 염원합니다.* | 3. 7.

346

재영아, 보고 싶다.

일 년이 지났는데 너의 빈자리를 채울 수가 없구나.

부디 편히 쉬려무나.** | 3. 12.

MB, 드디어 검찰청 포토라인에 섰군요.

경제 살리겠다고 약속하고선 본인 경제만 챙긴 대통령. 정치보복을 당한 것은 본인이 아니라 압도적 표차로 그를 뽑아준 국민들입니다.

늦었지만 청소하기 좋은 날이 왔습니다.

이 기회에 말끔히, 깨끗이 청소해야 합니다. | 3. 13.

모두 네 명인 생존 전직대통령 중 두 명은 이미 다녀왔고, 한 명은 가 있고 나머지 한 명은 오늘 들어갔습니다.

예우를 받지 못한 것은 그들이 아니라 오히려 국민들입니다.

참담합니다.

그래도 이 나라가 흔들리지 않는 것은 위대한 국민들이 버티고 있기 때문입니다. | 3. 22.

---

* 2005년부터 2018년까지 노회찬 의원은 14년간 해마다 세계여성의날을 기념해 여성리더, 여성노동자 등에게 여성의 권리확대와 성평등 실현을 다짐하는 의미로 장미꽃을 선물했습니다.

** '진보정당의 영원한 조직가', 고 오재영 보좌관 1주기 추모제 행사(3월 18일)를 며칠 앞두고 노회찬 의원이 올린 글입니다.

이제 우리는 돌이킬 수 없는
평화의 길로 들어섰습니다
2018년 4월과 5월

오늘 제주도 한라산 기슭에서 열린 제70주년 4.3희생자 추념식에 참석하고 돌아왔습니다. 국가공식 기념행사에서 처음으로 4.3희생자들을 기린 〈잠들지 않는 남도〉를 부르며 눈물을 감출 수 없었습니다.

4.3의 진실이 무엇인지, 어린 학생들의 시위에서부터 문학, 예술, 영화에 이르기까지 4.3의 진실을 기억하기 위한 몸부림이 어떻게 이어져왔는지, 그리고 마침내 4.3의 기억이 어떻게 승화되어야 하는지를 잘 담아낸 문재인 대통령의 추념사 전문을 옮겨 싣습니다.

4.3의 역사를 올바르게 이해하고자 하는 분들께 일독을 권합니다. | 4. 3.

시작이 좋습니다. 남북정상의 진정성이 느껴지는 합의입니다. 특히 말로만 끝난 이제까지 남북합의의 한계를 인정하고 합의를 제대로 실현하기 위해 머리를 맞대겠다는 약속을 환영합니다.

시작이 반입니다.

나머지 반을 채우기 위한 노력은 우리 모두의 몫입니다.

이제 우리는 돌이킬 수 없는 평화의 길로 들어섰습니다. | 4. 27.

6.12북미정상회담 취소는 매우 유감스럽습니다.

그러나 한반도 비핵화는 변함없는 목표이자 세계인들에 대한 약속입니다. 미국과 북한은 이 목표를 실현할 책임과 약속을 이행할 의무가 있습니다.

새로운 접촉, 새로운 대화 등 새로운 노력이 필요합니다.

한국정부의 역할이 보다 커졌습니다.

국민 여러분! 지금 우리에게 필요한 것은 시간, 인내심, 단결입니다.

한반도 비핵화는 이미 시작되었습니다.

시작이 반입니다.

희망을 잃지 맙시다. | 5. 24.

많은 분들께 감사의 말씀을 드립니다

— 사망 당일 배포된 정의당 상무위 모두발언 원고*

2018년 7월 23일

삼성전자 등 반도체사업장에서 백혈병 및 각종 질환에 걸린 노동자들에 대한 조정합의가 이뤄졌습니다. 10년이 넘는 시간이었습니다.

그동안 이 사안을 사회적으로 공감시키고 그 해결을 앞장서서 이끌어온 단체인 '반올림'과 수많은 분들께 감사의 말씀을 드립니다.

또한 KTX 승무원들 역시 10여 년의 복직투쟁을 마감하고 180여 명이 코레일 사원으로 입사하게 됐습니다. 입사한 뒤 정규직 전환이라는 말을 믿고 일해왔는데 자회사로 옮기라는 지시를 듣고 싸

---

* 2004년 철도청은 채용 당시의 약속을 어기고 KTX 여승무원들의 정규직 전환을 하지 않았으며, 비정규직 채용기한을 넘긴 승무원들을 해고하려고 하였습니다. 비정규직노조는 파업을 하고 정규직 전환과 처우개선을 요구했습니다. 해고 후 12년 만인 2018년, 마침내 노사합의가 이뤄지고, KTX 승무원들은 회사로 복귀할 수 있게 되었습니다. 이 오랜 고난 끝의 승리에 대한 축사가 정의당 원내대표로서 노회찬 의원이 서면으로 준비한, 마지막 공식발언이었습니다.

움을 시작한 지 12년 만입니다. 오랜 기간 투쟁해온 KTX 승무원 노동자들에게 축하의 인사를 전합니다.

두 사안 모두 앞으로 최종합의 및 입사 등의 절차가 남아 있지만 잘 마무리되리라고 생각합니다. 누가 봐도 산재로 인정할 수밖에 없는 사안을 10여 년이나 끌게 만들고, 상시적으로 필요한 안전 업무를 외주화하겠다는 공기업의 태도가 12년 동안이나 용인된 것은 잘못된 것입니다.

이번 합의를 계기로 다시는 이런 일이 반복되지 않기를 바랍니다.

2004-2018

5부

그의 말은 희망이었고,
이제 역사가 되었다

어록

2004년 3월부터 2018년 7월까지

언론방송

50년 된 삼겹살 판을 갈 때가 왔습니다 | 2004. 3. 20.

한나라당, 민주당 의원님들, 그동안 수고하셨습니다.

이제 퇴장하십시오. 이제 저희가 만들어가겠습니다. 50년 묵은 정치, 이제는 갈아엎어야 합니다. 50년 동안 같은 판에다 삼겹살을 구워 먹으면 판이 시커메집니다.

판을 갈 때가 이제 왔습니다.

— KBS 〈생방송 심야토론 — 급변하는 민심 어떻게 볼 것인가〉 중

* 2004년 제17대 총선을 앞두고 민주노동당을 대변해 노회찬 중앙선거대책본부장이 공중파 토론방송에 출연합니다. 이때 "사실 지금 한국의 야당은 다 죽었습니다. 그런데 죽은 게 아니라 다 자살했습니다" 등 기성정당만으로 유지되는 정치판을 비판하며 이제 고기판을 갈아야 한다는 '판갈이론'으로 큰 인상을 남겼으며, 이른바 '촌철살인 노회찬 어록'을 대표하는 비유가 됐습니다.

4년 동안 공부 안 한 학생이 팔씨름으로 시험을 치르자는 것과 같습니다 | 2004. 4. 3 .

지금 정당보다는 인물을 찍겠다는 분들이 많습니다. 그러나 그건 말이죠, 이제까지 그분들에게 정당이라는 것은 영남에서는 1번, 호남에서는 2번, 이런 지역주의 정당을 자동적으로 선택해왔기 때문에 이러한 부패한 지역주의 정당에 다시는 표를 던지지 않겠다, 사람 보고 찍겠다는 건데 이것도 사실은 딜레마입니다.

지금 선거 때만 되면요, 갑자기 어디서 산천어, 열목어 다 나타납니다. 다 깨끗하다는 것이죠. 3급수에다 2급수를 타면 그게 1급수가 됩니까? 조금 더 나은 3급수지. 그러나 지금까지의 우리 경험으로는 깨끗하다는 산천어, 열목어 선택해봤자 3급수, 4급수가 들어간 정당에다가 산천어, 열목어 넣어버리면요, 곧 물고기가 죽습니다. 아니면 그 물고기가 돌연변이를 일으켜야 살아남는 거죠.

지금 193명 중에 보면 괜찮은 의원들도 있습니다. 그 멀쩡한 의원들이 그날 왜 탄핵가결에 참여했습니까? 그건 그분들이 소속한 정당 때문입니다. 그러기 때문에 정당에 대한 심판을 이번 총선에 해야 된다는 것이고요.

지난 4년간의 실정에 대해서 이번에 심판을 해야 합니다. 그래서 저는 친노냐, 반노냐 그런 심판론으로 가서도 안 되고, 또 탄핵문제를 가지고 너무 끌어서도 안 된다고 봅니다. 지금 지난 4년간 무슨 일을 했느냐를 가지고 졸업시험을 치는데, 갑자기 4년 동안 공부 안한 학생이 팔씨름으로 시험을 대체하자, 그럼 됩니까, 그게?

…차떼기 야당, 탄핵야당, 냉전야당, 지역주의 야당, 이런 야당들은 이제 좀 물러서야 됩니다. 이제 역할이 거의 다 끝났거든요! 지금 야당은 면허정지가 아니라 다 면허취소 상태예요.

—KBS 〈생방송 심야토론—17대 총선, 국민의 선택을 묻는다〉 중,
제17대 총선을 앞두고 유시민, 정진석 의원 등과 벌인 토론에서

* 2004년 3월 12일 국회에서 노무현 대통령 탄핵소추안이 가결됩니다. 탄핵소추에 찬성표를 던진 193명은 대부분 한나라당과 민주당 소속이었습니다. 그리고 당시 대통령 소속당인 여당은 민주당에서 갈라져나온 신생정당 열린우리당이었습니다. 4월총선을 앞두고 1번 한나라당과 2번 민주당은 탄핵역

풍 속에서 절체절명의 위기에 처해 있었습니다. 그래서 과거의 잘못은 덮은 채 새 인물 영입을 선전하며 다른 인상을 주려고 했죠. 당시 노회찬 민주노동당 중앙선거대책본부장은 그런 무책임함을 비판하고, 제17대 총선은 제16대 국회를 4년 동안 이끌었던 정당들에 대한 평가와 심판이 되어야 한다고 외쳤습니다.

행복해지기를 두려워하지 마십시오 | 2004. 4. 3.

…불법대선자금 많이 받은 순으로 발언도 많이 하는 겁니까?(발언 순서가 의석순대로 정해진 것을 꼬집으며)

…한나라당이 1번이고, 민주당이 2번이고, 열린우리당이 3번입니다.

민주노동당은 12번입니다. 1번과 2번이 망친 나라를 12번이 살리겠습니다.

국민 여러분, 그리고 유권자 여러분들, 과반수가 넘는 강력한 거대 여당에 대해서 걱정하지 마십시오. 다른 당은 이 문제를 해결하지 못하지만 민주노동당이 있습니다. 민주노동당이 제1야당으로서 잘 견제하고 발전시키겠습니다. 그리고 민주노동당은 조만간 2012년에 집권할 계획을 국민 여러분 앞에 발표하겠습니다. 2012년에 집권합니다, 그래서 12번입니다.

유권자 여러분, 많이 어렵습니다. 또 저 정치꾼들에게 이 나라를 맡겨도 되는가. 지난 4년, 지난 40년처럼 앞으로 4년도 또 마찬가지가 아니겠는가. 이러면서 투표장에 안 가실 분들도 있으실 것 같습니다. 그러나 우리 유권자가 잘 판단한다면 얼마든지 좋은 결과를 얻을 수가 있습니다. 특히 민주노동당이 있기 때문입니다.

유권자 여러분, 행복해지기를 두려워하지 마십시오.

감사합니다.

—KBS 〈생방송 심야토론—17대 총선, 국민의 선택을 묻는다〉 중

* 2004년 4월 15일 총선투표일을 열이틀 앞둔 날이었습니다. 1석도 없는 민주노동당을 대변해 토론에 나왔지만 노회찬 중앙선거대책본부장은 담대한 포부를 밝혔습니다. 그리고 지역주의에 매몰된 1번, 2번 정당이 아닌 12번 민주노동당이야말로 열린우리당을 상대로 진정한 야당 역할을 할 수 있을 것이라고 당당히 외쳤습니다. 그리고 제17대 총선 결과 민주노동당은 10석을 배출하는 쾌거를 거두고, 노회찬 후보도 비례 8번으로 국회에 입성하게 됩니다.

암소갈비 먹던 사람이 불고기 먹으면 그 옆의 굶던 사람은 라면을 먹을 수 있어요 | 2004. 5. 17.

암소갈비 먹는 사람, 짜장면 먹는 사람, 굶는 사람이 있다고 합시다. 옆에서 굶고 있는데 암소갈비 뜯어도 됩니까? 암소갈비만 뜯는 사람들이 암소갈비 대신 불고기 먹어라, 이거예요. 그러면 그만큼의 차액으로 굶고 있는 옆의 사람에겐 라면이라도 사 먹이자는 겁니다. 부유세가 바로 이런 겁니다. 동물의 왕국에선 힘센 동물이 잡은 만큼 먹고, 힘없는 동물은 굶어 죽거나 잡아먹힙니다. 인간이 동물과 다른 것은 나눠 가질 줄 알기 때문입니다.

내 옆집 사람이 굶고 있는데, 나만 배부르면 그것이 행복입니까?

—참여연대 회원특별강연에서, 부유세 도입에 찬성하며

* 민주노동당은 2004년 총선에서 '부자에게 세금을, 서민에게 복지를' 슬로

건하에 부유세 도입을 핵심공약으로 내세웠습니다. 노회찬 의원은 부유세 도입에 찬성하면서, 격차를 해소하고 부유한 사람과 가난한 사람이 함께 인간적인 삶을 살기 위해 부유세가 필요하다고 역설했습니다.

법 앞에 만인이 평등하다고 하는데 만 명만 평등한 것 아닌가요? | 2004. 10. 14.

세상을 시끄럽게 한 '차떼기'사건으로 우리 국민들은 자존심을 상당히 상하고 땀 흘려 일하는 사람들의 근로의욕을 상실케 했습니다. 기상천외한 수법으로 돈을 건넨 사람들은 대부분 집행유예나 벌금형을 받았습니다. 기업들이 관대한 처벌을 받은 것이 정치인들이 '강압적'으로 요구해 기업이 '부득이하게' 돈을 전달했기 때문이라고 양형 이유를 밝히고 있는데, 그렇다면 돈을 받은 정치인들에 대해 1심의 양형 이유를 글자 하나 안 바꾸고 2심에서 형량을 줄이는 이유는 무엇인가요?

150억 원이 아니라 1억 5,000만 원을 빈집에 들어가 몰래 훔쳐도 실형을 선고받는데, 150억 원을 사실상 '강탈'해낸 범죄에 대해 1심에서 받은 징역 3년을 2심에서 징역 1년으로 줄여주는 것을 볼 때 과연 법 앞에 만인이 평등하다고 할 수 있습니까?

대한민국 법정에서 만인이 평등하다고 생각하십니까? 평등하지 못하다는 것을 부인하지 않으시죠? 법 앞에 만인이 평등하다고 하는데 만 명만 평등한 것 아닙니까?

관대한 처벌의 사유가 '3선 국회의원이고 고령이며 전과가 없다'는 것이라고 밝히는데, 3선이면 감형 사유입니까? 만약 6선이면 형을 더 감할 수 있습니까? 불법대선자금 양형 사유를 보면 '법조인으로 오랜 기간 사회에 공헌해왔다', '전문경영인으로 성실하게 국민경제에 이바지했다'라고 하는데, 지금까지 '수십 년간 농부로서 국가농업에 기여해왔다', '산업재해의 위험을 무릅쓰고 저임금 노동을 하며 국가경제에 이바지해왔다'는 이유로 관대한 처분을 내리는 양형 이유를 본 적이 없습니다.

—국회 법제사법위원회 서울고등법원·산하지방법원 등에 대한 국정감사장에서

* 서울고등법원 등 법사위 국감이 있던 날이었습니다. 법사위 소속이던 노회찬 의원은 서울고등법원장을 긴장하게 하는 질문을 던집니다. 법원장은 '평등하지 않다'는 그의 지적을 차마 부인하지 못했습니다.

국가경제를 위해 30년 동안 노동자로 일해왔기에 형을 경감한다, 이런 판결 내려진 적 있습니까? | 2005. 5.

왜 10명도 안 되는 사람 가지고 고민합니까? 지금 정부가 해야 할 일이 얼마나 많은데. 지금 불법정치자금 관련된 사람 사면할까 말까, 왜 그런 걸 고민하는 데 시간을 쓰냐 이거죠. 그냥 대통령선거 때 공약을 지키면 될 일 아니에요? 그거 지키겠다는 말씀 한마디만 해보세요.

국회의원들의 경우 3선 의원이므로 형을 경감한다, 기업인들은 오랫동안 한국경제에 이바지한 바가 크므로 형을 낮춘다, 다 그런 식이에요. 그럼 직장생활 30년 하다가 감옥에 들어간 사람을 재판할 때 재판부에서 '국가경제를 위해 30년 동안 노동자로 일해왔기에

형을 감면한다', '지난 25년 동안 농사짓느라고 땀을 많이 흘렸기에 형을 경감한다.' 이런 판결이 내려진 적이 있습니까? 없지 않습니까?

—TV토론, 정치·경제인 특별사면 행태에 대해

* 2005년 부처님오신날을 앞두고 참여정부는 정치·경제인 특별사면을 검토합니다. 노회찬 의원은 원칙 없는 사면을 하지 않겠다고 했던 공약을 지키라고 일갈하며, 사면이나 형 경감이 정치인이나 기업가들에 치중되어온 근본적 불균형을 꼬집었습니다.

촌철살인 '노회찬 어록'의 기원을 찾아서 | 2007. 8. 3.

(고1 때 '유신반대투쟁'을 했다고 들었다는 질문에 대해)

시골에 있다가(부산중 졸업) 홀로 상경해서 일면 자유롭고 다른 데 관심도 없는 상태에서 우연히 이런저런 책들을 접하게 되었고 반정부 잡지도 봤다. 가장 큰 충격적이었던 것은 1972년 10월유신이었다. 버스를 타고 집으로 가는데 국회가 해산되고 유신이 선포되었다는 라디오방송을 들었다. 책에선 분명히 '국회해산 금지'라고 배웠다. 내가 교과서를 잘못 읽었나 뒤져보니 잘못 알고 있는 게 아니었다. 다시 버스를 타고 당시 광화문에 있던 정부청사와 국회로 갔다. 장갑차와 탱크가 있었다. 세상이 잘못 돌아가고 있다고 생각했다.

이후 학교가 끝나자마자 청계천 헌책방으로 달려갔다. 『사상계』를 사서 모으고 『창작과 비평』, 『문학과 지성』을 정기구독했다. 레닌과 마르크스 책을 고등학교 때 봤다. 그때 책을 많이 봤다. 하루에 두 권도 봤다. 대학(고려대 정치외교학)도 데모하기 위해 들어갔다.

—《오마이뉴스》인터뷰 중

『감옥으로부터의 사색』이 맺어준 인연 | 2008. 2. 4.

생각과 실천이 일치하는 것이 쉽지 않은데, 신영복 선생은 지행합일, 언행일치의 예를 보여주셨습니다. 감옥이란 삭막한 곳에서 인간의 체온이 느껴지는 글을 쓰셨지요. 깊은 사색과 성찰이 돋보였습니다.

88년 저자가 특사로 사면됐죠. 사면 몇 달 후 이 책이 출간됐습니다. 당시 신 선생의 책이 세상에 나올 만큼 우리 사회가 민주화됐다는 생각에 감회가 깊었습니다. 이 책에 실린 글은 그냥 지나치기 쉬운 인간문제를 차분하고 깊이 있게 파고들어 사물의 본질에 도달한 것입니다. 무엇보다 사람과 사람의 관계를 신뢰와 애정을 갖고 분석했어요.

전 연령층이 다 볼 수 있지만 특히 고등학생과 대학생, 갓 사회에 나온 젊은이들이 읽어보았으면 합니다. 사회에 첫발을 내딛고 자신의 힘으로 인생을 설계해야 하는 시점에서 방향타 역할을 할 수 있으니까요.

—《주간 한국》인터뷰 중

직권상정 다음은 직권 재집권입니까? | 2009. 7.

시사IN: 노회찬 진보신당 대표가 미디어법 직권상정 직전인 2009
년 7월 22일 트위터에 올린 글이다. 다른 글에서는 "다음 번 개기일
식이 2035년이라는데 한나라당 다음 번 집권도 2035년이라 확신한
다"며 특유의 재치 있는 독설을 날렸다.

—《시사IN》 제98호 중

국민의 마음을 얻는 데 관심이 없으면 어디에 관심이 있다는 건
지 궁금합니다 | 2009. 11. 19.

이명박 대통령께서 "내 임기 중에 인기를 끌고 인심을 얻는 데는 관
심이 없다", 이런 말씀을 하셨는데요. 역대 어느 대통령도 임기 중
에 관심이 없다고 말하지 않았습니다. 국민의 마음을 얻는 데 관심
이 없으면 어디에 관심이 있는지, 다른 나라 국민의 인심을 얻겠다
는 건지 도대체 그 관심이 어디에 있는지 몹시 궁금합니다. 지금 이
명박 대통령 소통방식은 1주일에 한 번 라디오방송에 나와서 보이
지도 않는 마이크 앞에서 일방적으로 얘기하는 것을 소통으로 생각
하는 것이 아닌가?

지금 4대강이나 부자감세를 해서 정권이 인기가 많이 없습니다. 그
걸 알고 있으면 정책을 바꿔야 하는데 안 바꾸고 있습니다. 노인자
살률이 전 세계에서 가장 높고 애는 가장 안 낳는 이 비극적인 상황
은 수출과 성장만으로 돌파하기 어렵다는 건 이미 학자들도 많이
얘기하고 있지 않습니까?

경제문제 푸는 데 가장 악재가 바로 4대강 사업, 부자감세입니다. 이건 뭐 거의 신종플루 비슷한 겁니다. 확진 상태예요. 여기에 부자감세를 통해서 23조 세수부족이 일어났고, 4대강도 22조인 상황에서 다른 데 들어가도 모자랄 돈을 그쪽으로 다 빼고 있다는 거죠. 그래서 국민을 살릴 거냐, 4대강을 살릴 거냐 결단을 하셔야 합니다.

—MBC 〈100분토론—100분토론 10년 그리고 오늘〉 중

현행 선거법으로 트위터를 단속하는 것은 우주선을 발명해놓고 도로교통법을 적용하는 것만큼이나 한심한 일 | 2010. 2. 16.
트위터는 서로의 목소리를 듣겠다고 의사를 밝힌 사람들끼리 서로 생각을 주고받는 사적인 이메일로, 무작위로 살포되는 전자메일과는 분명 성격이 다릅니다.

—《한겨레신문》 인터뷰 중, 선거관리위원회가 트위터를 전자메일서비스로 규정하고 단속하기로 한 것과 관련해서

강북에 명품관 지으면 강남북 격차가 해소됩니까? | 2010. 5. 18.
거꾸로 타는 보일러가 있다는 얘기는 들었지만, 복지공약은 왜 자꾸 거꾸로 축소되는지 따져 묻고 싶은 심정입니다. 강북에 루이비통 명품관 지으면 강남북 격차가 해소됩니까? 강남북 부자들의 격차를 해소했을지 몰라도 강남북의 격차를 해소한 것은 아닙니다. …지금 천장에서 비가 새고 있는데 디자인 좋은 벽지로 방 안을 도

배할 겁니까?

—MBC 〈100분토론—선택 2010, 서울시장후보 초청토론〉 중,

오세훈 한나라당후보에 대한 노회찬 의원의 반박

용역 대신 노동자 월급 주면 안 됩니까? | 2011. 8. 5.

청문회 하려고 국회에서 국민이 부르는데 해외로 나가 있어라 하는
전경련과 경총의 입장은 마치 '불법업소 단속 나가니까 셔터 내리
고 도망가라'는 것과 같습니다.

(노동자가 물리력을 쓰고 법을 지키지 않으니 용역을 쓴다는 지적이 나
오자)

그럼 법 안 지키니까 주먹질하겠다는 겁니까?

—SBS 〈시사토론—한진중공업 사태와 희망버스 논란〉 중

* 노회찬 의원은 24일째 서울 대한문 앞 천막단식농성을 하던 중에 이 토론
에 참석했습니다. 2011년 8월 11일 노회찬·심상정 진보신당 상임고문은 한
진중공업 정리해고 철회를 위한 단식농성 30일 만에 건강악화 등으로 농성
을 중단했습니다. 심상정 의원은 노회찬 의원 영결식 조사에서 이때를 회상
하면서 "2011년 대한문 앞에서 함께 단식농성하며 약속했던 그 말, '함께 진
보정치의 끝을 보자'던 그 약속, 꼭 지켜낼 것입니다"라고 다짐했습니다.

우리나라와 일본도 외계인이 침공하면 힘을 합해야 하지 않겠
습니까? | 2012. 4. 6.

(전 정권에서 노동사찰 문제가 드러났을 때)

노회찬 　그때 한나라당이 무슨 말을 했나. 그 당시 가만히 있다가 이번에 자신들의 문제가 드러나니까 '나만 했냐, 다른 쪽도 했는데' 이렇게 얘기하는 당을 국민들이 믿을 수 있겠는가. 도둑질하다가 잡혔으면 부끄러운 줄 알아야지, '세상에 도둑이 나만 있냐'고 하면 안 되는 것 아닌가.

(… 뚜렷한 진보를 표방하는 통진당과 중도노선의 민주당이 왜 연대를 하느냐. 야권연대면 당을 통합하든가 하지, 같은 당도 아니면서 왜 하나인 것처럼 행동하냐는 반론에 대해)

노회찬 　'같으면 통합을 해야 하는데 다르기 때문에 연대를 하고 있다' 이렇게 말씀을 드리고요, 우리나라랑 일본이랑 사이가 안 좋아도 외계인이 침공하면 힘을 합해야 하지 않겠습니까?

—SBS 〈시사토론—총선 D-5 누구를 뽑아야 하나?〉 중

* 제19대 총선에서 민주통합당과 통합진보당은 거대여당인 새누리당을 견제하기 위해 지역별로 후보단일화를 하는 선거연대를 합니다. 4월 11일 투표일을 며칠 앞두고 열렸던 TV토론에서 새누리당 정옥임 의원은 민주통합당과 통합진보당의 선거연대를 비판합니다. 다르지만 왜 연대가 필요한지를 '외계인 침공'에 비유한 이 표현은 크게 유행했습니다. 이 선거에서 통합진보당은 13석을 얻고, 노회찬 후보는 서울 노원병 국회의원으로 당선됩니다.

그의 아버지는 투표 자체를 반대했습니다 ｜ 2012. 10. 31.

시사IN: 박근혜 후보의 투표시간 연장반대 의견이 알려진 2012년 10월 31일, 노회찬 진보정의당 의원이 트위터에 맞받아친 글이다.

영입해서 시사IN '말말말' 담당자를 시키고 싶은 정치인이다.

—《시사IN》제269호 중

먹튀 자본은 들어봤지만 풀튀 정권은 처음 들어봅니다 | 2013. 1. 28 .
(지금 대통령직 인수위에서도 공식반대하고, 야당도 물론 반대인데도
굳이 특별사면을 강행하는 배경이 뭐라고 보냐는 질문에 대해)
노회찬   (웃음) 지금 임기가 한 달도 채 안 남은 상태이기 때문에
어떻게 지금 다른 제재수단도 없습니다, 사실은. 탄핵사유에 해당된
다고 다들 느끼더라도 탄핵을 추진할 수도 없는 상황이고, 결국 풀
어주고 튀는 식이 아니냐.
먹튀 자본은 들어봤지만 풀튀 정권은 처음 들어보는데, 풀어주고
튀는 식인 것 같아요. 이게 마치 회사를 퇴직하면서 회사 기물 갖고
그냥 나가는 그런 것하고 비슷한 직권남용의 대표적인 사례라고 보
이고, 이런 일이 과거에 없었던 것이 또 아닙니다. 그래서 이런 일이
계속 반복되는 것을, 이거를, 사슬을 이번에 끊어야 되지 않겠는가.

—CBS 〈김현정의 뉴스쇼〉 중, 이명박정권 임기말 특별사면에 대해서

* 임기를 불과 한 달 남겨둔 이명박정부는 부정부패를 저지른 정권 최측근인
사들에 대한 특별사면을 단행합니다. 노회찬 의원은 이러한 행태에 대해 처
음 들어보는 '풀튀' 행각이라며 비판합니다.

오늘 대법원 판결은 최종심이 아니다. 국민의 심판, 역사의 판
결이 남아 있다 | 2013. 2.

시사IN: '삼성X파일' 폭로사건과 관련해, 통신비밀보호법 유죄가 확정되어 의원직을 박탈당한 노회찬 진보정의당 공동대표가 2013년 2월 14일 기자회견에서 한 말이다. 하루 전인 2월 13일, X파일사건에서 삼성에 면죄부를 줬던 황교안 검사는 법무부장관 후보자로 지명됐다. 둘은 경기고 동기동창이다. 묘한 인연, 이걸로 끝일까.

—《시사IN》 제282호 중

우리 국민들이 볼 때 국정원은 국가정보원이 아니라 국가걱정원입니다 | 2013. 7. 3.

(한쪽에서는 국정원 대선개입 국정조사가 진행중이라는 말에 대해)

노회찬　국정원은 사실 지금 국가정보원으로서의 기능은 거의 상실한 거 아니냐, 이렇게 봅니다. 우리 국민들이 볼 때는 국정원이 아니라 국가걱정원이다, 이렇게 보이는데요.

지금 이 나라에서 최고의 걱정거리는 국정원입니다, 사실은.

(국정원 개혁이 필요하다는 데는 여야 다 동의하지 않는가라는 질문에 대해)

노회찬　그렇습니다. 저는 이미 17대 국회에 있을 때 현재의 국정원을 해체하고 대외정보처로 전면개편하는 법안을 제출한 바가 있는데요. 사실 이러한 문제의식은 과거 대통령선거 때도 노무현 후보라거나 정몽준 후보까지도 유사한 공약을 낸 바가 있었습니다. 그래서 일단은 전면적인 법개정을 통해서 국정원을 원래 본연의 임무에 집중할 수 있도록 제도개선이 필요하다고 생각됩니다.

* 2013년 야당이 국가정보원의 대선개입에 대한 국정조사 실시를 요구하자 여당인 새누리당은 극렬히 반대했습니다. 때마침 국정원은 2007년 남북정상회담 대화록 일부를 발췌 배포하며 노무현 전 대통령이 NLL포기발언을 했다는 새누리당의 주장에 동조했습니다. 노무현 대통령 NLL포기의혹은 2012년 대선에서 새누리당이 선거판을 흔들기 위해 들고 나온 주장이었는데, 그 근거가 되는 남북정상회담 대화록은 국가기밀이라 국회의원들이 볼 수 없는 것이었습니다. 당시 진보정의당 공동대표였던 노회찬 의원은 라디오 인터뷰에 나와 이 사건의 본질이 "국정원이 대화록을 왜곡해서 발췌본을 만든 것" 그리고 "그것을 대선 때 악용한 것" 두 가지라며, 자꾸 노무현 대통령 발언의 의도를 따져서는 안 되고 근본적인 문제는 국내정치에 개입하는 국가정보원이라는 점을 분명히 했습니다.

음식 상한 것 같아 다시 해오라니까 먹다 남은 음식 내오는 꼴

| 2014. 6.

시사IN: 정홍원 국무총리가 2014년 6월 26일 유임되자 노회찬 전 정의당 대표가 자신의 트위터에 남긴 말이다. 안대희, 문창극 전 총리후보자는 상한 음식, 정홍원 국무총리는 먹다 남긴 음식이라는 뜻. 식당 주인은 먹다 남은 음식이라도 감지덕지하라고 손님한테 행패다.

—《시사IN》 제355호 중

현재 시점으로 보면, 제가 객관적으로 한 표 앞서고 있다 | 2014. 7.

시사IN: 서울 동작을 재보선에서 새정치민주연합·정의당 단일후보
가 된 노회찬 후보가 사전투표를 마치고 나오면서 이렇게 말했다.
경쟁자인 나경원 후보는 주소지를 옮기지 못해 투표권이 없는 것을
특유의 화법으로 꼬집었다.

—《시사IN》제359호 중

엎질러진 물이 되는 게 아니라 엎질러진 휘발유가 되는 거죠

| 2015. 11. 2 .

지금 정부가 자신의 법적 권한으로 입법예고를 하고, 이렇게 국정화
고시를 하더라도 일이 끝나는 게 아니거든요. 지금 여론을 보면 그
렇게 하면 엎질러진 물이 되는 게 아니라 엎질러진 휘발유가 되는
거죠. 계속해서 앞으로 파문이 계속 번질 수밖에 없는 상황입니다.
대통령은 51.6%의 지지율로 당선된 분인데요. 지금 국정화를 갖다
가 이념문제, 이념공세로 정부가 온갖 언론을 통해서 일방적으로
퍼붓고 있는데도 불구하고 지금 여론지지율이 저조한 걸 보면 박근
혜 대통령 스스로 다시 생각해봐야 할 상황이라고 봅니다.

—CBS 〈김현정의 뉴스쇼〉 중, 국정교과서에 대해

* 2015년 11월 박근혜정부는 여론과 학계의 반대에도 불구하고 역사교과서
국정화 고시를 강행합니다. 노회찬 의원의 예견처럼 국정교과서는 고시 후
에도 끊임없이 논란을 일으킵니다. 2017학년부터 사용하겠다는 무리한 일정
때문에 졸속으로 집필된 국정교과서는 채택을 거부하는 여론에 밀려 시행되
지 못하다가 박근혜정부가 탄핵된 이후 폐지 수순을 밟게 됩니다.

박근혜 대통령 공약집 제목을 '세상을 바꾸는 약속'에서 '약속을 바꾸는 세상'으로 바꿔야 해요 | 2016. 2.

대통령 공약집 중에서 가장 잘 만든 공약집이 박근혜 대통령 공약집이에요. 『세상을 바꾸는 약속』, 제 아주 애독서예요. 제가 이게 한 권밖에 없는데 두 권이 있었으면 한 권을 보내드리고 싶어요. 본인이 안 읽어본 것 같아요. 그런데 이 책을 다시 낸다면 제목을 바꿔야 돼요. '약속을 바꾸는 세상'으로. 솔직히 정치인들의 약속, 대통령의 약속, 안 지켜지는 것들이 있잖아요. 그런데 스스로의 약속을 안 지키는 대통령은 많았지만 자신의 약속을 반대로 위배하는 대통령은 처음이에요.

— 〈김어준의 파파이스〉 중, 박근혜정부 공약파기 논란에 대해

* 박근혜 대통령의 선거 공약집에는 다양한 복지정책이 담겨 있었습니다. 하지만 집권 후 공약과는 전혀 다른 방향으로 나아가자 노회찬 의원은 공약집의 제목을 비틀어 이렇게 풍자했습니다.

혹시 잘 안 되면 저희 사무실 같이 씁시다 | 2016. 5. 30.

시사IN: 노회찬 정의당 원내대표가 제20대 국회 개원날인 2016년 5월 30일 국회 청소노동자와 만나 한 약속이다. 국회 사무처는 공간이 부족하다며 청소노동자 휴게실과 노조 사무실을 비우라고 요구했다. 이에 노 원내대표는 "국민을 위해 한 공간에서 일하는 동료"라며 응원했다.

—《시사IN》제456호 중

속단(速斷)이 아니라 지단(遲斷)이에요 | 2016. 11. 11.

노회찬 대한민국의 실세 총리가 있었다면 최순실이에요. 나머진 다 껍데기예요. 잘 알고 계시잖아요.

황교안 그렇게 속단할 일 아닙니다. 국정, 그렇게 돌아가지 않습니다.

노회찬 속단이 아니라 뒤늦게 저도 깨달았어요. 지단(遲斷)이에요. 이 사태에서 총리의 책임이 큽니까, 대통령의 책임이 큽니까?

황교안 저는 제 책임이 크다고 생각합니다.

노회찬 그럼 황교안 게이트입니까? 박근혜 게이트인데 왜 스스로 누명을 뒤집어씁니까?

황교안 국정을 잘 보좌하고 그런 문제가 생기지 않도록 했어야 했는데 송구합니다.

노회찬 왜 스스로 형량을 높이십니까?

—국회에서 열린 최순실 게이트 긴급현안질문

* 2016년 10월 24일 JTBC가 '최순실 태블릿' 보도를 하면서 최순실 게이트와 관련한 전 국민적 분노가 폭발합니다. 10월 29일, 11월 5일 1·2차촛불집회가 열리고, 정치권은 빠르게 움직여 11월 11일 국회 본회의장에서 긴급현안질문을 실시합니다. 박근혜 대통령의 측근인 최순실이 정권의 실세로 국정을 농단했다는 의혹에 대해 황교안 당시 국무총리가 '속단하지 말라'고 하자, 오히려 뒤늦게 깨달은 것이라며 노 의원은 '지단'이라고 답했습니다.

새 자동차로 바꿀 때가 되었습니다 | 2017. 1. 12.

최순실·박근혜 게이트는 20~30년간 쌓인 문제가 터져 국민이 분노한 것이다. 여기까지 타고 온 1987년식 낡은 자동차를 이제는 새

자동차로 바꿀 때가 됐다.

—정의당 부산시당 신년강연 '그대는 왜 촛불을 켜셨나요?' 중

* 2016년 12월 9일 박근혜 대통령 탄핵소추안이 국회에서 가결되었지만, 2017년 들어서도 촛불집회는 계속되었고 분노한 국민의 목소리는 이어졌습니다. 노회찬 의원은 1987년 헌법에 명시된 균형 있는 국민경제 성장, 적정한 소득배분 등의 목표가 실현되지 않고 있는 것이 근본적 문제라고 지적하며, 대통령탄핵을 넘어서 그 이후의 근본적인 개혁을 준비해야 한다고 강조했습니다.

유관순 열사는 불량소녀가 아닙니다 | 2017. 3. 5.

저는 16세 참정권을 진심으로 지지합니다. 그걸 반대하는 순간 유관순 열사를 불량소녀로 낙인찍게 되는 셈입니다. 저는 17세 때 유신반대를 외치면서 유인물 만들고 뿌렸던 사람입니다. 그때 '우리미래'가 있었다면 '우리미래'에 입당했을 겁니다.

—청년정당 '우리미래' 창당대회 축사 중

* '우리미래'는 청년정치와 진보주의, 평화주의를 기치로 이십 대, 삼십 대 청년이 주도하는 정당임을 강조하고 창당됐습니다. 노회찬 의원은 2017년 3월 5일 창당대회에 정의당 원내대표로 참석해 창당을 축하했습니다.

홍준표 지사가 대선후보로 나왔다는 것 자체가 그 당이 망했다는 증거다 | 2017. 3.

시사IN: 노회찬 정의당 의원이 2017년 3월 28일 tbs 라디오에 출연

했다. "정상적으로 나올 후보가 없으니 그렇게 나오는 것"이라는 말
도 했다. 정치자금법 위반으로 재판을 받는 중인데다 도지사 사퇴
일정을 조정해 보궐선거를 없애려는 시도를 한다며 분개했다.

—《시사IN》 제499호 중

냉면집 주인이 대장균한테 속았다고 하는 꼴입니다 | 2017. 7.

단독범행을 강조하는데, 단독범행이면 국민의당은 면책이 되느냔
말이죠. 단독으로 만들었던 합작으로 만들었든 그 콜레라균은 국민
의당 분무기로 뿌린 거 아니에요? 여름에 냉면집 주인이 "나는 대
장균에게 속았다, 걔들이 이렇게 많을지 몰랐다, 많으면서도 나한테
많은 척 안 했다", 그걸 조사해가지고 많으면 팔지 말아야 될 책임
이 냉면집 주인한테 있는데 "균이 나를 속였다. 대장균 단독범행이
다" 이렇게 얘기하는 거예요.

—tbs 〈김어준의 뉴스공장〉 중

* 당시 문재인 대통령의 아들 문준용 씨의 채용과 관련된 의혹제기가 조작됐
으며 여기에 국민의당 관계자가 개입한 것이 밝혀졌습니다. 국민의당이 '문준
용 씨 의혹 제보조작사건'은 당원 이유미 씨의 단독범행이라고 주장하자, 노
회찬 의원은 공신력 있는 정당의 책임 있는 태도가 아니라고 비판했습니다.

학교 앞 분식집 가게주인이 구청에 소환되었다고 수업을 거부합니까? | 2017. 9. 6.

문제가 있고 부당하다고 느낀다면 국회에서 상임위원회 소집을 요

구해서 따지면 될 일을 가지고 정작 국회를 거부하고 길거리로 나가는 것인가. 학교 앞에 자기들이 잘 다니던 분식집 가게주인이 구청에 소환됐는데 수업을 거부하는 셈이다. 그럴 바에는 김장겸 사장 전화번호 있을 것 아닌가. 자주 만나는 관계니까. 그럼 전화해서 빨리 출두하라고 했으면 되는 것이다.

—tbs 〈김어준의 뉴스공장〉 중

* 김장겸 MBC사장은 PD와 기자들을 스케이트장, 주차장 관리로 보내는 등 부당노동행위를 저지른 혐의로 고발조사를 받는 과정에서 노동청의 출석요구에 세 차례나 불응했습니다. 이에 서울서부지검이 체포영장을 발부하자 자유한국당은 문재인정권의 언론탄압이라며 국회 일정을 거부했습니다.

모기들이 반대한다고 에프킬라 안 삽니까? | 2017. 9.

정확한 얘기죠. 동네파출소가 생긴다고 하니까 그 동네 폭력배들, 우범자들이 싫어하는 것과 똑같은 거죠. 아니, 모기들이 반대한다고 에프킬라 안 삽니까? 이제까지 고위공직자들에 대한 여러 의혹이나 범죄가 발생할 때마다 검찰이 덮거나, 수사 자체를 편향되게 하거나, 솜방망이 처벌을 하는 일들이 굉장히 많았어요. 많다 보니까 대안으로 '특검 하자' 이런 얘기가 바로바로 나오지 않습니까? 특검을 하는 것도 한계가 있기 때문에 일종의 상설특검을 제도화하는 게 공수처입니다.

—tbs 〈김어준의 뉴스공장〉 중,
고위공직자범죄수사처 설치에 반대하는 자유한국당에 대해

* 당시 법무부 산하 법무·검찰개혁위원회가 고위공직자범죄수사처^(공수처)
권고안을 발표하였습니다. 그리고 9월 19일 국회 법사위에서 검찰 출신 자유
한국당 의원들이 중심이 되어 공수처 권고안에 강하게 반발하며, 이것이 야
당탄압 수단이며 검찰길들이기의 의도가 있다고 비난합니다. 별도의 공수처
법안을 발의한 적도 있는 노회찬 의원은 권력기관 개혁을 위해 공수처가 꼭
필요하며, 그동안 검찰의 덕을 본 세력이 반발하는 것은 당연하다고 설파했
습니다.

신문지 2장 반 | 2017. 10. 19.

지난 12월에 헌법재판소가 서울구치소 내 과밀수용에 관해 위헌결
정을 내렸습니다. 당시 6.38㎡에 최대 6명이 수용되었기 때문에 수
용자의 인간의 존엄과 가치를 침해하고 있다고 보아 위헌판결을 내
렸습니다. 이 경우에 1인당 실제 수용면적은 1.06㎡입니다. 계산을
해보면 신문지 2장 반입니다. 한번 보여드리겠습니다. (일반 수용
자들의 가용면적인 신문지 2장 반을 깔고) 여기에 사람이 살고 있습
니다.

제가 한번 누워보겠습니다.

제가 누운 걸 보셔서 알겠지만 옆사람과 닿습니다. 그렇기 때문에
여기서 자야 된다면 모로 누워서 자야만 간격이 유지됩니다. 참고
로 박근혜 대통령이 교도소 수용상태에 대해서 인권침해라고, 제소
한다고 하고 있는데요. 박근혜 대통령이 살고 있는 그 거실의 면적
은 10.08㎡입니다. 그러니까 헌법재판소에서 위헌이라고 판정내린
사람이 쓰고 있던 수용 면적의 10배를 쓰고 있어요. 인권침해라고

제소해야 할 사람은 박근혜 대통령이 아니라 일반수용자입니다.

—국회 법제사법위원회 국정감사 중

* 박근혜 전 대통령의 구속기간 연장이 결정된 2017년 10월, 박근혜 전 대통령의 국제법무팀 소속 변호인들이 열악한 구치소 생활환경으로 인해 인권침해가 발생하고 있다고 주장했고, 법무부는 즉각 반박했습니다. 박근혜 대통령은 샤워실이 딸린 6인실 규모의 방을 혼자 사용하고 있었습니다. 이보다 앞서 2016년 12월 헌법재판소는 구치소 내 과밀수용은 위헌이라는 결정을 내렸습니다. 노회찬 의원은 저런 결정이 나올 정도로 열악했던 일반수용자들의 1인당 수용면적이 얼마나 비좁은지 직접 몸으로 보여주었습니다.

이걸 보통 네 글자로 뭐라고 하는 줄 아세요? | 2017. 12.

시사IN: 노회찬 정의당 원내대표가 2017년 12월 6일 라디오에 출연해 자신들도 대선공약으로 약속했던 아동수당과 기초연금에 반대하는 자유한국당을 향해 날린 말.

"이걸 보통 네 글자로 뭐라고 하는 줄 아세요?"

노 원내대표가 내놓은 정답은?

"민중의 적."이다.

—《시사IN》제535호 중

* 자유한국당의 반대로 아동수당과 기초연금 등이 지방선거 이후로 미뤄진 것을 노회찬 의원은 "반대할 명분이 없다. 이것은 당리당략을 위해 '국민들이 고통을 더 받아라' 이런 이야기다"라며 비판했습니다.

청소가 먼지에 대한 보복입니까? | 2018. 1. 2.

어떤 사람들은 "적폐청소 그만해라. 피곤하다"라고, 혹은 "적폐청산이란 미명하에 정치보복하는 거 아니냐?"라고 말하는데요. 청소를 할 때는 청소를 해야지 청소하는 게 먼지에 대한 보복이다, 이렇게 이야기하면 되겠습니까. 적폐청산은 보복이 아니라 잘못된 시대를 엎고 새로운 시대를 만들어나가는 것입니다.

적폐의 종류가 굉장히 다양합니다. 생각지도 못한 기묘한 일까지 과거에 있었고, 새롭게 보도되는 적폐들을 보고 놀라고 있는 상황입니다. 무엇보다 지난 시기, 있을 수 있는 차이를 근거로 차별을 했습니다. 생각이 다르다고 블랙리스트, 화이트리스트를 만들어 차별하고 억누르고 억압했습니다. 차이를 차별로 폭력적으로 다뤘던 과거 시대의 폐습, 폐단을 없애나가는 것이 적폐청산입니다.

—JTBC 〈소셜라이브〉 중

* JTBC 〈신년토론회〉 시작 전 진행된 〈소셜라이브〉 방송인터뷰 중 나온 발언입니다. 당시 사회 각 분야의 적폐청산 움직임에 대해 '새 정부의 지난 정부에 대한 정치보복'이라는 비판이 있었습니다.

평양올림픽이 문제면 평양냉면도 문제다 | 2018. 1. 24.

올림픽정신이 추구하는 가치가 바로 평화다. 도대체 '평양올림픽'이 뭐냐. 평양에 무슨 콤플렉스라도 있나. 올림픽이 '평양올림픽'으로 변질됐다고 하는데, 그런 식이라면 평양냉면도 문제 삼아야지, 왜 냉면은 가만두나. 냉면, 하면 모두 평양 아니면 함흥인데, 서울냉면, 수원냉면은 왜 없느냐고 대한요식업협회에 "정치적인 중립이 깨진 거 아니냐"고 따지고 항의라도 해야 할 판이다.

체제선전장이라는 비난도 상식적으로 이해가 안 간다. 오히려 압도적인 체제선전은 대한민국이 하고 있는 거다. 그런 식이라면, 남조선 체제선전장에 북한이 왜 참여하느냐고 북한에서 문제 삼아야 할 일이다.

이들이 두려워하는 건 평화다. 남북 간에 늘 군사적으로 긴장돼 있고 전쟁이 언제 일어날지 몰라야 자기들이 그나마 살 틈이 생기는데, 평화와 대화로 가면 문제가 생긴다고 보는 것 같다. 핵무기 달라고 구걸하러 다닌 사람들한테 평화가 찾아오면 골치 아프잖은가. 자기들이 서식하고 번성할 기회가 점점 줄어들기 때문이다. 북한은 핑계이고, 자신들이 궁색하게 되는 불우한 처지가 원망스러운 것이다.

— tbs 〈김어준의 뉴스공장〉 중, 자유한국당의 '평양올림픽' 주장을 반박하며

* 2018 평창동계올림픽 개최를 앞두고 남북당국자들은 응원단 파견, 여자아이스하키 남북단일팀 구성 등을 합의했습니다. 자유한국당은 평창올림픽이 '평양올림픽'으로 변질되었다며, 북의 위장평화공세에 이용당하는 것이며, 정부의 쇼에 불과하다고 비난했습니다. 노회찬 의원은 그동안 남북긴장관계를 이용해온 세력이 남북간 평화분위기가 조성되는 것 자체에 불만을 품고 폄하하는 것이라고 비판했습니다.

소에 물을 먹여 무게를 늘리는 것과 같습니다 | 2018. 5.

집권여당이 최저임금 산입범위를 부당하게 확대하는 일을 획책하고 있습니다. 값싼 쇠고기를 공급하겠다고 약속해놓고 소에 물을 먹여 쇠고기 중량을 늘리는 것과 뭐가 다릅니까? 지금처럼 최저임금에 포함 안 되는 것을 갑자기 최저임금에 포함하면, 늘어나는 것은 없지만 사실 최저임금이 인상된 것처럼 보입니다. 실제로 키는 안 컸는데 구두 때문에 키가 큰 것처럼 보이는 것입니다.

—정부의 최저임금 산입범위 확대를 비판하며

* 2018년 최저임금은 시간당 7,530원으로 전년에 비해 16.4% 인상됐습니다. 정부·여당은 최저임금 상승에 따른 기업의 부담을 줄인다는 명분으로 최저임금 산입범위를 확대했습니다. 정의당은 최저임금 산입범위 확대는 최저임금이 명목상으로만 상승할 뿐 실질적으로는 오르지 않는 결과를 낳는 조치라며 강하게 비판했습니다.

"위장평화쇼"라는 발언은 극심한 좌절감에서 나온 것

| 2018. 5. 2.

김어준 자유한국당이 남북정상회담을 "위장평화쇼"라고 평가한 것에 대해선 어떻게?

노회찬 바로 6개월 전에 미국에 "전술핵" 배치해달라고 갔던 분들 아닙니까?

김어준 한 핵 줍쇼.

노회찬 "위장평화쇼"라는 발언은 극심한 좌절감과 고립감에서 나오는 거니까 적절한 휴식과 안정이 필요하지 않나, 그렇게 생각합니다. 그리고 반드시 의사의 진단을 받아보길 권합니다.

—tbs 〈김어준의 뉴스공장〉 중

큰조카 노선덕 씨에게 남긴 말 | 2018. 7. 27.

('하루는 고민이 있어 큰아버지에게 조언을 구하러 간 적이 있다'는
노선덕 씨에게)

선택의 기로에서 어떤 선택이 최선의 선택인지 당장 알 수 없을 때에
는 가장 힘들고 어려운 길을 걸어라. 그것이 최선의 선택일 것이다.

—유족 추도사 중

트위터

언제 비가 내릴지 모를 흐린 하늘이군요. 그렇다고 해가 뜨지 않은
건 아닙니다. 구름에 가려 보이지 않을 뿐입니다. 희망이 없다고 말
하지 맙시다. 희망은 태양처럼 이미 있습니다. 다만 내 눈에 잠시 안
보일 뿐입니다. 희망찬 하루를 보내시길!!! | 2009. 7. 7.

정정합니다. 원래 4대강은 황하, 나일강, 유프라테스-티그리스강,

인더스강입니다. 4대 문명 발상지이죠. 물론 반문명 발상지는 MB 강입니다. | 2009. 7. 9.

호랑이와 사자만 사는 세상이 되어야 합니까? 다람쥐와 토끼도 함께 공존할 순 없나요? 얼마 전 MB대통령은 "호랑이와 사자가 다람쥐, 토끼 다 잡아먹는 것을 방지하기 위해 규제하면 헌법재판소에 걸린다" 말하더군요. 여러분 동의하십니까? | 2009. 7. 11.

* 호랑이와 사자에 대한 규제를 완화해야 한다는 시장만능주의 노선 앞에 수많은 사슴과 토끼가 희생양이 되는 현실을 더 이상 방치할 수 없다며 '동물의 왕국을 인간의 왕국으로 바꿔놓는 일'이 그의 목표였습니다.

대한민국을 '동물의 세계'로 만들어선 안 됩니다. 대통령께서 약육 강식하는 '동물의 세계'가 그리 좋다면 케냐의 세렝게티국립공원으로 보내드리지요. 국민성금을 모아 보내드립니다. 거기서 사자, 표범, 하이에나와 여생을 함께하시길…. | 2009. 7. 11.

중랑천은 어제보다 물이 약간 빠졌네요. 벌써 강태공 몇 분이 나와 앉아 세월을 낚고 있네요. 월요일 아침의 낚시라… 하긴 월요일 아침의 골프도 있죠. 한쪽은 일자리가 없고 다른 한쪽은 일이 없다는 차이입니다…. | 2009. 7. 12.

잡지《GQ》에서 '남자가 봐도 멋진 남자' 설문조사했는데 제가 30위네요. 정치인 중에선 1등! 전체 1위는 박지성이네요. 이정재, 조인성도 저와 같이 공동 30위! 많이 닮은 모양이죠.ㅋㅋ MB가 꼴찌로 나온 걸 보면 꽤 정확한 조사인 듯…. 참, 가수 비도 저와 함께 공동 30위네요. 닮은 사람이 참 많네요.^^ 하나도 안 닮은 강호동은 36위! | 2009. 7. 14.

개헌논의가 고개를 드네요. 지금 개헌논의는 초상집에서 성형수술하자는 것과 다를 바 없습니다. 헌법 바꾸는 것보다 대통령 생각 바꾸고 국정운영기조 바꾸는 것이 시급하다고 많은 국민들은 생각하고 있습니다. | 2009. 7. 16.

어려서는 공부시간 세계 1위, 커서는 노동시간 세계 1위, 늙어서는 정년퇴직 후 노동기간 세계 1위. 한국남성은 퇴직하고도 11.2년 더 일해야 한답니다. (출처; http://snurl.com/nyoyv) 오늘은 회의 2시간 외에는 좀 쉬어야겠습니다. | 2009. 7. 26.

MB출범 이래 한국 생태는 위기 그 자체입니다. 제대로 된 생태는 눈씻고도 찾아보기 어렵군요. 아내가 어제 사온 것도 일본 생태였습니다. 그것도 비싸서 한 마리만. 생태 복원의 그날을 위해!! | 2009. 7. 30.

경찰 말대로 쌍용회사 측이 식수와 음식물 반입을 막고 있다면 공권력을 투입해서라도 물과 음식물을 회사 안으로 반입해야 합니다. 원래 공권력은 이럴 때 쓰라고 존재하는 것입니다! | 2009. 7. 30.

광화문분수 이름이 12.23, 12척의 배로 왜적을 격퇴하고 23번 승리해서 지은 이름이랍니다. 이순신 장군을 마치 프로야구선수 평가하듯 다루는군요. 이순신 장군에게서 배울 것이 12척, 23번밖에 없나요? 광화문 푼수가 지은 이름답습니다. | 2009. 8. 1.

어느 나라 전직 대통령은 억류된 자국민 두 명 구하러 평양까지 가는데 이 나라 대통령은 사실상 억류된 자국민 600여 명에게 물 끊고 전기 끊고 헬기 띄워 최루액 분사하면서 휴가 중이랍니다. 일자리 지키겠다는 노동자가 무장공비입니까? | 2009. 8. 4.

클린턴은 미 여기자 두 명 구출해 함께 비행기 타고 LA로 향하고, MB는 헬기, 경찰특공대 보내 살인진압 개시하고⋯. 유구무언입니다. | 2009. 8. 5.

자기중심적인 시각으로 보는 사람에겐 자신의 왼쪽에 있으면 다 좌

파입니다. 그러니까 극우파에겐 삼라만상이 다 좌파입니다. 약간 멀면 극좌파죠. 극우파 오른쪽엔 절벽밖에 없습니다. 물론 절벽 밑엔 자민련 등이 떨어져 있죠. | 2009. 8. 10.

2005년 오늘은 제가 국회 법사위에서 삼성X파일 내용을 공개하면서 떡값의혹 검사들에 대한 수사를 촉구한 날입니다. 이 일로 기소되어 재판을 받고 있는 처지지만 다시 4년 전으로 돌아간다 해도 제 행동은 달라지지 않을 것입니다. | 2009. 8. 18.

김대중 대통령 서거소식에 경찰이 12개 중대 병력을 풀어 서울시청 광장과 청계광장을 봉쇄했군요. 참으로 한심한 사람들입니다. 그렇게 민심이 두려우면 차라리 이 나라를 떠나십시오. | 2009. 8. 18.

한국인의 평균수명은 80년 전에 비해 45년 늘어났다고 합니다. 물론 80년 후에 평균수명이 지금보다 45년 더 늘어날 것은 아니겠죠. 이쯤 되면 문제는 수명이 아니라 삶의 질이겠지요. 어떤 삶을 살 것인가, 그것이 문제로다. | 2009. 8. 22.

중앙당 동료들이 마련한 생일케이크를 자르는데 매우 쑥스러웠습

니다. 아내가 병간호로 집에 없어서 아침에 일어나 밥 짓고 미역국 끓여 혼자 먹고 나왔습니다. 제가 끓인 미역국이 객관적으로 좀 더 맛있었다는 것은 아내에겐 비밀입니다. | 2009. 8. 31.

직업은 못 속이나 봅니다. 오늘 받은 제일 좋은 선물!
@lyou30: 노회찬 대표님! 생신 축하드립니다. 생일선물은 제 한 표입니다. 노회찬 후보님 가시는 길마다 제 한 표를 드리겠습니다. 이것밖에 드릴 것이 없네요. | 2009. 8. 31.

제게 촌철살인을 요구하는 분들이 아직도 많습니다. 사실 살인업계 떠난 지 꽤 됩니다. 나이가 드니까 살생을 멀리하게 되더군요.

| 2009. 9. 21.

인천 송림동. 용접공 시절 월세 5만 원 사글세방에 살던 동네입니다. 재래시장, 20년 전과 그대로입니다. 흰 고무신 한 켤레 사는데 끝까지 돈을 안 받으시네요. 고무신 한 켤레 얻었는데 가슴은 미어집니다. | 2009. 9. 24.

기차가 대전역에 서면 쏜살같이 달려가 플랫폼에서 뜨거운 우동 한

그릇 먹고 올라오는 재미도 이젠 사라졌습니다. 조금 천천히 가면 조금 더 많은 것을 얻을 수 있는데 한 번밖에 없는 인생을 KTX처럼 시속 300km로 달리고 싶진 않습니다. | 2009. 9. 29.

'나영이 사건'이 아니라 '조두순 사건'으로 불러야 하듯이 '김제동사 태'는 'KBS사태'로 불러야 합니다. 물론 손석희 씨까지 거론되는 걸 보면 이 일련의 일들은 '이명박사태'라 불러야 적확할 것입니다.

| 2009. 10. 12.

지금 여의도엔 천둥번개까지 치고 있군요. 여의도엔 KBS도 있고 MBC도 있지요. 물론 국회도 있고 정당 사무실도 있습니다. 최근 많은 국민을 화나게 하신 분들은 식사하러 밖으로 안 나오시는 게 좋을 듯합니다.^^ | 2009. 10. 13.

* 7월 이후 한나라당의 미디어 관련법 개정안 직권상정 및 통과를 둘러싼 국회파행사태를 빗댄 것입니다.

내 인생의 첫 눈은 태어나서 처음 마주한 어머니 얼굴의 그 눈! 어머님 건강하세요. | 2009. 11. 3.

그렇습니다. 오늘은 4대강 첫 삽 푸는 날입니다. 동시에 자기 무덤 첫 삽 푸는 날이기도 합니다. | 2009. 11. 10.

용산참사 시국미사에서 마지막 성가로 〈그날이 오면〉을 불렀습니다. 가장 좋아하는 노래입니다. 21년 전 결혼식 때 웨딩마치로 이 곡을 선택했습니다. 이종걸 군이 피아노 반주를 맡았지요. 그런데 아직도 그날은 오지 않고 있네요. | 2009. 11. 10.

전태일열사 추도식 끝내고 이소선 어머님과 국밥 한 그릇 했습니다 제삿날이라며 소주 자꾸 따라주셔서 석 잔 마셨습니다. 제 어머님과 동갑인 81세인데 안목이 예리하십니다. 저보고 많이 예뻐졌다고 말씀하시네요. | 2009. 11. 13.

북촌미술관에서 스크린쿼터 기금마련 전시회가 열리고 있습니다. 안성기 선배가 축사하고 있습니다. 기금목표액에 미달할 경우, 저를 작품으로 내놓겠다고 하니까 비용만 들어서 아무도 안 사간다 합니다. | 2009. 11. 24.

겨울비가 촉촉이 대지를 적시는군요. 당분간 겨울은 더욱 깊어지겠

지만 내리는 빗속에서 봄이 달려오는 소리를 듣습니다. 가슴은 이미 봄으로 채워지고 있습니다. | 2009. 11. 29.

—2010년 서울시장선거 출마선언 직전

분노는 짧지만 희망은 깁니다. 분노는 뜨겁지만 물도 끓일 수 없습니다. 희망은 종유석입니다. 흘린 땀과 눈물이 하루하루 만들어가는 돌기둥입니다.
벗들이여, 희망의 하루 만드소서! | 2009. 12. 1.

정신대문제대책협의회 창립 19주년을 기념하는 후원의 밤이 종로구 옥토버페스트에서 열리고 있습니다. 역사의 법정에는 공소시효가 없습니다. 국가가 제대로 해결하지 못한 일을 민간이 나서서 힘겹게 제기하고 있습니다. 감사와 격려를! | 2009. 12. 6.

순간순간을 보면 역사가 후퇴할 때도 물론 있지요. 그러나 지그재그로 발전하는 것이 역사라고 알고 있습니다. 역사적 낙관주의! 저는 늘 이 바탕 위에 서 있습니다. 그래야 어려운 조건도 이겨낼 수 있으니까요. 물방울이 끝내 바위를 뚫는 자연의 섭리를 되새깁니다. 힘냅시다.^^ | 2009. 12. 14.

국회가 '민의의 전당'이라지만, 현재 국회에는 어떠한 민의도 존재하지 않고, 오히려 국회는 민의로 모든 것을 포장하는 '포장제조업체'로 변질되고 있다. | 2009. 12. 29.

—4대강예산반대 72시간집중행동돌입 기자회견 중

용산참사 영결식 추도사를 하면서 고인들에게 함께 숨진 고 김남훈 경사를 하늘나라에서 만나거든 따뜻하게 안아드리라고 부탁했습니다. 그 역시 무모한 진입명령의 희생자이고 무허가건물 옥탑방에서 기거하던 서민이었습니다. | 2010. 1. 9.

흐르는 것이 강물뿐이랴. 세월도 어둠도 겨울도 결국 흘러가는 것. 봄이 얼어붙은 대지를 빗방울처럼 적시며 다가오듯 진흙밭에서도 저 푸른 봄미나리는 뿌리를 내려가고 있습니다. 허망한 것은 얼음장 같은 아집일 뿐, 희망은 봄처럼 다가오고 있습니다. | 2010. 2. 8.

바다가 바다인 이유는 모든 것을 다 받아들이기 때문입니다. 가장 낮은 곳에 위치한 물이 또한 바다입니다. 바다가 그리운 아침입니다. 보람찬 하루 만드세요. | 2010. 4. 23.

불온서적 리스트 자체가 블랙코미디입니다. 해당 출판사들은 책 잘 팔려서 신났고 제가 만난 어떤 교수는 자신이 심혈을 기울여 쓴 책이 한 권도 리스트에 오르지 않았다고 한심하다면서 불편한 심정을 감추지 않았습니다. | 2010. 4. 23.

방금 YTN 전화인터뷰 하는데 "광화문에 박정희 전 대통령 동상 세우자는데 어떻게 생각하냐"고 묻네요. 어이없는 주장이지만 "조건부 찬성"이라 답했습니다. "어떤 조건이냐" 묻길래 "광화문 지하 100m에 묻는다면 검토할 수 있다"고 답했습니다. | 2016. 11. 3.

* 11월 3일, YTN 라디오 〈최영일의 뉴스 정면승부〉 인터뷰입니다. 당시 박정희 대통령 탄생 100돌기념사업추진위가 서울 광화문에 박정희 동상을 세우겠다는 계획을 발표했습니다. 노회찬 의원은 '조건부 찬성'이라 답했다며, 재치 있게 이 계획을 비판했습니다.

문 대통령 내외께 책을 선물하다. 오늘 청와대오찬 매우 유익했습니다. 국회서도 해보지 못한 솔직한 대화를 깊이 있게 나누었습니다. 점심대접에 대한 답례로 문재인 대통령께는 조남주 작가의 『82년생 김지영』, 김정숙 여사께는 황현산 선생의 『밤이 선생이다』를 선물했습니다. | 2017. 5. 19.

* 노회찬 의원은 문 대통령의 초청을 받아 청와대에서 가진 5당 원내대표 회동에서 두 분께 책을 선물했습니다. 청와대 오찬 뒤 자신의 트위터에 이 글과

함께 자필서명한 책 사진도 올렸습니다. 『82년생 김지영』(민음사, 2016)에는 "존경하는 문재인 대통령님께, 82년생 김지영을 안아주십시오. 2017. 5.19. 노회찬 올림" 『밤이 선생이다』(난다, 2013)에는 "존경하는 김정숙 여사님께. 따뜻하셔서 늘 고맙습니다"라고 썼습니다. 김정숙 여사는 같은 해 6월에 책 선물과 함께 노회찬 의원에게 편지로 답했습니다.

그를 보내며

유난한 무더위도 무감각할 수밖에 없었던 그 7월이 가고, 길가 가로수에 붙어 있는 잎새가 예사롭게 보이지 않던 가을을 지나 겨울에 이르렀습니다. 금방 사라지는 하얀 입김의 언저리에 그가 보일 듯 말 듯 합니다. 세상은 여전히 돌아가고 있지만 그가 원했던 방향으로 가고 있는지 확신이 서지 않습니다. 이럴 때 같이 밤새 소주잔을 기울이며 의논할 수 있었던 그는 없습니다.

노회찬, 그의 빈자리가 너무 큽니다.

드물게 그와 의견 차이가 있었던 분당의 속도와 신행정수도법 찬반문제도, 선상낚시를 하며 잡은 고기의 크기를 서로 재보던 그 날들도 이제는 그를 기억해내는 그리움의 조각으로만 남았습니다.

분단과 독재가 수많은 청춘들을 투사로 만들었고, 젊은 날의 열정을 넘어 평생을 정의롭고 평등한 세상을 꿈꾸던 노회찬, 그 모진 세월 속에서도 그는 꺾이지 않았습니다.

그런데 아직도 가야 하고 해야 할 일이 너무나 많지만 그가 멈추어 섰습니다. 아니, 멈출 수밖에 없었다고 말하는 것이 맞을지도 모릅니다.

그럼에도 왜? 꼭 그렇게까지…, 라는 물음이 떠나지 않습니다.

오랜 시간 그와 함께하였던 내가 내린 결론은 신념과 책임의 문제였으리라 짐작합니다. 굳은 신념이 있었기에 항상 유연했지만, 자신에게는 늘 엄격했던 무한의 책임의식이 그를 멈추게 했을 것입니다.

그는 가고 싶었던 길이, 하고 싶었던 일이 너무도 많은 사람이었습니다. 수많은 사람이 그를 원했습니다. 폭염 속에서도 모여든 수만 명의 조문행렬이 의미한 것은 자의도 타의도 아닌 상황에서 멈출 수밖에 없었던 그에게 보내는 안타까움 그 자체였습니다.

그는 갔지만 그를 보낼 수 없는 이유이기도 합니다.

2019년, 그가 없는 첫 새해를 맞으며
조승수 전 국회의원

노회찬

1956년 8월 31일—2018년 7월 23일

1956년 8월 31일 부산시 초량에서 아버지 노인모 씨, 어머니 원태순 씨
사이에서 태어나 초량초등학교, 부산중학교를 거쳤다. 넉넉한 형편은
아니었음에도 문화와 예술을 사랑하는 부모님 아래서 자라났고, "악
기 하나는 다룰 수 있어야 한다"는 부모님의 소신에 따라 어린 시절
첼로 등을 배우며 문화예술에 조예가 깊었다. 유년시절, 4·19혁명과
5·16쿠데타 등 대한민국의 굵직한 현대사를 겪었다.

1973년 서울로 상경해 경기고등학교 재학시절, 고교동기인 이종걸(현 더
불어민주당 국회의원)과 10월 유신선포 1주년을 맞아 유신반대 유인
물을 뿌렸다. 삼수 후 바로 입대했다.

1979년 고려대학교 정치외교학과 입학, 대학시절 5·18광주민주화운동을
지켜보았다.

1982년 고려대 재학시절, 영등포기계공고 부설청소년직업학교에 6개월
다니며 용접일을 배웠다. 이후 전기용접기능사 2급 자격증을 취득해
서울, 부천, 인천에서 용접공으로 일하며 노동운동을 시작했다.

1983년 고려대학교 정치외교학과를 졸업했다.

1987년 6월 26일 인천지역민주노동자연맹(인민노련) 창립을 주도하는
등 1980년대 후반 민주화를 촉진하고 노동운동을 조직화하는 데 큰
이정표를 남겼다. 합법적 정치세력화를 꿈꾸며 진보정당 운동을 시작
했다.

1988년 12월 17일 인천지역에서 노동운동을 하던 김지선 씨와 결혼했다. 노회찬 의원은 평소 "내 인생에서 가장 잘한 일은 아내와의 결혼이다"라고 했다.

1989년 12월 24일 인민노련사건으로 국가보안법 위반혐의로 경찰에 검거되고, 2년여를 감옥에서 보냈다.

1992년 만기출소 이후 백기완 대통령후보 선거운동본부 조직위원장을 맡아 '민중의 독자적 정치세력화'를 위해 일했다.

1993년 진보정당의 암흑기였던 1993~1998년 진보정당추진위원회(진정추)와 진보정치연합 대표 역임 등 진보정당 건설에 본격적으로 앞장섰다. 같은 해, 우리나라 최초 노사관계 전문지《매일노동뉴스》발행인(~2003)을 맡아 언론인으로 활동했다.

1996년 5월 노사관계개혁위원회 자문위원으로 위촉됐다. 같은 해, 보수야당 소수파였던 개혁신당과의 제휴를 추진한다.

1997년 국민승리 21 출범, 국민승리 21 정책기획위원장으로 활동했다.

1999년 국민승리 21은 (가칭)민주노동당 창당준비위원회를 발족시켰다. 정치개혁추진위원장을 맡아 활동했다.

2000년 1월 30일 민주노총, 전빈련 등과 함께 민주노동당을 창당했다. 이후 민주노동당 부대표(2000~2002), 서울시당 위원장, 사무총장(2003~2004)을 역임했다.

2001년 7월 전국구 방식의 국회의원 선출제에 대한 위헌소송을 제기, 헌법재판소로부터 위헌판결을 끌어냄으로써 1인 2표 정당명부식 비례대표제 도입과 정당정치 발전에 크게 기여했다.

2004년 4월 15일 제17대 총선 당시 "50년 된 낡은 불판을 갈아야 한다"고 일갈하면서 정치개혁과 진보정당의 원내진출 필요성을 역설했으며, 민주노동당에 대한 국민들의 지지율 상승을 끌어내 자신도 제17대 국회의원에 당선됐다. 민주노동당 비례대표로 원내에 진출한 이래 삼성 X파일사건으로 국회의원직을 상실하는 등 우여곡절을 겪으면서도 진보정당 최초로 3선에 성공했고, 특유의 촌철살인 화법으로 큰 지지를 얻으며 약자의 목소리를 대변해왔다. 초선이었던 제17대 국회에서부터 여성과 장애인의 권리확대에 큰 획을 그었고, 9월 호주제 폐지를 위한 민법 개정안을 발의했다. 같은 해『노회찬과 함께 읽는 조선왕조실록』(일빛)을 출간했고, 선대본 '난중일기'를 엮은 책『힘내라 진달래』(사회평론)로 제13회 전태일문학상 특별상을 수상했다.

2005년 호주제 폐지 법안이 3월 국회 본회의를 통과했다. 여성단체연합으로부터 호주제 폐지 감사패, 광복회로부터 친일재산환수법 통과 감사패를 받았다. 9월 장애인차별금지법 제정안을 발의했다. 또한 비정규직 노동자들의 권리확보와 노동자들의 고용안정, 농민생존권과 식량주권 확보, 주택 및 상가세입자보호, 중소자영업자의 권익을 옹호했

ⓒ신선영/한겨레

다. 삼성불법정치자금('삼성X파일') 및 안기부 불법도청 특대위 위원
장으로 활동, 거대권력인 삼성과 검찰 사이의 부정한 결탁을 끊어야
한다며 사회적 경종을 울렸다.

2006년 국정감사 등 의정활동을 통해 사법부의 전관예우 실상을 낱낱이
드러내고 유전무죄-무전유죄의 현실에 문제를 제기함으로써 '만 명
이 아닌 만인에게 평등한 사법개혁'을 촉발시켰다. 12월부터 2018년
까지 중소자영업자들의 염원인 '신용카드 가맹점 수수료 인하'를 위
해 앞장서 열의를 발휘했으며, 지난 10여 년간 수수료 인하와 제도개
선을 이끌어내는 성과를 남겼다.

2007년 언론사 정치부 기자들이 뽑는 '백봉신사상 베스트 10'(국회의원
중에서 모범적인 국회의원에게 주어지는 상)에 선정됐다.

2008년 민주노동당을 탈당해 3월 16일 진보신당을 창당, 공동대표를 역
임했다. 4월 9일 제18대 국회의원 총선거에 노원병 후보로 출마했으
나 석패했다. 노원구 상계동에 노회찬마들연구소를 창립, 지역사회
정당활동의 모범을 만들어냈다. 특히 지역명품특강으로 유명한 〈마들
명사초청특강〉 프로그램을 41회 개최했다(2008년 9월 7일~2012년
9월 26일).

2009년 3월 29일 진보신당 대표로 선출됐다.

2010년 6월 2일 제5회 지방선거에 서울시장후보로 출마했다. 10월 15일

지방선거 결과의 책임을 지고 지도부가 총사퇴했다.

2011년 7월 13일부터 8월 11일까지 한 달간 덕수궁 앞에서 단식농성을 하며 '한진중공업 정리해고 철회'를 촉구하는 등 노동자 권리확보를 위해 노동자들과의 연대에 적극적으로 나섰다. 1월부터 시작된 통합 논의로 12월 6일 민주노동당, 국민참여당, 새진보통합연대(진보신당 탈당파) 등이 창당한 통합진보당에 참여했다.

2012년 『노회찬과 삼성X파일』(이매진)을 출간했다. 4월 11일 제19대 총선에서 통합진보당 후보로 노원병에 출마, 당선됐다. 선거 직후 발생한 '통진당 사태'로 9월 3일 통합진보당을 탈당했다. 9월 16일 새진보정당추진회의를 결성, 공동대표로 선출됐으며, 10월 21일 진보정의당을 창당, 공동대표로 선출됐다.

2013년 격무에 시달리는 소방공무원을 위한 법안을 발의했다. 제17대, 제19대, 제20대 국회까지 3선 국회의원으로 활동하며 노동자, 농민, 중소자영업자 등 사회적 약자들을 대변해 의정활동을 펼쳤다. 삼성X파일 사건 당시 검사 실명을 공개한 혐의로 파기환송심에서 유죄를 선고받아 의원직을 상실했다.

2014년 5월 27일 '진중권·노회찬·유시민의 정치다방'이란 이름으로 팟캐스트 〈노유진의 정치카페〉 첫 방송을 시작했다. 『대한민국 진보, 어디로 가는가?』(비아북)를 출간했다.

2016년 4월 13일 제20대 총선 정의당 후보로 경남 창원 성산구에 출마, 당선됐다. 정의당 원내대표(2016~2018)로 일했으며, 마지막이 된 제20대 국회에서도 7월 고위공직자비리수사처 설치 등 검찰개혁과 사법개혁, 정치개혁 과제를 제기하며 모범적인 의정활동을 실천했다.

2017년 제19대 대선 관련 정의당 상임선대위원장으로 활동했다. 같은 해 경실련 선정 '2017 국정감사 우수의원 20인'에 선정됐다.

2018년 정의당 헌법개정특별위원회 위원장, 6.18 지방선거 정의당 공동선거대책위원장으로 활동했다. '국회 특수활동비 폐지를 위한 국회법 개정안'을 발의했으며, 7월부터 JTBC 〈썰전〉에 출연했다. 대중강연을 정리한 『우리가 꿈꾸는 나라』(창비)를 출간했다. 7월 23일 영면했다.

12월 10일 세계인권의날 기념식에서 정부는 "정당활동과 의정활동을 통해 노동자, 장애인, 여성 등 사회약자의 인권향상에 크게 기여했다"고 선정사유를 밝히고, 노회찬 의원에게 대한민국 인권상인 국민훈장 무궁화장을 수여했다.

자료참조 노회찬재단(준) (http://www.hcroh.org) 외.

노회찬의 진심

2019년 1월 24일 초판 1쇄 펴냄
2019년 2월 15일 초판 2쇄 펴냄

지은이 노회찬
기획 노회찬재단(준)

책임편집 이선희
편집 고하영·고인욱·장원정·임현규·정세민
본문디자인 김진운
표지디자인 가필드
사진제공 노회찬재단(준)
마케팅 최민규

펴낸이 윤철호
펴낸곳 (주)사회평론아카데미
등록번호 2013-000247(2013년 8월 23일)
전화 02-2191-1128
팩스 02-326-1626
주소 03978 서울특별시 마포구 월드컵북로12길 17
이메일 academy@sapyoung.com
홈페이지 www.sapyoung.com

© 평등하고 공정한 나라 노회찬재단 2019

ISBN 979-11-88108-89-3 03810
KOMCA 승인필.